U0654609

# 扶摇直上

扶摇直上

FUYAOZHISHANG

宋庆莲 著

吉林文史出版社
JILINWENSHICHUBANSHE

**图书在版编目（ＣＩＰ）数据**

扶摇直上 / 宋庆莲著. -- 长春：吉林文史出版社，
2019.8（2024.3重印）

ISBN 978-7-5472-6530-7

Ⅰ．①扶… Ⅱ．①宋… Ⅲ．①长篇小说－中国－当代
Ⅳ．①I247.5

中国版本图书馆 CIP 数据核字 (2019) 第 170119 号

# 扶摇直上
FUYAO ZHISHANG

著　　者：宋庆莲
责任编辑：钟　杉　王　新
封面设计：四川悟阅文化传播有限公司
出版发行：吉林文史出版社有限责任公司
地　　址：长春市净月区福祉大路 5788 号　　邮编：130118
电　　话：0431-81629363（总编室）　0431-81629372（发行科）
网　　址：www.jlws.com.cn
印　　刷：三河市嵩川印刷有限公司
经　　销：全国新华书店
开　　本：165mm×235mm　1/16
印　　张：24.25
字　　数：343 千字
版　　次：2020 年 4 月第 1 版　2024 年 3 月第 2 次印刷
定　　价：59.00 元
书　　号：ISBN 978-7-5472-6530-7

印装错误可与印刷厂联系退换。

# 一

　　一个落花渐尽的暮春季节。

　　长江中游。鄂西柳城。

　　细雨纷纷，凉意丝丝。

　　山城的一切都浸润在雨水和云雾之中。

　　列车站台上，人群攒动，熙熙攘攘。欲行、送行的人们，三五成群地或坐或站，布满了整个站台。火车还没有进站，铮亮的钢轨在潮湿的空气里闪着清冷的寒光，延伸向云雾中的深处。神情落寞的周志明，背着一个旅行袋，就夹杂在这群候车的人中。他有时在人群中漫无目的地来回走上几步，有时又停步驻足；有时低头似有所思，有时又抬头不经意地四处望望，目光散漫，眼神里没有一丝儿的专注和聚中。站台里弥漫着各种各样的气息和味儿，激动的，喜悦的，落寞的，伤感的，渴望的，焦虑的，这些气息和味儿不断地刺激着他，感染着他。在离他不远的地方，有几个小女孩和几个长辈模样的男女簇成一堆。那几个小女孩的年龄也就是十五六岁左右，她们的背上都背着包，稚嫩的眼神里透着初出远门的兴奋和好奇。看情形，她们是一块儿长大的玩伴，现在也是准备一起结伴出去做事。显然，站在身边的那几个年长者肯定是她们的父母亲了，脸上写满了忧虑和担心。不远处，站着一对依依惜别的母女，母亲似乎一边在安慰着她的女儿，一边还用手在替她擦拭着眼泪。周志明看到这一幕，心尖立即像被某种东西扎了一下，一阵疼痛，他赶紧转过头去。站台的一侧，是一溜古干虬枝、茂盛氤氲的垂柳，细长的绿色枝条在微风细雨里依依拂动。垂柳和山脚之间是一洼水塘。塘水碧绿，泛着一道道细细的涟漪，涟漪拽着雨丝，雨丝又拽着阴沉的天空。天空湿了，雨丝湿了，涟漪湿了，站台上人们的心情也湿了。虽然现代的交通运输已是十分的通畅方便，但离别，总是一件让人伤感的事情，更何况又是在这碧水含情、春山鹧鸪鸣叫的季节。

"行不得也，哥哥！"

"行不得也，哥哥！"

云烟深处，鹧鸪一遍一遍地叫唤着。

听到鸟鸣，周志明满怀愁绪地抬了抬头，朝不远处烟雨朦胧的大山身影看了看。

"是什么年代了，而今是太平盛世，你还在那里千年一个调，怎么会行不得呢？现在，你也该改改了吧！"

周志明心里这样想着，再聚神凝听时，果然发现这鸟儿的叫声真的就变成了：

"行得也，哥哥！"

"行得也，哥哥！"

"怎么说变就变了呢？"

周志明乍惊之下，略一思索，似乎就明白了。这鸟儿的叫声，其实就是人的心境心情的一种写照。好也吧，不好也吧；是也吧，不是也吧，它都是那么叫着，它就是那么叫着。刚才听起来觉得它的声音变了，是因为自己要远行，自己在心里祈福自己有一个好的开端，一个好的远行，所以心里说"行得，行得。"这鸟儿的声音也就自然变成了：

"行得也，哥哥！"

"行得也，哥哥！"


"——呜。"

一声长鸣，K9088 次列车，缓缓地冒雨驶出站台。

留在站台上的人们不停地向渐行渐远的列车挥手。随着"——咣——咣——咣——"越来越快的节奏，列车犹如受到惊吓的绿色游龙开始猝然地加速。山城的大地也开始颤抖起来！

"挥手自兹去，萧萧班马鸣！"

周志明瞟了一眼湿漉漉的窗外，在心里默默地念着。

多少离愁别恨，都将随着这向后隐去的山城，向前飞奔而去的列车，一起消失在这茫茫雾雨中！

十号车厢，四十九座。周志明临窗而坐。这个年轻人，二十五六岁，身材中等，结实，国字脸，理着短平头，眉毛浓黑。此刻，他面目深沉，气色并不太好，一副心事重重的样子。他双手交叉抱于胸前，两眼迷茫、若有所思。

一会儿后，他微微向后，头靠背椅，闭起双目。他有点倦了，想休息一下。但往事历历，如云如烟，又如隐如现……

在他八岁的时候，母亲一病不起，撇下了年轻的父亲和一对年幼待哺的儿女。从此，父亲的脸上就很少有笑容了。因为有兄妹两人，家里负担重，所以后来，父亲虽然也说了几门亲事，但最后都没有成功。倔强的父亲一咬牙，从此再不提及此事。一对儿女就是他的命根啊！父亲起早贪黑，披星戴月，风里来雨里去，硬是把他们兄妹俩拉扯成人。清贫的生活，也使他们兄妹俩过早地承担起了家庭的重担，也过早地领略了人世间的冷暖炎凉。他们是那么的听话、懂事。跟别人家的孩子一样，他们也上了学，成绩几乎一直是名列前茅。父亲黝黑、爬满皱纹的脸上也常常露出笑容。五年前，他硬是把沉甸甸的大学录取通知书拿回了家，并且是全村六个同届生中的唯一。父亲高兴啊，简直是双泪长流；妹妹高兴啊，一蹦就是几尺高。就连村里的老书记也特地赶到家里来，硬是往父亲手里塞了一个红包，说："孩子有出息啊，有出息！这是村里的一点儿支持，礼轻情意重，你就收下吧！"

岁月如潮，潮涨潮落。

一晃，大学四年过去了。他回到了家乡县城，分配进了一家机械厂，负责产品质量的检测。他工作认真负责，技术过硬、人缘又好，在厂里是如鱼得水，整天浑身上下都有使不完的劲。半年后，他被提升为车间主任，管着百十号人。不久，爱神降临了，厂里一位车床师傅的女儿看中了他，和他好上了……

列车飞驰，思绪纷飞。

那是一位身材窈窕的漂亮姑娘，文静、温柔。他们陷入了爱河，一起散步；一起逛街；一起看天上云卷云舒；一起看地上花开花谢。谈未来谈理想，说不尽的爱情，道不完的蜜意……

"咣，咣……"随着几声巨响，一阵震动，列车停了下来。原来，列车早已进入了素有三湘四水之称的湖南，到了一个小县城。

下车的乘客开始起身，收拾行李，忙着下车。车厢内一阵骚动。很快，就有上了车的乘客匆匆忙忙地寻找座位。

周志明迷糊中微睁双眼，他的前面出现了两个空位。

不一会儿，便匆匆走过来两个活泼欢跳的女孩。一看到有空位，立即停了下来，青春的脸上立马露出喜色。

"有人吗？"

打前的女孩子很有礼貌地问道。

"没有的，可以坐。"

边上一个憨厚的老汉老实回答道。

"耶！太好了，刚好两个。"

她高兴地回头对同伴说。

一个秀发齐肩的女孩向上看了看高高的行李架，又低头看了看自己的皮箱，露出了一脸的无奈。

这一幕被周志明看在了眼里。他心情不好，本来不想动，但边上几个乘客不是年纪大，就是妇女和小孩。他是这里唯一身强力壮的男人。况且这时，女孩求助的目光也开始向他这边转过来。

"还是我来吧。"

周志明只好起身，他麻利地一手抓住皮箱扣环，一手托住皮箱底部，一用劲，便把皮箱举在了头顶，再一用力，皮箱便稳稳地搁在了行李架上。

"谢谢！谢谢！"

女孩有点不好意思，连声道谢。

"举手之劳，何必言谢？"

周志明又帮着把她们的几个小袋子放上行李架，然后才坐回原位。两个女孩便在他的对面坐了下来。

趁着这时，周志明很自然地打量了一下对方。

坐在里面靠窗户的，年纪在二十岁上下，白净圆脸，眉清目秀，秀发齐肩。上身外着一件灰白色的工服，简洁明了。双目幽黑，水汪汪的，像泉水般清澈透明，让人一见难忘。再仔细看，你会发现她右腮下颌边上有一个绿豆般大小的黑痣。她左边的年龄稍大一点儿，黄色的外套上垂着两条粗长的黑辫子，红润的瓜子脸上洋溢着青春的朝气。

两个阳光女孩坐下后，便开始了她们的私密悄悄话，交头接耳，有说有笑，情趣盎然。

"——呜——"

列车一声长鸣，又开始了它不知疲倦的长途旅行。

周志明望了望窗外，外面已是一团漆黑。

"剪不断，理还乱。"

周志明收回目光，闭目沉思，思绪又回到了先前。

一切都似乎顺理成章，向着光明的方向发展。这时，妹妹也已经考入省内的一所大学。他尽量节省开支，一元钱一元钱地积累，寄给乖巧、听话的小妹妹。父亲一个人在家种田，身体还算结实硬朗。他相信要不了几年，等妹妹大学毕业，有了工作，一家人的日子就好过了。他憧憬着美好的未来，内心充满了快乐。

然而，天有不测风云，人有旦夕祸福。就在这个时候，大陆改革开放的政策在一步步加速，在一步步地深入……

国有企业的格局风起云涌、浪卷浪飞。企业不断地破产、倒闭、买断、重组。原有的企业消失了，不存在了，新的又出现了。公司、集团这些更大规模的企业纷纷亮丽登场。几乎在一夜之间，他所在的机械厂不存在了，所有的职工按政策买断下岗，重新就业，自谋出路。

皇粮没了，铁饭碗打破了，他们被历史的浪潮涌到浪尖，推进了波澜壮阔的社会海洋。

和很多的人一样，他一时也陷入了痛苦、彷徨，跌入了人生的最低谷。他渴望别人的理解、温情。然而他明显地感到，这时的女朋友也对他冷淡了许多。单纯的他不明原由，决定还是去她家里探个究竟。

没有想到，这就是他们之间的最后一次见面。他走进她的院门，看到她正和一个英俊的年轻人在一起，有说有笑，异常热乎。一看到他突然出现，她的脸立即阴沉了下来。显然，他成了这里不受欢迎的人。

他的脸立时变得通红，就像夏天傍晚残阳的那种红，悲壮、落寞、无奈。他整个人僵在那里，几乎成了一尊雕塑。空气凝固了，眼前的一切都凝固了。他的双眼里充满了血。他愤怒了，他想挥动双臂，但却动弹不得；他想呐喊，但却喊不出声。他是怎样转身，走出那道熟悉的院门，后来他一点儿记忆都没有了。

他痛苦地倒在床上，沉默无语。

"为什么？这是为什么啊？"他的心在滴血。

几个哥儿们赶紧跑来看他，守在他的身边，安慰他、劝解他，生怕他想不通，有个三长两短。

"天涯何处无芳草！"

"大丈夫何患无妻！"

到底是科班出身，即使安慰个人，也是文绉绉的，但却豪气冲天！真是不吃肉不知肉味，不摔跤不知疼痛。

阵痛过后，他做出理智的抉择，他决定暂时离开这个让他伤心的地方，去南方闯一闯。

在远行之前，他想回一趟老家，看望一下含辛茹苦的父亲。他的工作没了，父亲已经知道。但女朋友分手的事，他没有告诉他，他还不想让他知道。因为，父亲已经为他们兄妹俩操碎了心。父亲虽然沉默寡言，但心明如镜，舐犊情深。即使远离父亲，周志明也能时时感觉到父亲的目光一直在注视着自己。父爱如山啊！他只要一看到山的身影，山的形象，他就会联想到父亲——日夜操劳的父亲！坚强如山的父亲！创造他生命的父亲！一想到父亲，他的心里就会隐隐作痛。

傍晚时分，在残阳的余晖里，周志明终于惴惴不安地走进了自己熟悉的家门。父亲正在吃饭，桌上放着几碟素菜，一个小酒杯。看到突然出现的儿子，父亲一阵惊喜，全身都颤动起来。

"儿子！……"

"爸爸！……"

周志明的声音已经哽咽了。

父亲连忙踉跄起身，去碗柜内拿碗和筷子。他用还在颤抖的双手盛了满满一碗饭，放在儿子面前的桌上，然后又转身去拿了一个酒杯，递给儿子。

晚春的夜晚，山里依旧寒气逼人。屋外的山寨，已黑沉下来，偶尔传来几声狗的吠声和夜鸟的啼鸣。

屋内，灯光一直亮着。父子俩一边喝酒，一边谈论着各种话题。虽然周志明的心情不太好，但几杯酒下肚，毕竟是血性男儿，不快乐的情绪就像太阳底下的薄雾很快就无影无踪了，取而代之的是慷慨！是激昂！是雄心！是壮志！他告诉父亲，他要去南方闯荡。他年轻，有的是力气，又有文凭，他就不相信不能干出一番事业。只是离父亲远了，父亲形单影只，年岁已大，他实在是有点放心不下，于心不忍。圣人也曾说过，父母在，不远游。他是圣人的弟子啊！

父亲红光满面，他感慨！他激动！他为自己有这样的儿子感到自豪。他告诉儿子不要挂牵他，他完全能够照料自己。他还告诉儿子，在家靠父母，出外靠朋友，出门在外，凡事三思而行，不可鲁莽。

"出远门虽说是为了求发展，求财富，但你切不可把追求钱财放在第一位。平淡是真，平安才是福啊！"

父亲看着儿子，眼里流露出无限的希望和祝福。

家乡一行，深山一夜。

父子俩开怀彻夜畅谈。周志明仿佛从家乡，从父亲那里汲取到了无穷无尽的力量。黎明时分，他站在屋子前面的高坎上，舒展双臂，眺望着微露晨曦的山梁远方。山谷上面的天空里，依稀出现了一只鹰的身影。

和父亲的一夜畅谈，他已没有了思想上的任何顾虑。他要走了，他要飞了。他看见了那只鹰，那只矫健的雄鹰，他要像家乡的雄鹰一样，振翅飞向那高远的天空。他对着家乡的绵绵群山默默发誓，不混成个人样，绝不回家……

周志明沉浸于回忆中，随着列车有节奏的轻轻晃动，疲倦的他似睡非睡，似醒非醒。一个小孩的叫声使他彻底清醒过来。他睁开眼，看到对面的两个女孩早已进入了梦乡，她们的头斜倚在一起，脸上仿佛依旧留着一丝甜蜜的笑意。

周志明特地多看了一眼那个有着小黑痣的短发女孩。

她是多么漂亮啊！睡着的时候是那么从容、那么安逸、那么甜蜜！

二

十多个小时的长途旅行，列车终于到达了终点站——广州，这座中国南方的大都市。

周志明帮两个女孩子把行李从架上取下来，一起随着缓缓移动的人群走向列车门口。下了车，走出长长的通道，她们挥手道别：

"谢谢！再见！"

两个阳光女孩挥起小手，笑靥如花。

"再见！"

周志明也举起手来，向她们挥了挥。忽然，他觉得自己在这分别的一瞬间，内心深处翻涌出了一种奇怪的感觉：似乎有亲朋好友小聚后的离别；又有壮士单枪匹马西出阳关的苍凉，好像还有……周志明自己也说不清楚了。难道是自己带着伤感郁闷的心情出远门，一种难以割舍的故乡情结在作祟？难道是自己突然置身于人地生疏的异地，一种身在异乡为异客的凄凉情感的使然？他的心里升腾起一种莫名的情绪和惆怅。

看着两个女孩渐行渐远的背影，看着渐渐稀疏的人群，周志明怅然若失！

他背起行囊，匆匆离开。他要去的地方是汇水——广州南部不远处的一个小镇。他的一个亲表弟在那里打工，有着自己的租房。这样，可以解决临时的住宿问题。

俩老表一见面，自是热情得不得了。表弟带他到一家老乡开的餐馆里大吃了一顿，算是接风洗尘。回到租房，表弟告诉他，到了这里不要急，可先到附近的工厂区转一转，工厂多的是，招工的多，见工的也多，一是看机会，二是看合不合适。在这里，吃住都很方便，有什么问题，尽管找他。周志明寻思，自己毕竟是大学毕业，受过高等教育，还是先到职业介绍所去看看。

第二天早饭后，表弟上班去了。周志明也兴致勃勃地早早出了门。

这里的天气比家乡要热多了。从家里来的时候，他还穿着毛线衣，西服；而现在，他却只穿一件短袖白衬衣，整个人显得精神抖擞。

南国的天空，阳光灿烂，几小片白云悠闲地飘浮在虚空中。和煦的海风，带着咸咸的腥味，温柔地轻拂着这里的树木。这些树木旺盛地生长着，枝叶向空中尽情舒展，苍翠欲滴，给人一种生机盎然，浪漫温馨的感觉。

周志明甩开膀子，大步走在街上，身边人来人往，车辆飞驰。他夹在人流中，一边走，一边注意着马路两边的每一个门面和招牌。终于，几家门面连在一起的职介所出现在了他的眼前。

　　职介所的门面、装饰及内室的办公风格都差不多一样。门面的两侧及稍远的正前面都竖立着各种彩色的招工牌，门楣上方是醒目的店名，门内一字摆放着几张办公桌，桌上放着几部电话机、各种表格等。几个年轻的女孩坐在桌子后面，正忙碌地接着电话。店子前面的空地上大约有几十个年轻的男女或站或蹲；有的在看表格，有的几个人凑在一块商量着，热烈地议论着。

　　周志明走过去，站在办公桌的前面。这时，一个手里拿着一张表格的小伙子正和一个办事员争论着什么。周志明连忙竖起耳朵，认真地听，过了一会儿，终于弄明白了是怎么一回事。原来，这个小伙子在这里交了六十元钱的介绍费，职介所承诺给他找一分较好的工作。填了表，小伙子高高兴兴地拿着介绍信，租了个摩的跑过去。到了一问，傻眼了。那个私企老板说那份工作已经有人了，就只剩下一份制作藕煤的工作，问他是否愿意干。小伙子一脸失望，说，他好歹是个高中生，有文化，做煤完全是一件苦力活，他不想干。于是那个老板眼也不抬，很不屑地就在推荐表上大笔一挥，写了"本人不愿做"几个字就把他给打发了。小伙子花了来去的车费，事情又没有办妥，于是，他要求职介所退给他介绍费。职介所的小姐说，介绍费不退，但可以再给他介绍一次工作。小伙子不愿意，双方因此争执起来。周志明扫视了一圈，发现这些年龄和自己相仿的年轻人的眼神里既充满了渴望，又充满了疑惑。周志明猜测，这些职介所介绍的工作很可能就是一般性的，文化程度要求不高的体力劳动，自己来这里很可能也是投错了庙门，不可能有什么收获。周志明左右看了一会儿，多少有些失望。他没有说话，扭头走出人群，大约走了二十来步，他又站住、回头，重新把这几个让他充满希望而又失望的职介所看了一遍。那些年轻、漂亮的女娃们一个个都正忙着打电话或者接着电话或者匆匆地用笔在纸上记录着什么。看她们的样子，认真极了，似乎在完成一件件神圣而又庄严的某种使命。性格倔强的周志明边看边思索道：难道自己的命运就掌握在这几个年轻的女娃手中？

他有些怀疑。

他摇了摇头。

晚上，俩老表聚在一起，一边吃饭，一边乱侃。周志明向他讲述了白天的所见所闻，感受颇深。

第二天，周志明又早早地去了邻近的工厂区，因为工厂招工都在上午八点上班的时候。这里有几家大型电子厂，据说每天都招工，并且招的人还很多。

周志明赶到时，偌大的操场上早已来了好多人，都像鸭子一样，他们伸长了脖子，这边望望，那边瞧瞧，等着招工人员的出现。

"好家伙！"

周志明心里着实一惊！联想到大街上熙熙攘攘的人流，他明白了难怪现在政府要提倡计划生育，不是没有道理的。要是计划生育还早一点儿，那岂不是更好？人少了，工作自然好安排，也用不着下岗，搞什么再就业。搞来搞去，原来还是人多了惹的祸。

周志明站在那里，反正没有事，就这样胡思乱想着。这时，人群一阵骚动，原来，招工的人来了。还没有等他反应过来，操场上的几百号人就你拥我挤迅速地自觉排成了几行长长的队伍，有证件的都一律拿在手里高高地举起。

看来他们都很有经验了。

周志明落了单，一个人孤零零地站在队伍的旁边。他本来也想趁混乱时挤进队伍去，但读书人固有的那种清高和尊严却使他迅速地打消了那种龌龊的念头，他觉得那样做好难为情，真有点斯文扫地！这哪里是找工作，简直就是抢工作！别人可以那样做，但他不能，绝不能。他内心一阵羞愧，脸上一阵火辣。一不做二不休，他干脆后退几步，远远地作壁上观，看他们是如何招工的。

一个年轻的白领后生陪着一个黑皮肤的长者出来了。长者走在队伍的旁边，从最前面一直走到最后面，又从最后面折回到最前面，边走边看。最后，他扫视了一遍所有的人，开始发话了：

"有电工证的站出来。"

他指了指旁边的空地。

"唰！唰！"

很快就有几十个小伙子在那边站成了一排。

"会说白话的站出来。"他又指了指更旁边的空地。

持电工证的队伍中就有十几个人快速地走了出去，重新站成一排。

长者看了看，走拢过去。

所有的心都揪了起来，所有的眼睛都注视着他。因为此时、此地，他就是上帝，他就是最高权力者，他就可以决定你的去与留，或者说，他就可以改变你今天的命运，或者影响你今后一生的命运。

长者走向那十几个会说白话，又持有电工证的年轻人。他从他们身边走过去，第一个过去了，第二个也过去了，他把第三个人的证件拿在了手里。他继续往前走，第七个、第十个、十四、十五，完了，一共就五个人。

长者挥了挥手，没有丢下一句话，就转身离去。

"没事了。"年轻人大声说。

"哗！"几百号人一下散开了。

"就完了？"

一个稚嫩的四川口音就愤愤地冒了出来。显然，他觉得自己是被戏弄了。

周志明也愣了！

结束了，一切都结束了！

从几百人中招聘五个人，最多不超过十分钟！速度之快、效率之高、招聘方式之奇特，这些都让周志明大开眼界。他的情绪受到感染，失望中又有着兴奋。

南方就是南方，作为改革开放的最前沿，它就是不同，一切都是那么新鲜！一切都是那么奇特！一切都是那么高效！他兴奋、冲动、他热血沸腾！他站在那里，目瞪口呆，几乎忘记了周围的一切，也忘记了自己是来干什么的。等他彻底地回过神来，操场上人已散尽，影都没有了一个。

中午的时候，表弟回来了，还带回来一大包东西。一进门，就一一掏出来，摆放在桌子上。苹果、香蕉、方便面、糖果、瓜子，都是吃的东西。

"来，先吃东西。"

表弟情绪很高。周志明知道表弟打工的厂里效益好，他的工资也很不错，并且每半年月工资就上涨 50 元。

"今天怎么样？"表弟问道。

周志明叹口气，摇了摇头。

"心急吃不了热豆腐，慢慢来！"

表弟告诉志明，他隔壁的塑胶厂明天可能也招工，如果有兴趣，他可以去试一试。表弟还告诉他，他已托人在河洲那边替他联系工作了，过几天就会有消息，叫他不要心急。找工作就要找个好一点儿的，慢一点儿都无所谓，如果心急，慌慌张张，只要是个事，你就去做，等你搞明白过来，可能就后悔了。或者是工资待遇问题，或者是工作时间问题，更严重的是，如果你进到了黑厂，不仅拿不到工资，连人身自由都没有，如果你稍有不满，他们就会动手打人，心狠手辣的，什么事都做得出。

表弟年纪小，但俨然像个老江湖，讲起来头头是道，周志明听起来，也觉得不无道理。

翌日早饭后，周志明跟着表弟来到了他说的那家塑胶厂。那家工厂就坐落在大马路的旁边。几栋高大的厂房矗立着，显示着工厂的规模和实力。宽敞的自动大门豪华、气派。厂门与马路之间的人行道上早已站满了来见工的男男女女、老老少少。

天气极好，艳阳高照。

娇嫩的女孩，头上撑着一把把五颜六色的小花伞；年轻的哥儿们，顾及面子，只好在热力逼人的阳光下硬抗着；有几个上了年纪的中年人，就顾不得那么多了，戴着农村里常见的麦草帽，既经济，又实用，一看就知道，他们是从农村里走出来的憨厚的农民工。真是僧多粥少，一看这阵势，周志明心里就有了数，知道今天很可能又没戏。不过，既来之，则安之，就当作来看热闹好了。

大门一敞开，人们就开始往里面涌。几个年轻的保安在吆喝着维持秩序，大声地喊道："今天只招男工，不要女工，女人们不要进来。"

几分钟后，大门就"咣啷"的一声关上了，大约还有一多半的人被挡在门外，当然包括周志明这位还有点自知之明的人。

没有进去的人急忙在门边寻找最佳有利位置，一个个脖子伸得长长的，好像被一根根无形的绳子向上提着；两眼向内望着，一眨不眨，就像观看一部极其精彩的武打片，生怕漏掉了某个细节。

只见二三十个小伙子站成四队，正在脱去上衣。

"他们要干什么？和当兵一样，要搞体检吗？"周志明寻思着。

这时，只听得一声哨子响，光着上身的小伙子们急忙向地面趴下去。

"一、二、三、四……"

随着有节奏的喊声，小伙子们的双臂一曲一伸，整个身躯也随着一上一下。原来，他们是在做俯卧撑。

"十、十一、十二……"

一个小伙子彻底趴下了，不动了，很快，他就被叫了出去。

"十五、十六……"

又一个小伙子彻底趴了下去，他也立即被叫了出去。

……

"停！"

在还有十个小伙子苦苦支撑的时候，指挥者终于发出了停的口令。这十个最后的胜利者成了最终的幸运者，他们被录用了。

太有趣了！

周志明觉得又刺激又兴奋，心里暗暗称奇。如此新奇的招式都有人想得出，真是让他佩服得五体投地！

人群慢慢散去，周志明从他们的纷纷议论中明白了其中的缘由。原来这家塑胶厂的劳动强度大，需要有健壮的身体，否则就会吃不消。于是厂方就想出了这样一个好主意。既快又好，行就留下，不行就走人，多省事。周志明也附和着众人连连点头，不得不佩服中国人的智慧。

"如果每一个中国人的聪明才智都能够得到彻底的发挥，我的天啊，那我们的国家该是个什么样子？不知是谁说过这样一句话：地尽其用，物尽其畅，人尽其才！这是多么精辟的语言啊！短短十二个字，多么的朴实无华！多么的务实具体！即使在今天，它也犹如这青天中的一轮太阳，金光四射！它足以拨去我们思想天空里的雾霾，它足以指明我们奋斗的目标。但我们的国家，历史悠久，上下有几千年了；我们的民族，勤劳而勇敢，聪明而智慧，为什么就还没有找到这样一种合理的机制使地尽其用、物尽其畅、人尽其才呢？是不是正因为历史太悠久了，文明太灿烂了，某些不可昭示的东西经过千年的沉积，发酵而成为某种特别的思维定式，一直沿袭至今，一直蒙蔽、欺骗着普天下善良的芸芸众生呢？"

周志明待在那里，就这样胡想着，直到几个扫街道的老女人过来喊他让开，他才猛醒过来。

回到租房，周志明背上已是一层汗水。他赶紧冲了个凉，换件干净衣服。他躺在床上，想休息一下，理一理自己的思路。自己出来也有几天了，跑了好几个地方，也就看了几场热闹，长了一些见识，工作的事情还是八字没有一撇。这样找下去，要到什么时候？一想到活泼可爱的小妹妹在学校里面省吃俭用，生活清苦，周志明不免有些心绪浮躁，觉得不能这样找下去了，是不是要另想办法？但他决定还是再等几天，看看表弟这里的情况再做决定。

下午六点多钟，表弟回来了。兴高采烈，一脸喜气，一进门就嚷道："搞好了！搞好了！"

"什么搞好了？"

周志明一骨碌从床上翻起来。

"工作啊，你的工作。河洲那边来电话了，要你赶紧过去。"

"什么工厂？"

"一家塑胶厂，生产影碟机的一些配套产品，工资也还不错。这样吧，今天晚上我们多搞几个好菜，喝几杯，庆贺庆贺。明天你就搭车过去，宜早不宜迟，迟了恐怕有变。具体地址和联系人都写在这张纸条上了。"

表弟从口袋里摸出一张纸条，看了看，交给他。

几杯酒下肚，俩老表的情绪都高涨起来。周志明说这几天真是开了眼界、长了见识，也还说了一些感谢之类的客套话。表弟听了，反倒显得有点不高兴了。

"表哥，你是读书人，有文化的，和我们不一样。你到了那边，好歹先做着，这样就有了一个安身之所，再慢慢发展。我知道你的能力，小池子是装不下你的，一旦条件成熟，风云际会，你是会有所作为的，前途比我们要大得多。我们没读什么书，只是凭劳力挣点辛苦钱，日后，我还指望着你呢。"

表弟说到这里，似乎触及了什么伤痛，心情忽然低沉下来。周志明知道表弟家里贫寒，他没读什么书，十六岁就出来打工挣钱，补贴家里，吃了多少苦，流了多少泪，受了多少委屈，只有他自己知道。稚嫩的肩膀过早地担起了家庭的重担，贫苦家的儿女早当家啊！

周志明见表弟有些伤感，忽然联想到了他自己的境遇，不觉也悲从心来，眼眶里湿润润的。他强压住自己的情绪，把右手按在表弟的肩上，安慰道："男子汉大丈夫，顶天立地，吃点苦，没什么，俗话说得好，吃得苦中苦，做得人上人。不要再想过去了，向前看，我们一起努力，共进退，怎么样？"

"好！"

表弟端起酒杯，一饮而尽。

第二天一早，周志明便告别表弟，匆匆地搭上了一辆开往河洲方向的长途班车，前往那家工厂。

长途班车就像一个悠闲的旅行者，在珠江三角洲的大平原上平稳地行驶着。

周志明一路上心情很好。他不时侧目望望窗外的绿色原野，那里阳光灿烂，小丘岗蜿蜒起伏，葱葱绿绿。他把车窗打开一条窄缝，让带有一丝凉意的空气吹进来，带着泥土和青草味儿的空气清新而芳香，沁人心脾。周志明感到精神倍增，一想到马上就会拥有一份新的工作，他的全身就产生了一种跃跃欲试的亢奋的感觉。


河洲——广州东部的一座城市。

一条非常热闹的大马路。

长途班车在停车牌前稳稳停下。周志明穿着白短袖衬衣，背着行李包从车上健步走下。他环顾四周，马路、人群、高耸的楼房、各种店铺，与所有的城市街道一样，并没有多大区别。从这里到汽车总站还有一段路程。周志明向一个过路的人打听去汽车总站的方向，然后，便沿着人行道匆匆走去。行了一会儿，周志明横过马路，经过一个拐角，沿右边继续前行。

周志明正要从市邮政局的大门口经过时，看到从里面走出一个女孩。

中等身材，短黑发、圆脸、浅灰色的工服。

多么的熟悉，好像在哪里见过。周志明本能地一怔，再仔细地看时，他发现了她右下颌的那个极小的黑痣。

是她，就是她，就是火车上遇到的那个女孩。周志明突然有了一种他乡遇故人的感觉，心里一阵暖和。他连忙走上前去，一脸微笑。

"你好！"

"你是……你是谁？……我不认识你。"

女孩一脸疑惑，身子向后退了几步。

"前几天，我们在火车上还见过面。"

周志明连忙解释道，仍是一脸微笑。

"你？——我不认识你，我真的不认识你，你不要靠近我，你走开。"

女孩一边说，一边后退，像一只受到惊吓的兔子，赶紧朝另一个方向匆匆逃去。

周志明愣在那里，半晌没有说话。脸上青一阵，红一阵。

"我究竟在做什么？我又究竟做了什么？真的是我认错了人？还是她没有认出我？还是世态炎凉本来就是如此？"

周志明心里很是懊恼。没想到刚到河洲，一下车，自己就撞上了这样一件尴尬的事情，被弄得灰头灰脑。

"真是活见鬼！"

周志明嘟哝道。

他匆匆赶往汽车总站，一到站，就连忙打听去南头方向的班车。他上了车，告诉乘务员，自己在第二个立交桥那里下车。

下车后，周志明看了看方向，沿路逆行了一百米左右，那里果然有一条宽敞的沙子路，通向附近不远处的一个小山岗，树木掩隐处，坐落着一些白色的楼房。

这里果然就是那家塑胶厂。

周志明走进大门边上的保安部，告诉保安他要找的人的姓名。一名瘦高个、马脸的保安对他上下打量了一番，叫他就在这里等，他去里面喊人。

不一会儿，一个年龄和自己相仿的年轻人穿着灰色的工服，跟在马脸保安的后面走了出来。

"你就是周志明？"

"是的。"

"好！好！"

年轻人热情地向他伸出双手，又把头转向马脸保安，介绍道："这是我的一位老乡，来这里做事的，已经跟人事部说好了，现在我就把他带到宿舍去，安排一下铺位。"

"欢迎！欢迎！"

听完介绍，马脸保安把那只瘦长的手搭在周志明的肩上拍了拍。

去宿舍的路上，年轻人告诉周志明，他叫李文彬，和他的表弟张凯里是一个村子的，从小就是哥儿们，一起放牛、砍柴、下到河里捉虾摸蟹，有时候也一起调皮捣蛋干点坏事，总之，他们就是农村里俗话说的光屁股朋友。

周志明听了，哈哈大笑。

这是一个多么坦荡的小伙子啊！

周志明把手按在他结实的肩上，告诉他："工作的事情多亏了你的帮忙，从今天起，我们就是朋友了，有酒同喝，有肉同吃，怎么样？"

"好！好！"

李文彬连声称好。

# 三

朝阳在天际冉冉升起，霞光万道。大地一片光明，温润。新的一天开始了。

新华塑胶厂。第二注塑车间。车间主任王强带着穿着灰白色工服的周志明从办公室走进车间，来到一个清瘦、有点腼腆的年轻人面前。

"这个人就交给你了，你安排一下。"

"好的，你跟我来。"

这个二十五六岁的年轻人就是这个车间白班的班长，叫苏小东，江西人。

他把周志明带到"12"号注塑机前。那里有两个中等个头的女孩正在清点工具，准备开机。

"来，给你们介绍一下，"班长指着周志明对那两个女孩说："他叫周志明，新来的。从今天起，他就在你们这台机打包装。你们就多带他一下。"

两个女孩就朝周志明友好地笑笑。

班长说完，从机器台面上拿起一个塑胶盘，告诉周志明："第一步就是用吹枪把它吹干净；第二步就是看上面是否有杂质黑点，如果有，就把它拿出来，放在废品箱内，再回收利用；第三步就是把合格的盘子装入塑料袋内，再把塑料袋装入纸箱内；第四步就是用封口胶带把纸箱打包好，贴上写好日期、品名、数字、规格的标签。下班的时候，就用平车把打包好的纸箱送到质检部，这样就 OK 了。"

班长说完后，又亲自示范了一遍，方才离开。

趁着机器还未启动，周志明迅速地扫视了一遍车间。

车间很大，靠东边一共放了十排注塑机，每排四台。中间是一条宽宽的走道，靠西边是摆放着几台组装机器，有自动传送带。车间内大约有一百多个工人，都是清一色的年轻人，身着灰白色的工服，年龄在二十岁上下不等，女工多，男工少。所以，周志明一眼望去，看到的几乎都是黑黑的长头发和花儿一样漂亮的脸蛋。周志明站在自己的注塑机前，上下左右打量着。注塑机呈一个大的长方形，东西向摆放着。他的那个工作台在机器的南侧，与机身连接成为一个整体，两个女孩的工作台在机器的东头。他这里看看，那里摸摸，那样子，就好像是一个老行家似的。

那两个女孩子被他的神情逗乐了，一边拿眼光斜斜地看他，一边偷偷地在笑。

"哎，你是哪里人？"

一个留着齐眉刘海、眉清目秀、脸长得白白圆圆的女孩悄悄地问他。

"湖北柳城，你呢？"

周志明笑了笑，反问道。

"我？"

那个女孩张了张口，刚要说，忽然打住，不作声了。她调皮地眨眨眼，甩了甩一头好看的长头发，用一双水汪汪的眼睛看着周志明，浅笑道：

"我不告诉你，我要你去猜，我要你去想。"

"哇！好厉害的女孩，真不简单！"

周志明心里惊叹道。第一次见面，他就被她忽悠了。

因为机器的操作开关面都设计在周志明工作台西侧的机身上，所以到了开机的时候，圆脸女孩不得不从机器的东头走到周志明的旁边。她脚步欢快，微微上翘的嘴角边还挂着一丝狡黠的笑意。可以肯定地说，她的心里面还在偷偷地乐着。周志明看她用一只白净、丰满的小手非常娴熟地按动各种开关，随之，机器启动了，开始了运转。

紧张的工作开始了。机械化生产的最大优点就在于它是机械生产，只要机器不出问题，正常运转，那么它就永远是快节奏、高效益的。这也正是传统的手工作坊被淘汰，规模化、大型化工厂蓬勃兴起的关键所在。随着机器的运转，每隔几分钟，机械手就从打开的舱门内自动取出两个成型的塑胶盘，把它放到传送带上，再经过传送带送到那两个女孩面前的工作台面，她们再用锋利的小刀把塑胶盘上的边缘修刮光滑，这个操作过程叫作批锋，使用的小刀叫批锋刀，批锋刀是用小的钢锯条磨制而成。

两个女孩快速、熟练地批锋，完全没了先前的顽皮样子，一脸的严肃、认真。桌面上有了一小叠后，她们就会迅速地送到周志明的台面上。周志明一手拿盘子，一手拿风枪，快速地把盘子里里外外吹刷干净，放在一边，等有了一小堆后，他就开始逐个两面仔细检查，把合格的放在一边，把不合格的扔在废框子内。紧跟着是装袋、装箱、贴标签之类的事情。这份工作完全是手面子活，劳动强度虽不大，但却要求员工极其熟练、快速。手脚慢的人根本就适应不了。

周志明这下真是够呛了。

他毕竟是个大男人，平时又没有这方面的训练，更何况今天又是上班的第一天，任何经验都没有，他顾到了这里，又没有顾到那里。总之，他就像举起岩石玩狮子，人又吃了亏，戏又不好看。他是尽了全力，但还是忙不过来，台面上已叠放了一大堆还来不及吹刷、打包的塑胶盘。一整个上午，他除了上一次卫生间外，哪里都没有去过，连开水都没有去打。他不是不口渴，而主要是没时间，走不开。他不希望自己丢面子，所以，他只能尽最大的努力去做。

吃完中饭，周志明赶紧回到车间。他想利用饭后的一点儿休息时间把耽误的事情赶出来。

整个车间空荡荡的，除了他，再没有第二个人。机器也停止了工作，车间内出现了短暂的寂静。

半个多小时后，周志明终于全部搞完了。他拍了拍手，看了看空空的台面，长长地舒了一口气，自言自语道：

"哈哈！没什么大不了的，不就是少休息一会儿吗？"

趁大家还没有来，他又赶紧去倒了一大杯冷开水，放在自己台面的角边上，那里还有一个茶杯，是圆脸女孩的，她上午来喝过几次茶水。

现在，他终于可以坐下来歇口气了。

在某种意义上说，这家工厂的员工还是相当辛苦的。除了管理层外，所有的员工都是两班倒，每一个班都是十一个小时，中间有一个小时是吃饭和休息。白班和夜班一个月轮换一次，只有在轮换转班的时候，工人才有一天的休息。

这个时候，工人开始陆陆续续地进来了。他们有说有笑，有的还嘻嘻哈哈，和上班的时候完全是两个样。他们毕竟是年轻人，很多都还不到二十岁，走路的时候都还一蹦一跳的。

多么鲜活的生命啊！

多么富有激情的青春！

周志明忽然想到了自己可爱的小妹妹，她比自己小四岁，走路的时候有时也是一蹦一跳的，两条细长的黑辫子在背后一甩一甩，好看极了。这个时候，妹妹在干什么呢？是坐在宽敞的教室里听着老师讲课？还是正走在校园的浓荫小道呢？

周志明来不及细想，工人们都进来得差不多了，又要开工了。两个女孩进来，走到自己的岗位，不经意的一瞟，看到周志明一个人早已坐在那里，台面上已空空如也。

"咦！他中午没有休息？"

"这个小伙子还蛮不错耶。"

圆脸女孩一边做准备工作，一边寻思道。自从她第一眼看到周志明，心里就咯噔了一下。不高不矮的个头、结实的身子、棱角分明的方脸，浓眉，大眼，一件灰白色的工服套在紧绷的身上，整个人显得神采奕奕、精神抖擞。整个上午周志明手忙脚乱，连上厕所都是一路小跑，她是全看在眼里。不知咋的，她的心里就有了一种以前从来没有过的、很微妙、很奇怪的感觉。她很想过去帮他一把，但一想到他是个大男人，自己毕竟是个女孩，第一次在一起做事，自己就主动去帮别人，那好难为情，自己的姐妹们知道了还不把自己笑死？自己的一张脸今后还往哪里搁？反过来，如果是他自己主动喊她，那情况就不同了，她就可以名正言顺地去帮他，姐妹们笑起来，她也好解释，她不好拒绝别人嘛。她这样想着，抬起头，飞快地扫了一眼周志明，似乎想向他传递某种信息，然而，却看到他一副悠哉乐哉、心安理得的样子。

"哼！"

她心里忽然有了一丝幸灾乐祸的感觉。

"你等着瞧吧，有你受的。"

圆脸女孩去开机，从周志明的身边经过，似笑非笑地揶揄道："帅哥，还不错啊，蛮可以的。"

"哪里，我根本就忙不过来。男人嘛，干力气活还可以，这手面子活，就比不上你们女孩子，心灵手巧的。"

"你不会叫人帮忙？"

女孩子收了笑，声音低了许多，生怕让旁人听到。

"大家都在做事，我去叫谁？再说，这是我的本职工作，是我分内的事，我怎么好去求助别人？"

"你说得很有道理。不过……"

女孩向四周瞄了瞄，压低声音，接着说，"忙不过来的时候，你喊别人帮帮忙，别人也肯定愿意啊。"

"那喊谁呢？你也知道，我初来乍到，这里又没有熟人。"

"是啊，那喊谁呢？"

圆脸女孩装出一脸糊涂。她眨眨眼，有了主意。她悄悄扯了扯周志明的衣服边边，向她的同伴努努嘴。

"喊她啊，她叫张小薇，是个大美人，你就叫她美女好了。"

周志明一听，差点笑出了声。他看着这个比自己稍矮一点儿的女孩，觉得她人长得漂漂亮亮，但却鬼精灵的，猜不透她的葫芦里又在给自己卖什么药。一想到上午上过一次她的当，周志明真想一巴掌拍在她的头上，让她清醒清醒。但转念一想，自己到了这里，就她还主动和自己说活，也还蛮可爱的，就只好先顺口答应。

下午的情形和上午一样，周志明忙碌着，根本就没有片刻的休息时间。圆脸不时拿眼瞟瞟同伴，然后又瞟瞟周志明，看着周志明这边没有任何反应，她有点心神不定、沉不住气了。说真的，她好想走过去帮他，她觉得她有帮他的义务和责任。有几次她都鼓起了勇气，就差那么一点点，一点点，脚步始终没有迈出去。一整个下午，她的人虽然在那边，可她的心思却都放在了这个新来的年轻人身上。周志明以一个全新的形象展现在她的面前，出现在她的生活中，她对他充满了好奇和幻想。凭她的直觉，她认为周志明绝不是一般的打工之人，他的身上一定有着很多的故事和秘密。比如说，他读了多少书，他以前在哪里做事，他为什么要来这里做这件事，这可是毫无发展前途啊，他有女朋友吗？他的女朋友漂亮吗？她就这样无边无际地胡思乱想着，不知不觉就到了下班的时间。

第一天就这样平静地过去了。周志明冲洗完毕，躺在床上。李文彬不在宿舍，上夜班去了。周志明感到很是疲劳，他几乎什么都没有想，就安静地睡着了。

然而，圆脸女孩在床上辗转反侧，却怎么也不能入睡。周志明的身影就像一个挂在墙上的钟摆，老是在她的脑海里晃来晃去，使她睡意全消。

以前从来都没有出现过这种情况，她不明白这是怎么回事儿。她一会儿伸伸腿，一会儿伸伸手，一会儿又翻个身。

夜，难眠之夜！

第二天早饭后，周志明又是第一个走进车间。搞卫生、打开水、准备打包的纸箱等。等到那两个女孩来上班，他已经做完了这一切。

工人们从车间门口鱼贯而入。两个美女走到岗位，看到早已等在那里的周志明，相对抿嘴一笑，便开始了各自的准备工作。

"你来那么早干什么？"

圆脸女孩把头转向周志明，飞了他一眼。

"先做点准备工作，免得到时忙不过来。"

"你做事还蛮认真的哦。你原来在哪里做什么？"圆脸女孩住了手，眨眨眼睛，专注地看着周志明，一脸认真的样子。

"这个——"

周志明停了停，又低下头想了一会儿，才对圆脸女孩说："这个问题好像有点深了，三言两语也说不清，有时间我再告诉你，现在还不能。"

"噢？！……"

圆脸女孩俏皮地伸伸舌头，不好意思地笑了笑。

紧张的一天又开始了。

周志明聚精会神地忙碌着。一个矮个头，大脸盘，二十多岁的姑娘走过来。她一手拿笔，一手拿本子，神态悠闲。她是班长苏小东的老婆，车间技术员，负责技术指导，每天就在车间内转来转去——这是周志明后来才知道的。昨天，她转到十二号机，在旁边对周志明悄悄地观察了好一会儿，心里就产生了一种莫名的感觉，总觉得这个人日后要从她的身边夺走什么似的。

"十二号机打包装的那个人是什么来头？"

昨天一下班，她就问老公苏小东。苏小东一头雾水，问她道："怎么了？有什么问题？"

"我发现有点不对劲。你想想，他那么一个大男人，相貌堂堂，怎么会甘于做那一件事情？"

"这很正常啊，一个萝卜一个坑。他需要一份工作，而十二号机又缺一个人手。这没有什么不妥的。"

"我看还是小心点，只要不影响我们，就算了，一旦威胁到我们，就要想法把他撵走。"

职场上竞争激烈，尤其是这些私人厂家，谁有关系谁上，谁的关系硬，谁就占据重要位置。这谁都清楚。苏小东的老婆是担心周志明有什么后台，恐怕危及她丈夫的位置。说白了，她希望自己丈夫的手下，都是一些文化程度较低、没有进取心、又比较听话的本分人，绝不能有长角儿的人出现。因此，她对周志明先就存有了几分戒心，时刻提防着，也时刻准备找他的茬子，给他一个下马威。现在，当她看到周志明的台面上有一堆存货时，暗喜以为机会来了。

"你是怎么搞的？那么慢，动作要快点！"
她站在周志明的旁边，训斥道。

周志明回头，看到她一脸阴沉，心想，我又没有得罪她，她怎么就这个态度，一看她那样子，好像是个管事的，周志明只好赔着一副笑脸，连声诺诺："是的，是的。"

其实，他已经不能再快了，他已经尽了最大的努力了。

大脸盘本以为周志明会和她顶嘴，她便好趁机训斥一番，不料，周志明却态度温和，一脸笑容。大脸盘的算计落空了，她很失望，又不好发作，站了一会儿，只好怏怏地走了。

一会儿后，又过来两个黄毛，他们手里拿着批锋刀，走到圆脸旁边，和她有一句没一句地搭讪起来，还不时地朝周志明这边望望，脸上露出不屑的神情。但圆脸似乎对他们不怎么热情，一会儿后，他们便也知趣地走了。

圆脸抬起头，朝周志明看了看，见他专心地做着自己的事情，对刚才两个黄毛过来好像根本就不知道，不禁叹了口气。原来，那两个黄毛都是她的老乡，一起从贵州大山里出来打工的，其中一个个子稍高、皮肤较黑的现在正喜欢着圆脸，但圆脸对他根本就不感兴趣，始终与他保持着一定距离。昨天，他们便知道十二号机来了一个很英俊的后生，所以，他们刚才过来找圆脸说话，无非是想摆明他们与圆脸的关系，警告周志明不要有非分之想。可周志明什么都不知道，他只管做着自己的事情，而圆脸却替这个新来的小伙子担心起来：大脸盘为什么要无缘无故地对他发脾气？他们之间可是无冤无仇啊？周志明已经尽力了，为了赶工，他连休息的时间都用上了，他还有什么过错？两个黄毛过来，无非是向她打听周志明的一些情况，提醒她和周志明少接触、少来往。

"真是狗咬耗子，多管闲事！我与他来不来往，是我与他之间的事情，和你们有什么关系？我喜欢他，我偏要和他好，那又怎样？真是岂有此理！"

圆脸越想越气，刚好手里拿到一个变形了的塑胶盘，就顺手往装废品的框子里一扔，不料心中有气，出手也就没轻没重，"咣"的一声，把她的同伴瓜子脸吓了一跳。

"你有神经啊？"

瓜子脸眉毛一扬，娇嗔道。

圆脸盯着瓜子脸说："我心里有点烦！"

"有点烦？——咦！怎么了？"

瓜子脸迷迷糊糊地在伙伴的脸上上下左右看了一遍，没有弄明白是怎么一回事，联想到刚才发生的两件事，以及圆脸昨天一天的种种表现，她又侧头对周志明瞄了瞄，似乎某根神经突然开窍了。

她用右手的一根小指头顶住圆脸的眉心，神秘兮兮地轻声道：

"好啊，你！真有你的，快说，你是不是看上人家了，才一天哪！"

"你！……你！"

圆脸语无伦次，连声否认："没有，没有。只是觉得这样对他太不公平了，仗着老公是班长，就能随便欺负人吗？"

"少管点闲事吧，现在哪里都一样，人管人、人压人、人欺人，都是这样过来的，把自己的事情做好，就 *OK* 了。哎，说真的，那个还蛮不错的，好帅哟。"

瓜子脸一边说，一边逗弄着圆脸。

"去你的，看我打你的屁股。"

圆脸顺手拿起一个塑胶盘，一侧身，轻轻打在瓜子脸的屁股上，而自己的脸上却已是一片红晕了。

连续几天平静地过去了。然而，一个星期后却出了事。到了快下班的时候，质检部的一个人员走过来通知"12"号机，上午送过去的货要全部重新检查。不是没有吹干净，就是可能发现了杂质点。这就意味着下班后别人休息去了，"12"号机的所有人员不能休息，要把上午全部的产品重新检查一遍之后才能下班。这种事情每个机台都会遇到，但谁都不希望遇到。一旦遇到了，只好认栽，承认倒霉。

张小薇正盘算着下班吃饭后，和几个姐妹去街上逛超市。她们白天早就约好了，现在就眼巴巴地盼着快点下班。一听说下班后要返工查货，她的火暴脾气就来了。

"啪"的一声，她把几个叠放在一起的塑胶盘往工作台面上一拍：

"要返工他自己去返，我不去，我有事。"

小薇是个直筒子，火脾气。她说这话时根本就没有考虑到身边的亚琴，就是那个圆脸女孩的感受。但话一出口，她立即就后悔了，当她抬头看到亚琴的一双眼睛正直直地盯着自己时，她的嘴巴也惊讶成了一个大大的 O 字。

　　"亚琴，真的对不起。我……我就是这个坏脾气。"

　　小薇双手握住亚琴的手臂，声音低低地认错道。

　　"小薇，我知道你们约好了要上街。这样吧，下班后，你就回去吧。我留下来就行了。"亚琴并没有怪她。

　　周志明觉得一下子就好像掉进了冰窖里一样，里里外外都是刺骨的冷。他男子汉的自尊心受到极大的伤害。"你不返工就不返工，当着众人的面来什么火？发什么脾气？"他心里恼怒道。但是，在这种场合，在这两个年少的女孩面前，他一个大男人又能怎样？他气血上涌，感到头都在膨胀。他呆在那里，好一阵子才清醒过来。他极力地平静着自己的火气，转向两个女孩，一字一句地说道：

　　"这件事因我而起，由我一个人负责，与你们没有任何关系，你们下班后走人就是了。"

　　瓜子脸和圆脸就像两根木头，直直地立在了那里。

　　下班的铃声响后，工人们像散了窝的马蜂一样，转眼间嗡嗡地消失得无影无踪了。

　　两个女孩也走了。

　　周志明低垂着脑袋，默默地收拾完毕，沮丧着心情推着下午的货箱来到质检部。他交完货，忙去寻找自己上午的货箱。可当他找到时，他却惊呆了——圆脸早已蹲在那里开始开箱查货了。

　　"我说过这件事与你们没有任何关系。一人做事一人当，是我的问题，就由我一个人负责。我不希望连累别人，我也不希望别人同情我，怜悯我，你走吧！"

　　圆脸缓缓地站起来，一双清澈透明的眼睛直直地盯着他，一字一句地说：

"返工检查，一台机的所有人员都必须参加。这是车间的制度，你懂吗？"

"我？！……"

周志明张大了嘴巴。

好个伶牙俐齿的女孩，一句话就把振振有词的周志明的嘴堵了个严严实实。周志明站在那里，嘴还想动，却一时语塞，找不到恰当的词儿了。好一会儿，他才对着圆脸诚恳地说："你我萍水相逢，非亲非友，我真的不想连累你，你走吧，我是男子汉大丈夫，一人做事一人担。你在这里，我反倒于心不安。"

"我……我不走，我就是不走，我愿意留在这里，你怎么着？"

圆脸倔强地说，但脸上却魔幻般地变出了一脸笑容：

"你是不是讨厌我？"

周志明看着对方一脸调皮而又真诚的样子，板起的脸也温和了许多，就像走进了三月天的江南大地。

"我哪敢讨厌你？你长得那么漂亮，你不讨厌我，我就三生有幸了。"

"这……这可是你的真心话？"

圆脸的瞳仁里立即放射出了欢喜的光芒。

"嗯。"

周志明老老实实地点头道。

"那好，我是诚心诚意地帮你，你既然不讨厌我，那你就听我的话，我们抓紧干，干完了好早点下班休息。"

一个回合下来，周志明就输了，彻底地输了，输得哑口无言，输得心服口服，而又输得不明不白。

"明明道理在我这边，我怎么又说她不赢了？"

周志明心里纳闷儿。不过，他却赢得了一个美丽姑娘的真心帮助。

夜晚的质检部，安静极了。只有圆脸和周志明两个人在默默地认真检查着每一个塑胶盘。憋了好久，周志明忍不住了，他一边干活，一边问圆脸道：

"几天了，我还不知道你的名字呢，你叫什么？"

"我姓冉，叫亚琴。你就叫我亚琴吧，"圆脸抬起头，自我介绍道，"从明天起，你上班的时候，速度慢点，把盘子多检查一下，尽力做到不再返工。你忙不过来时，我会过来帮你。"

"那行吗？管事的那个女人会不会找茬子？"

"我和小薇商量一下，会安排好的，我们在一台机，就是一个团队，一个整体，俗话说，有福同享，有难同当。"

亚琴说这话时，她还是存有私心的，她想真正地帮他，更想找个堂而皇之的理由来接近他。但她万万没有想到，她把自己与周志明扯在一起，无形之中也把自己推到了风口浪尖上。

周志明看着跟前这个如花似玉的女孩，没有想到在她美丽、天真、顽皮的外表下，竟还深藏着一颗真诚善良的心！周志明感到一阵温暖，一阵久违了的女性的温暖。他忽然想起了自己的母亲，可怜的母亲，早已长眠于黄泉之下的母亲。他心头一酸，泪水竟夺眶而出。他忙转过头去，用卫生纸去擦眼泪，想掩饰自己的失态，但这哪里能躲过心细如发的亚琴。

"你怎么了？你哭了？"

她连忙放下塑胶盘，双手抓住周志明的手臂，两眼凄迷。

"没有什么，我只是想起了一件过去的伤心事。"

周志明缓缓地说。他拿开女孩的手，振了振精神，一本正经地说：

"亚琴，你真是一个好姑娘！"

# 四

祸兮福所倚，福兮祸所伏。祸福之间，因因果果，果果因因，又有谁能说得清？道得明？

意外的返工风波反而使周志明获得了一段平静的打工生活。

亚琴遵守了她的诺言。每当周志明台面上有存货时，她就赶紧走过来帮忙。每次，她都是低着头，轻轻地走到周志明的身边，轻轻地说一声："我帮你！"然后便从他的手里拿过吹枪。一个人吹刷，另一个人装袋、装箱。一切都是那么默契，一切都是那么和谐。一个人的活，两个人分着做，周志明轻松多了。现在，他终于可以停下来歇歇气，从容地喝口茶，闲时还可以向四周望望，看看周围都有一些什么人，在做着什么事。亚琴在周志明这里做一会儿，又回到自己的岗位做一会儿，两边轮换着。她轻轻地来，又轻轻地去，低着头，红着脸，很少说话。小薇呢，则把亚琴青涩少女的那点心思看得明明白白，透透彻彻。她佩服她的胆量和勇气，也不点破，只是自己也身不由己地跟着忙了起来，为了自己的好同伴，她毫无怨言。

周志明、亚琴、小薇，"12"号机的三个人现在终于成了一个整体。

一天过去了。

二天过去了。

三天也过去了……

"12"号机再也没有出现产品返工检查的事情。但"12"号机周边的所有员工都看到了这样一个不争的事实：亚琴帮着周志明干活，他们同样也顺理成章地得出了一个结论：亚琴喜欢上了周志明。但就还有一个人不知道，他就是周志明。他把亚琴的帮助当作是同事之间的一种友谊的体现。他知道自己现在是落难之人、漂泊之身，能够与同机组的人搞好关系、和睦相处，把自己的本职工作做好，这就是他现在最大的愿望。

周志明做完手头的活，转头看看还在吹刷塑胶盘的亚琴，见她还没有要走的意思。他又不好意思催她，便拿起茶杯，一干而尽。他想去打开水，一看，亚琴的茶杯不知什么时候空了，就顺手把她的茶杯也带去，打了满满一杯，放回原位。这一切，并没有躲过亚琴的眼睛。她瞄在眼里，热乎在心里。周志明抬起头，好奇地四处张望。他现在有充裕的时间来观察、思考、分析车间里的一些事情了。车间左边，距周志明约十米远的地方，有一个小伙子引起了他的注意。那个小伙子个子不高，十八九岁，大圆脸，白白净净，理着个小分头，鼻梁上架一副白色透明眼镜，给人一种秀气、斯文的样子，一看就是个读书人出身。他和周志明一样，也做着同样的工作。

"同是天涯沦落人啊！"

周志明心里一声感叹。也许是同病相怜，周志明每次向周围张望时，总会多看他几眼。这次，周志明正向那边望时，他也正好抬头朝周志明这边看，他们的目光碰在了一起，彼此相互友好地笑笑，点点头，算是打了个招呼。周志明的目光继续扫向眼镜的后面，不远处，就是那两个黄毛，很扎人眼的，从很远的地方就能辨认出。

亚琴吹了一会儿，停下来，喝了几口茶水，心里甜甜的。见周志明还在四处张望。

"你在看什么？看美女吗？"

她轻轻地拉拉周志明的衣襟，斜了眼睨着他。

周志明转过头来，腼腆地朝她笑笑。

"我去了。"

她把小嘴儿一抿，脸上露出一对浅浅的小酒窝。

还有一个人，其实同样引起了周志明的注意。一天下午，他正在干活，有一个个子高挑、长着椭圆形长脸的女孩来到"12"号机，手里也拿着笔和本子。周志明抬头恰好与她打了个照面，见她一脸温和，便礼节性地对她点了几下头，她也连忙对周志明回点了几下。

"你好，新来的？"

"嗯。"

"还适应吗？"

"还好吧。"

周志明勉强地笑了笑。

"时间长了，习惯了，就好了。"

高挑女孩说这话时，吐词很慢，好像一边说话，一边在思考着什么问题，两只眼睛却一直注意地看着周志明，好像还有什么话要对他说。

"这个女孩是干什么的？她对我的态度好像还可以，但她的眼神里似乎藏有某种东西，那又是什么呢？"

下班后，周志明躺在床上琢磨着，他现在还没有睡意。自从亚琴帮他以来，他的工作轻松多了，他完全没有了先前的紧张、繁忙、劳累。下班后，他也不觉得怎么疲劳。他现在有时间和精力思考一些问题了。说真的，他心里非常感激亚琴。这是一个多么好的姑娘啊！美丽、善良、温柔、勤劳、这些美好的字词似乎都可以用在她的身上。她为什么要对自己这样好？她为什么要这样帮助自己？周志明现在还没有想那么深，他考虑的首要问题还是自己的工作问题。他没有忘记自己立下的誓言。现在，他只是有了一份最基本的工作，解决了暂时的住宿、吃饭问题，让自己有了一个安身立命之地。可这份工作，并不是他所喜欢，他所期待的。他思考着下一步该怎样做、做什么。

这个时候，有个人在无形之中给他拨开了前进中的迷雾，让他见到了光明与希望。那个人就是眼镜，那个白面书生。

一天，在饭堂吃午饭的时候，周志明打了饭菜，回转身四处寻找座位，目光刚好又和眼镜的碰到了一起，恰好眼镜的对面又还有一个空位。于时，周志明连忙走过去。

"你在这里做了多久了？"

周志明问眼镜。

"几个月。"

"读了多少书？"

"高中呗。"

"书生啊！"

周志明叹口气，既为眼镜，也为自己。

"书生怎么了？"

眼镜四处望望，他看到了那个周志明也曾见过的高个长脸女孩，他压低声音，努努嘴："你看，就是那个女孩，一个大专生，学财会的，在车间里也就做个文员。"

"噢，"周志明点点头，"为什么呢？"

"为什么？两个原因呗。一个是先来后到，进厂总有个先后顺序吧；二个嘛，看谁的关系硬。当然，也还有其他的例外。"

"噢。"

周志明一听还有其他的例外，马上来了精神，身子向前探了探，眼睛直直地看着眼镜。

"女孩子嘛，可以靠肉体和色相，只要你愿意，要风有风，要雨有雨，要什么有什么，还担心一个轻松的职位不成？"

"那她肯定是不愿就范？"

"那是明摆的。有骨气！"

周志明笑笑，摆摆手："说正经的，我们是大老爷们，没有那套本钱，还有没有其他的什么途径？"

"还有啊，捷径。"

眼镜用一根手指朝天指指，卖了个关子，不说了。

周志明看着眼镜朝天竖着的手指，大脑飞快地思考着。

"你是说直接找厂长？"

眼镜摇摇头。

"那——找厂长都不行，还有比厂长更有权力的人？"

眼镜点点头："老板。厂长只不过是老板的一个亲侄儿，一个不学无术的纨绔子弟，绝对的权力还是掌控在老板手中。"

眼镜扒了几口饭，又慢悠悠地对周志明说："不过，这就要靠缘分了。"

"缘分？"

眼镜越说越悬，把个周志明搞糊涂了。周志明看看时间不早了，忙用手拍拍眼镜的肩膀，说：

"这样吧，要上班了，下班后，我到宿舍找你。你叫什么名字？住哪里？"

"我叫杜方成。住在 208 房，你呢？"

"我叫周志明。住在 202 房。好吧，我们就交个朋友，晚上见。"

晚上一下班，周志明就连忙冲凉、洗衣服。干完后，赶紧下楼去厂门口小卖部买了一包香烟，带在身上，便直奔 208 房。

杜方成正在走廊晾衣服，见周志明匆匆而来，便赶紧把衣服弄完。

周志明掏出香烟，递给眼镜一支，自己在嘴唇间也夹了一支。俗话说，无酒不成宴，无烟不成友。随着两缕香烟的袅袅升起，两个新结识的伙伴也就打开了话题。

杜方成给周志明讲述了这样一个故事。

一天，在厂部仓库里，有几个员工正在搬运货箱。恰好老板带着几个管理人员在厂内巡查来到仓库。老板看到一个文弱的年轻人在搬运货箱时非常吃力，脚步都有点儿蹒跚，便走上前去，要他停下来，问他是不是病了，病了就请假休息，不要行蛮。那个年轻人也许是年轻气盛，也许是的确搞累了，心里窝着火，很有点烦躁，他根本就不知道站在他面前的就是这个工厂的老板，当

036

时就牛气冲冲地发起了牢骚："我根本就没有病，我本来就是个读书人，不是干这种苦力活的。"老板见他火气甚旺，一副受委屈的样子，倒是吃了一惊！上上下下瞧了他好几遍，见的确是个读书人模样，反倒起了怜心，便问道：

"你什么文凭？"

"大学专科。"

"有毕业证吗？"

"有，就在宿舍。"

"那好，看你还蛮牛气的，你现在就把毕业证拿来，到厂办公室找我。"

一会儿后，年轻人手里拿着烫红的毕业证走进办公室。老板拿在手里看了又看，然后指着办公室里的一些电脑、打印机、传真机之类的办公用品，问他会不会使用。他二话不说，就当场演示起来。老板一看，信了，有文化就是不同，当即点将，提升他为办公室主任。

故事讲完了，眼镜告诉周志明，这个人就是现在的办公室主任房兵，这是个真实的故事。

"你说，这是不是缘分？"眼镜偏了脑袋，直直地盯着他。

周志明沉默半晌，深有感触，点点头："可这种缘分并不是人人都有啊，只可遇，不可求。"

"你好像也是个读书人吧，你应该知道牛顿发现万有引力的故事。那么多的苹果从树上往下掉，难道就只落到牛顿一个人的头上？而为什么就只有他从中发现了万有引力从而名垂青史，流芳百世？有非常之人，才有非常之事，反过来，有非常之事，其先必有非常之人啊。"

"说得好，说得好。有非常之事，其先必有非常之人。你说得太精辟了。古人说，与君一席话，胜读十年书，这话一点儿不假啊。哎，老弟，我看你满腹经纶、头脑也很聪明，打包装一事也太委屈你了，你为什么不去直接找老板，试试运气？"

"我的文凭太低了，一个高中生现在什么都不算。况且，老板又不是经常在这里。"

"哦。"周志明嘘了口气，"不过，我们都还年轻，来日方长，机会多得是，对不对？"

"对，对。"眼镜点头称是。

告别方成，周志明回到宿舍，躺在床上，心情久久不能平静下来。他的大脑里模模糊糊，思维并不清晰，但在遥远的某处似乎出现了一丝亮光，若隐若现，若明若暗，只是他现在还不能把握住那一丝亮光的准确位置。

他竭力思考着、探寻着，想早点拨开迷雾，见到那能给他带来希望的光亮。


# 五


周志明精神抖擞地走进空荡的车间。

他的心情很好。

这段时间以来，他已经熟悉了工作的环境和程序。他先是搞卫生，然后把自己和亚琴的茶杯倒满开水，接着，他又用平车去仓库领回自己要用的打包箱。做完这些，他又去车间的一头找了一个特大纸箱，用透明胶带把它粘结实，放在两个女孩的工作台边，它是用来装报废的塑胶盘的。这件事先前是两个女孩做的，现在是周志明做。因为，她们给他的帮助实在是太多了，他又不能帮她们做什么，所以，一些力所能及的事，如找纸箱、送废塑胶盘、磨刀具等，周志明就抢着去做，时间一长，周志明就把这些事当作了自己分内的事。而实际上，他们三个人早就形成了一个整体，根本就没有分出彼此。周志明在两个姑娘的帮助、庇护下，工作轻松、安逸。但在旁人看似轻松的外表下，他的内心却充满了苦闷、彷徨、焦虑、等待。昨夜眼镜说的一些话，犹如醍醐灌顶，使周志明茅塞顿开，有所领悟。现在，他想利用一段时间好好琢磨琢磨，梳理一下自己有点纷乱的思绪。

车间内已是一派繁忙的景象。员工们各就各位，有条不紊。亚琴这个姑娘，现在是在不知不觉中把一腔心思都悄悄地放在了周志明身上。她生在大山、长在大山，她见惯了山里男孩身上的各种陋习。与她同来的几个男老乡也不例外，没有文化，缺少知识，人还没有长大，坏脾气却学到了不少：酗酒、赌博、嗜烟、满口脏话、整个人看上去就像一个油条、无赖，没有一丁点儿品味。亚琴从小就讨厌这些。两个老乡前不久还特地把头发染黄，像两个黄毛，让亚琴一看就想呕吐。周志明的出现，让亚琴的眼睛一亮：阳光、英俊、有修养、有气质。人往那里一站，浑身上下就会透射出来一种与众不同的东西，这种看不见的、摸不着的东西会自然而然地莫名其妙地吸引你，让你无法挪开目光。周志明的到来，就像一阵春风吹醒了冬眠的草原，亚琴这个少女的情思从见到他的第一天起就开始了萌动。所以，她帮他，诚心诚意、义无反顾。她人是辛苦了点，但她心里乐啊、甜啊。下了班，回到宿舍，姐妹们讲她、笑她、逗弄她。她羞红了脸，既不承认、也不否认。其实，她也不好承认、也不好否认。说心里话，她是真的已经开始往那方面想了，可这毕竟还是单方面的事情，周志明呢？他是不是也这样想？他有没有这样想过？他喜欢自己吗？万一他已经有了女朋友或者根本就不喜欢自己，天啊！那我岂不成了单相思，岂不成了暗恋，丢人现眼？

爱情啊，一开始就是这样的折磨人！

开弓没有回头箭。既然已经迈出了第一步，那就只能往前走了。亚琴决定寻个机会，壮着胆子试探一下小伙子的心思。况且这几天，亚琴发现周志明上班的时候神情有点不对头，时时发愣。今天早晨出早操的时候，全班百多号人都整整齐齐地站在操场上，唯独周志明一个人还蹲在车棚的门边地上，用个小棍子在地上画着什么。全班的人都看着，有的人在交头接耳，有的人在偷偷地笑，班长苏小东一连喊了几声，周志明才如梦方醒。

大清早的，如此聚精会神，专心致志，他在想什么呢？联想到这几天的不同表现，亚琴实在忍不住了。

　　"今天早晨，你蹲在那里想什么呢？"

　　干活的时候，亚琴悄悄地问道。

　　"没有想什么啊。"

　　"骗人！班上所有的人都看到了。"

　　亚琴好看的小嘴抿了抿，嘴角带着笑意。

　　"想女朋友了？"亚琴问。

　　此话一出，她自己的脸都红了。

　　"天啊，我怎么就这么的蠢，呆头呆脑的，一开口就问到人家的男女私事，那可是人家心里的秘密啊。"

　　亚琴怔怔地张着小嘴，睁大眼睛，看着周志明，后悔不已。

　　周志明抬起头，看着亚琴，认真地摇了摇头。

　　"那——那你在想什么？那么入迷？一操场的人都看着，你都还不知道。"

　　亚琴羞红着脸，望着他，一脸疑惑。

　　周志明想了想，反正一句两句跟她也讲不清楚，不如干脆耍个滑头，也忽悠她一下。

　　"我也懒得告诉你，让你自己去猜，让你自己去想。"

　　周志明终于报了亚琴的一言之"仇"。

　　"好啊，你？！——你？！——你？！——"

　　亚琴反应过来，用嫩葱般的手指指着周志明的脸，飞快地瞟瞟四周，见没有人注意他们，便用脚轻轻踩了他一下。

　　"我问你正经话。看你有心事，说出来，不知我能不能帮你？"

　　"我知道你是好心，但在这里不方便说。"

　　亚琴歪着个头，想了想，说：

"哦，那好，再过几天就要转班了，有一天休息，我要去办件事，想有个伴，你有时间吗？"

"要多长时间？"

"你有事？"

"我想在这附近的工业园转转。"周志明看着亚琴，只得实话实说，又连忙问亚琴道：

"事情重要吗？"

亚琴眼皮下垂，抿着嘴唇，没有作声。

周志明见状，连忙说："那这样，我上午去转转，下午陪你办事。怎么样？"

"好，那你要早点回来，我们就这样定了，吃完午饭后，我们在厂门口见。"

亚琴见周志明松了口，脸上马上灿烂起来。

人人都盼着转班。

转班好休息啊！

周志明有好多事要做。他想和老乡李文彬一起聚一聚，吃顿饭；他也想和眼镜聊会儿天，眼镜有头脑，有思想；他甚至想静下来看会儿书，他还随身带着几本企业管理方面的书籍。但这些暂时都要放下，他必须先到附近的工厂区转转，看看外面的形势，外面的情况，以便对自己的思路进行及时的调整。什么事都可以缓，但工作的事情绝不能缓，工作是头等大事啊。


等到周志明从外面匆匆赶回，厂里的午饭已经开过了。还在距厂大门几十米远时，周志明就看到了着一身白色连衣裙的亚琴。她在门口保安部前的花坛边蹲着，不时扭头朝厂内望望，神色不安。周志明赶紧一路小跑，钻进旁边的餐饮店内，买了一包馒头，一瓶矿泉水，等到走出店子，他又好像突然想起了什么，转身进去，买了一瓶绿茶拿在手上，匆匆朝亚琴走去。

等到亚琴掉头看到急急忙忙赶来的周志明，她连忙迎上前去。见了他手中的水和馒头，着实吃了一惊。

"你还没有吃饭？"

"不要紧，看，有馒头。"

周志明扬了扬手中的馒头，顺手把绿茶递给亚琴。

亚琴何等心细！她早就瞄到了周志明另一只手里的矿泉水。她发现即使在匆忙中，周志明也还是关心着别人、体贴着别人。她仿佛觉得有一股强大的暖流迅猛地注入她的心田，使她产生了一种幸福的感觉。她迟疑了一下，才接过那瓶绿茶。她知道自己接过的不仅仅是一小瓶水，而是一颗金子般的男人的心！

他们并肩缓缓而行。沙子路两旁的绿树生机盎然，树与树之间是一些绿绿的疯长的芭茅草，一蓬一蓬的，虽然不怎么好看，但它们还是自由、茁壮地生长着，用可爱的绿色装点着这个美丽多彩的世界。

周志明一边啃着馒头，一边喝着水。

"慢点儿，不要那么急。"亚琴关切地说。

她一边走；一边舒展着双臂；一边呼吸着清新的空气。

"好舒服啊！好爽啊！"

她轻轻地叫着，睁大眼睛四处张望。

人们都说女人如花，而此时此刻的亚琴，就真的像一朵盛开的雪莲花，在南国的艳阳里亮丽着、灿烂着、芬芳着。这也难怪她了，工厂里每天都是宿舍、饭堂、车间，三点一线，时间长了，就是成年人都觉得有点迂，有点厌，更何况这些一蹦一跳的年轻人呢，所以，一到转班休息，他们就像散了窝的兔子一样，一个个从厂里往外面跑，女孩们打扮得漂漂亮亮、花枝招展，就连平日里最邋遢的小伙子也会穿戴整齐，逛大街、溜马路。超市、公园等到处都是这些打工的年轻人的身影。

"你今天要去哪儿？"

周志明吃了几个馒头，喝了一点儿水，肚子里有了点货，便问道。

"我去见一个人，就在前面不远的地方。你陪我就是了。"

亚琴见志明发问，边走边想词儿。其实，亚琴是在撒谎，她见谁呢？她谁都不想见，她骗周志明出来，就是想和他一起在外面散散步、兜兜风，说些贴心的话儿。因为，这些天他们虽然天天在一起上班，但除了知道周志明的姓名外，关于他的其他情况，亚琴都还是一无所知。她喜欢周志明，她就是想和他待在一起，她想知道这个年轻人的许许多多。

他们走完沙子路，又沿着柏油马路走了一段，横过马路，马路的下坎边出现一条非常干净的幽僻小路，再前行一段，就出现了一大片茂盛的竹林。走进竹林，远远望去，看不到它的边际。但却可以见到许多年轻人三五成群，在这里或散步、或坐成一圈聊天、打扑克牌。在较为偏僻的林荫处还有着一对对的男女在亲昵地说着悄悄话。周志明大吃一惊，他没有想到在这工厂的附近，大马路的旁边，竟还有这样一个天地！无边无际的修竹，直逼晴空，完全遮蔽了艳阳的光亮，绿意盎然，浓荫处处。竹林里干净、静谧、清凉，空气清新，真是一个休息的绝景妙地。

一进竹林，周志明的精神为之一振。他没有料到亚琴会把他带到这样一个好地方来。

"好！好地方！好地方！"

周志明一连说了三个好字。

"你是说这里好？"

"是啊，天天在车间里，看到的不是机器、塑料盘，就是清一色的灰工服，闻到的是带有机油味、塑胶味的空气，听到的是满耳的嘈杂声；这里，你看看、你闻闻、你听听，满眼绿色、满鼻清香、满耳鸟鸣。况且，我平生就最喜欢竹了。你知道岁寒三友吗？它就是指松、竹、梅这三种耐寒植物。竹，就是其中之一。明代有个叫郑板桥的文人就说过这样一句话：'宁可食无肉，不可居无竹'啊。"

周志明完全忘记了自己一个打工者的身份，他像一个文人、他像一个学者，边走边说，口若悬河、滔滔不绝。来到一大蓬竹林边，他们停了下来。周志明用手摸着灰绿色、光滑的竹竿，赞叹道："这种竹子真好看，我们家乡就没有。我们那里竹子还是有，都是些楠竹、桂竹、毛竹类，你看，这种竹子的特点就是竹身长，竹节也长，并且竹身上下很均匀，一般粗，是一种很好的搭棚材料。"

俊男、翠竹；鸣鸟、清风。

亚琴虽然没有完全听懂周志明话的意思，但她却看入了神，听入了神。在她的眼里，周志明是那样的英俊，是那样的才华横溢，是那样的富有魅力。他不就是自己梦中的白马王子吗？她真想扑上去，在他的脸上亲上一口，但她毕竟还是一个情窦初开的青涩少女，还没有这份勇气和胆量。当她回过神来，好看的脸上飞起了两片羞涩的红霞。

"那我们经常到这里来，好不好？"

"好啊。"

周志明想都没有想，就满口答应。

亚琴见周志明一脸的高兴，她也开心极了。她欢快地在前面小跑起来，不时调皮地回头，妩媚地看一眼跟在身后的周志明。周志明看着亚琴的背影，素裙飘飘、秀发扰扰，像天上的仙女一般。他觉得她是那样的漂亮、那样的清纯、那样的欢跳、那样的可爱！多好的姑娘啊！他在心里赞美着，只是……只是……周志明忽然想起了自己的初恋、那难忘的伤痛，还有在自己的心尖上曾无情地插了一刀的女人，他阳光灿烂的脸立刻落寞了下来。

"唉！——"

周志明一声长叹，摇了摇头。他跑了一上午，现在感到有点倦了，很想找个地方休息一下。他左看右看，在不远处终于发现了一个较为干净的地方，有几个石块叠放着，上面还放着几张报纸，很显然，有人在这里坐过。这时，亚琴已没有了踪影，周志明便走过去，坐下来。他很想抽烟，便把手伸进口袋里去，慢慢摸出一支烟来。看着烟，他又犹豫了片刻，最后把它放在鼻子底下嗅了嗅，又放回口袋。他漫不经心地看着眼前的丛丛修竹，脑海却陷入了忧虑的深思中：工业园转了一圈，情形与汇水差不多，招普工的多、招管理人员的少。即使招工广告上说招管理人员，那也未必真招。周志明就跑了这样的几家工厂，到人事部一问，都说现在只招普工，如果愿意，就可以马上上班，工价也差不多。周志明苦笑着摇了摇头。凭他的学历、能力，在一个厂里打工，不说进最高管理层，至少也要做到部门主管一级，才像那么一回事，才不冤十年寒窗之苦。事实上，周志明发现有些部门主管根本就是些不学无术之人，只不过先进厂，会投机钻营，会溜须拍马。他现在的车间主管王强就是这种人。一个初中生，大嗓门儿，说话粗声粗气。他虽没有什么真本事，但有一点，他爱管事，他敢管事。虽然能力水平不怎么样，管事的结果也不尽人意，但他起码还是个忠臣，尽职尽责，尽心尽力了。因此，老板就叫他做了第二注塑车间的主管。自己现在呢？一个国家培养的正规大学生、昔日的天之骄子却沦为他手下的普通一员。羞愧啊，羞愧！真是时也、命也、运也！周志明想到此处，心里便莫名地升腾起一阵烦躁，右手掌不知不觉高高举起，刚要向自己的大腿拍下去。

"住手！"

一声娇斥，他的手掌停在了空中。

原来，亚琴发现周志明竟然没有跟着她，便又折了回来。

"志明，你这是为什么？刚才不是还好好的吗？"

亚琴蹲下来，抓住周志明的双手，神情严肃地看着他。

"我知道你有心事，我看得出来。能说出来吗？能告诉我吗？"

周志明一脸郁闷，沉默不语。

他望着茫茫竹海，摇了摇头。此时此刻，他真的不想说，也不愿意说。他不希望别人来承担他的痛苦和烦恼。

"志明，你站起来，你想听我说几句话吗？"

亚琴一脸的严肃、认真。

周志明看着她，诚恳地点点头，身子也随着亚琴的起身而站了起来。

"你知道我为什么要帮你吗？"

周志明摇了摇头。

"你懂得一个少女的感情吗？"

周志明又摇了摇头。

"你知道今天我为什么带你到这里来吗？"

周志明还是摇了摇头。他真的不知道这些，他还没有时间来考虑这些。

他望着亚琴，一脸茫然。

亚琴的眼眶里已噙满泪水。她强忍着，不想让它流出来。她慢慢松开抓住周志明的双手，坐了下来。

沉默！

两个活泼、欢跳的年轻人，一个坐着，一个站着，神情肃穆，都望向不同的远处，想着各自的心思……

良久，周志明侧过头来。

"亚琴，对不起，这段时间以来，我的确心事重重，压力很大。我也知道你为了我，付出了很多很多。我感到很内疚、很惭愧，我不会忘记你的，如果今后有出头之日的时候，我一定会报答你的。"

"我说过要你报答我吗？"亚琴转过头来，一脸的严肃。

周志明摇摇头。

"那你相信我吗？"

周志明肯定地点点头。

"那你为什么不把你的心事说出来，告诉我呢？你知道吗？情绪这个东西是可以传染的，你不开心，我和你天天在一起做事，我会开心吗？我会快乐吗？今天，我就是特地带你到这里来，在这里，只有你和我、天和地，你把我当作你最信任的朋友、红颜知己，行吗？"

"我是男子汉大丈夫，把心事说给一个小女子，我觉得有点掉面子，很难为情。"

"你一定是个读书人出身，并且读了很多书。但你这像个读书人说的话吗？就那么难为情吗？面子就那么重要吗？我是小女子吗？那你们大男人为什么还要和小女子结婚呢？"

亚琴对着周志明。她把自己变成了一挺嘟嘟嘟直叫唤的机关枪。周志明原本不想告诉她，能拖一天算一天，时间一久，估计她也许就忘了，不再追问了。哪里想到，这个女孩子不仅没有忘掉，反倒似乎是越记越牢。现在看来，亚琴是动了真格，不把一些事情说给她听，她是不会罢休的。

"好吧，我就把你当作贴心的朋友，全告诉你。不过，你要答应我，要替我保密，不能告诉任何人。"

亚琴郑重地点点头，紧皱的眉头开始舒展开来。这个鬼精灵的丫头，终于用自己的一腔真诚和倔强，敲开了这个大男人沉重而又紧闭的心扉。

在南国的这片绿竹林里，周志明把自己的经历、故事、理想全部告诉了亚琴——这位像天仙一样美丽、善良的女孩。

亚琴听得是那样的认真，生怕漏掉了一个字。周志明说完了，亚琴还呆呆地看着他，神情是那样的专注，目光是那样的深沉，而又是那么的明亮、痴迷。此时此刻的亚琴，心里是又惊又喜又有点于心不安。惊的是周志明的优秀远远超出了她的想象；喜的是自己近水楼台先得月，等她的姐妹们明白过来，想与周志明套近乎时，她却早就粘上他了，虽然周志明并没有向她明确表白什么，但她还是相信这一天迟早会来临；于心不安的是今天要他说出这些他心底的秘密似乎的确有点过于强求，过于紧迫。

亚琴安慰周志明道："其实，我早就看出来了，你是一个有内才、有上进心的人。那个工作根本就不适合你。你在那里做也是不得已而为之。你的内心肯定没有真正的开心过，快乐过。我没有读过什么书，但我还是听说过秦琼卖马、薛仁贵住寒窑的故事。历史上有好多好多的大英雄都有不得志的时候，我估计你现在就是这个样子，一旦时来运转，你就会超过一般的人，做出一番大事来。不管怎么说，我都会相信自己的眼睛和直觉，不会看错人。所以，我才帮你，真心真意地帮你。志明，工作的事，你也不能性急，慢慢来，一边做、一边找、一边等。机会有的是，只要有青山，还怕没柴烧？我会一直帮你的，你要好好听话，不要轻看自己，烦恼自己，好吗？"

"我什么时候没有听话？不管是谁的话，只要是正确的，我都会听。"周志明申辩道。

"别人的话你也听？"

亚琴黝黑细长的睫毛快速地颤动了一下。毕竟是女孩子，她很快就忘记了刚才的不快，她想逗逗周志明，哄他开心。

"是啊，只要不是坏人的话。"

"那别的女孩子呢？"亚琴偏着头。

"别的女孩子？那——"

周志明一本正经，没想到鬼精灵的亚琴突然中途又将了他一军。他一时语塞，不好回答，只是憨厚本分地看着她，一笑了之。

"你笑什么？我是认真的。你就只能听我一个人的。别的女孩子花花肠子，不能信的。"

亚琴细长的蛾眉向上扬了扬，眼睛睁得大大的，直直地看着周志明，撒娇道：

"车间里虽然有那么多人，但真心对你好的，就只有我这一个小女子了。我会盯住你的。"

亚琴笑眯眯看着还在发愣的周志明，心里早就乐开了花。

# 六

下午七点钟，正是交班的时候，车间里人声鼎沸、热闹非凡。自从那天从周志明的嘴里掏出了他的心事后，亚琴心里踏实了许多，安稳了许多。她认为探秘到周志明的这些隐秘，就好比是把住了他跳动的脉搏。她喜欢他，甚至在心里已把他当成了自己生命的一部分。她知道周志明来得早，所以她也早点过来，就是没有事，她也宁愿待在他的身边，看着他、陪着他、说说话、聊聊天。现在，他们一起做着开机前的一些准备工作。

亚琴看上周志明，喜欢他，在整个车间已不是什么秘密了。车间里的姑娘们羡慕亚琴，心里直痒痒，有事没事，都往"12"号机跑，明地找亚琴说话，东一句、西一句的，实则偷偷地瞄着周志明，想探个究竟，看周志明到底有何魅力，把个亚琴迷得团团转。然而，也有两个人，却在暗处对周志明虎视眈眈。一个是苏小东的老婆；另一个就是亚琴的老乡黄毛。周志明没有来之前，亚琴虽说也到了情窦初开的年龄，可却并没有看上谁。黄毛有事没事找她说话，喜欢她，捧着她，追着她，这在老乡中间也不是什么新闻了。亚琴呢，对此心知肚明，但表面上装着糊涂。她从心底里压根儿就瞧不起他。看他是老乡，不管怎么说，也是一方人，就把他当作一般的熟人看待。而黄毛则以为有机可乘，想穷追猛打，趁热打铁，把亚琴弄到手。不料，就在这节骨眼上，半路里杀出个程咬金，周志明来了。周志明虽然安分守己，只尽心尽力做好自己的本职工作，从不愿得罪他人，也从未对哪个女孩抱有什么非分之想，但亚琴却偏偏喜欢上了他，并勇敢地拿出行动，天天义无反顾地帮助他。这就无形之中打乱了黄毛的盘算，搅散了他的好事。黄毛气昏了头，恼羞成怒。为此，他找过亚琴好几次，把他喜欢她的意思挑明了，说周志明是个外乡人，不知底细，终究是靠不住的，劝她不要和周志明来往了。而亚琴则是一根筋，根本就不理会他。所以黄毛现在是恨死周志明了。他在自己的注塑机边，时不时地朝"12"号机张望着，看到亚琴帮周志明做事，两个人有说有笑，形影不离，心里就升起一股无名之火，恨不得立即跑过去把周志明撕成粉碎。但黄毛拿他们又没有办法，一筹莫展。因为亚琴毕竟是个女孩，又是老乡，他不能把她怎么样；周志明呢，身体结实强壮，就是几个黄毛也打不过他。所以，黄毛现在是狗咬刺猬，不好下手，只得在旁边干瞪眼，白着急。但他仍不死心，绞尽脑汁寻找着整治周志明的机会。而苏小东的老婆呢，则完全是出于对周志明的一种本能的嫉妒与反感。她也早看出来了，周志明非等闲之辈，现在在"12"号机打包装只是权宜之行，不得已而为之。时间一长，他终究要崭露头角的，在一个普工的位置上，他不会做长久的。要么离开这里，去重新找工作；要么通过关系，在这里得到升职。他在这里有关系吗？关系硬吗？会不会危及丈夫的位子？但最好的办法还是趁他立足未稳寻个机会把他炒掉，一了百了，省事多了。在床上的时候，大脸盘在丈夫的耳边啰唆了好几次。丈夫憨厚老实，见周志明工作极认真，且与车间里的同事也很友善，每次也就只当耳边风，左边进，右边出，不了了之。但大脸盘还是耿耿于怀，挂记在心，她讨厌周志明，也开始连带讨厌冉亚琴。

"不是吗？如果不是亚琴这个狐狸精看上他，天天帮着他，周志明一个大男人，打包装的事他吃得消吗？说不定不用你撵，他早就自己卷铺盖走人了，也真是。还有那个死丫头小薇，也着邪了。人家帮周志明，是因为人家想和周志明好，人家乐意。你呢？充其量就是一个电灯泡，还在旁边跟着瞎忙，简直就是乱弹琴。"

大脸盘有时越想越气，恨不得找个茬子儿把他们三个一锅子端了，方才解恨。

而所有的这些，亚琴和周志明都不知道，他们各自沉浸在各自的世界里。这几天周志明从眼镜口里捕捉到一个很重要的信息：几个月后，厂里的人事可能会有很大的变动！这虽是个小道消息，但给周志明带来的震动却不亚于八级地震。为了证实它的可靠性，下班后周志明赶紧找到了李文彬，要他想方设法打探一下具体的消息来源。几天后，李文彬回话了。原来，厂长的任期再过几个月就满了期限，据内部泄漏的消息说，由于某些原因，工厂业绩下滑，已经出现亏损了，老板早就对他的侄儿大为不满，所以大家纷纷猜测到时换人的可能性极大。甚至还有人猜测办公室的主任房兵可能会提拔当厂长，他原就是老板亲自看上的办公室主任，他感恩于老板，和老板走得很近，私下关系很不一般。还说，老板的侄儿有自知之明，知道自己没有那个当厂长的能力，他得到了房兵的很多好处，所以，也暗中帮忙，在他伯父面前替他说好话，在自己离任后，要他来当厂长。所有这些，都已在整个工厂的高、中层悄悄传开。既然有消息传出，那就绝不是空穴来风了。周志明敏感地觉察到厂内高层人事的变动不可避免。因为有一个事实必须面对：老板投了资，他就要赚钱，他不可能看着自己的工厂亏损甚至倒闭。要想扭转局面，临阵换将是不可避免的。看来，机会来了，希望出现了。但如何抓住这个机会呢？周志明苦思冥想着。在这里自己就只有一个老乡李文彬，和自己一样，就一个普工，无官无职，其他方面呢？什么都没有。他抬起头，茫然的目光在车间内扫来扫去，他看到了眼镜，眼镜在飞快地忙碌着。他忽然想到了和眼镜的一席谈话，眼镜朝天竖立的手指，脑海里瞬间似有一道电光闪过，使他茅塞顿开！对，任何人都不要去找，就找一个人——老板。不要转弯抹角，直接找老板，有话当面说，有屁当面放，光明磊落、襟怀坦荡，又还显得有君子风度。为了工作，又不是去做贼，成也罢、不成也罢，反正我是一个普通打工之人，又没有什么面子可言，不存在面子丢与不丢的顾虑。周志明甚至还想到了可能出现的结果：一种是好的结果。凭自己的文凭和能力，有可能得到一个较好的职位，从而改变自己的工作环境与待遇。一种是坏的结果，什么都得不到，还是做普工，打包装。那也无所谓啊，退一步说，即使是那样，走到了那一步，山穷水尽，什么希望都看不到了，我大不了走人换个环境而已，反正又没损失什么……周志明这样想着想着，忽然间觉得自己的思路变得特别清晰起来，明朗起来。他又想起了眼镜说的一句话，有非常之人，才有非常之事。他决心做一次非常之人。俗话说，是骡子还是马，只有拉出去遛遛才知道。他想试一试，自己到底是一匹骡子，还是一匹志向高远的千里马。周志明心念电转，很快就考虑妥当。他忽然奇怪自己刚才怎么突然来了灵感，脑瓜子变得异常聪明起来，特别好使，就好像有神灵在助他一样。他内心坦然了许多，紧绷的脸也松弛下来，嘴角边浮现出一丝难得的笑意。

亚琴一边做事，一边不时地瞄着周志明。周志明的一举一动，几乎都没有逃出她秋水般的眼睛。他的眉头皱一下，亚琴的心都要多跳一下。一开始的时候，亚琴还害羞胆小，极少和周志明说话，生怕姐妹们窥破她的心事。时间一长，纸终究包不住火，她的那点鬼心事还是被姐妹们发现了，在宿舍里，她们笑也笑了、闹也闹了，反正那也不是什么秘密了。男大当婚，女大当嫁，男女之间谈情说爱又不是什么见不得人的事。现在，她帮周志明做事，和他一起说话也没有什么不好意思了，她反倒觉得心情舒畅了很多。她看到周志明不仅人帅，而且各个方面都很优秀，心里像喝了蜜糖一样，甜蜜蜜的。她看到他刚才还是一脸恍惚，目光茫然，只隔一会儿，脸上又好像有了笑意。她甚是不解，一脸疑惑。

"想到了什么开心事，那么高兴？"

亚琴轻声问道。

周志明侧头，看了看靓丽、鬼精灵的亚琴，正色道："你是在做事，还是在看我？"

"你又不是帅哥，我看你做什么？我只是见你一个人傻笑，随便问问而已。哎，说真的，你刚才笑的那个样子还很好看呢。"

周志明眯起眼睛，看着亚琴，估摸她又在存心逗弄自己了，心里甚觉好笑。看着她那楚楚动人、可爱的样子，他真想伸出手掌，在她的圆圆的头上轻轻地拍几下。

晚上十二点整，车间里的电铃准时闹了起来，吃夜宵的时间到了。工人们立马关机、歇手，纷纷涌出车间，奔向饭堂。

一出车间大门，一个小伙子就扯开嗓子，快活地喊了起来：

我家住在黄土高坡噢

大风从坡上刮过

不管是西北风

还是东南风噢

都是我的歌我的歌

……

一阵欢快的喝彩声，嬉笑声顿时响起。

周志明与眼镜并排坐在一起，一边吃饭、一边闲聊。他们现在成了无话不说的朋友。亚琴则依旧和她的姐妹们坐在离周志明不远的几张桌子边吃饭。女孩不比男孩，天生就爱买一些零食吃，如糖果、水果、一些小摊上卖的油炸食品，以及一些如老干爹、麻辣小鱼、罐装豆乳等之类的开胃食品。她们吃饭的时候，都带来放在一起，就像小商贩摆地摊一样排在桌上，一一打开，就着从饭堂里打来的饭菜，吃得津津有味，有说有笑。而每每这时，亚琴都会一声不响地走到周志明身边，从自己的碗内夹几筷子好吃的放在他的碗里，然后又一声不响地走回去，把眼镜的眼睛弄得直直的，羡慕得要死。

"哦，哇！什么的东东？"

眼镜身子向上抬了抬，眼睛直直地看着周志明的碗内。

周志明把碗朝眼镜这边挪了挪，眼镜用筷子夹起一小块腊肉，连碗都没有落，就直接送入嘴里。

"嗯，不错，好香！"

眼镜夸道。他连扒了几口饭，一边往下咽、一边往那堆女孩子方向看。

"古人说，有缘千里来相会，我看这句话是真极了。"

"你说什么？"

周志明问他。

眼镜用肘子碰了碰周志明，朝那堆女孩方向努努嘴，轻声说："你和她啊，还有谁？"

周志明怔了怔，看看亚琴，又回头看看眼镜，压低了声音，很认真地说："你千万不要乱说，男女之间的事，那是开不得玩笑的。"

"没有啊，我怎么会开你的玩笑？你们两个之间的事，整个车间，谁不知道？那又不是什么秘密。"眼镜低声道。

周志明拿眼看了看周围，用手碰了碰眼镜："现在不说了，快吃饭，等有时间的时候，我们再慢慢说。"

开工了，车间内一片繁忙、嘈杂。眼镜刚才说的一番话，使周志明警觉起来。此时此刻，他不希望自己卷入到男女感情的是是非非中。他仔细地回想着与亚琴来往的一些片段、细节，也没有发现什么地方不对，彼此之间也没有明确地表白什么，承诺什么。不就是同事之间很正常的友好关系吗？再说自己，一个在外漂泊的打工之人、流浪之身，要权没权、要势没势、要钱没钱，人家是长得如花似玉，要身材有身材，要相貌有相貌，人家能看上你哪一点呢？你又能给人家什么呢？你又能承诺给人家什么呢？这不可能，绝不可能，也不现实，周志明这样想着，心里宽松了许多，也坦然了许多。他现在可以把这件事放在一边，不去理会，真正费心费神的还是工作问题。他虽然已经想好了自己的路数，单独与老板去谈，但具体谈什么，怎样谈，选择一个什么时机，要准备一些什么东西，所有这些，都还没有一个眉目，他要抓紧时间好好琢磨琢磨。现在的老板都非常忙，根本就没有时间听你高谈阔论，也没有时间坐在那里看你厚厚的材料，他们要的是具体的东西、能够立马见效的东西。所以，自己去见老板，绝不能绕圈子，必须是开门见山、一针见血，直切要害。要害在哪里？关键在哪里？那就要看导致工厂整体效益下滑的问题出在哪里，只有顺着这个思路去思考，才有可能找到问题的症结所在。周志明这样想着，似乎感觉到自己的思考又前进了一大步，正一步步地走出迷雾，接近目标。

时针已指向两点半，深夜了，也到了工人们的"自由活动时间"。这个车间上夜班有个秘密，就是两头紧，中间松：开始的时候，工人们认真地干活，到了天快亮的时候，即五点到七点交班这段时间也是认真地做事，但中间有一段时间，大约两点半左右到五点左右，正是夜深人乏之际，工人们都把注塑机的速度调得很慢，这样出货的数量就大大减少，批锋的两个人就可以轮流悄悄地休息一会儿，出品少了，打包装的人也不用那么忙了，可以停停做做，做做停停，有胆子大的员工，则干脆把机器停了，躲在车间或厂房的某个隐蔽处睡大觉，而更有胆大的熟男熟女则利用这段时间躲在没人处调情、甚至偷欢。所以这段时间被工人们私下称之为"自由活动时间"。当然，厂里的管理人员对此毫不知情，因为到了晚上，偌大的厂里没有一个管理人员值班。

小薇不知躲到哪里休息去了，"12"号机就亚琴和周志明两个人不快不慢地维持着。注塑机缓慢地运转着，就像赤阳下的黄土路上，一头老牛拉着一辆破车缓慢行走的样子，好一会儿才送出两个塑胶盘。亚琴敏捷地看了看周围，走的走了，顶着岗的员工也不时地打着哈欠，倦意正浓，没有人注意他们。

"志明，你也歇会儿，到我这里来。"亚琴轻声道。

周志明便放下手中的活，走到亚琴身边。他站在那里，瞧了瞧亚琴白里透红的脸，又瞧了瞧她正在做事的一双丰满圆润的手，他不得不承认亚琴的青春靓丽。他抬起头，漫不经心地四处望望，等他收回目光再瞧着亚琴散发着逼人的青春气息的身子时，见她还是一声不吭，不快不慢地批着锋。

"有事吗？"

周志明忍不住了。

亚琴这才抬起头来，看着他，一脸的笑容。

她摇了摇头。

"那你喊我过来？我原以为你有什么事。"

亚琴还是没有声音，依旧慢慢地做着她的活。过了好一会儿，亚琴才悠悠地说：

"谁让你那么听话？你也可以不过来嘛。"

她抿着樱桃小嘴，一对好看的小酒窝里盛满狡黠的笑意。

周志明发觉又中了她的招。不过，说真的，他并不讨厌她，相反，他还真的有些喜欢她。这个姑娘虽然调皮，但却心地善良，逗人喜爱。

过了一会儿，亚琴抬起头来，看着周志明，很认真地说："贵州有个梵净山，很出名的，你去过那里吗？"

"没有啊，但我听说过，有很多的文章和风景画册里也提到过。据说，那里山清水秀，风景很美，是个修身养性的绝境佳地。"

"如果有缘分的话，你愿意去那里吗？"

"缘分？去哪里？"

周志明脑子里一时没有转过弯来，沉吟了半晌，才说道："去那里干什么？总得有个理由吧。"

"那你说说看，要什么理由？"

亚琴齐眉的刘海下一对圆溜溜的眼睛亮亮地看着他。

"打个比方吧，如果某个地方有个人，一个值得我去见的人，我肯定会去。如果某个地方，没有值得我去见的人，即使风景再好，那我也不会去。"

"我明白了，"亚琴顿了顿，"如果梵净山那里有一个很漂亮的姑娘喜欢上了你，在那里等你，你还是会去的。是不是？"

"那是肯定的。如果有那么一个姑娘真心喜欢我，而我也同样喜欢她，她就即使远在天涯海角，这中间纵有千山万水，我也会去她那里，毫不犹豫。"

周志明毕竟还没有完全脱掉书生气，一旦话题打开，就如决堤之水，滔滔而来。不过，他很快就发现，今天的话题就好像是大平原上的麦田，无边无际。他马上停了下来。

亚琴听得入了神，多情的双眸亮亮地直直地看着周志明，她几乎进入了一种迷幻的状态：她想象着桃花盛开的三月，盛装的自己，倚在自家院里的桃树下，一个英俊的白马王子在天空里飘啊，飘啊，正缓缓地向她靠近，她正想张开双臂……忽然什么都没有了，桃花啊、天空啊、白马王子啊，一切都消失了。原来就在亚琴出神遐思时，周志明却刹了车，止住了话头。说真的，每当周志明说话眉飞色舞的时候，亚琴就会处于一种陶醉的状态。因为，只有在这个时候，亚琴才能看到一个满腹才华的志明，一个阳光向上的志明，一个感情丰富的志明，一个真实透明的志明。她有时候多么希望周志明就那么一直说下去，她就那么一直听下去。这种感觉上次在竹林里亚琴就有过，今天，又重现了。生活中似乎有这样一个现象，当一对年轻人在谈恋爱的时候，总有一方特别精明，一方犯糊涂。周志明哪里知道，亚琴的家乡就在贵州梵净山，她就是梵净山山里的姑娘啊。亚琴转弯抹角，没有点破，她是想试探一下周志明，看看他的反应；周志明呢，一心想着工作的事情，他又哪里懂得亚琴这个少女的一腔柔情、弯弯心思呢？

快要到五点钟的时候，小薇不知从哪里钻了出来。亚琴没有休息，她让小薇多休息一会儿。因为这段时间，为了帮周志明，把她也辛苦了。其实，亚琴还有一个小心思，她就是再辛苦，也宁愿自己陪在周志明身边，而不愿意看到别的女孩单独与周志明待在一起。人心隔着肚皮，谁的肚子里没有几根花花肠子？自己可以喜欢他，别的女孩同样也可以喜欢，小薇也可以喜欢啊，所以，她必须先提防着点，不能让别人从自己的眼皮底下把他给抢走了。

爱情啊，就是这么自私！就是这么折磨人！

说真的，小薇现在也感到了后悔。周志明来到"12"号机，仿佛是从天而降，他是那么帅气，他是那么优秀，自己当初怎么就没有看出来呢？那天为了返工，自己还发了一通脾气。现在呢，亚琴这个死丫头硬是把周志明给"霸占"了。其实，小薇也还是一个很不错的女孩，身材、脸蛋都出众，心肠也很善良，就是有一个弱点，遇事欠考虑，直肠子，火暴脾气。现在，她后悔了，成了一个名副其实的电灯泡，天天照着人家一对有情人，自己在旁边形单影只，面子上不好过，心里面也空荡寂寞，有什么办法呢？人家的本事比自己强。有的时候，她还真有想把周志明抢过来的念头。但是，仔细一想，她又发现他们两人之间好像有点儿不对劲，具体在哪里，她也说不清。

# 七

日子在上班与下班的简单重复中一天天溜走，一转眼，周志明来塑胶厂就已经是几个月了，时令已不知不觉就进入了初秋。再过几天，又要转班了，又有一天可以休息了。你要知道，每个月工人们就盼望着两个日子，一个是发薪的日子，一个就是转班休息的日子。看到休息的日子越来越近，工人们的情绪也随之高涨起来。这段时间里，有了同机的两个美女帮忙，周志明不仅工作顺畅、心态安稳，而且还把今后一段时间如何发展理清了一个大致的思路。"在家靠父母，出外靠朋友。"周志明想起了出门之前父亲对他的谆谆教诲，他对老乡李文彬、眼镜杜方成、亚琴、小薇心里充满了感激之情，他决定在休息日的下午，请他们到街上的一家"小辣椒餐馆"里吃顿饭，打打牙祭，以示谢意。

这是一个晴朗的日子。骄阳似火、海风劲拂。经过一上午的休息，大家都恢复了精神。下午一点整，周志明一行便跨出厂门，向街上进发。一出厂门，一股热气便扑面而来，让人感觉到了南方初秋太阳的威力。亚琴穿了件色彩鲜艳的长裙，裙上红、黄、白三色呈点状错杂铺砌，让人耳目一新，亮丽动人。小薇则一身浅黄长裙，秀丽端庄。两个女孩各自撑了一把小花伞。杜方成与周志明、亚琴、小薇他们是一个班，彼此都认识，就只有李文彬一个人与他们三个不认识。

"来，给你们介绍一下，"周志明指着李文彬对方成他们三个说："这是我的老乡，帅哥李文彬。"然后又把他们三个介绍给文彬。他们彼此相互握手，问候，就算是相识了。大家一路走着，一路说说笑笑，就好像乡村的人们去赶集一样，悠闲、惬意。

不一会儿，他们便到了那家小餐馆。餐馆的老板是三峡人，与周志明也算是老乡了。周志明也是听了别人的介绍，才特地来照顾老乡生意的。

他们一进门，便不约而同地直奔靠窗边的一张桌子，身子尚未坐稳，服务员便一脸笑容，拿着菜谱像鱼儿一样游了过来。

"今天我做东，大家喜欢吃什么，就点什么。不要客气，下手不要太软。"

周志明扫了几个一遍，朗朗发话了。

"吃辣的还是不辣的？"

"有没有汤？"

"有没有什么炉子？点个炉子吧？"

大家你一言，我一语，叽叽喳喳，像一群飞出了林子的山雀。看着大家兴致很高，周志明也极为欣慰。这眼前的几个人，可说是他患难之中的挚友，患难之中方显真情！

"有朝一日，要是有了出头之时，我定不会忘了他们，滴水之恩，当涌泉相报。"周志明这样想着。

"志明，这一段时间怎么样？还可以吧？我看你心情还蛮好，工作肯定还比较顺手，是不是？"

李文彬一边慢慢品着茶，一边关切地问道。

"唉！——"

周志明长叹一声，他惭愧地看着坐在对面的两位姑娘。

"多亏了两位美女的帮忙，不然，我的日子肯定不怎么的。"

周志明说的是实话，话里头充满了对两个女孩的感激之情。

"亚琴还是辛苦了的，我呢，也就在旁边凑凑热闹罢了，你说对不对？"

小薇一张嘴，就把球踢给了亚琴。

亚琴正翻着菜谱，看看有什么合胃口的，听小薇这么一说，似乎有什么天大的秘密一下被曝光似的，两朵红云立时飞上脸颊。她抬头看了看大家，羞红着脸说："小薇，你……你坏死了，"将手里的菜谱往小薇的怀里一送，连声道："点菜，点菜，不要胡说八道！"

小薇手里捧着菜谱，咯咯地笑出了声，全身都抖动起来，好像一下子白捡了一堆元宝，开心极了。

杜方成也跟着悄悄好笑，但没有出声。李文彬似乎觉察到什么，他看看亚琴，又看看周志明，莫非他俩对上了？没有那么快吧？以他和志明这一段时间的交往，他知道志明是胸有大志的人，虽极重情义，但绝不会在目前这种情况下儿女情长。看志明的神情，也似乎有点不像，况且，他也从未在自己面前提及过此事。不过，他还是想凑凑热闹，探探这位老乡的反应。

"艳福不浅啊！"

李文彬喝了口茶，慢悠悠地说。

李文彬此话一出，不仅杜方成抬头直看着志明，连小薇也立时止住了话头，拿眼眯着他。

面对这突如其来的尴尬场面，周志明心里也着实慌了阵脚，此刻，他也不知道该如何回答。亚琴那边呢，羞涩中好像隐藏着甜蜜，莫非她真有此心？如果她确有此意，我点头默认，她即使表面上难为情，心里也肯定是高兴的，甜蜜蜜的。但万一她根本就没有那种想法，我点头默认，那岂不是显得我自作多情而又强人所难？那场面岂不是更加尴尬？更何况这段时间自己心里还真的没有想过男女恋爱之事。谈婚论嫁，讲的是门当户对，要有一定的经济基础，我现在还是两手空空。再说，一年遭蛇咬，十年怕井绳，周志明一想到自己的前车之鉴，就感觉到似有一股冷气从头顶沿脊梁直窜下来，心里头凉凉的，冰冰的。该如何回答呢？既要保住双方的面子，又要保持友好的朋友关系，周志明心念电转，人虽坐在那里，头脑里可没有停下半刻，额头上渗出了一层细汗。

他瞧着李文彬悠哉乐哉的样子，心里又好气又好笑，真是哪壶不开提哪壶，当着这么多人的面子，我怎么好表态呢？他用手指戳了戳文彬的脑袋："你呀，真是头脑简单，你没有看见人家，人家是天上飞的天鹅啊，"他连忙把话题一转，"来，菜点好没有？你们点好了，我还来点几个。"

听周志明这么幽默地一说，大家顿时都笑开了，气氛又轻松活跃起来。小薇心里倒是大惑不解，是周志明城府之深，当着众人的面不愿公开，还是另有原因呢？小薇细细地回想着亚琴与周志明在一起的一些细节，她总觉得亚琴是主动的，周志明似乎有点被动，莫非他根本就不喜欢亚琴，只是在应付而已？反过来一想，那也不对啊，亚琴一朵鲜花，哪个男孩子不想追她？难道周志明已经有了女朋友？她左思右想，终不得解，心里面便留下了一个谜团。亚琴虽没有听到周志明肯定的答复，但还是听到他把自己比作了天上飞的天鹅，心里头也是美滋滋的。

也许是真的有点饿了，大家连忙开始点菜。小薇喜欢吃茄子，便点了个鱼香茄子；杜方成到底是四川人，走到哪里都忘不了土豆，便点了个醋熘土豆丝；李文彬特别喜欢吃鱼籽，便点了个干锅鱼杂；周志明看了看亚琴，把菜谱递给她。她并没有伸手去接，只是用一双水汪汪的眼睛含情脉脉地望着他，浅笑着点点头，轻声道："我还没有想好，你先点吧，待会儿我再点。"

"好吧。"

周志明只好把伸出去的手收回来，迅速地把菜谱翻了一遍。他叫来服务员，扳着手指道："一条乌江鱼，要现杀的，至少在三斤以上；一盘鄂西腊肉，一份鸡肉汤，另外，拿三瓶青岛啤酒，一瓶大的雪碧饮料，怎么样？"

周志明放下菜谱，用眼睛看着几位。

小薇双手合十于胸，口中念道："阿弥陀佛，今天要大开杀戒了。"

大家又是一阵欢笑。

亚琴见周志明点了那么大一条鱼，便摆手说她不点了，再点就吃不完，浪费了。

片刻之后，除乌江鱼外，其余菜都已上齐。三个男人各自一瓶啤酒，两个女孩喝饮料，待到各自杯中倒满，周志明举杯起身，首先对两位美女道：

"这第一杯酒，先敬两位美女，感谢这么多天来对我的照顾，我周志明是深感荣幸，同时也深感惭愧，今后无论走到哪里，我是绝不会忘记你们的，来，我先干为尽！"

周志明起身这么一说，两个女孩反倒有点不好意思了，只得连忙起身回敬。在一起做事，力所能及地帮点忙，本是古道心肠，侠义之心，也没有什么，但经周志明极认真诚恳地这么一说，两个女孩都觉得周志明这个人有情有义，心里面一阵温暖，自然是十二分的坦然舒畅，觉得所有的付出都值得，欣慰之余，便连忙将杯中之物一饮而尽。

周志明又斟满第二杯，待两个女孩斟满，又招呼大家，朗声道：

"这第二杯酒，我敬在座的所有各位。俗话说，有缘千里来相会，我们虽来自不同的地方，但因为有缘，我们今天才聚在了一起，从今往后，我们就是朋友，就是兄妹，来，为我们的缘分，干杯！"

"干杯！"

"干杯！"

很快，服务员端来一个卡斯炉，摆放在桌子中央，紧跟着，一个盛着鱼和汤的不锈钢大盆也端来放在炉子上。服务员打开火，盆子里的浓汤显然是早就煮开了的，现在一见火就滚开了花，热气腾腾，满屋香味。

"怎么样？"周志明瞧着大伙儿，"味道肯定不错。"

"来，来，我先尝一下，看有没有盐，你们就等会儿。"小薇笑嘻嘻道，抄起筷子，直奔鱼头。

"我也是。"杜方成紧跟其后。

"哎呀，我是最喜欢吃鱼头的了。"

亚琴抬手在胸前，不停地左右挥动，一脸的天真、烂漫。

周志明看着这喜气洋洋的场面，心里面自是激动万分。

# 八

　　饭局散后，亚琴、小薇、方成还要买些生活日用品，便去了街上超市。李文彬因七点要上晚班，想转回去休息一会儿，于是，周志明便与他一同打道回厂。行到柏油马路与沙子路的交叉口，周志明要文彬先回去，反正天黑还有一段时间，他想去那片竹林中散散步，一个人清静一会儿。

　　趁着酒兴，周志明大踏步地奔向那片无边绿海。一进浓荫，灼人的骄阳顿失，一身清凉，说不出的爽快惬意。周志明放慢脚步，信步走去。林中也还有着三三两两的游客，周志明天性好静，想寻一个极幽静的去处，便往林子的深处走去。愈行愈远，绿荫愈浓，前面坡地缓缓倾斜而下，似乎已到了一个小小的谷底，再已无路可行。周志明止步，觉得这里甚是有趣，已全不见光线，昏昏暗暗、极幽、极静，似还有点骇人，有一种神秘兮兮的氛围，无形之中激发了他心底潜在的一种探秘欲望。他弯了腰，东望西瞧，近观远眺，透过竹林稀疏处，见幽谷对面远处树影之中，隐隐掩着一处农舍，再仔细观察，却见一条极为幽僻的小路，时隐时现，若有若无，直向自己面前的幽谷延伸过来。莫非这谷中有溪流或泉水？周志明体内由于酒精的作用，热血周身循环，正有点口渴，一想到泉水，便更加来了兴致，他低头弯腰，四处寻觅，终于发现一片青草地上有一行有人踩过的痕迹，如果不是特别细心，绝难察觉。周志明心下大喜，循迹而行，约行了二十多步，右转，再行十几步，左转，再行几步，忽然又是一个右转，光线陡然明亮了许多，这次，他却是惊呆了：几米开外的谷底，一方清泉，清澈透明，一个长石条墩上端坐着一位妙龄少女，一袭绿色长裙，秀发垂胸，一边注视着碧水，一边悠闲地嗑着瓜子。周志明的突然出现，不仅让她惊了一下，就连他自己心里也一阵紧张心慌，唐突之余，还未及看清姑娘的脸面，他一连声"对不起，对不起。"便欲转身离去。

"是周志明吗？是周志明吗？"

身后传来两声清晰的喊声。

"怎么回事？这姑娘怎会认得我？"

周志明听得那女孩喊出他的名字，心下大骇，脚步停了下来，他返身回去，仔细端详，原是他们车间的那个高个文员，林晓丽。发型、服饰一变，难怪慌乱之中、一眼之下，周志明竟没有认出来。

"原来是你，不好意思，打扰了。"

周志明双手抱拳作揖，道歉道。

"来，到这里来坐，我们是同事，是熟人了，不要那么多礼节。"

周志明只好走拢过去，在长石墩的另一头坐了下来。

"吃瓜子吧。"

林晓丽抓起一把瓜子，放在周志明的手里，平静的脸上漾着浅浅的笑意。

周志明并没有立即吃。他好奇地环顾四周，茂密的竹林、清亮的泉水、石墩、浓荫、花香、鸟鸣。好一个清净养心之地！周志明静坐片刻，便觉心静气爽，大脑里一片空明澄澈。他侧头瞧着这位像观音一样端庄的姑娘，悠悠道："你在这里做观世音吗？"

"观世音？"

"你看，你寻到这样一个雅致的宝地来修身养性，不是观世音又是什么？真是佛缘不浅啊，像你这种女孩，一定是冰雪聪慧了。"

听得周志明夸奖，姑娘芳心微波一荡，脸上微微一笑，反问道："你今天怎么跑到这里来了？莫非也想寻个风水宝地出家修行，做个菩萨？"

"唉——"

周志明长叹一声。

"尘缘未了，想出家也不行啊！"

看着周志明一副少年老成的样子，姑娘"噗哧"一声，笑出声来。

"难怪中国所有的名山名景都被佛、道两家的高人所占，远离喧嚣、浮躁的滚滚红尘，寄情于青山绿水，托志于松梅兰竹，他们才是真正的智者啊！"周志明喃喃自语。

姑娘听他这么一说，自然是心有灵犀一点通。寻思道：我独自静坐这里，享受着这方小小的风景，原也就是图个清心安闲，而经他这么一说，我竟也成了乐山乐水的智者高人了，看来，他和我心里还有些相通呢。自从周志明来到厂里，他就成了车间里的焦点人物。在车间办公室入职表学历一栏里，上面清楚地写着高中毕业，但有人说他是大学毕业。刚来不久，又走了桃花运。各种议论、猜测、看法纷至沓来。林晓丽并不参与其中，只是静观、耳听、心想。虽然她对周志明的一切不甚了解，但凭印象私下觉得他还是一个很不错的小伙子。今天，周志明无意之中撞到了这里，着实让她心里惊了一下，随之产生了一种奇妙的感觉。她觉得周志明很可能和她是一路人，有着相同的文化背景，同样是怀才不遇。她们应该成为熟人，成为朋友。这样想着，她便觉得她和他的心贴近了许多。她接过周志明的话头：

"你说尘缘未了，是指那个同机的女孩？"

林晓丽的眼睛重又看着碧水，淡淡地说。

周志明心头一震！觉得姑娘语气平和，但话锋却是极为厉害。沉吟半晌，他才缓缓道："你们为什么都有此一言？"

"难道不是那么一回事？"

周志明没有回答，沉默着。

一声清脆的鸟鸣滑过幽谷。

"如果我没有猜错，我们应该是一路人。你接受过良好的教育，并有过一段工作经历，由于某种原因，受过不小的挫折，你怀才不遇，你在等待机会、寻找机会。那个姑娘很喜欢你，已经陷得很深，可你，却未必如此。"

姑娘一字一句，缓缓道来："我只要你回答是，还是不是？"

她想验证自己的判断。

周志明心下大异，这几句话字字如锤，敲在他的心坎上。

"你在注意我？"

"不是我在注意你，而是车间所有的人都在注意你。"

姑娘又微微一笑："你可以回答，也可以不回答，我不勉强你。但我可以告诉你，我们应该是朋友。"

"是。"

周志明望着女"观音"，沉吟半晌，终于吐出了一个字。

"我和你一样，也受过良好的专业教育，现在，也就在车间里做个小小的文员，学非所用。你说，我们不是一路人吗？我们不能同病相怜吗？"

"同是天涯沦落人，相逢何必曾相识。"

周志明双手合十，装模做样道："阿弥陀佛！女菩萨临碧泉而独坐，处幽境而意定，面若朗月，心若止水，有这等修为，真难得也。我，一介凡夫俗子，哪有这等闲心和定力？"

"莫非还要取笑于我？"

"不敢，不敢。"

"任何事都讲一个缘字，就像今天你和我在此巧遇一样，也是一个缘字。有缘遇着，无缘错过。人生之中，有时幸运，一帆风顺；有时受厄，屡屡受挫。这时倒不如退一步，心若止水，休养生息，静观形势，以待东山再起。"

真是一番高论，别有洞天！

周志明这段时间天天苦思冥想于自己的事情，可说是专心致志、劳心费神，心神没有一日真正地清闲过。哪知今日到此，听此姑娘一说，与此姑娘一比，方知自己心境倒还不如眼前这位女子飘逸洒脱，空明澄澈，心里羞愧不已。

"那个女孩也算是佳丽了，你真的就没有动心过？还是另有难处？"

"说实在的，我现在是泥菩萨过河——自身难保，自己的事情都还忙不过来，又哪有闲心来风花雪月？再说我一无所有，又有什么资格去喜欢一个姑娘？那不是既误了自己，又害了别人吗？”

"自古落花有意，流水无情。看来，你也还算是有自知之明了，只是……只是苦了那个痴情的丫头。你当及早点明，让她醒转过来，免得她越陷越深，到时难以解脱。"

周志明听她如此一说，不免有点心慌。他转向姑娘："或许旁人是这样看，事实上她可能也和我一样，根本就没有朝那方面去想，也就是一般熟人、朋友而已。"

"我也是女人，女人看女人，那是不会错的。她的眼神和神态已经说明了一切。"

"唉！"周志明轻叹一声，"多情有烦恼，无情却也有烦恼。"

看着周志明一脸困惑，率真之极，姑娘反倒满脸笑容，开心地说："看来，你也做不了菩萨、和尚，我也做不了观世音。我们都是凡夫俗子，食人间烟火的，摆脱不了万丈红尘。"

"来，吃瓜子吧，不要那么愁眉不展，辜负了这良辰美景，时间不早了，等会我们一同回厂去。"

周志明觉得也是，便坦然放下心事，下到小潭边，用双手掬起几捧泉水来喝了，走回来，一同吃起瓜子。其实，他平时很少与她接触，见面也就点点头，打个招呼而已。不想今天在此相遇。一番交谈，他觉得这位姑娘不仅心境聪慧，而且还很友善，和自己似乎也很投缘，想到她在车间办公室上班，接触的都是厂里的中高层人物，便想着和她走近点，交个朋友那也是件好事。他便一边吃着瓜子，一边扼要地讲述着发生在他身上的一些事情。姑娘倒是不吃了，静静地听着，一直等到他讲完，她才抿嘴一笑。

"你是把我当朋友了？"

姑娘问。

"嗯。"

周志明友好地伸出一只手，姑娘也大方地伸出自己的手，两只年轻的手就这样握在了一起。姑娘原坐着一直未动，这一伸手探身向前，身子也随着转动，裙角上摆，刚好露出了一只光脚，连鞋子也没穿。姑娘自觉有点不雅，想掩饰已来不及了，只好向周志明解释，自己的脚趾上长了一个小疙瘩，有了大半年了，穿上鞋子有些痛，刚才在这里没有人，她便把鞋袜脱了，让脚也轻松轻松。周志明询问了一些详细情况，又仔细看了看她的脚趾，明白了是怎么回事。原来姑娘的脚趾是生了一个叫作"鸡眼"的小疙瘩。

"不要紧的，我先前也长过，我知道用什么药，怎样治，十天左右就可治好。明天我就去药房买药，晚上洗脚后就可以贴上，只是……"周志明欲言又止。

"只是什么？莫非还有难言之隐？"姑娘探询道。

"只是上药时要找个无人的地方，我们毕竟是大男大女，旁人看见了恐怕又要多些话了。"

姑娘听了，又是抿嘴一笑，觉得这个小伙子倒也显得憨厚可爱，说的也有几分道理。想了想，便有了主意，说："车间办公室晚上没人值班，我有钥匙，你下班后先吃饭、冲凉，然后到办公室来，我在那里等你。"

"行，就这样。"

周志明爽快地答应。

就在林晓丽与周志明结伴回厂，并排走在厂门外的沙子路上时，刚好亚琴在三楼宿舍的走廊上晾衣服。这一幕就如同一根芒刺深深地扎进了她的眼里。直到他们俩走进厂门，身影被宿舍楼挡住，她还呆呆地站在那里。

她感觉到她的心一阵绞痛。

# 九

早晨，六点半钟。周志明就走进了闹哄哄的车间。上晚班的员工正在收点物品、工具，只等下班的铃声了。周志明走到"12"号机，看到亚琴早已到了，正要打招呼，却发现她的神色不对，眼睛红红的，润润的，脸上写满了委屈。

"怎么回事？大清早的，谁欺负你了？"

周志明关切地问道。

亚琴没有作声，眼帘低垂，眼光盯着地面。

周志明用肘碰碰亚琴，轻声道："要上班了，现在有好多人，高兴点。"

"我懒得理你。"亚琴身子扭了扭。

难道与我有关系？不会吧？我可没有得罪她啊？周志明丈二的和尚摸不着头脑，他小心翼翼地赔着笑脸说："亚琴，你有什么话就直说，如果我哪里得罪了你，我向你赔罪。"

呆了半晌，亚琴还是忍不住了，小声地嘟哝道：

"你和林晓丽是怎么回事？我昨天都看见了。"

原来如此。周志明松了一口气，他只得把昨天如何遇到林晓丽，并准备给她治疮的事情向她说了一遍。

"就那么简单，没有其他什么了？"

亚琴的语气缓了下来。

"你那么紧张干什么？这是同事间很正常的关系。"

亚琴叹了口气，抬头望着周志明，双眸含情，声音低低地说："你就真的不明白我的心事？我的感情？"

周志明心里一震，他担心的事情终于发生了。这个时候，这个场合，这个问题，他三言两语又怎能向眼前的这个姑娘说得清、道得明？

　　看着情入膏肓、楚楚动人的亚琴，面对这一双如秋水般含情的瞳仁，纵是铁打的汉子心也会变软。周志明也上了情绪，动情地说：

　　"人非草木，孰能无情？我知道你对我好。只是——只是我还没有思想准备，等段时间，等我给她把疮治好了，我们去外面找个清静的地方，我有话要对你说。"

　　真是树欲静而风不止。

　　周志明想安静却安静不了，想独善其身却又偏遇着烦恼。他现在是左右为难。他知道问题不是出在亚琴身上，而是自己，关键还是在于自己的那个心结，不是对亚琴说"喜欢"与"不喜欢"的问题，而是自己的情感还一直沉溺于那段阴影中，无法走出。这段时间他一直压抑、封闭着自己的感情，不想让它再萌芽生长。他有时候也反复地想过，这样做到底对，还是不对？看来，也到了该解开这个心结的时候了。

　　亚琴一整天都沉默无语。做着事情，想着心事。周志明也不吭声。两人工作还是配合得非常默契。小薇不明白了，她一会儿看看亚琴，一会儿又瞄瞄周志明。昨天还是好好的，一起吃饭，一起说笑，今天怎么都不说话了，变了哑巴？她摇了摇头，在心里面轻轻叹了口气：还是不谈恋爱的好，一个人自由自在，也没有什么烦恼。转念一想，觉得这也好像有点不妥。有时候你根本就没有朝那方面去想，但身体里面好像怪怪的，就有那么一种情愫，就有那么一种不安，就有那么一种躁动！走在厂外的马路上，大街上，看见那些年轻人成双成对，心里面就痒痒的，羡慕得要死，恨不得也快点伸手抓一个，手挽手地在大街上走一通，过把瘾，风光风光。转念又一想，觉得还是有点不对头。男女之间经常吵架、打架，有的还白刀子进，红刀子出，以欢喜开始，以悲剧结束。她看过好多言情小说，其中有些女主人公就这样为了情，为了爱，走上了冥冥不归路。唉，男人力气大，喜欢欺负女人，还是不找男人的好，一个人自在快活，但……小薇就这样反复地想来想去，最后，她真的弄不明白了，脑壳里面只剩下一片苍茫的白。

一下班，周志明就赶紧吃饭、冲凉，然后跑到街上药房买了一盒鸡眼膏，匆匆赶往办公室。

办公室里亮着灯，门虚掩着。周志明推门进去，林晓丽已等在那里了。

"来了！"

林晓丽光洁、明亮的脸上绽着笑容。

"嗯。"

周志明应了一声。

林晓丽脱掉右脚的白色凉鞋，露出好看的光光的脚丫，这也还是她第一次主动在一个和自己年龄差不多的小伙子面前露出光脚，脸上很有些腼腆。她对周志明说："让你给我帮忙，真不好意思。"

"没有什么。"

周志明拿出鸡眼膏，打开盒子，取出一片像创可贴一样的东西，撕掉中间粘贴在药片上的一层保护膜，林晓丽就看到胶带上黏糊着一小片红色的药粉。周志明把有药的地方正对鸡眼，轻轻按了按，顺手用胶带把脚趾缠紧。

"冲凉的时候，有药的地方不要沾到水了，后天这个时候再换药。"周志明交代了要注意的事情。

"好的。"

林晓丽应道。她穿上鞋子，从桌子的一个抽屉里面取出两个红苹果，拿到洗手池，拧开自来水，把苹果洗干净，甩甩水，递给周志明一个。

"这是白天别人买的，我特地留了两个，尝尝，看味道怎么样？"

周志明咬了一口，很脆，很甜。

"听办公室里的人议论，冉亚琴今天好像很不高兴，你们两个闹别扭了？"

林晓丽问。

车间里的事，跑得就是这样快。

周志明抬眼看了看她，没有回答，继续啃着苹果。

"说来听听，行吗？"

如果把亚琴看到他们两人在一起的事情说出来，这样会把林晓丽无端牵扯进去，把关系搞乱。周志明哪里敢说这一层，吃完苹果，抹了抹嘴，他才缓缓地说："真佛面前不烧假香，真人面前不说假话，我就把你当朋友了。我现在是当局者迷，而你呢，是旁观者清。你猜的没有错，亚琴今天可以说是向我表明了她的态度，我有点措手不及，当时我犹豫了，没有明确回答她，所以，她今天一整天都不开心。平心而论，她是一个非常好的姑娘，所以，在感情上，我不能忽悠她，也不能蒙她，更不能欺骗她。既然她已经先把这个问题提出来，我想，也要给她一个明确的答复了。你是旁观者，又是女人，我想听听你的意见，你就掏心窝子，直说吧。"

周志明把话说完，一脸诚恳地看着她。

"和她在一起的时候，你感觉怎么样？"

"很好啊。"

"她不在你身边的时候，你有什么感觉？"

"这个我就不知道了，当时并没有太在意。"

"这怎么可能呢？你是当事人呢。"

"真的是这样。不瞒你说，我一直都在想着自己工作的事情，就把她当朋友待了，没有料到事情竟会成这样。"

林晓丽也是愣住了。以周志明的为人，她相信他说的全是实话，他并没有错。可亚琴喜欢他，难道就错了么？

林晓丽连连摇着头。

"周志明啊，我原以为这件事很好处理，现在仔细想来，恐怕没有那么简单了。"

林晓丽坐在办公桌前，用一根右手指抵住自己的下颌，双眼微眯，沉思半响，忽然站起来，很果断地对周志明说："这件事情的确不能拖下去，当断不断，反受其乱。解铃还须系铃人，只有一个办法可行，你就把你目前的真实想法如实地告诉她，是做一般的朋友还是做恋人，把球踢给她，让她自己去考虑，去选择。如果她选择后者，就意味着她愿意和你同甘共苦，那么你就随缘吧，珍惜她的这份感情，郎才女貌，两个人牵手一生，也是一件美事；如果她退却了，选择了前者，就做个一般的朋友，那对你目前而言，或许也是一件好事，减轻了你心里头的压力，你可以轻装前进，趁年轻还做一点儿事情。你说对不对？"

这与周志明的想法不谋而合，周志明点了点头，决心找个适当的时候敞开心扉，与亚琴彻底深谈一次。然而，事情的发展却出乎意料。

第二天起床的时候，周志明感到很有点困乏。昨夜一宿难眠。他一会儿想到自己的工作，一会儿又想到亚琴，一会儿想到大山里的父亲，一会儿又想到活泼欢跳的小妹。

路在哪里？前途在哪里？光明在哪里？

一念放下，万般自在。是时候了，该把话挑明了。周志明这样想着，走进车间大门，一抬头，就看见了正向这边张望的亚琴。亚琴也看到了他，她在向他招手。

出了什么事？

周志明快步走过去。像换了个人似的，亚琴一脸灿烂，两只手藏在背后。

"我送你个东西吃，但你要闭上眼睛，不准看。"

周志明心里一惊，犹豫了片刻，这么亲昵的动作，况且周围还有那么多正准备下夜班的人，难怪有人说女人像小孩子，但一看到亚琴妩媚的双眼，他又心软了，昨天两人冷了一天，他在心里面就觉得很内疚，愧对于她，现在大清早的，周志明真的不忍再拂了她的热心肠，只好顺从地闭起双眼，张开嘴巴。

一颗圆润、冰凉的东西溜进了他的嘴里，他顺势咬下，水滋滋的、甜甜的、冰冰的。他闭着眼睛都知道，那一定是颗冰了的葡萄。

等到周志明睁开眼，亚琴问道："好吃吗？"

"好吃啊，甜甜的。"

"那为什么有人说是酸的？"

亚琴依旧一脸微笑，但语气却变成了怪怪的。周志明忽然明白了她的用意——她已经转换了话题。

沉吟了半晌，他才说道：

"那是因为没有吃到啊。"

他也只好顺水推舟了。

"吃到了就说是甜的，是不是？"

周志明局促腼腆地笑笑，点点头。

"想吃吗？！"

亚琴盯着周志明，显然话里头已是一语双关了。

"你？！……"

周志明的脸"唰"地一下红了，他万万没有料到亚琴会突然来这么一句，可见她是早有"阴谋"了。

此景。此情。此话。舌头上还留着甜甜的感觉。周志明这几个月来精心构筑的感情防线一下子彻底崩溃了。在如此冰雪聪慧的女子面前，他就纵然练就了金钟罩、铁布衫类的骇世武功，也是经不住她的情剑一刺！

周志明的额头上渗出了一层蒙蒙的细汗。

"亚琴，我现在面临着工作上的压力，家里的条件也不好，这是实情，所以，我一直不敢对你有任何非分之想，我怕连累你，让你生活得不开心，不幸福。"

亚琴看着像红脸关公似的周志明，柔声道：

"我愿意。只要和你在一起，我就开心。我们年轻，我们可以一起去打拼。财富是创造出来的，不是从天上掉下来的。我相信你，你有文化，书是不会白读的，总有扬眉吐气的一天。只要你不嫌弃我，我就天天陪在你身边，给你洗衣啊，做饭啊，陪你说话啊，干什么都行。说不定关键时候，还可以给你出出主意。"

周志明既紧张，又惶恐。亚琴作为一个女孩，如花似玉，又不是嫁不出去，现在低眉顺眼顾不得害羞，把话都说到这个份上，只差把自己的心掏出来给他看了。周志明感到自己的胸腔里，那颗搏动的心也在"怦怦"地剧跳着，平日里健谈的他，此时此刻，望着近在咫尺的亚琴，竟然说不出一句话。憋了好一会儿，他才下定了决心，把自己的右手按在亚琴的肩上，郑重地说道："亚琴，我这一生一定会好好地珍惜你，爱你，让你过上幸福的日子。"

真是石破天惊！

亚琴的眼睛湿润了，她终于等到了这一天，等到了这一句滚烫的话！

她把手从背后拿出来，把一个里面装着葡萄的透明小塑料袋递到周志明的手里，然后，她用自己嫩葱般的手指把两只湿润的眼睛轻轻地揉了揉，眨了眨眼，才破涕为笑，柔声道：

"洗干净了的，快吃吧，等会儿要做事了。我给小薇留几颗。"

亚琴从袋子里取出几颗，走过去，放在小薇工作台的抽屉里。

"你也来吃吧。"

周志明招呼道。等亚琴走转来，他也把一颗葡萄塞进亚琴的嘴里。看着亚琴兴奋、羞红的脸蛋，他指着自己的胸口，一字一句地说："从今天起，我就把你放在这里了。"

这的确是周志明的心里话。他是一个敢作敢为的人。现在，他既然已做出了人生中的一个重要抉择，他就要为此坚守。他深深地知道，这不仅仅是一份承诺，一份爱，更是一份责任。

开工了，亚琴的脸上又绽放出了灿烂的笑容。她的心里好甜啊！她现在有了一种凌空欲飞的感觉。她真想飞到那白云之上，大喊几声，她是世界上最幸福的人。

周志明看着一脸得意的亚琴，无可奈何地摇了摇头：看来，我这兜菜，她是吃定了。

小薇来上班了，看着他们两个今天的神态表情，摇了摇头，又弄不明白了：就像屋外的天空，一会儿阴，一会儿晴。她觉得他们两个像小孩子玩家家似的。

得到了周志明的亲口承诺，亚琴现在是心安了。虽然先前她早就把心思放在了周志明身上，但内心始终还是惴惴不安的，就像十五个吊桶打水，七上八下。今天，周志明对她的一番表白，是发自内心的，真诚的，这不仅让她激动万分，也让她吃下了一颗定心丸，更加坚定了她对周志明的爱恋。她一边干活，一边不时地瞄着志明，一边盘算着今后的打算。周志明呢，也是一边做着手头上的事情，一边想着心事：工作事情必须尽快理出个头绪，这是第一；第二，自己既然已答应和亚琴好，那么就更应该挺起胸膛做人，就更应该有上进心，责任心，有远大的志向和目标，就更应该努力奋斗，彻底改变自己的困境，让她跟着自己过上好日子，不负了自己十年寒窗之苦，也不负了姑娘的一片痴情。

他们两个就这样边做着事情，边想着心事，偶尔同时抬头去看对方，在目光相遇的一瞬间，彼此似乎都有被电触的感觉，随即相互莞尔一笑，心通意会。

亚琴认为自己的身份现在也应该变了。周志明已经答应了她，他一生都会爱自己，珍惜自己，这就意味着在不久的将来，她就要成为他的新娘，他的妻子，他就要成为她的新郎，她的丈夫。那么，从今天起，她就有义务，有责任帮他料理日常生活，让他一心放在工作上面。想到这里，趁周志明有空的时候，亚琴便问清楚了他住的宿舍，并告诉他，晚饭后，她要去他那里看看。

# 十

周志明住在男工宿舍二楼的第二间，即 202 房。亚琴这还是第一次去男工宿舍楼，虽说是正大光明，但心里面也还是诚惶诚恐。她低着头，害羞的脸红红的，像超市里面摆放着的红苹果；脚步甚至还有点儿慌乱。她一边走，一边用眼光悄悄地看着房间号。当她找到 202 房，在门口向内瞧了瞧，方才走进去。里面就周志明一个人，正坐在一个矮塑料凳上，低头洗着衣服，感觉有人进来，抬头看时，见是亚琴，心里一阵激动。他连忙站起来，把湿手用衣服擦了擦，指着身边的一个床铺说，这是他的床铺。

亚琴坐下来，漂亮的刘海下一双清澈明亮的眼睛妩媚地看着周志明。

"你也坐吧，我就想来看看你住在哪里，睡在哪里，今后找你也方便些。"

亚琴很认真地打量了一下整个寝室，就是一间不大不小的房子，中间是走路的，两边靠墙各放着两个床，上下铺，一共可睡八个人。但只睡了六个人，还有两个铺位摆放着员工的行李物品。亚琴又看了看志明的床铺，浅黄色的床单平整地铺着，里面靠墙折放着被套，枕头，床的一头放着几本书。简单、朴素。亚琴低头在床上闻了闻，看有没有汗臭味，还好，亚琴点了点头。

"明天早晨，你把床单，被套，枕套都送到我那里去，我一起给你洗了。现在天气热，已有蚊子，你买蓬单人蚊帐，注意好自己的身体。晚上有水喝吗？"

"我有个塑料瓶，每天装一瓶水，一个晚上足够了。"

"嗯。"

亚琴点点头，她又拿起铺上的几本书，很认真地翻了翻，都是企业管理方面的，里面还夹着书签。

"天天都看吗？"

"习惯了，每天都看一点儿，总比打扑克牌强。"

"嗯。时间不要看长了，也要注意眼睛。今后有时间，我就陪你到外面去走走。"

看到桶子里没有洗完的衣服，亚琴走过去，坐在小凳子上，麻利地挽起衣袖，搓洗起来。见周志明还站着，便招呼道："你还站着干什么，坐下来啊，我帮你洗，你就陪我说说话。"

周志明心里又是激动，又是不安。看着眼前美丽温柔，端庄贤慧的姑娘，他感情的波涛是一浪跟着一浪，一浪高过一浪，他觉得幸福之神并没有忘记他，他感觉到幸福、快乐。同时，他也感到深深的不安：自己什么都没有，拿什么来让她幸福快乐？她到底看上我哪里？有好几次，周志明都想问亚琴，但话到了嘴边，最终还是咽了回去。

"亚琴，你真好。"志明说。

亚琴抬起头，红润的脸蛋上写满幸福。她咧嘴笑了笑，明亮的眼睛注视着志明："你心里明白，就行了。"

第二天一见亮，周志明早早地起了床，洗漱完毕，便把一应要洗的东西用一个桶子装了，送到亚琴那里。转回来又看了一会儿书，方才去吃早餐，准备上班。

机械、重复的工作枯燥而单调，尤其是这种两班倒的私人工厂，一上班就是十多个小时，很是累人。工人们一进车间大门，就皱起了眉头，怨声载道。与其说是干活，倒不如说是混天度日，做一天和尚撞一天钟。一到下班的铃声一响，个个眉开眼笑，长舒一口气，恨不得生出一对翅膀立马飞出车间。

周志明和亚琴则成了"另类"。因着爱情的滋润，他们两个倒忘了时间、疲劳。因着劳动，他们产生感情，随着时间的积累，感情升华为爱情，这种在共同的劳动中产生的爱情是那样的纯洁、美好，令人陶醉。

情人在一起的时候，总觉得时间跑得特别快。不知不觉，一天又快过去了。下班时，亚琴低声问周志明道：

"今天你要不要给林晓丽换药？"

周志明点点头。

"我可以和你一起去吗？反正晚上我没有事做。"冉亚琴黝黑的眼珠子左右转动着，细长的眉毛一拧一舒。

"行啊。"

周志明答应得很爽快。

"那好，我冲完凉就给你送东西过来，你在宿舍等我。"亚琴高兴得蹦跳起来。


两个小时后，周志明和亚琴就双双来到了车间办公室门口。办公室里亮着灯，门半开着，里面好像有人在说话。

周志明在门上敲了几下。

"进来吧。"正是林晓丽的声音。

周志明和亚琴走进去，看见办公桌的旁边还坐着一位年近六旬的长者。国字脸，短白发，脸膛微红，双眼炯炯有神，精神矍铄。

林晓丽连忙起身，指着长者给周志明和亚琴介绍道："这位是陆总，我们厂的行政总监。"

"哦，陆总，您好！"

周志明赶紧伸出手去。

"哦。"

长者也连忙起身，伸出手来。他的心里一震：好亮堂的年轻人！

林晓丽又转向长者："他叫周志明，她叫冉亚琴，都是这个车间的员工，这个月上白班。"

"哦，是这样。"

长者握了握周志明的手，重又坐回原位，但眼光始终没有离开周志明，就在这一瞬间，他已把周志明结实的身子上上下下扫了几遍。亚琴对长者笑笑，点点头，算是有礼了。

林晓丽拽来两把椅子，招呼周志明和亚琴坐下。她看着亚琴一身素裙，秀发披肩，粉面含春，打趣地说："你真是越来越漂亮了，人见人爱，花见花开。遇到你，周志明真是好福气啊！"心里面却是感到很奇怪：才隔一天时间，他们两个怎么就形影不离，如胶似漆了？看来，周志明是下了决心，把亚琴认作女朋友了。

长者转向林晓丽，问道："你刚才说他就在这个车间上班，具体是做什么？"

"在12号机打包装，这是他女朋友，在12号机批锋。"

"打包装？……哦！？"

长者微微点头，心头又是一震。他觉得有点奇怪：这么个有模有样的小伙子，怎么会乐意做那件事？

"这个……这个……"陆总似乎有些疑惑。

林晓丽看到陆总的反应，似乎对周志明很感兴趣，于是灵机一动，有了主意，便对陆总说："小伙子蛮不错的，大学本科毕业，原是学机械专业，有单位的，县国营机械厂，还是车间主任，管着一百多号人。只因国企改革，工厂买断，他才下岗，到这边来发展。只因初来乍到，没有人提携，所以只好暂时大材小用了。"

"哦。原来是这样。"陆总点着头。

"那的确是委屈你了，埋没了人才。"陆总转向周志明。

周志明倒是不好意思了，他连忙谦虚地说："好汉不提当年勇。彼一时，此一时也。现在有个遮风挡雨的地方，也就不错了。"

"你今年多大了？"陆总问。

"虚岁二十六。"周志明答道。

"年纪轻轻，正是立志创业的大好时机，千万不要灰心丧志，自误前程。这边政策开放，发展快，企业多，机会有的是。"

"陆总说得极是，晚辈记住了。晚辈在这里做事，还望陆总多多关照。"周志明态度甚恭，言辞甚谦。陆总观其貌、听其言，对这个有礼貌、有知识的大陆年轻人大为赏识。他的眼光落在周志明和冉亚琴这对情侣身上，心里也不禁大为赞赏：郎才女貌，还真是那么一对儿。

"小伙子，你除了专业以外，还有些什么爱好？"长者问道。

这个问题太简单了，因为周志明的爱好很多：排球、乒乓球、羽毛球都会，游泳、爬山、下棋都内行。周志明不假思考，一一说来。一听说会下棋，长者更来了精神："是围棋还是象棋？水平怎样？"

周志明告诉他，是象棋，水平还算可以。

"好啊，你可不要吹牛，要不要当场试试？"

"这个……"

周志明有点犹豫了，他把目光转向林晓丽。

林晓丽见他们两个很有话缘，甚是投机，心里面很是高兴，她要的就是这个效果。当听到他俩扯到象棋上，周志明还说水平可以时，她想，这下可糟了！周志明你什么都可以吹，就是象棋不能吹。为什么呢？因为陆总最擅长的就是此道，不仅棋力深厚，而且棋瘾又大，与人对阵时经常是输少赢多。他常常是以此为乐，以此为自豪。你现在望着我，我怎么帮你？牛是你吹的，又不是我，那可是摆在桌上，大家都看得见的，来不得半点虚假。她点头答应吧，担心周志明的大话一旦被戳穿，会影响她考虑良久的计划；不答应吧，又要拂了陆总的兴致。她看着周志明，心念电转，也不知如何是好，只得嘻嘻一笑道："陆总是常山赵子龙，生平难逢对手，如果真要两兵交战，陆总可要手下留情啰。不过呢，有句话说得好，自古英雄出少年，初生牛犊不畏虎，周志明即使赢了，陆总也不丢面子，因为周志明毕竟是晚辈，在年龄和体力上已先占了优势。对不对？"林晓丽这番话说得明明白白了，不管谁输谁赢，谁都不会丢面子。

大家一齐说是。

"那你们稍等，摆好场子，我拿棋去。"陆总乐呵呵地去了。

趁这空闲，林晓丽赶紧给厂门外的小商店老板打电话，要他马上送点瓜子和花生过来。她接着就收拾桌子，等下好摆棋盘。

"刚才说走了嘴，这下惹麻烦了。下棋的人，十个里面有九个都喜欢讲狠，不服输，因此，往往因下棋而彼此闹出一些意见，伤了和气。"周志明自责地嘀咕道，在室内不安地走来走去。

"你的水平到底怎么样？你刚才是不是在吹牛？"林晓丽问他道，脸上似乎有些疑虑和不安。亚琴也似笑非笑地望着周志明。

"水平我都不担心，担心的是怕陆总输不起棋，引出一些不必要的麻烦。"周志明自信地说。

"真的？"

林晓丽一听这话，心里一忙，脸上立即转忧为喜。她略一沉吟，有了主意。她告诉周志明：

"陆总的象棋下得非常好，一般人绝非对手。他的人品好，棋德也好，不论输赢，下完后几个哈哈一打，一笑了之，从不与人争长论短。因为一局下完，棋盘上就已经分出了胜负，白的黑不了，黑的白不了，口才再好，能争得回来么？所以，等下你不要有任何顾虑，只管下棋，你最好下赢，万一不行，也要胡搅乱缠，弄成平局，让他对你刮目相看，日后他就会记得你，对你有印象。今后为你的工作，我们可能还要找他帮忙。"

听得这话，周志明和亚琴都非常感动。

周志明连忙让林晓丽坐下，把脚伸出来搁在一张椅子上。脚趾鸡眼上药的地方皮肤已经成了死皮肤，他熟练地用铅笔刀轻轻地把这一层死皮肤修掉，然后再重新贴上鸡眼膏，把胶布缠紧。整个过程就是几分钟。刚刚搞完，周志明洗了手，店老板就把瓜子和花生送来了。不一会儿，陆总也转来了。

陆总一进门，就笑眯眯地开口说道："我这个人平生没有什么爱好，就爱喝点小酒，品品茶，下下棋而已。"

晓丽一边帮着摆棋盘，一边应和道："喝酒可以养身，下棋可以悦心，这都是人生中的乐事，陆总真是享受之人。"

待他们两人坐定，晓丽问道："陆总，您是长辈，还是您发话吧，怎么个下法？"

"好，小周也不是外人，这样吧，你们白天还要上班，那我们今天就下三局，试试手，怎么样？"他看着周志明。

"正好，正好，反正今后见面的机会多的是，棋，有的是机会下。"

亚琴不想志明太辛苦，立马赞同。晓丽也说行，便把红黑子各拿了一个，握在手中，笑嘻嘻地要陆总先猜。陆总要了晓丽的左手，松开一看，红子。

"好。我先行。"

陆总与周志明坐一对，是主角；晓丽与亚琴坐一对，在旁边观阵。四只角上放着瓜子、花生、茶水。

兵七进一。陆总略一沉思，第一手便进了一步七星兵，是以仙人指路开局。

卒7进1。周志明也进了一着7路卒，静观其变。

嗯，不错。林晓丽点点头。她也是棋林中人，自小跟在哥哥的屁股后面，哥哥是个棋瘾，她是个棋虫。有时哥哥去找人下棋，走在前头，她就用一个小布袋提着象棋子和塑料棋盘跟在后面，一晃一晃的。哥哥下棋，她就待在旁边，看一会儿棋，又到附近玩一会儿，玩一会儿，又看一会儿。没有师傅教，时间一长，却也无师自通了。有时哥哥皱眉头的时候，她还能指手画脚，帮着参谋参谋。因此，哥哥后来对她是另眼相看。亚琴则是十窍通了九窍，一窍不通。不过也好，她也懒得操闲心，安心吃着东西。

炮二平五，马8进7。马二进三，车9平8。车一平二，马2进3。马八进七，炮8进4。双方飞快走子，不到一分钟，就形成了中炮七路快马对屏风

083

马左炮封车的局面。林晓丽看着周志明走子的速度、脸上的表情，心里大为惊奇：小伙子不错啊，还真有点真功夫。其实，她哪里知道，周志明悟性极好，对象棋素有研究，不论是实战还是理论，残局还是开局，都曾经潜心研究过，并反复揣摩，深有体会，只是外人不知而已。棋面至此，周志明已经心里有数。应付红方的这种开局，后手方只需封住红方的右车，再兑掉红方的左车，就可以减缓红方的进攻速度，这种布局变例不多，双方如果走子不出现大的错误，就可以走成和棋。心想，如果第一局下和，那是最好不过的事。

形势的发展，正如周志明的所料。红方在九路车出动后，自己主动邀兑一车。红方左边进攻立刻受阻，而右车被封，更无攻击力量，红方先行之利尽失。

晓丽在旁看得十分清楚，这一局已成和局，基本上已无悬念，心里面暗暗高兴，但表面上还是不动神色。双方再走几步，果然言和。

陆总对周志明大加赞赏，周志明谦恭更甚。第二局轮到周志明猜子，他也猜到了红子。他知道第一局是互相探底，意在试探对方的路子和实力，故都没有用尽全力，只是热身而已，这一局是关键局了，情形肯定会大不相同，双方定会使出全力搏杀。这一局因有先行之利，如何开局全在于他的掌控，所以他并不打算急进轻犯，而是采用比较稳重的飞象局。

象三进五。

第一招一亮出，陆总就面带微笑频频颔首，似乎周志明的开局早就在他的意料之中。

卒7进1。陆总挺起七路兵，压制红方右路马。

马二进三，马8进7。马八进九，炮2平5。车九平八，马2进3。炮八平六，马7进6。轻车熟路，双方布局已毕。周志明第五回合平炮亮车，无疑是利剑出鞘，长虹贯日；陆总右车已慢一招，故急催动左马，跃马河边，想急踩红兵，迅速压制周志明的右翼。

瞬间烽烟四起，战马嘶鸣，一场大战在即。

林晓丽现在已经不用替周志明担心了，她知道了他的实力。她一边吃着瓜子，一边看着秀外慧中的周志明，她的心里升起了一种莫名的情愫。她又侧头悄悄地瞧瞧亚琴——这个腼腆、文静而又聪慧、漂亮的姑娘。周志明来厂里没几天，她就瞄上他了，真是慧眼识英雄啊，或许这就是缘分吧。晓丽瞧着她那副稳重、端庄的样子，心里真还有点佩服她的胆量和勇气。

亚琴不会看棋，但她会看人的表情。看着周志明不慌不忙，镇定自若，心里自是高兴。

这个时候，周志明在陆总的右翼发起了总攻。为配合这一攻势，他先用一马一车在其左翼活动，装出一副进攻的样子，以吸引其兵力，果然，陆总未能识破周志明的战略意图，大部分兵力开始往左翼调动，右翼只留一马防守，势单力薄。周志明见时机已到，迅速右车左调，擂响战鼓，从其右翼直捣黄龙。虽说双方在兵力上持平，但周志明蓄谋已久，兵力已经到位，陆总的人马又聚中在左侧，一时无法回撤驰援。等到周志明的进攻号角吹响，陆总才霍然发现上当，但为时已晚。勉强抵抗一阵，终究无力回天，只好推秤认输。

陆总爽朗一笑，对周志明说："果然是年轻人，有勇有谋，后生可畏啊。"

他呷了一口茶水，向上抹抹光亮的额头。

"哪里，哪里，侥幸而已。"

只剩下最后一局了，陆总猜子，又是红先。

"好！"

陆总表面上还是笑呵呵的，可心里却想：这可是背水一战了。

炮二平五，马8进7。马二进三，车9平8。车一平二，马2进3。马八进九，卒7进1。炮八平七，车1平2。车九平八，炮2进4。红方平中炮，屯边马，然后炮平七路，这是先手五七炮的流行走法，周志明岂可不知？他以屏风马进七卒右炮封车应对，是一种平稳的常规应法。在象棋布局中，中炮对屏风马的阵式占了很大的比例，由此可演变出五六炮，五七炮，五八炮，五九炮对屏风马的各种阵式。对于这些阵式的变化，周志明是了如指掌，熟记于心。

车二进四，炮8平9。车二平四，车8进1。兵九进一，车8平2。车八进一，前车进3。第十回合陆总升车一步，悄悄设下香饵，诱使周志明炮轰中兵，希望就此短兵相接，开始搏杀，但周志明不为其中兵所动，而是采取高车巡河的策略，在保持平衡的前提下，尽力将战局引向动态的复杂化的争斗中去。

"好一个厉害的对手！"

陆总心里开始有点发慌，几步之后，一步欠考虑，走了个软着。

"糟了！糟了！"

陆总心里叫苦不迭，后悔不已。

战机稍纵即逝。面对棋盘上陆总出现的软着，周志明心明如镜，哪肯轻易放过？他审时度势，连忙一边挥师急进，一边调兵增援，一场歼灭战终于提前打响了。

经过一番苦斗，左格右挡，陆总终是敌不过周志明最后的围困绞杀，被迫俯首称臣。

陆总输了。

看着棋盘上的硝烟渐渐散去，他还静坐那里，没有从刚才的呐喊厮杀中回过神来。过了好一会儿，他才抬起头来，脸上堆满了笑容。他像发现了一片新大陆似的，好奇而又坦然地注视着对面的周志明，发自肺腑地说道："我向来少遇对手，自认为是一等一的高手，今日三战，一平两负，我是输得心服口服，真是人外有人，天外有天啊！"

周志明谦虚地说道："承蒙夸奖，以您的年纪，还有如此深厚的棋力和敏捷的思维，已是难得了。如果不是您手下留情，我可能也占不了便宜。今后我还要向您多多讨教。"

"哪里，哪里。长江后浪推前浪，推到沙滩晒太阳，我们是到了晒太阳的时候了。你虽年少，我看你下棋时稳坐如松，气度娴雅，静如处子，动如脱兔，却有大将之风。古人所说运筹帷幄之中，决胜千里之外，也就这般情形而已。请问小周，你是江南人氏吗？"

"陆总是怎么知道的？"周志明大惑不解。

"我家在鄂西柳城，刚好万里长江就从县城的北边流过，也可说是江南人了。"

陆总一听，大为惊喜，眉毛朝上一扬：

"哦，太好了，那我们还是湖北老乡啊。我的祖籍原是湖北襄阳，由于躲避战乱，一家老少经香港辗转流落到了台湾，那时，我才十多岁，二十岁都还不到。"

陆总停下来，喝了口茶，继续说道：

"家乡一别，就是几十年了，现在政策好，重点放在了民生、经济发展上，我才有机会重来大陆啊。下棋虽说是娱乐，消遣时间，但通过下棋，可以识人。北方之人，性情豪爽，下棋之时，大刀阔斧，全是一派刚劲硬朗之风；江南之人，生于水乡之间，心思缜密，细腻，行棋有如太极推手，看似轻柔缓慢，实则招招凶险，隐藏杀机。我观你棋风似后者，故推测你是江南之人。没想到你我竟还是老乡，相距不远，这就叫有缘啊。有人棋力好，却无棋德，赢得起，而输不起；有人棋力好，棋德也好，胜不骄，败不馁，输赢一笑中。所以，以棋会友，以棋识人，下棋，还是一门学问啊。"

陆总侃侃而谈，表面似是谈棋，实则由棋而谈人。

"有机会，还是回老家看看，这几年，家乡的变化日新月异，起色很大。很多人都修起了小楼房，过上了楼上楼下，电灯电话的好日子。"

"不容易啊，有一个好政策，有一个天下太平的好日子。"陆总感慨道。

陆总看了一下手表，见时候不早了，便起身告辞。临行，递给周志明一张名片，诚恳地说："我们是老乡，又是棋友，你的情况我以前不清楚，让你在这里受委屈了，埋没了你的才华。俗话说，不知者不为罪。现在我知道了，我会尽力帮助你的。你现在就在那里做着，一有时机，我就给你把工种调整一下。你有什么事，可以随时找我，另外，我要联系你的时候，也会随时找你的。"

周志明心中大慰，说道："晚辈遇到您，真是福星高照了。有时间，我会常来看您的。"

等到陆总走后，周志明和林晓丽相互对视了一眼，心里都长出了一口气。

林晓丽说："志明，人们都说人算不如天算，我看真极了。这几天我一直在考虑，如何帮你牵线搭桥。没想到今天机缘巧合，陆总在厂里随便转转，见这边办公室电灯亮着，就过来看看。你看，你们两个又是棋友，又还是老乡，我看得出来，他对你还是蛮欣赏的，他可能就是你命中注定的贵人，你的前途多半就应在他的身上了。"

周志明也是唏嘘不已！多少天来，自己苦思冥想，不就是希望找到一条捷径，一个在厂里说话有分量的人吗？今天这个人仿佛是从天而降，看来，自己的好运就要来了。他想着那天如果不去竹林，他就不会遇到林晓丽，如果不给她治鸡眼，他也不会来办公室，不来办公室，他就不会与陆总相遇、下棋等，这一系列的巧合，难道就是人们所说的缘分？周志明细细想来，觉得这一切似乎都是冥冥之中早有安排似的。这莫非就是人们口中常说的"命"？

亚琴是又惊又喜又爱。周志明大战陆总，显示了他诸多爱好、才华的冰山一角，就是这一角，也让她羡慕得不得了，佩服得不得了。所以，她感到很惊奇。喜的是周志明今天在这里巧遇他的那个老乡陆总，让他在这里看到了希望。爱的是自己对周志明的感情是一步步地加深，一步步地刻骨铭心。

# 十一

十来天后，林晓丽的鸡眼已经治愈。林晓丽用手按了按，原来的那种压痛感彻底消失了。她穿上凉鞋，来回走了几步，又用手指在鞋子外面按了按，真的不痛了。心里甚是高兴，她对周志明说："这下好了，去了我的一块心病。你还真行，连鸡眼都会治，难怪下棋那么厉害，你还真是多才多艺呢。"

周志明眉毛一扬，开玩笑说："我的本事多得是，就是没有施展的平台与机会。"

说这话时，心里就不由自主地想到了那句"大鹏一日随风起，扶摇直上九万里"的诗句，心中豪气陡然升腾，竟脱口说出了岳飞的名句："三十功名尘与土，八千里路云和月。"

"莫等闲，白了少年头，空悲切。"林晓丽接着念道。

"到底是读过书的人，就是不一样啊！"周志明叹道。

"快不要说了，不然，我们的美人儿要生气了。"林晓丽看着亚琴，打趣道。

"想当年，岳飞老爷子文武双全，上马杀敌，下马挥毫，何等豪迈，而又何等儒雅！本想建不世之功，却不料'出师未捷身先死，长使英雄泪满巾。'真是让人扼腕三叹！"

"对一个人的评价，也要一分为二。世人评价岳飞，也只看到其一面，另一面呢？中国历代王朝都是姓私而不是姓公，皇帝与其要臣子子民忠于朝廷，实际上是要普天下之人忠于他一人而已。皇帝是天下最大的自私者，贪婪者。岳飞之忠，只是忠于大宋的赵氏天下，而不是忠于大宋的子民。为此，他亲涉潭州洞庭，杀人无数，平定洞庭湖乡的农民起义。一将成而万骨枯。他对得起江南水乡的黎民百姓吗？他北上抗金，也只是听命于姓赵的而已。所以，他东奔西走，南征北战，充其量也就是姓赵的一条猎狗罢了。"

周志明睁大眼睛，直直地看着林晓丽。他不明白她一个小小的姑娘家怎么会有这种观点，似乎话中还含有对岳飞的愤愤不满之气。

"你似乎对岳飞有不同的评判，不喜欢此人？"

"你不知道我是那里人氏，所以你就不懂了。时间虽过去了数百年，但家仇国恨，我们林氏后代又岂能忘记？"

"这是怎么回事？"

周志明疑惑地看着林晓丽。

林晓丽的脸上布满阴云，她缓缓道来：

"很久很久以前，在风景如画的江南水乡，气候适宜，土壤肥沃，物产丰富。人们本可安居乐业，享受太平的安逸生活。但皇帝昏庸，朝廷腐败，人民反倒生活在水深火热之中。一边是朝廷的歌舞升平、花天酒地、醉生梦死，官员的横征暴敛、巧取豪夺；一边是黎民百姓饥寒交迫、呼天抢地、喊天天不应，喊地地不灵。他们本是天底下最善良、最温顺的子民，是那皇帝、官员、朝廷逼得他们走投无路，不得已才揭竿而起。他们在水乡泽国建立起自己的农民政权，均贫富，分田地，他们自己播种，自己收获，终于吃饱肚子，过上了温饱的日子。但朝廷的兵马来了，那个姓岳的也来了。尸横遍野、血流成河。死的死了，降的降了，逃的逃了。我的先人就一直向南面逃去，躲到了湖广交界的崇山峻岭中。直到几代人之后，才又悄悄回到日思夜想的故里，繁衍生息，延续至今。时光虽然过去了数百年，但这段血写的历史，却成了起义者后代子孙永远的一个伤痛。"

周志明劝慰林晓丽忘了那段不愉快的历史："岳飞身为朝廷中人，食君之禄，忠君之事，他也是身不由己。"

林晓丽点点头，脸色转悦："我们不谈那些不愉快的事情了。"她告诉周志明和亚琴，过两天她就要回家去了，有件事情要处理，已经请了假，有一个礼拜左右，转来时顺便带点家乡的腊肉。

"回来后我们一起聚一聚，吃顿饭。"

"你要回家？那我们会想你的，早点回来，一路上要注意安全。"

亚琴听得林晓丽突然要回家，心里面倒生出一些依恋之情。周志明的心里也陡然生出一些惆怅，似乎还有点不安。他对林晓丽说："你走了，我们会挂牵你的。你要记住，一个人活着，其实就是活的一个心态。在什么时候，都要向前看，都要开心快乐，这是最重要的。你安心回家吧，我们等你回来。"

林晓丽羡慕地看着他们两个，真诚地说："美女配帅哥，你们两个真是天生的一对啊，我祝你们幸福。"

两天后，林晓丽坐上了开往湖南水乡的长途班车。


再一天后，周志明和亚琴就出事了。

那天，就在刚上班准备开工的时候，班长苏小东走过来，通知周志明去"15"号机打包装，"12"号机另外安排人。周志明和亚琴一听，吃了一惊。他们相互看了一眼，觉得这件事有点蹊跷，来得很突然，但也只好服从。周志明有些依依不舍，对亚琴说："那我去了。"

亚琴脸上失了笑容，惟有关切，她对周志明说："那你去吧，我在这里看得见你，就是给你帮不上忙，那边就全靠你自己了。"

其实，"15"号机并不远，与"12"号机中间就隔着两台注塑机。这台机子停了很长一段时间了。因为，它生产的塑胶盘是一种特形的，数量不是很多，只有来了订单，才临时安排人开机生产。

周志明走到"15"号机的时候，已有两个小伙子在试机了。要生产出质量合格的产品，工艺要求的各种参数都必须要达到，否则生产出来的就是次品、废品。而周志明进厂不久后，就注意到了这个细节。每次开机时和每次换料后，员工都要花很长时间在操作面板上进行参数调节，机器工作一段时间后，机温升高到一个恒定值时，又要进行参数调节。这种参数调节浪费掉了许多时间，如果遇到新手和半熟手，则浪费的时间更长。周志明早就在考虑这个问题了：有什么办法可以缩短这个时间？如果有，在两个方面是很有意义的。一是时间缩短，节约出来的时间可以生产更多的产品；二是可以大大减少调机时的报废品的数量。这些报废品又要用人工运到废旧品处理处，又要用专人把它粉成微胶粒，供重复利用。如此一来，又要多耗费人工、电力、时间等。解决这个问题可以提高生产效益、节约成本，有很大的意义。周志明曾经有过这样的设想：利用专人专机，对购买来的各批次的胶粒进行参数检测，得出标准的产品参数组合，下发给各个机台，以供参考。周志明有时候这样想：这种方案如果可行，难道厂里负责技术的工程师就想不到么？是不是早想到了，只是由于某种原因而没有实施呢？

机子调试好了，塑胶盘开始传送出来。批锋的是两个二十岁左右的小伙子。有了货，周志明也开始有活干了。但不一会儿，亚琴的两个黄毛老乡就很神气地过来了，他们要和那两个人对换岗位。那两个小伙子拗不过黄毛的面子和纠缠，就去了他们的岗位，两个黄毛便留在了"15"号机。

"他们想干什么？"

周志明凭直觉知道，这两个小子此番前来绝不是好意。他表面上不动声色，心里面还是有了思想准备。

果然，一会儿后，两个黄毛开始生事了。他们在那里装模做样地嘀嘀咕咕，说这台机子开得太慢了，出不了多少货。其中，那个个子高一点儿的走过去，开始调动旋钮，进行加速，直到不能再快，方才住手。

机器开始了满负荷的生产。塑胶盘成对成对地快速送出。那两个黄毛低着头不吱声，只是飞快地批锋。一叠一叠的塑胶盘快速地送到周志明的工作台上。这种塑胶盘原本就复杂一些，吹刷、检查、装袋也麻烦得多，加上速度一快，可想而知，周志明是够呛了。一会儿后，周志明的工作台上，身边的地面上都放满了还来不及吹刷的塑胶盘。

周志明一身汗水，伸直腰，喘口气，看了看桌面及地面上堆放的塑胶盘，心里面憋了一肚子火。

"这不是存心整人吗？我与你们无冤无仇，你们为什么要这样待我？"

周志明心里这样想着，可又不好发作，只得硬着头皮，死死撑着，心想，大不了一个中午不休息就是了，也不会累死人。但是，事情却远还没有那么简单。没有多久，班长的那个老婆就恰好走了过来。她一见那情形，心下大喜，觉得真是天赐良机！老天给了她这样一个好机会，她岂肯轻易放过。她不问青红皂白，就虎起了脸，凶巴巴地对周志明吼道：

"你是怎么搞的？没有人帮忙了是不是？动作要快，不要懒懒散散，要像个做事的样子。"

周边的员工听到她的训斥声，都不约而同地抬起头，朝"15"号机这边张望。亚琴从一开始看到她的两个老乡跑到"15"号机这边来，就知道他们没安什么好心，她担心出事，所以就一直注意着周志明那边的情况，现在看到大脸盘气势汹汹地在那里朝周志明发脾气，就停了手头的活，直直地朝那边看。

"我也尽力了。机器开这样快，有点剩货也是正常的。"周志明替自己申辩道。

"什么？你还有道理？机器快，哪个机器不是一样的快？桌上堆那么多，地上也堆那么多，你在那里盖楼房，是不是？你做得了就做，实在做不了，就打包走人。"

亚琴听到这里，火冒三丈，实在是忍不住了。她相信周志明的为人，她不允许任何人这样对待他。这到底是怎么回事？她强忍住火气，向"15"号机匆匆走去。两个黄毛原只是想暗地整整周志明，让他尝点苦头，不料却引来了那个大脸盘，最终又激怒了旁边的老乡冉亚琴。看她过来的火样，才知道今天确是把事情闹大了，羞愧之余，只好低着头，不敢看亚琴一眼。亚琴先看了看耷拉着脑袋的两个黄毛，再一看机器出货的速度，肺都快要气炸了。

亚琴转向黄毛，也不管它三七二十一，大声吼道："有本事就把脑袋抬起来，低着头干什么？是不是做了什么亏心事，见不得人？"

大脸盘本想借此机会压一压周志明，把他撵走，不料冉亚琴竟出头，当着自己的面把那两个黄毛臭骂了一顿，觉得这其实就是杀鸡给猴看，在扫自己的面子。心想好啊，我在这里处理事情，你算哪根葱，也跑到这里来出风头。她板起脸，冷冷地对亚琴说："这里没有你的事，你跑来干什么？回去做事。"

"周志明已经尽力了，机子开这样快，谁干都会有剩货，你不应该对他那么凶。"

亚琴并不买她的账。

"我对他凶？怎么个凶法？现在是你管事还是我管事？"

大脸盘并不示弱，把声音又提高了几度。

"不管是谁管事，都要公平，都要讲一个理字。机子开这样快，这是明摆的，况且他们两个人的岗位根本就不在这里，谁对谁错，你心里应该很清楚，你讲过他们没有？"

车间里的员工几乎都住了手，朝"15"号机张望着，近处的甚至都停了机，围了过来。小薇也帮腔了："这的确不是他的错，那种盘子本来就不好弄。"

"关你什么事？"

大脸盘转过脸来，对她吼道。

"我只不过是说了句公道话，你吼什么？"张小薇也不示弱，瞪起了眼睛。

眼镜见周志明被欺，急忙从那边赶过来，正要打抱不平，发话帮腔，见周志明向他递了个眼色，摆摆手，他才压住火气，立在边上，闭口不语。

"你今天想怎么的？"大脸盘挑衅地盯着亚琴，"我不看过程，只看结果。桌上、地上到处都是剩货，难道还不能讲？"

"不是不能讲，但像今天这种情况，周志明就没有错。你问问他们，他们的岗位在哪里？他们为什么要跑到这里来？"

"亚琴，不要说了，转去吧。"周志明劝她道。

亚琴没有动，倔强地站在那里："我就不允许她欺负你。"

"他没有错，那你的意思就是我错了？是不是？"大脸盘没有占到便宜，当着众人的面又被亚琴顶了一通，心里大为恼火，看着围上来的员工，大声嚷道："有什么好看的？都做事去。"

亚琴也不示弱，把头转向黄毛："你们还不快滚，是不是欠骂？"

两个黄毛惹出此祸，本已理亏心虚，早就想溜了，一见亚琴发话，还哪里分清好听还是不好听，耷拉着脑袋，灰溜溜地走了。众人也就一哄而散，但议论声却像滚开了花的水，到处一片响：

"到底是怎么回事？"

"周志明那个人做事认真，绝对不是他的问题。"

"那两个黄毛跑到那里去，很可能是故意找茬子去的。""哼，今天总算碰到对头了，平时那副大大咧咧的样子，还以为她就是天下第一呢？"

大脸盘听得众人议论，也不理会，一脸怒气，悻悻而去。

"亚琴……"

周志明欲言又止。

"志明，你是不是说我不该出头？你没有错，我为什么不能说？"

"我知道你是为我好，但是……"

周志明走到亚琴身边，把声音压得低低的，只有亚琴一个人才听得到："小不忍则乱大谋。人在屋檐下，不得不低头。现在还不是你我说话的时候，该忍的还是要忍，不该忍的也要忍。你今天冲撞了她，看她走时的样子，她是不会善罢甘休的。"

亚琴听周志明这么一说，幡然醒悟，顿生一丝悔意。她看着志明，眼里甚是愧疚。

"我当时一心系在你的身上，她欺负你，我心里痛，就没有想那么多了。那怎么办呢？"

"事已至此，现在说什么都晚了。你去安心做事吧，是祸躲不过，躲过不是祸，现在只好听天由命了。"

"好吧，我记住就是了。那我去了。"

一场风波暂时结束了，车间又恢复了正常的秩序。这场风波就像江南夏天的雷阵雨，来得快，去得也快，但周志明清楚地意识到，事情还远远没有真正的了结。

下班后，吃完晚饭，洗漱完毕，亚琴就匆匆地来到了周志明的宿舍。她心情有些烦躁，想和周志明到外面去走走，吹吹风。

晚风清凉，月明星稀。

他们并肩缓缓地走在沙子路上。谁都没有说话，就那么默默无闻地走着。等到了人少的地方，周志明伸出手来，把亚琴的一只手紧紧握住。亚琴心里一惊：这还是周志明第一次主动握她的手。一瞬间，亚琴感到有一股强有力的暖流从周志明的手里迅速传递过来，沿着手臂，注入自己的心房。她一惊之后，紧跟着是一阵欢喜，自己温软的手上也不知不觉用上了些力气，她便本能地把志明的手也紧紧攥住。

"有件事我想问问你，那两个黄毛和你是老乡，他们好像是故意来与我作对的，这是为什么？"

"你来这里也有很长一段时间了，你真的一点儿都不知道？"

"我知道什么？"

"他们和我是老乡，其中一个追我已经有很长一段时间了，我根本就不喜欢他，甚至还讨厌他，所以我拒绝了他。后来你一来，我和你在一起，他认为是你把我抢走了，就一直怀恨在心，时时都在寻找机会想整你。又因为你和我在一台机，一直在一起，他就没有下手的机会。今天你一去那边，落单了，他们就认为时机来了，岂肯轻易放过？"

"哦，原来如此。那班长的老婆呢？那个大脸盘，她好像跟我有血海深仇似的，看到我就不舒服，我又惹了她什么？"

"你还不要提她，提起她，我都想不明白。"

一阵大风刮过来，他们两人都感到有说不出的清凉爽快。他们两人此刻都缄默不语，沉默下来。但两只攥着的手却越攥越紧，两颗年轻的心却是越靠越拢，越走越近。暮色四起，夜色朦胧。路上时有人来人往，孤行者行色匆匆；情侣们则依偎而行，偶尔喃喃软语，似有似无，随风传入他们的耳中。看着他们的亲热举止，周志明受到感染，一时心跳加快，觉到浑身燥热，他攥着亚琴的手渗出了一层细汗，甚至感到自己的脚步都有点乱了。

"不能再往前走了。"

周志明心里寻思道，他深恐在这种气氛中和亚琴待久了，一时心血来潮，会对亚琴做出什么过分亲昵的举动。他对亚琴说："我们转去吧。"

亚琴好像还想和志明多待一会儿，她轻声说："我的气还没消呢，时间还早，我们再走一会儿吧。"

说话的时候，她已把手从志明的手里抽出来，身子靠拢过去，干脆用手挽住了志明的胳膊，把头斜倚在志明的肩上。

周志明一阵紧张，全身一震！

"怎么了？"

亚琴把头昂起来，一双含情的眼睛脉脉地注视着周志明。

周志明侧转头，看到了那两泓照出人影的碧水。

"我……我……我心里有点慌乱。"

周志明紧张地说。

面面相对，四目相视，周志明的心开始了狂跳。亚琴的另一只手已悄然搭在了他的肩上，整个温软的身子都贴了上来。

周志明神情恍惚，头脑一阵晕眩。

"漂亮吗？"

亚琴目光迷离，声音如蚊。

周志明迷糊地点点头。

"喜欢吗？"

亚琴双唇微微翕动，双眸温软、灼热，里面盛满了炙热的渴望，像久旱的农田渴望雨水。

周志明点点头，猛地把亚琴紧紧地抱在怀里。

"亚琴，爱你！"

周志明在亚琴的耳边颤声道。

"志明，我也爱你！"

亚琴一如温顺的绵羊，静静地偎在周志明温热的怀里。

天上的星星，亮亮晶晶，好奇地眨着眼睛。

# 十二

时令虽已是秋天，但南国的秋天根本就没有秋的味道。还在清晨的时候，太阳就显出了它无与伦比的热力。疲惫的大地经过一夜的喘息，刚刚恢复一些清凉，又开始了新一轮的烘烤。

周志明一进车间大门，就遇上了迎面而来的班长苏小东。

"周志明，你过来一下。"

苏小东把周志明带到仓库的大门口，那里停放着一辆大型货柜车。

"你今天就不打包装了，跟着这台车去东莞那边。那边的塑胶盘需要重新检查，人手不够，现在忙不过来，你先到那边去帮一下忙，也就几天时间。那边有人负责的，你只要带换洗的衣服就行了。七点半发车，你先收拾一下东西，在这里等就是了。"

苏小东面无表情，交代完毕，就匆匆走了。

周志明见事发突然，时间已不多了，来不及细想，只得赶紧回宿舍去收拾衣物、毛巾等日用品。他寻思道，事情怎么来得这么突然？这里面有没有什么蹊跷？

临行之前，他必须见上亚琴一面，告诉她自己的去向。

听完周志明的话，亚琴深觉不安。这与昨天的事情有没有牵连？但不管怎么的，工作安排还是要服从。

"我知道了，那你去吧，反正时间也不会很长。这一段时间，你处处要小心点，你到了那边，要注意安全。我等你回来。"

亚琴虽说得平平淡淡，但眼睛还是有些湿润了。

"你放心吧，没事的。我会想你的。"周志明亲昵地把双手放在亚琴的肩上，"我走了，你要保重。"

亚琴盯着志明的脸，点点头："我知道，我等你回来。"

周志明又和小薇、眼镜打过招呼，才匆匆离去。

上了汽车，几声喇叭响，车子驶出厂门。周志明心里忽然升起了几缕沧桑和悲凉，其中又还夹杂着几份牵挂和惆怅。他想到了整日在水面漂浮的萍——一种极其微小的，江南常见的无根水生植物，顿觉人生飘忽无常。

"人生如萍啊！"

周志明在心里寂然长叹了一声。


周志明一走，亚琴就觉得心里空荡荡的。她知道自己的身子虽还在这里，但自己的魂却早已随周志明而去了。

下午上班的时候，车间主任王强通知她到办公室去一趟。亚琴的心里陡地一沉，一种不祥的预感立马袭来。

果然，一进办公室，王强就把一张辞工单丢在亚琴面前的桌上："去人事部办理手续，然后到财务部结账。"

"为什么？就因为昨天的事？"

"还不够吗？在车间公然与领导对抗，目无组织纪律。"

"你这样处理，公平吗？"

"你走吧，车间办公室昨天已开过会了，这是大家的意见。"

亚琴抿紧双唇，咬紧牙齿，强忍住委屈的泪水。工作的事情都无所谓，主要是觉得他们欺人太甚，小人得势，好人受屈。她也忽然明白了他们为什么要先调走周志明，原来这完全是一个阴谋。

多么的卑鄙、无耻！

亚琴不想多说了，她知道这里不是她说话的地方。她拿了辞工单，气冲冲地直奔人事部。人事部长田苗一看，觉得莫名其妙。他虽身在办公室，只是偶尔带新员工下到各个车间，但对各个车间的员工大致上还是心中有数的。冉亚琴进厂快两年了，表现一直都很好，是个很乖巧听话的女孩，合格的员工，今天是怎么回事呢？

看着亚琴阴沉的脸都快要拧出水来了，田苗关心地问道："出了什么事？怎么弄成这个样子了？"

"没有什么事，他们就是认为自己在车间里管事，有权欺负人呗。"

部长有点不舍，挽留道："这样吧，我给你调换个工种，安排到其他的部门，怎么样？"

亚琴与部长并没有多少交往，对他也不甚了解，但听他这样一说，心里面倒生出一阵温暖，觉得世间也还有好人。她想到周志明，犹豫了片刻，然后对部长说："你如果诚心帮我，那这样吧，我出来也快有两年了，我好想回家看看。现在，我还是先结账回家，看看父母，过一段时间回厂再来找你，怎么样？"

"那也行，你什么时候过来都可以。"

部长在辞工单、工卡上签了字，又递给亚琴一张名片。亚琴见部长一脸诚恳，便接了名片，心里大慰，心情坦然了许多，脸上也放晴了。等到从财务部出来，亚琴心中早已盘算好了，反正这几天周志明不在这里，她不如趁这个时候回家看看父母，然后再赶回来。工作的事情都是次要，她放心不下的是周志明——自己心爱的初恋男人。回到宿舍，她赶紧给周志明写了一封信，折好，装入信封，再封好口。等小薇下班，就可以交给她了。

亚琴被叫走后，小薇就一直心上心下，不时朝办公室那头张望。后来，见来了个女孩顶替亚琴的位置，小薇就知道亚琴这下完了。因为类似的事情在这个厂里、车间经常发生。直到下班，亚琴都没有再回车间。小薇三下五除二，收拾完毕，匆匆赶往宿舍。两人一见面，本来心里已经很坦然的亚琴竟又泪光莹莹了。待到平静下来，她才告诉小薇事情的经过。

"你反正辞工了，不如明天去车间办公室大闹一番，让所有的人都知道，他们不是好东西，也让他们颜面扫地。"

亚琴摇摇头，觉得这样做还是不妥。她虽然走了，但周志明还在这里。更何况周志明有他的理想，有他的安排和计划，不能因此事而坏了他的大事。她拿出那封给周志明的信，交到小薇的手上："那就拜托你了，你亲自交给他。等不了多久，我就回来了，我们还会见面的。"

第二天，归心似箭的亚琴就风风火火地踏上了回家的路程。

送走亚琴，小薇感到很是落寞。她们相处久了，像姊妹一般，形影不离。现在上班的时候，面对另外两个新手，小薇竟有些不适应，亚琴的身影在她的脑海里晃来晃去，让她伤心欲哭。人世间的事就是这样不可捉摸，仅仅两三天的时间，周志明调走了，亚琴被辞退了，好好的一个三人组合被拆散了，现在就剩下了她一个人。唉，小薇心里叹口气，她一看到那个大脸盘就来火，恨不得扑上去煽她几个耳光，方才解恨。她又想到了周志明。周志明回来，一旦知道亚琴被炒走，他会不会一怒之下，做出什么出格的举动？她又想到了亚琴给周志明的那封信，心里面忽然又有了些酸酸的感觉。信里面都写了些什么呢？她一会儿是对他们两个羡慕得要死，一会儿是对亚琴又有点嫉妒，一会儿是对亚琴又有点惺惺相惜。真是五味杂陈，百感交集！

几天之后，林晓丽高高兴兴地回到了工厂。她带回了一些家乡的上好腊肉，她盘算着请陆总、志明、亚琴一起吃顿饭，尽力让周志明与陆总多接触，让陆总更多地了解周志明，关注周志明，为周志明今后的发展多做一些铺垫。她不知道她为什么要这样做，虽然她知道周志明与冉亚琴是越走越近。然而，当她喜滋滋地走进车间，走到"12"号机时，她的笑容凝固了。除了小薇外，其余两个竟是新面孔。怎么回事？出了什么事？周志明和亚琴哪里去了？只有几天时间，怎么就会这样呢？无论发生了什么事，小薇总是知情的吧。她想了想，就在工作本上写了几句话，把那张纸扯下来，递给小薇，叫她收捡好，就匆匆走了。

下班后，一吃完饭，小薇就来到了厂外的沙子路段，林晓丽早已等在那里了。小薇与周志明及亚琴的关系林晓丽是清楚的，但林晓丽与周志明及亚琴的一层关系，小薇压根儿就不知道。林晓丽迎上前去，招呼小薇道："我们边走边聊吧，我和亚琴也是好朋友，我想知道的是，这几天究竟发生了什么事情？"

小薇对晓丽的印象还不错，听她说她们又还是朋友，就把这几天的事情一五一十，一字不漏地说了一遍，话里满含愤怒、不平之气。林晓丽听完，觉得这件事情已不是那么简单。亚琴被炒，只是因为她出面袒护周志明，而他们真正的目标还是周志明。周志明怎么了？以她对他的了解，他是完全可以信任的。突然一个大大的问号在她的脑海里升起：他们是不是想把他撵走？紧跟着的问题是：周志明就是一个普通员工，无职无权，安分守己，又妨碍了他们什么？

夜风送爽，天空里无数的星儿调皮地眨着眼睛。

亚琴走了，给周志明留下了一封信。林晓丽就是不看也能猜出个八九分，无非是热恋中的男女你侬我侬的一些悄悄话，这自可不去理会。但问题是：周志明回来见不到亚琴的人，等弄明白了，为自己心爱的女人，他一个七尺男儿，又岂会善罢甘休？小薇的担心也正是林晓丽的担心。因为类似的事情在厂里也经常发生。吵架，打架，甚至是打群架，拿铁棍、动刀子的时候都有，之所以这样，光厂保安部就安排了七八个人，随时以防意外。林晓丽想着最好在周志明回来之前就让他知道亚琴的事，必须有个亲近的人来安慰他、劝解他，给他做好思想工作。同时周志明的工种也应该换一下，打包装一事实在是不适合于他，也太委屈他了。想到这里，林晓丽就想到了一个人——陆总。她觉得这件事应该马上让陆总知道，他是他的老乡，他是不会坐视不管的，同时也可借此机会试探一下周志明在陆总心目中的分量到底有多重。

第二天，林晓丽原计划是要上班的，但她昨夜一宿难眠。思前想后，为了周志明的事情，她决定延假一天，上午就去陆总那里。

林晓丽敲门进去的时候，陆总正在悠闲地独自品茶。一见是林晓丽，陆总满面笑容，连忙起身，招呼道："你这个丫头来得正好，我这里刚好得到了一点儿好东西，正在品尝，你也喝一杯，怎么样？"

"那就谢谢陆总了。"

林晓丽不便推辞，就一边说，一边在小几案旁边的木沙发上坐下。

"你什么时候回来的？家里的情况都还好吧？"

林晓丽微笑着点点头，看着陆总，开门见山地说："陆总，我今天来，有两件事情，要求您帮忙了。"

"噢，两件事情？好啊，不急不急，我们边喝茶边聊，只要我这个老头子能帮得上忙，你的事我绝不会推辞。"

陆总把一杯茶端来放在林晓丽面前的茶几上，他非常得意地说：

"我这茶叶是大陆的一位朋友送的，叫作'古丈毛尖'，是出产于你们湖南湘西的古丈县，清明茶，据说这种茶叶是终年生长在武陵山脉的云里雾里，色、香、味、形俱佳，是难得的宝贝。"

俗话说，一道水，二道茶。林晓丽一看陆总倒水换水，就知道他的确是个品茶的行家里手。她看了看自己面前的茶杯，茶水已开始泛色，似淡淡的鹅黄，又似淡淡的浅绿，悬浮的细细茶叶根根直立，嫩嫩的叶片儿微微张开，就是光看一眼，都已然心醉。陆总极斯文地品了两口，抿了抿嘴唇，脸上浮现出满意的神情。

"嗯，不错！好看，好喝。试试看，怎么样？"

林晓丽轻轻地啜了一口，清香满鼻，沁人心脾。

"嗯，不错，真的不错，果然是好茶。"

陆总听到夸赞，心里甚是高兴，一脸的得意之色。

"说说看，你有什么事情？"

陆总抬起头，看着这个招人喜欢的大陆妹，不慌不忙地说。

"这第一件事，是我这次转来带了点家里的腊肉，等几天把它加加工，我们一起聚一聚，喝杯小酒，请您品尝品尝。所以，我今天就提前给您讲一下，到时再请您就是了。"

"噢，那是好事啊，有酒喝，有肉吃，好，那行，我接受了。第二件呢？"

陆总呡了口甘洌香醇的茶水，接着问道。

"这第二件嘛？"

林晓丽停了停，看着陆总道："您还记得上次和您下棋的小老乡周志明吗？"

"那个蛮帅气的小伙子？我怎么不记得，我这几天正惦记着他呢？你回来了正好，帮我约约他，我要好好地和他切磋切磋。他的象棋功力我是真正地佩服啊。"

一提到周志明，陆总是一脸的佩服之意。

"好人多磨，他出事了。"林晓丽叹气说。

陆总一怔："他出事了？出什么事了？我怎么不知道？他怎么没有来找我？他现在在哪里？"

"他现在去了东莞。"

"辞工了？"

"不是。"

"那你快说说看，到底是怎么回事？"

陆总把茶杯放下，神情严肃起来。他看着林晓丽，急切想知道事情的原委。

于是，林晓丽便把事情的经过，从头到尾讲述了一遍。

陆总听完，感到非常的震惊和不安。他几乎没有下到过基层，对基层里的情况毫不了解。今天如果不是牵涉到周志明，林晓丽也肯定不会和他谈那些事情，他压根儿也不会想到，车间里的事情竟是那么复杂、微妙。他把头靠在沙发上，微微上仰，陷入了深思之中。古人说，木秀于林，风必摧之。虎落平阳被犬欺，龙困浅滩遭虾戏，这也是生活中常常遇到的事情。陆总沉默思考了片刻，转向林晓丽道："太不像话了，周志明的事情我要亲自过问。你有什么想法？"

"我想，凭您的身份和地位，您是完全有能力帮他摆脱眼下的困境的。拉他一把，给他一个好的平台，他就可以施展出他的智慧才华，做出一番成就。我看得出，他是一个胸怀抱负的人，是一个有情有义的人，在危难中您帮助了他，他是绝不会忘记您的大恩大德的。"

"这个小伙子给我的印象的确不错。这几天我也正考虑着要给他换一个合适的工种。其实，这一段时间我就一直在酝酿着一个很大的计划。在这个计划变成现实之前，我可能对你都还要保密。不过，我可以告诉你的是，这个计划对你、对周志明都是有利的。"陆总不慌不忙地说。

"那我就替周志明谢谢您了。"

陆总摆摆手，表示不要客气：

"下午我就去人事部，先把他调回来，给他安排个较好一点儿的差事，以后的事到时再说。怎么样？"

"行，一切都听您陆总的。"

林晓丽见陆总已开口，已是十二个放心了，连忙顺口答应。

陆总交代林晓丽，所有的事情都要保密，绝不能透露任何风声。林晓丽说那是自然。末了，陆总忽然问她："你为什么那么关心周志明，他可是有了女朋友啊？"

林晓丽一听，心中微微一紧，脸上也略带了一点儿潮红，然后便很腼腆地笑了笑，谈起了她与周志明的第一次见面、后来的交往以及对他的总体看法。

"原来是这样。"

陆总听后，对周志明更是赞赏有加，这就更加坚定了他计划的信心和实施。


下午，陆总便亲自去了人事部。一见陆总亲自光临，人事部部长田苗连忙放下手中的活，又是打招呼，又是搬椅子，又是沏茶。

"怎么就一个人？"

田苗告诉陆总，办事人员带新员工下车间去了，而助理因要结婚已辞工走人。

"噢，就这么巧，我过来就是想看看，现在各个部门还有没有什么空缺。你的意思是助理位置有了一个空位？"

"嗯，是这样。您要介绍一个人进来？"

陆总便点点头："二车间的一个员工。我想给他换一下工种。"

田苗寻思：陆总作为老板的朋友，又是厂里的行政总监，他一般是极少过问人事的事情，今天亲自过问，却是为一个在厂的普通员工，可见这个员工不是一般人了。陆总是台湾人，这个员工肯定不是他的什么亲戚，难道是我们人事部安排出了差错，委屈了什么人？

田苗连忙小心赔着笑，实话实说道："现在各部门、车间的主管都没有空位，就是刚好现在人事部的助理走了，还有个缺，但不属于管理干部，也就一般文员待遇，不过比下车间做普工还是要好得多。就这个位置，都早就有好几个人提前打过招呼了，我思来想去，在关系上有些矛盾纠结，所以还一直没有拿定主意。如果愿意，那就让他先委屈一下，暂且做一段时间，等有机会，有好的位置再说。"

陆总说："那行，那个人叫周志明，你现在就写个调令，通知他明天就来人事部报到上班，做你的助理。我先去车间王强那里，你等会儿就派人把调令送过去。"

"行。"

临走之际，陆总看着田苗，欲言又止。最后还是开口了："小田啊，有句话我要交代你，让你心里也有个底，周志明来你这里上班，是暂时性的，他不会抢你的位置，这一点你尽可放心，所以，工作中你们要相互配合，你就不要为难他了。"

"陆总，您说哪里话，我田苗岂是那种人？您就放一百二十个心好了。"

田苗送走陆总，坐下来立即写好调令，只等办事员回来，就可安排送下去。他靠在椅背上，陷入了沉思，觉得这件事情很是蹊跷。周志明进厂是他的老乡李文彬介绍的，也是自己一手经办的，他对此事印象较深。现在陆总亲自出面，调他上来，又还说了那些敏感的话，这其中必有深意。暂时性的，就意味着周志明在这个位置上不会做太久，工作还要变动。下调，不现实；平调，没有任何意义；那就只有往上升了。做部长？陆总又说白了，周志明不会抢自己的位子，那就只能是到其他某个部门去做部长。而部长的职位也不是说想做就可以做的，那是要老板亲自点头的。更何况现在根本就不缺部长。部长薪水可以，其他待遇也不错，吃饭是小食堂，住的是干部楼。做到部长位置的人轻易不会辞工走人。那他做什么呢？田苗联想到厂里有关人事的风言风语，心里忽然产生了一种震动，一种预感：厂里的人事真的要进行大调整？俗话说，一朝天子一朝臣，厂长一换，做部长的也有换的可能。看来，这段时间自己要格外小心谨慎，任何人都不可得罪，尤其是这个节骨眼上来的周志明，陆总都亲自出面了，看来来头不小，背景还不简单。田苗就这样反复琢磨着，等着办事员的到来。

陆总不慌不忙地来到第二注塑车间。他边走边看，慢慢地踱到"15"号机旁边。他看了看机器的运转速度及出品，又看了看员工的批锋，打包装过程。心里有了个大致的轮廓。他抬头将整个车间扫视了一遍，也看见了那两个黄毛。他从"12"号机旁边经过，再慢慢地走进尽头的车间办公室。

办公室里有几位人员正在闲聊，王强也在。见是陆总，王强连忙起身打招呼，其余的几个不认识陆总，一听王强口称陆总，便也纷纷口称陆总，起身让座。

陆总摆摆手，示意大家都坐下。有两个人便借机走开了。

"陆总光临，有何指示啊？"

王强打着哈哈，习惯性地用右手在大脑袋上摸了个来回。

"没有，没有，就是随便走走，随便看看。这段时间的生产情况怎么样？"

一问到生产，王强又摸了摸脑袋："还不就是个老样子，外甥打灯笼——照旧。"

"有什么想法？于工是不是经常来车间？"

"于工还是常来的，问题也还是老问题，出品的数量多，报废的数量也多，即使货发出去了，有时也还要安排人员重新检查。"

陆总听完，没有吱声，但神情已是很严峻了。这个厂自建厂以来，开始几年还是很红火，生产出来的产品不愁销路，这当然与当时旺销的影碟机类产品有直接关系。随后这几年里，生产还是照样生产，但产品的报废率却越来越高，单位成本一直在增加，以致目前工厂账面上出现亏损，为了工厂的前途，老板和他推心置腹地密谈好几次了。这个工厂的厂长其实就是老板的亲侄子。家族企业一般都是这种管理模式，不论文凭学历，不论真才实学，一般都是家族中的至亲担任要职。创业之初，老板自己亲自挂帅，招兵买马，建厂房，购设备，装机、生产，一直到出产品，没有哪一件事不是亲身躬行。生产走上正轨以后，老板因在台湾的其他业务扩展，深感力不从心，便把这里交给了自己的一个亲侄子打理，不管怎么地，他相信胳膊不会往外拐。为以防万一，他又安排自己多年的老朋友陆一鸣来大陆，担任这个厂的行政总监，实际上是要他监督侄子，防止他胡作非为。他侄子上任伊始，还是兢兢业业，礼贤下士，工作很有成效，企业效率明显。但时间久了，离开了亲人的管教及各种思想的约束，他开始了骄傲、放纵、近小人、远君子。陆一鸣尽着本分，委婉地规劝过他多次，他表面上答应得好好的，但就是耳边风，左耳进，右耳出，不当一回事。他毕竟是老板的亲人，骨肉相连，自己又不能打，又不能骂，有时候也就睁一只眼闭一只眼，到了实在看不过了，自己就出来劝一劝，管一管，他也就有所收敛，不至于太过放纵。自己本想甩手回台湾，免得受窝囊气，与老朋友谈了几次，老朋友就是不同意。最后老朋友发了硬话：你好歹在那里给我压着，万一不行了，有合适的人选，我就把他换掉。不管怎么说，钱不能白花，工厂还是要保的。有了这句话，在老朋友的悄悄授意下，他便开始暗中观察、考察厂里的高中层干部，看看是否有可造之才，能够独当一面的人物。他选过来选过去，从人品、学历、能力、志向各个方面综合考虑，他都有点失望。直到前不久，他遇到了那个年轻的小老乡周志明，特别是下了几局棋之后，他对他产生了浓厚的兴趣，他以棋试人，觉得周志明的人品、学历是没有问题，但能力怎么样，志向怎么样，还需假以时日观察。但就在这个时候，偏偏节外生枝，发生了这件事。

就在陆总沉思的时候，王强赶紧倒了杯凉茶，亲自递到陆总手中。

"天气热，喝杯凉茶，压压火。"王强满脸是笑。

"嗯，"陆总回过神来，看看众人，"你们在生产第一线，有什么好的想法和建议？不妨说来听听？"

众人你看我，我看你，都不好意思地笑笑。平日里按部就班，做着自己分内的工作，哪里考虑那么深。再者受到不在其位，不谋其政的传统思想影响，向来都是事不关己，高高挂起，认为那是老板考虑的事情，与自己没有什么关系。事实上也的确如此。大人物考虑大问题，小人物考虑小问题，这种思维定式由来已久，所以陆总一发问，众人只好笑而不答了。

就在这时，人事部的办事员来了，他把一纸调令交给王强，与众人打个招呼就走了。

王强看完调令，皱起了眉头。他用手习惯地摸摸后脑袋，自言自语地说："这个人现在还在东莞，调令要他明天就到人事部报到上班，哪有那么快？"

他把调令递给众人。

"咦，是怎么回事？不就是那个周志明吗？这小子找到后台了？"

"是啊，前几天才出事儿，现在怎么突然被调到人事部去了？还是部长助理，那可是升了啊？"

"平心而论，他还是蛮可以的，做事也认真，听说他还是个大学生呢，调到人事部做个部长助理，也还是委屈他了。"

"大学生又怎么样？你没有关系，照样也得做普工，你们说对不对？"

"是啊，朝中有人好做官，现在做事，虽说是靠真本事，但关系还是第一。"

"周志明那天是着了那两个黄毛的道。明摆的嘛，那两个黄毛的岗位本来就不在那里，他们跑过去就是想整他。要是换了我，哼！早就揍他们的家伙了。"

"喂，话说回来，把冉亚琴炒掉，也还是冤枉她了，她还是个好员工。"

众人议论纷纷。一直沉默不语、若有所思的王强听了，脸上似乎有些不高兴了，便提高声音道：

"过去的事情就过去了，大家就不要再提了。"

他拿起桌上的电话，拨通了对方，简明地说了调令的事情，要周志明现在就赶回厂里来。

放下电话，他就觉得自己身体里忽然产生了一种微妙的奇怪的感觉，就好像有什么事情要发生一样。他想高兴起来，脸上挤出一些笑容，但却没有做到。

陆总装模做样地把调令拿过来看看，然后对王强说，刚好等会儿他要去东莞那边办事，可以顺便把他带回来。他要王强给那边再打个电话，叫周志明就在那边等就是了。王强一听，觉得甚好，便按陆总的吩咐，赶紧又给那边挂了个电话。

陆总说基层工作比较复杂，你们要有耐心，工作要细致。同时，也要学会动脑筋，想问题，为工厂的发展出谋划策。泛泛说了一通后，方才告辞而去。

离开第二车间后，陆总连忙叫来司机，直奔东莞。一个多小时后，车子就到了那家工厂。陆总先到厂办公室，询问了一些有关自己厂里产品的质量情况，以及他们厂家产品的生产情况，然后，便来到仓库检货区。几个工人正在翻箱检查，周志明也在。

见到陆总突然出现，周志明着实大吃了一惊！

"陆总，您怎么来了？"

陆总面带笑容，对周志明点点头："你过来一下。"

周志明跟着陆总，来到一个离人群较远的地方。

"我是特地来接你回去的。"

周志明已经接到了通知，他也猜到了这一定是陆总暗中帮的忙，但万万没有料到，陆总会亲自来接他。激动之余，他感到很是愧疚，声音都有些哽咽：

"陆总，太麻烦您了。"

"不要这么说，小周啊，我现在有几句话要对你说，你要有个思想准备。"

陆总收敛笑容，脸上变得严肃起来。

周志明心里正喜滋滋的：换了份轻松的工作，马上又可以见到亚琴了。见陆总突然说出此话，脸色已变，不觉心也随之一沉："难道又出了什么事？"

陆总看着周志明，便把冉亚琴被车间炒掉回家，林晓丽如何要他帮忙的经过简单地说了一遍。

周志明听完，神情大变，嘴唇紧闭，半天没有吱声。他知道亚琴是为了自己才被炒掉的。他想到亚琴的遭遇，心里一酸，眼眶里竟噙满了泪水。

"他们真正的目标是你，冉亚琴不过是代你受过。"

"她是个好姑娘，我……我对不起她啊！"

周志明蹲在地上，悲痛欲绝，神情黯然。

陆一鸣见状，心里也震动了，连忙安慰道：

"小周啊，振作点，男子汉大丈夫，顶天立地，要拿得起，放得下。眼光看远一点儿，你前面的路还很长。我现在暂时把你放在人事部，你要安心工作，没事的时候你要多考虑一些厂里的事情，到时我会指点你的。亚琴的事也好办，你在人事部，她什么时候都可以回来，换个车间嘛，不就行了。"

周志明站起来，难过地点点头；

"我已答应过她了，一生都会对她好，我不会丢下她不管的。"

陆总高兴了，他拍着周志明的肩膀说：

"嗯，年轻人，就应该这样，要有一种责任感，一种使命感。你的状态好了，我就放心了，我今天来的目的也就达到了。不然，我就不会亲自来了。那好，你收拾一下东西，我们现在就走。"


第二天，是周志明到人事部上班的第一天，也是他人生路上的一个新的转折点和起点。他早早地起了床，洗漱完毕，便去了二车间的办公室。王强也在那里，正和两个班长说着事儿。看到周志明走过来，他的态度温和了许多。他把调令拿给周志明，要他去人事部报到。周志明不冷不热，也没有和他多说话，拿了调令，打了个招呼就走了。

王强看着他的背影，就像立在堤上看着一口深不可测的水塘：他的水到底有多深呢？

人事部设在车间上面的二楼北端尽头，是一个独立的职能部门，与各个车间的距离较近，为的就是便于联系。周志明赶到时，门还没有开，他便在二楼的楼道里等候。他想到这几天的事情，真是波谲云诡，扑朔迷离，最终却又是

112

峰回路转、柳暗花明，恍如做梦一般。他忽然想到前一段时间，自己日日苦思冥想，为自己未来的工作做着种种的构想设计，到今天却都瞬间化作了一江春水！一缕轻烟！

早知如此，何必当初？

他感到世事的变幻有时真的是不可捉摸，造化弄人啊！

他站在过道上，看着下面操场上正忙于上班下班的员工，思如云飞，心如潮涌——他想到了遥远的大山里的父亲，都市学府里的妹妹，温柔多情的亚琴，还有在汇水打工的老表张凯里以及林晓丽，陆总……他在心里默默地对自己说：周志明啊，你一定要好好干，你要知道，你的身后有多少双眼睛在注视着你，在期待着你。

他就这样想着，直到一阵脚步声传来，紧跟着是开门声。他连忙走向办公室。办公室的门已打开了，一个人正走向窗边的办公桌。他一看背影，就认得那是人事部的部长田苗。进厂的时候，老乡李文彬带他来人事部办入厂手续，周志明和他接触过一次。个子与他差不多，团头，脸稍黑一点儿，身子稍胖一点儿。

"田部长，你好，我叫周志明，是前来报到的。"周志明自我介绍道，顺手把调令递过去。

"欢迎！欢迎！"

田苗收了调令，显得很热情，他一把握住周志明的手，又指了指自己对面的办公桌："这就是你的办公桌，我们坐下说吧。从今天起，我们就是一家人了，大家不要客气。"

"好的，好的，工作上的事情，今后还要仰仗田部长多多指点。"

周志明双手抱拳一揖。

"不要客气，我们相互学习，相互交流就是了。说不定在很多地方，我还要向你学习，请教呢。"

"田部长，你太谦虚了。"

周志明一边说，一边从桌上拿起一张报纸，轻轻地把办公桌，靠椅都刷了一遍，这才轻轻地坐下去，把桌上的一些纸笔，资料分类清捡好，整齐地放在一边。他又把几个抽屉全部打开来看了看，都是一些资料，本子类物品。

"你的工作就是配合我负责招工，分配及协调各车间的人事调动，我不在的时候你就代我行使部长职权。这里还有一个办事员，他就负责管理人事档案，跑跑腿之类的事情。把话说白了，我们两个人就动动脑子，他呢，就动笔，跑腿，就这么简单。"

"没事做的时候干啥呢？"

周志明环顾四周，试探性地问道。

"干啥？你想干啥就干啥呗。看书，喝茶，吸烟，侃大山，都行啊，只要你不做出格的事情，就 OK 了。有兴趣的话，你也可以下到各个车间去转转。"

"噢，是这样。"

周志明对自己的工作心中有了一个底，和国家机关干部上班差不多，一杯茶，一张报。相对车间一线工人，这真是悠闲多了。周志明还听说这份工作的工资比自己先前的每月还要多几百块，这使他心里暖和了很多，但同时也为一线员工感到有些愤愤不平。多出汗水的少拿钱，多拿钱的少出汗水。你说天下没这个理吧，走遍东西南北中，到处都是这个样。这时，从外面走进一个单薄的小伙子，脸面还生得白净俊俏，部长连忙招呼道："石阳，来，给你介绍一下，这位是新来的助理周志明。"

周志明起身与小伙子握手："不错啊，还是个小帅哥。"

小伙子腼腆地笑笑："欢迎！欢迎！"

他的办公桌与部长和周志明的办公桌是拼在一起的，只是横排着，形成一个品字。他的职务最低，但桌上的东西却堆放得最多。他坐下来，拉开抽屉，拿出一包烟，很熟练地从烟盒里面抽出三支，给部长一支，周志明一支，自己稚嫩的嘴上也叼了一支。很快，三缕轻烟袅袅升起，一天的办公也就开始了。

部长拿起一份报纸，随便翻看着。石阳在整理着一叠资料。周志明觉得无事可做，便冲了一杯茶，坐下来，慢慢品尝。自出门南来打工，先汇水，后河洲，一直到现在，唯有今天，周志明才体验到了什么才是真正的清闲。陆总把自己放在这里，说也只是暂时性的。他曾交代过，要自己有时间多考虑一些厂里的事情，我又不是老板，又不是厂长，我有什么权力和资格去考虑这些大问题？周志明这样想着想着，心里突然一个激灵，一个奇异的火花在脑海的迷雾里惊现，有如黑夜中的电光石火，瞬间照亮了他思想的迷糊之地，莫非——莫非是准备要我去当厂长？周志明也为自己这蓦然的感悟而震惊。不可能吧？但……这也不是没有可能啊？看来，自己在思想上应该有所准备，要开始转变打工者的角色了。先前是在一线工作，完全是靠体力挣钱；现在不同了，搞管理，是靠脑力吃饭，靠智慧吃饭，这也正是自己的潜力所在。周志明对自己的家底还是十分清楚的，自己是受过高等教育的知识分子，十多年的寒窗苦读，为的是什么？当年进大学的第一天，自己在日记本上就恭恭敬敬地写上：修身、齐家、平天下！何等豪气！何等胸怀！自己在图书馆借阅的书籍，除了专业以外，就是中国历史上大智大慧的人物传记，如秦始皇、刘邦、汉武帝、李世明、朱元璋、成吉思汗，如张良、诸葛亮、刘伯温等。他反复阅读，用心揣摩，细细体会，时间一久，他在各个方面都不知不觉受到书中人物的熏陶影响，潜移默化，几年之后，等到大学毕业时，他已觉得自己经纶满腹，韬略于胸，就差大显身手的机会和平台了。后来在县机械厂，无论在专业、业务、交往、为人等方面，他都得心应手，游刃有余。仅仅半年之后，他就被提升为车间主任，管理着厂里最大的车间，一百多号人马。那时自己是多么风光：厂里最年轻的车间主任。踌躇满志，春风得意！

　　周志明收回思绪。此时，在他的心目中已有了一个明确的具体的追求目标。他向田苗借来全厂员工的花名册，从头到尾认真地看了一遍，他对员工的文化程度心里有了一个基本的了解。初中以下约占大多数，其中有一部分竟还是小学文化，有着大学学历的仅几个人而已，真是凤毛麟角，屈指可数。这时，田苗好像忽然想起了什么似的，拿出一份表格，递给周志明，要他自己填一下。周志明接过来一看，原来是一张员工入职表。这一次，他得认真填写了。在学历一栏中，他填上大学本科，恢复了自己的庐山面目。填完后，他递给田苗。

田苗看了一遍，要石阳把周志明原来的入职表找出来，他核实了一遍，觉得学历一栏有点患糊涂了。

"学历一栏是怎么回事儿？"他问周志明道。

周志明只好把当初为什么只填了个高中学历的苦衷讲了一遍。

"有些时候也是不得已而为之啊！下午上班我把毕业证带过来，你还是亲自看一下。公事公办，怎么样？"

"那好吧。"

田苗也是唏嘘不已。为了找工作，自贬身价，看来也是用心良苦啊。


吃午餐的时候，周志明排队打完饭菜，转身正欲找寻座位，他的眼光刚好和小薇的碰在了一起，小薇惊喜得急忙起身招手。周志明走过去，几个女孩见是他，眼里流露出惊讶的神情，连忙挤挤，让出一个座位来。周志明紧挨着小薇坐下，向她点头笑笑。

小薇把面前的一个罐头瓶移到周志明面前，那里面装着豆乳。

"你什么时候回来的？回来了怎么也不讲一声？"

小薇关切中带着责备，似乎她是他的什么亲人似的。

"昨天晚上才回来，今天一上班就去了人事部，我还来不及找你呢。"

"你去人事部做什么？莫非你也要走？"

小薇张着嘴，眼睛睁得圆圆的，眼神里似乎有着无限眷恋，话语里已是充满依依不舍的柔情。

周志明看见小薇神情大变，觉得她对自己关切甚深，心里也是一惊，一种怜香惜玉之情油然而生，他赶紧说道："不是的。我现在就在人事部上班。做部长助理。"

"真的？你不是蒙我吧？"

听周志明这么一说，周围的几个女孩也都住了嘴，目光齐齐地朝他投过来。

"真的，我怎么会蒙你。我上午已在人事部上班了。等几天你转夜班，白天有时间了，你就可以去我那里看看。"

小薇见周志明说得有鼻有眼，方才信以为真，她好激动，伸出一只手，使劲地抓住周志明的肩膀，说道："好人自有好报，我真替你感到高兴，他们不就是容不得你吗？这下他们开心了吧。"她忽然觉得周志明在人事部上班，她的脸上也好有光彩，她心里高兴、激动，松手时，她的脸上泛起了一层好看的红晕。周志明也忽然觉得，小薇是那么的漂亮，好看。他突然想到了远在汇水的老表，是不是把小薇介绍给他，让他们两个做成一对？

"我告诉你，亚琴有一封信在我那里，她托我转交给你，下午上班我就给你送过去。"接着又附在他耳朵边悄悄地问道："你在厂里有人？"

周志明看着她歪着脑袋的样子，觉得很好笑，也觉得这个社会很可悲：无论什么事，都潜规则化了，就连自己调到人事部，做那个小差事，她那么个年轻女娃也知道要有人。没有人，无论你多有才华，也是徒劳，只能望天兴叹了。周志明放低声音说：

"那是秘密。等下我早点去，在办公室等你。你现在还好吧？"

"我们'12'号机现在是三个女孩，彼此彼此，也还过得去。我现在肯定是轻松多了。"

周志明听了，觉得为自己，小薇还是出了很大的力的，付出了很多，他对此深感内疚。他现在还不能准确预知一段时间后他要干什么职务，不过，他还是小声安慰她道："小薇，我们三个人在一起的一段时间，不管我走到哪里，我都不会忘记的。今后只要是我能帮得上忙的，你尽管吩咐，我周志明绝不会推辞。"

小薇点点头，却又忽然想起了她对周志明发脾气的事情，她早已是后悔不已，现在叹了口气，悠悠道："我就是脾气有些不好，其实……其实……"

周志明知道她要说什么，便安慰她道："过去了的就过去了，我们现在是朋友，还在一起做事，前面的路还长着呢。现在抓紧吃饭吧。"

吃完饭，周志明先回了一趟宿舍。李文彬还在睡觉，周志明把他推醒。见是周志明，李文彬一个翻身，从床上坐起来。

"你回来了？你什么时候回来的？"

周志明告诉他，自己昨天晚上就回来了，今天已去人事部报到上班。

李文彬是又惊又喜又糊涂：

"怎么回事？天上掉下一个林妹妹？又被你周志明逮着了？"

周志明只好简单地把这几天发生的事说了一遍。

"到底是读书人，还是读书好啊，好好干，弄到个一官半职，让老乡我也沾点光。"

周志明笑了笑，对他说自己现在还有点事，拿了一本书就先走了。

周志明回到人事部时，小薇手里拿着信，早已等在门口了。周志明赶紧开门，把她让进去。看座，倒茶。小薇打量了一下屋里的摆设，问道："你们这里有几个人上班？"

"就三个人，部长，我，还有一个办事员。"

"工作肯定是蛮轻松哟？"

周志明笑着点点头。小薇羡慕地看着周志明，眼睛里放着光芒："周志明，我真羡慕你，也羡慕亚琴。俗话讲，苦尽甘来。我看，你的好运来了。"她边说边把信交给志明。

周志明接了信，脸上立现伤感之色，他并没有立即打开，而是犹豫了片刻，小心地放进抽屉里。

小薇见状，猜想是因为她在场的原因，周志明才不便拆开，于是连忙告辞而去。其实，她是多么希望自己在周志明的身边多待一会儿，即使她明明知道周志明的心里已经有了亚琴，有了一个如花的女人，唉……

也的确如此。小薇一走，周志明便立即打开信封。他并不是讨厌小薇，而是因为他认为亚琴和他是属于一个两人的感情世界。他打开来，字迹清秀端正，上面写道：

志明：

你好！你还记得我和你说过的梵净山吗？那里就是我的家乡，我就是梵净山山里的姑娘。你会想我吗？

我被厂里辞退了，我想借此机会回家一趟，我想爸爸妈妈及亲人了，我要去看看他们。你回来后，千万不要因我的事而鲁莽行事，你自己说过"小不忍则乱大谋"，你不能毁了你自己的前程，你要忍着，千万不要离开，你可以找晓丽，找陆总，凭我的感觉，陆总会帮你的。等段时间我就回来了，你一定要等我回来。等我。

亚琴

即日

周志明看完信，心潮澎湃，热血翻涌。亚琴靓丽的面容在他眼前晃来晃去，温婉的刘海下一双瞳仁，如寒星，如秋水，似乎正脉脉含情地注视着自己——亚琴，你在哪里？亚琴，你在哪里？周志明在心里一遍一遍呼唤着亚琴，这个时候，他才真正地觉得她已是他生命中的一部分了。

"咚，咚，咚。"

一阵高跟鞋叩击楼道的声音由远及近。周志明感觉有人来了，连忙把信重新放进抽屉，关好，双手使劲在面部揉了揉，打起精神，装作一副若无其事的样子。

进来的是林晓丽，依旧是那样的端庄大方，温文尔雅。一头秀发梳向脑后，扎作一束。

"就你一个人？"林晓丽问。

"嗯，你的消息还真灵通，我上午才来上班，你就知道了。"

林晓丽平静地一笑："车间办公室反应一片响，谁还不知道？"

"在家靠父母，出外靠朋友，我真不知该如何谢你。"

"你要说谢我，那就把我当外人了。我是把你当贴心的朋友，能给你帮上忙，我心里也很高兴。陆总是个好人，他完全有能力帮你，我们为什么不借用他一下？况且我发现他对你很是欣赏，期望很高，你的这个位子是不会坐长的，至少也要扳正，做到部长、主任一级。你要好好表现，不要让陆总失望。"

周志明腼腆地笑了笑，肯定地点点头："这一点你放心，我周志明不是一个糊涂人，就现在这个位置，都是来之不易，我会珍惜的。况且——我的目标还远远不止于此，我们都读了那么多的书，应该有所作为。"

周志明所说的我们，当然是包含着林晓丽。林晓丽明亮的眼睛盯着周志明，悄声道："你是不是有什么新想法了？"

他看着林晓丽——这位可以无话不谈的红颜知己，很认真地说：

"昨天晚上，我想了一夜。我原来的思想很保守，很消极，所以在求职的时候也就处于一种很被动的状态。其结果呢，就是做个最普通的员工，别人也容你不下。现在我是大彻大悟了，为人之道，该进取的时候还是要进取，该出手时还是要出手。我现在的确已经有了新的想法，我想争取厂长的位子。这是我的内心话，也只有在你的面前我才能透露透露。"

林晓丽的眼睛里立即放出惊喜的光芒。她坐在那里，一动不动地就那么欣赏地看着周志明，满意地说："我果然没有看错。第一次在车间见到你，我就感觉到你不同寻常。后来在竹林里巧遇，我们心心相通，就成了无话不谈的朋友。正是因为你与众不同，有才华，有理想，有追求，我才认你做朋友，才乐于帮助你。金子就是金子，不管放在哪里，它都会闪光。你今天有这样的想法，我真的替你高兴，我没有看错人，我相信陆总也没有看错人。"

她停顿了一下，问周志明道："亚琴给你留下了一封信，你看到了吗？"

"看到了，等不了多久，她还会回来的。"

"噢。"

林晓丽看时间差不多了，便起身告辞，临行，她告诉周志明，待会儿下班后，她们一起到外面去吃饭，她也请了陆总，要周志明在保安部等她就是了。

# 十三

星移斗转，季节变换。

林晓丽请陆总和周志明去外面吃饭后的连续几天，天空里都是淅淅沥沥地下着小雨。没有了骄阳，没有了灼人的光热，天幕上全是阴沉的黑云，像吸足了水分的黑色海绵。水滴从里面随性潇洒地飘落，湿了空气，湿了花草树木，湿了万水千山，也湿了人们燥热的情绪。车间里的空气凉爽了许多，虽然忙碌依旧。

大脸盘在车间转了一圈，快快地回到车间办公室。她这几天像江南早霜打了的秋茄子，整个人都蔫了，整日提不起精神。亚琴炒走了，周志明调走了，按理，她应该高兴了，但她却反而高兴不起来。就因为这件事，车间里的员工对她的印象越来越不好，这一点，她从员工们说话的眼神，表情中看得清清楚楚，明明白白。况且，周志明不仅没有撵出厂，反而被提到了人事部任部长助理，对于她来说，这无疑于是当头一棒！在她的神经中枢里，她敏锐地意识到这是一个不祥的信号：周志明在厂里竟有着很硬的后台。冉亚琴是他的女朋友，又是被我赶走的，我现在已经触犯了他，有朝一日，他会不会报复自己？事后，她的老公苏小东也深觉此事甚为不妥，对她亦颇有怨言。

"我哪里知道会出现这样的结果？我当时也是为你着想。现在生米已煮成了熟饭，你怪我又有什么用？"

　　苏小东看到老婆一脸委屈，有些于心不忍，便安慰她道："木已成舟，算了，不过，这件事是一个教训，你要醒悟。今后你一定要注意自己的言行，与员工搞好关系，千万不要因为我是班长，你就在别人面前摆架子，做样子。"

　　大脸盘只得点头称是。

　　王强在办公室正埋头翻看着一小叠资料。末了，他起身抬头，揉了揉眼睛，站起来走到侧门边，吸了几口新鲜、湿润的空气。看看飘着零星雨丝的天空，他觉得心情就和这雨中的天空一样，潮湿、凝重。作为车间主任，他虽说在这个位置上已干了快四年了，但还是感到有点力不从心。具体的工作自然有两个带班的班长去做，自己只是主持全局而已，但产品的图纸，各种数据，各种报表、图解等自己还是要过目、了解、熟悉的。说实在话，他天生不喜欢这些东西，也不喜欢与这些东西打交道。他高中都没有读完，文化水平低，自己哪里是个做管理干部的料？他有自知之明，他知道自己的短处，也明白自己的长处。为了自身的生存，他尽量避短扬长——嗓门大，声音洪亮，爱管事，敢管事，别人不敢管的他敢管，处处显示出他的强势——他的块头较大，有个先天优势，再加上溜须拍马，慢慢地，他由一个小组长到班长，再到车间主任。到这个位置，他心满意足了。能力有限，业务不精，底气不足，那没有关系，只要装腔作势，声音洪亮，来它个先声夺人，往往就会产生奇效，让对手不战而败，不战而退。他屡屡站在胜利者的一方。这是他平生经验的总结，也是他制胜的绝招。不过，说实在的，这只能蒙蔽没有思想主见的人。好久之前，他就隐约听到了一些关于人事变动的风声。凭他的感觉，老板的侄子真的可能没戏了。那谁来接手？果真是办公室的房兵吗？他琢磨了一阵，最终发现这个问题与自己并没有什么太大的关系，他能坐到现在的这个位置就很不错了，他还有什么可图的？没有了，知足了。于时，他反倒心安理得，稳如泰山。但当周志明调到人事部后，他的心里却产生了一种怪异的感觉，好像自己的这层画皮马上就要被别人揭穿了。他奇怪自己怎么会有这种荒唐的感觉，真是莫名其妙。

这个时候，周志明坐在人事部的办公室里，也在暗中思考着一个重大的决策。那次与林晓丽、陆总在一起喝酒之后，他与林晓丽又见了一次面，话题扯得很具体而且更加深远。话题起源于在喝酒的整个过程中，陆总对他们两个并没有透露出更深层次的信息。

周志明便约见了林晓丽，询问她对此事的看法。她寻思一会儿，也是不得要领。不过，林晓丽毕竟是林晓丽，科班出身，还是很有头脑的。凭着女人特有的感觉，她给周志明指点了一番：心动不如行动！要想有所图谋，必须一改往日消极等待的作风，变被动为主动，迅速拿出一个切实、可行的方案，向陆总和盘托出，希望他把你引见给老板，来它个志在必得。

最后，林晓丽还童真般地笑了笑，说："我记得有句歌词，大意是'我用青春赌明天'，你也不妨试试看，赌它一把，如何？"

这正和周志明的槌子敲在了一个鼓点上。其实，她也是在赌，只不过她是把赌注压在周志明的身上。

"对，有道理，来它个背水一战。"

周志明兴奋地握紧了拳头。

回到人事部，周志明就在大脑中开始了他的精心策划。这是他的强项，况且前段时间他在这方面已思考了很多，现在，他只需要理清思路，分出轻重，形成一二三四文字形式就行了。他白天就在脑中酝酿，到了晚上无人时，他便伏案捉笔。

一阵杂沓的脚步声和喧哗声传进来，随即，办公室里风风火火地闯进三个小伙子。周志明一抬头，一眼就晃见他们手里的工卡和辞工单，就知道是来辞工签字的。

打头的一个从口袋里掏出一盒香烟，给办公室里的人一人递了一支。

田苗拿过辞工单，看了一遍，又拿眼扫了他们几个人一遍，把单放下。

他不慌不忙地点燃香烟。

"你们也不像调皮的人，说说看，为什么要打架闹事？"

几个人忍不住，低声嘿嘿好笑。其中一人道："我们不打架，他们不放我们走，我们到哪里去拿钱？"

"你们是因为要工资才打架？"

几个人点点头。

"那为什么要走呢？"

"就是看不惯他们那个样子，神里神气的，官不大，脾气倒不小，整天在车间里东游西荡，指手画脚，对看不顺眼的人就摆架子，瞪眼睛。哪个愿受那份窝囊气？我们还不如一走了之。天地之大，哪里没有事做？"

田苗明白了，他们是对他们车间办公室的几个人有意见才走人的。车间主任不签字，人事部不结工日，财务部就拿不到工资，所以他们就打架闹事，这样一来，没辙了，厂方只好将他们开除，车间主任只好签字放行，有了车间主任的签字，就等于是有了一路绿灯，后面的事都好办了，人事部，财务部都不会为难员工，工资也就可以顺利拿到手了。

田苗叹口气，摇了摇头，嘟哝道："不断地招人，不断地走人。一个新手进厂，刚刚学会，成为熟手，由于某种原因又走了，再又招一个新手，——如此循环，工厂都快成了一个培训基地，更何况上岗的新手多了，又哪里能保证产品的质量呢？"

"这么办行不行？我先给你们结工签字，你们去财务部结账拿钱。再回我这里来，我给你们换个车间，怎么样？你们是熟手了，我还是希望你们留下。"

几个人你看我，我看你。他们说拿工资后再商量商量。田苗也点头称是。临走之时，田苗还再三交代他们要回来。

几个人走后，田苗还在摇头。他对周志明说，厂里的风气一直都不是很好，管理人员水平低，态度霸蛮；员工的文化程度低，素质差，相互之间拉帮结派，你拱我，我拱你，有时候一个省欺负另一个省的，管理人员欺负员工，老员工欺负新员工，你说，企业怎么搞得好？

周志明也觉得这是一个很严重的问题。国家改革开放，吸引外资，一时间南方沿海工厂林立，如雨后春笋，纷纷破土而出。这就引出了中国历史上最大的民工流。这些打工者，来自不同的地区，不同的民族，有着不同的经历，不同的文化、素质等。工业化的大生产必须要求有同步的高素质的产业工人，而现在的问题就在于，工人的综合素质远远地落后于这种瞬间膨胀的工业生产的要求。如何对这些员工进行有效的管理？如何提高他们的素质？如何把他们由游民身份转变为真正的产业工人？如何让企业发展、壮大？周志明的脑海里出现了无数个为什么，而这些问题都是企业管理者必须要考虑的，无法躲避的，现在，他也不能回避了。

周志明拿出纸笔，把这些问题迅速地记录下来。

一连几个晚上，他一个人待在办公室，加班加点，挥笔疾书。他要把他的观点、思路写成文字。白天思考，晚上修改、补充，皇天不负有心人，一份几千字的详细计划书终于大功告成。他给它加了个醒目的标题：企业现状及今后发展之我见。

为慎重见，周志明又请林晓丽过了一遍目。林晓丽拿在手里，逐字逐句读完，觉得条理清晰，观点鲜明，措施也很有道理。她认为这是一份很有分量的计划书，如果照此而行，工厂形势绝不仅仅是大变样，而是脱胎换骨，凤凰涅槃。周志明在他的计划书里，给工厂描绘出了一幅未来美好的蓝图。

"是不是太过于理想化了，给人一种空中楼阁的感觉？"

林晓丽抬起头，望着周志明。

周志明笑了笑，回答道："要么不为，要么有所为。既然想有所为，则必定是美好的。纵然不能完美，我们也应尽心尽力，为之奋斗！"

林晓丽欣赏地看着带有些书生气的周志明，她为自己交到这样的朋友而感到高兴，她伸出自己的手，意味深长地对周志明说：

"祝你成功！"

周志明用力握了握她的手，纠正她的话说：

"不仅仅是我一个人，而应该是我们，要祝我们成功！"

第二天，周志明悄悄地把计划书拿到街上的打字店打印了两份，到了晚上，他和林晓丽就去了陆总的宿舍。周志明开门见山地说明了自己的想法，并把一份计划书呈送给陆总。陆总似乎有点震惊，他把计划书看了一个大概，放在桌上，对周志明说："晚上光线不太好，我明天再认真研究，有些事情我还在斟酌之中。看来，这段时间你还没有闲着啊？"

周志明腼腆地笑了笑，说道："一想到有事要做，还哪里静得下来。"

"也不要急，饭要一口口地吃，该休息的时候还是要休息，到时候，少不了你事做。来，我们去办公室战几局。"不容分说，他带着周志明和林晓丽直奔他的办公室。

# 十四

第二天。一吃过早饭，陆一鸣就坐在自己的办公室，戴上老花镜，像急于踏上红地毯做新郎官的单身汉一样，迫不及待地翻阅起周志明送来的计划书。他急于想知道这份计划书中的详细内容。没有想到，他一口气看完，竟花了快两个小时。他摘下老花镜，脸上露出了满意的神情。他起身泡了一杯茶，慢慢坐下来。他不得不承认，这是一份相当有分量、有价值的计划书。他从这份计划书中，清楚地看到了周志明的满腹韬略、缜密思路和宏伟志向。没有一定的实际工作经验和长时间的深思熟虑，没有大学教育的文化底子，无论如何，是写不出这份有价值的东西的。但他却又陷入了沉思：计划书中提到了一个非常关键的措施，那就是成立一个材料分析部。按照周志明的想法，只要成立了这个材料分析部，就会立马改变现状，带来效益。

"果真如此吗？这会不会是周志明的纸上谈兵，一厢情愿呢？如果事实确是如此，那工厂的面貌就会大大改观，自己的一张老脸也有光彩。如果不是这样，又会出现什么样的情况呢？"

陆一鸣起身，双手抱肩，一边深思着，一边在屋内来回踱着。他必须慎重考虑，有进有退，把事情留有缓和的余地。他突然想到了负责技术的于工。

"如果成立一个材料分析部确是可行，于工这么多年为什么没有做？这又是为什么？"

他停下脚步，沉思良久，终于有了一个主意：他想就这个问题试探一下于工。他拿起电话，拨通了于工的号码。

于工匆匆赶来，他不知道陆总找他有什么事。

"坐吧，喝杯茶。我们随便聊聊。"

于工看着陆总，心里揣摩着他的真实意图。陆总坐下来，向于工询问了一些车间生产的基本情况，然后话锋一转，切入主题："如果成立一个材料分析部，对所有购买的胶粒进行上机参数分析，下发给各个机子作为参考。你看有没有意义？"

于工心里一惊，他怎么也不会想到，陆总今天怎么会问这样一个技术上的问题，而又恰好敲到了点子上。凭他对陆总的了解，陆总是万万提不出这样的问题的。他的身后一定有了某个高人，而这件事又正触到了他的伤心处，他不知道该如何回答陆总。他脸色忧郁，没有吱声，只是叹了口气。

陆总大惑不解。

"说到此事，真是一言难尽啊，不提也罢。"他突然反过来问陆总道："你是不是遇到了什么人？"

这一次倒是轮到陆总一惊了。他心里暗想道：好厉害的角色！就凭这个问题他就猜到了我的身后有人，不简单啊！看来，我对厂里的很多人和事都还不了解，或许，自己就一直被蒙在鼓里面。

陆总并没有直接回答于工的问话，他只是说："工厂的局面很不理想，你说老板急不急？这样下去，真忧心啊！"

事实的确如此，于工也垂下了头。

"我们也尽力了。"

"你还没有回答我的问题。我想听听你的意见。今天，我没有丝毫责怪你的意思，我只是想分析一下原因，看有没有好的办法。"

"这个办法从理论上分析，应该是切实可行的。一年之前，我就有此想法，并打了一份报告，给厂办公室递交了一份。可一直到现在，都没能实施。"

陆总又是一惊，竟有这样的巧合！一惊之后，又是一喜！真是英雄所见略同！心想：如果真能像他们两位所说，则大事可成也。

"你还能找到那份报告吗？"

"我自己还留有一份。另一份早送办公室了。"

陆总叫于工赶快找来，他要比较比较。他现在很是兴奋，有一种老将重上战场的感觉，摩拳擦掌，跃跃欲试。他怎么不兴奋呢？一旦两人的方案一致，那他对周志明的计划就没有一丝一毫的疑虑了，他就可以下定决心，把周志明迅速地推上厂长的位置，让这个胸有大志的年轻人来挂帅领军。他想，他和周志明，于工三个人联手，一条心，那必将是有一场大戏，好戏。俗话说，人心齐，泰山移，到那时候，他就可以向老朋友交一张满意的答卷了。

于工回到陆总的办公室时，陆总还在屋内兴奋地来回踱着。于工把一份资料交给陆总。陆总坐下来，连忙重新戴上老花镜。他一边看，一边颔首，硬是把一张布满皱纹的脸笑成了一朵硕大的江南深秋的菊花。看完后，他问于工道：

"这份计划的可行性有多大？"

"应该是百分之一百。"

陆一鸣一听，猛地把桌子一拍，一个"好"字脱口飞出！

于工敏感地意识到，陆一鸣可能正在酝酿着一个有关生产的什么计划，就在这一拍之中，他似乎已下定了决心。在他的眼里，陆总还是尽心尽力的，给人一种鞠躬尽瘁，死而后已的感觉。可他毕竟只是个行政总监，并不具体负责生产，这到底是演的哪出戏？

"这两年也的确是委屈你了，我也是一样啊！不过，眼下这种局面不会长久了，我们要行动，我们要来个彻底的改变。"

陆总把头转向于工，严肃地说："如果重新启用这份计划，你有什么想法？"

"他会听你的？"

"你难道还没有听到什么？给你说实话，他伯父已经下了决心，准备叫他回台湾去了。眼下这种局面也该收拾收拾了。"

"我也隐约听到了一些风声，那谁来接手？都在传言房兵会上，如果真是他，那恐怕又是竹篮子打水——一场空了，我们在这里白欢喜一场。"

陆总便试探地问道：

"房兵怎么了，你对他不抱希望？"

"还是不说吧，我也不喜欢背后议论人，恐伤了和气。"

陆总哈哈大笑。

"工作重要，还是和气重要？受了委屈，不能说，就那么憋着；现在呢，对别人也不敢评价。是啊，背后议人，确实不太好，可偶尔为之，也是工作需要，也很正常啊。"

于工还是笑了笑，不置可否。他反问陆总道："刚才那个问题好像不是你想出来的，看来，那个出主意的人还是很有头脑的，他是个什么样的人？"

"等不了多久，你们会见面的。如果这个计划实施，你持什么态度？"

"那还用说吗？我肯定是支持的，难道我就希望看到现在的局面长此下去？仔卖父田，他是不心痛啊！可我们还得要面子啊，你说是不是？"

"是啊，现在我心里终于有底了，你还是有责任感和良知的，只是没有遇到一个好的将帅罢了，近段时间你就辛苦一下，搞出一个详细的行动方案，我会给你一个扬眉吐气的机会的。事情办好了，我代表老板请客，怎么样？"

于工听陆总这么说，觉得他不仅没有指责自己的意思，并在某种程度上还是肯定自己，信任自己的，他心里不免有些欣慰，欣慰之余，倒又觉得很是愧疚。

"士为知己者死，只要陆总和老板瞧得起我，我会尽心尽力的。"

"好。哪里说的话就在哪里止，不要传出去，只要你知我知就行了。"

陆总送于工出门，低声交代。

陆总心情特别好，晚餐时还特地喝了二两。回到宿舍，他连忙兴奋地把这些情况全部告知了老朋友。电话那头，老头子也是感到格外的震惊和意外，眼下，他手头上正有一些事情需要料理，还需要一些时间。他告诉陆一鸣，先不动声色地考察一段时间，一两个月后就要过元旦了，他会亲自过来，争取在元旦前把厂里的人事解决了。

放下电话，陆总兴奋不已，他像一位大战前的总指挥，处于一种亢奋的状态。他在心底里已经彻底地偏向了周志明，因此他想找个时间把周志明叫来给他交个底，让他有个思想准备。一旦老板点头认可，那就要走马上任了。一切工作只能提前，不能被动。到时，他这位总导演可就是个大忙人了。


连续几天的阴雨过后，天气又放晴了。

办公室里，周志明看了一会儿书，又靠在椅子上回味了一会儿，方才掩卷回神，想休息片刻。但一闲下来，他就会想到亚琴，那个温婉而又活泼的姑娘。她现在还在家里吗？她什么时候回来呢？周志明望着窗外，极目远眺，人虽坐在那里，神魂却又已出了窍，在无边的艳阳下，正飞越千山万水，奔向遥远的梵净山……

这时，一阵电话铃声响起。

田苗顺手拿起电话："你好，请问……噢，是陆总，您好，……好的，好的，我马上要他过去。"

田苗放下电话，告诉周志明陆总找他，要他现在就去他的办公室。

周志明立即起身而去。田苗望着周志明离去的背影，想着刚才的电话，不觉陷入了沉思。前两天吃饭的时候，房兵把他喊到一边，悄悄地向他打听起周志明的情况。原来他有一次偶尔听别人议论起此人，而这个人进人事部他一点儿也不知情，他又问了厂长，厂长也不清楚。面对房兵的询问，他只得如实相告。房兵一听说是陆总安排的，脸色当时就变了。原来房兵与厂长一个鼻孔出气，不知不觉中冷淡了陆总，又鉴于他工作很不务实，为人轻浮，所以陆总对他也很有看法，曾经当面不轻不重地批评过他几次。现在面临着厂长的变动，他上下活动，希望自己能坐上这个位置。他在老板的面前几次提及，又给老板的侄子一些好处，经常去夜总会、桑拿、按摩等等，下面又笼络各部部长，可谓是用尽心思。对于陆总，他自以为是，耍了个小聪明，采取阳奉阴违的策略，表面一套，背后一套。为厂长一事，他也厚着脸皮找过陆总，希望陆总在老板面前说些好话，陆总也就来了个与其之道，还施彼身，表面上答应，心里则更鄙夷之。所以，两人一直是貌合神离。现在他一听此人是陆总安排的，心里就提高了警惕。他想从田苗这里掏出一些更为有用的东西，但田苗自己也知之甚少。

田苗收回目光，尽力不去想那些事儿。但他还是嗅到了一种山雨欲来风满楼的味儿。

办公室里，陆总正襟危坐，一脸的严肃、认真。他和周志明谈了许多，从相识到相知，从人品到才华，从能力到志向。

"我是真心的想帮你，给你一个机会，一个平台，让你施展你的才华，你的抱负。一个多月后，老板就要过来了，主要是解决厂长的人选问题。你是我极力举荐的，所以我会一直力挺你。到时候老板会亲自找你谈话，你要有个思想准备，你要把你的想法，你的思路，你要采取的策略，你要达到的目标具体明确地告诉他，在他的面前，你要有充分的自信，你是下棋的高手，临阵之时自信的含义你比我更清楚，更明白。"

周志明郑重地点着头："我不会辜负您的期望的，我相信自己。如果我能来主持全厂的工作，我会用事实说话，来证明一切。我也非常感谢您的帮助、提携。生我者父母，知我者您也，我周志明只能用自己今后的努力、业绩来报答您和老板。"

铿锵之音，落地有声！

陆总看着面前沉稳、自信的年轻人，他相信自己的眼光绝对没有看错，满意地点了点头。


而此时的房兵，也正坐在自己的办公室里发呆。以前，他因为是老板亲自提拔的，在众人面前都有一种神秘感，加上职务的便利与工作关系，他便与老板的侄儿掺和在一起，跟着吃香的喝辣的，混得如鱼得水，好不春风得意！但却在不知不觉中疏远了陆总，致使自己与陆总的距离越走越远。当然，那个时候谁也不会料到工厂的形势日后会出现逆转，以至于竟出现亏损局面。按理说，上有厂长，下有各部部长，他不在头，不在尾，又不直接分管生产，也不需承担多大责任，但工厂亏损还是引起了老板的震惊和不满，以至于老板现在要拿掉他的亲侄子，重新换将。这人事变动本来也很正常，如果他安分守己，不存任何非分之想，倒也可以过他的太平日子，同时省去了许多烦恼。但这就不是他房兵了。一开始听说这件事，他还以为是老板一怒之下的一句戏言罢了，后来他从各方面得到的消息证实了这绝不仅仅是一句戏言时，他起初是心里冒起一股冷气，身子凉了大半截，有一种兔死狐悲的伤感！不过冷静思考之后，他又很快想明白了：老板的侄儿走后，厂长的位置岂不是空了出来？这或许也是个机会，千载难逢啊！这个时候，与生俱来的原始的私欲便开始在他心里萌动，他的进取心便立即转换成一种野心，犹如田间的杂草，开始了疯长。他想顶这个位置，他要当这个厂长。其实，他还有一个相当重要的理由：他要在唐芸芸面前更好地表现自己，展示自己，彻底地把她降服。自己一旦当了厂长，就掌管了全厂员工的任免使用权，她如果想要保住自己的轻松工作，就必须臣服于我，哼，到时候，她就得乖乖地听我的，喊她向左转，她就不会向右，喊她向右转，她就不会向左。正是这两个原因，促使他蠢蠢欲动，坐立不安。当然，有进取心是个好事，但在无德无才，或德落后于才，且仅仅是为了自己一人之私欲时，这种进取心就变成了野心，这就正如聪明和狡猾这两个词，其实就是一个意思，就看你什么时候，为了什么目的而去套用了。他下定决心后，便开始了一系列的全方位的活动，并自认为感觉良好，到目前为止，就差老板一句话了。但就是这道最后的"圣旨"，天天困扰着他，折磨着他，让他寝食难安，度日如年。他高估了自己的能力和智商，完全忽略了他的潜在的对手，一个在厂里面都还是名不见经传的小人物——周志明。

两匹马车在各自的轨道上向前奔驰着。驭手不同，目的不同，目标却一致——厂长的宝座。

# 十五

此时的周志明，就像即将进入斗牛场的斗士，精神抖擞，神采奕奕，浓眉下一双炯炯有神的眼睛，烘托出一身的英武之气。在一段忍辱负重的痛苦之后，周志明终于迎来了他人生中的又一个转折点。就像立于岸边放哨的战士，又看见了遥远的天际吐露出的微微红霞。

新的一天就要开始了。一切都是新的，天空、大地、花草、树木、空气、云霞、露珠等。

周志明花了几天的时间，到全厂的所有车间认真地转了一圈。他的一切工作都已准备妥当，只等着老板最后的"殿试"了。

回到人事部，在办公桌前坐下来，他从抽屉里拿出一包槟榔，给田苗和石阳一人递了一个。石阳是个很灵动的小伙子，做事认真，漂亮，从不拖泥带水，也从不多言多语，是个很好的工作伙伴。部长田苗的为人也很实在，忠厚、稳重，是一位来自南岳衡山的农家子弟，已经结婚，并有了一个可爱的儿子，儿子三岁了，在家中由爷爷奶奶带着。在彼此的闲聊中，周志明还知道了他与他女人的第一次奇遇。

那是几年前的一个春天。田苗与一群老乡来到省城一条正在扩建的高速路工地上打工。一天，正在干活的时候，一个卖槟榔的女孩边喊边走了过来。

"槟榔！卖槟榔！一块钱一包，五块钱拿六包。"

工地上的工人做工的时候，都是三五成群的扎堆干活，有时还是几十人，所以时不时有挎包卖槟榔、香烟、洗发水及小吃的女人出现在清一色男人的工地上。这些已婚或未婚的女人一般都是工地上的家属或子女，而她们往往就成了这些男人们品头论足、打情骂俏的对象。遇到脾气好的，羞红着脸皮笑闹一阵，生意还是一桩桩地做成了，尽管小，但工地上的人多，只要你人勤快，一天下来，收获不会比这些做苦力的男人差。但有时碰到双方都是带刺的角儿，互不相让，生意做不成，相互骂架的也有，这时的工地便像放干了水正在捉鱼的堰塘，生动起来：喊声、叫声、笑闹声、骂声、口哨声。在任何一个地方，只要有了男人和女人，生活中就不会没有充满各种乐趣的故事。待到女人们一走，工地上就只剩下各种工具发出的各种刚性的声音和一种带着汗水味儿的压抑苦闷的气氛。

待到喊声到了边上，他们几个也就停了下来，正好借这个机会歇口气，伸伸有些酸痛的腰，这时，包工头也不会说什么。见女孩生得乖巧，水灵灵的，有人开始掏钱了。田苗也买了两包，一边嚼，一边和他们说笑。十几米开外，也有几个人停住了手脚，在那里扬起手朝这边叫喊着。卖槟榔的女孩赶紧走过去。但不一会儿，那边就争吵起来。

田苗拿眼望过去，见女孩正与一个很猥琐的男人面对面地僵持在那里。那个男人的头不停地左右转动着，眼光四处瞟着。大伙儿连忙放下手中的工具，一起奔过去，想看个究竟。原来，那个男人买了三包槟榔，只给两块钱，女孩不干，索讨了一会儿，男人见拗不过女孩，只好从口袋里又掏出一块钱。钱是掏出来了，但却并不是递在她的手里，而是故意扔在她面前的地上，同时嘴里还不干不净。两人因此而争执起来。

田苗看了看丢在地上的一块钱，又看了看阳光下脸庞晒得红红的女孩，一种怜香惜玉之情油然而生，他觉得一个大男人当众如此戏弄一个弱小的姑娘，实在是欺人太甚。加上平日里那个人就不讨人喜欢，田苗又是个侠义心肠之人，所以一股无名之火就立马窜上脑门，他转向那个人，命令道：

"你捡起来给她。"

声音不高，却透着无比的威严。

"你想干什么？出风头？她是你什么人？"

"这件事我今天管定了，你捡还是不捡？"

田苗双眼怒睁，紧盯着对方，开始捏紧了拳头。周围的工人一见这阵势，立马围了拢来。

姑娘见事情闹大了，连忙上前几步，拦在田苗面前，抓住他肌肉隆起的手臂，恳求道："大哥，算了，那一块钱我不要了，你的这份情我也领了，但你们也不要打了。"

田苗哪肯放过他，大声道："一块钱是小事，但这哪里是一个男人干的事？我天生就是个怪人，眼里进不得沙子，你让开，我今天就是要他捡起来，亲自递到你的手里。"

田苗一个箭步冲上，一个右拳，一个左拳，等到那个男人慌忙用两手去遮挡头脸部时，田苗飞起一脚，一个侧踹，将他踢翻在地。动作干净利落，一气呵成。原来前两招是虚，后一招才是实招。那个人从地上爬起来，摸了摸受踹的大腿，一脸痛苦的表情。

田苗拳一握，正欲再上，那人软调了："我捡，我捡。"老老实实地把钱从地上捡起来，递给姑娘。工人们见事情了结，有人高兴，有人摇头，有人叹气，还有人吹起了尖锐的口哨，哄笑而散。田苗对姑娘说："你只管做生意好了，看有谁再敢欺负你，我要扒他的皮。"

姑娘感激地望着小伙子，道："我知道你是帮我，但今后不要冲动，打架不好，打伤了别人不好，弄伤了自己也不好。你叫什么名字？"

"我叫田苗，就住在那边工棚。"

田苗用手一指不远处的一栋铁皮棚子。

"哦，好的，我叫吴艳红，你来多久了？"

"春节后才过来，你呢？"

"我爸妈来这里几年了，在工地上帮着买菜做饭，我初中读完后也就过来了。看见别人卖点小东西什么的，我也想试试，一来可以帮贴家里，二来可以在外面闯闯，长点见识。"

"嗯，不错。现在我要做事去了，今后遇到什么麻烦，你就过来找我。你也去做生意吧。"

"好的，感谢你哟，你们在这里还要干多久？"

"这段工程可能要拖到明年去了。"

"我知道了，那你去忙吧，我会经常过来的。"姑娘向他一笑，露出了一排洁白的牙齿。

这就是部长田苗与他女人的第一次奇遇，有点英雄救美的味道。后来的故事就顺理成章了，恋爱、结婚、生子，一直到现在，两个人都还是恩爱如初。

一切都似乎是命中注定。可这世界上真的就有所谓的"命"吗？周志明叹口气，他也无法解释。联想到自己身上发生的一系列事情，他也是喟然慨叹。他有时就那么想着，所谓的命或许就是一种缘分罢了。缘分来了，想躲也躲不开。就像自己和亚琴一样，谁说不是缘分呢？一想到亚琴，周志明就会感到一阵难过，一阵阵痛，一种刻骨铭心的爱和牵挂就会无边无际的蔓延开来，像岸上芳草，水边芦苇一样，铺天盖地。而这时的周志明又何曾想到，他心爱的女人此时正躺在她自己的家里，正痛苦着、焦虑着、思念着……

原来，亚琴回到家里后，一家人都高兴欢喜，沉浸在一片团聚的天伦之乐中。爸妈忙进忙出，变着法儿弄些好吃的，让女儿开心。大山里的时鲜蔬菜就只有野生木耳了，但晒干了的还是有不少，如：干木耳、干香菇、干竹笋、干蕨菜、干薇菜等，她的妈妈还特地留了一小坛子的油炸蜂蛹。提起蜂蛹，那可真是个好东西了，城市里的人，不要说吃，或许就连看都没有看到过，那可是大山里的正宗特产，是用土蜂的白白嫩嫩的幼仔加工而成，味道鲜美，口感松脆，营养价值极高，是餐桌上极难得的佳肴。但茶余饭后，细心的母亲还是发现，女儿在掩饰不住的喜悦背后，似乎还隐藏着什么极为隐秘的事情，遮遮掩掩的，欲说还羞。想到女儿的年龄，母亲蓦然敏感地意识到女儿是不是在外面谈了男朋友，有了自己的意中人。那可不是一件小事儿了，女儿是自己的心头肉，她希望女儿有一个好的婚姻和未来，要帮女儿参谋参谋。在一次闲聊之中，母亲突然悄悄问亚琴是不是那么一回事。亚琴本来早就想告诉母亲，只是缘于害羞，就一直掩藏于心，现在见母亲问起，就羞红着脸，把和周志明的事情像倒豆子一样倒了出来。

　　母亲听完，平静地看着女儿说：

　　"关键是要人好、心好，条件差点都不打紧，就是路远了一点儿，今后回来一趟不容易，我和你爸爸见你一面也难啊。"母亲还是露出了自己忧虑。

　　"妈，现在火车多的是，一天可以跑好远，我们可以经常来看您啊，你和阿爸也可以去看我们啊。"

　　"你自己满意吗？"

　　女儿一脸羞红，点点头，看着要强的母亲道："还蛮帅的，又是个大学生，绝不会给您丢面子。下次我就带他回来，让您好好看看。"

　　"一个大学生？"

　　母亲紧张地问，眼睛就睁圆了。

　　"嗯。"

　　"他怎么会看得上你？我有点担心啊！他不会是骗你吧？"

"娘！——"

亚琴用双手轻摇着母亲的臂膀，红着脸，撒娇地说："是俺主动找的他。"

母亲沉吟了半晌，望着女儿说：

"你自己的婚事，你自己满意就行了，是你和他过日子，又不是妈和他过日子，不过，你可要多长个脑筋。"

"娘，您放心好了，他是个忠厚人，靠得住。"

母亲笑了，女儿也笑了。

但没过几天，亚琴就出事了。原来亚琴想去县城玩玩，顺便买点东西，刚好寨子里有个人骑摩托车也去县城，亚琴就搭上了他的顺风车，不料在一个弯拐处躲大货车时，摩托车翻下了一个几米高的土坎。等到送到县城医院一检查，她的右小腿骨折了。用药液擦洗，上药，上石膏夹板，医生忙碌了好一阵子，亚琴才得以安静地躺下来。亚琴原计划等几天就去河洲，她挂牵着周志明，放心不下，不料却突遭此横祸。现在，她看着自己受伤的腿，想着这一躺下就不知要多长时间才能重新站起，不仅自己做不了事，又还要连累父母，心里难过之极，脸上已是珠泪涟涟了。这飞来之祸一下子也打破了全家的洋洋喜气。父母看着躺在床上一脸泪水的女儿，心如刀绞，柔肠寸断。父母不停地安慰她，劝她，半晌之后，她才止住泪水。

"安心休息吧，不要多想。是祸躲不脱，躲脱不是祸，只要人还在，就一切都好说，钱这个东西，生不带来，死不带去，命里只有八斗米，走遍天下不满升。命里如此，你就好好休息吧。"

母亲用手巾给她擦干泪水，宽慰她道。

亚琴默默地点点头，但她一想到远在河洲的周志明，心里就不安起来。我这一时半月好不了，医生说完全恢复至少也要半年多。

"那怎么办呢？怎么办呢？"

亚琴心急如焚，她要爸妈给她找来纸笔，她要给周志明写信，赶快写信，告诉他这里发生的事情。

然而，当母亲给她找来纸笔时，她又犹豫了：周志明一旦知道了自己的情况，他又会做出怎样的决定呢？会不会因我的事情而影响到他的计划呢？

她就这样犹豫着，徘徊着，陷入了痛苦的两难中。

# 十六

几声喇叭声响，一辆黑色小轿车缓缓驶进工厂大门，在厂院子里办公室门前停了下来。厂长、陆总、房兵等众人早已齐聚守候在办公室里，听得屋外的车鸣，一起赶紧迎了出来。车门打开，老板一行人笑容可掬地走了出来。

"辛苦了！辛苦了！"

"一路辛苦了！先到办公室休息。"

一阵热情的寒暄、握手之后，老板一行被迎进办公室内。

房子的中央是一张大几案。房兵赶紧抱来两个很大的哈密瓜，熟练地用刀从中劈开，再分切成若干小快。他和秘书一边热情地给众人分发着，一边打着招呼。

大家一边吃着哈密瓜，一边说笑着，不时爆发出阵阵笑声：男人爽朗的笑声，女人轻快的'咯咯'的笑声。

厂长和大家打过招呼，便匆匆走了出去。他要亲自去厨房看看。房兵见机便立即跟了出来。

"你要有思想准备，要沉着。我伯父难得来一次，这次来，很可能就是解决厂长的人选问题。我刚才悄悄观察了一下，与他同来的几个人年纪和他都差不多，不可能有厂长的人物。那个年轻妹子是他的小女儿，我的堂妹，她大学还没有毕业，况且她又是一个女孩，更不可能来这里当厂长，而我们工厂这边，除了你，也没有谁适合了，所以，我看，这个位子多半是你的了。厂长的定案，也就这一二天的事情，等几天就是圣诞节了，我伯父是不会在这里久待的。"

厂长把嘴贴在他的耳边，对他悄悄地说，脸上露出神秘的喜色。

"太好了，那我们现在还要做点什么？"

"什么都不要做了。我伯父精得很，是个老江湖。在这件事情上，你也知道，我是尽心尽力了。"

"这个我知道，你是够朋友了。"

"嗯！就这样，你该干什么就干什么吧，但千万不要得意忘形，喜形于色。"

房兵哈着腰，像鸡啄米似的连连点着头，笑嘻嘻地说："这个我知道。"

过了一会儿，厂长一颠一颠地小跑过来，他说饭菜已经准备好了，请大家就席。

老板环视了一遍，没有看到于工，他连忙对身边的陆总说："快去把于工请过来，一起吃饭。我们大家就稍等一下。"

陆总一听，觉得老朋友话中有话，连忙起身出去。不一会儿，两人就到了。

"老板，您好！"

"于工啊……"

老板拉着于工的手，欲言又止。他见人已到齐，便说："那我们开饭吧，边吃边聊。"

大家见老板发话了，便兴高采烈地簇拥着老板向饭堂走去。

太阳落山的时候，也就是工厂里的电灯'哗'地一下变得亮晃晃的时候，酒席才告一个段落。老板看着一圈泛着红光的脸，喜气洋洋的脸，心里也还是很开心的。虽说工厂里的事情不尽人意，但只要把领导班子搞好了，翻身还是有希望的。刚才他虽然带头喝酒，似乎有点过量，女儿特地提醒他几次，他还是觉得没有喝醉。他甚至觉得今天的酒恰好刚刚到位——表面上有点醉，可心里面明亮啊！他的右边是于工，左边是老朋友陆总。于工一脸的愧疚，一端酒杯，对着他就说："惭愧！惭愧！"

老板就知道了他要说什么，连忙在桌子下用腿磕了他一下，朗声说："现在呢，就一心一意喝酒，把酒喝好，晚上呢，大家就搞搞娱乐，活动活动，怎么样？"并立即带头先干了。于工虽然在一瞬间还没有彻底地领会老板的意思，但情形之下，也紧跟着一仰头，一口气喝完了杯中的酒。

酒宴散后，他要侄儿安排好大家的活动，玩玩麻将、斗斗地主，只要开心就行了。他吩咐老朋友陆一鸣陪他到工厂到处走走。

一出饭堂门，一阵清凉的夜风扑过来，两人都感到神清气爽，精神一振！

"先到我房间里去休息，喝杯茶？"陆一鸣问老朋友道。

老板摆了摆手，说："我想先看看人。"

"什么人？"陆一鸣一怔。

"你给我介绍的人啊？"老朋友反问道。

陆一鸣弄明白了，老朋友要见周志明。

"你这个人啊，就是个急性子，说风就要风，说雨就要雨。明天见不迟嘛，他又跑不了。"

老朋友神秘地小声说："我刚才安排他们活动，是特地把他们支开，现在人少，我们正好先见个面。人多了，又不方便了。你要知道，工厂的事才是大事，只有把这件事情安排好了，我们才能安心睡觉啊！"

"是啊，的确是这样，那我给你喊来就是了。"

"不，不，不。"老朋友连连摆手，"我们还是乘着酒兴亲自去找他，也顺便看看他下班后在做什么，来个微服暗访，就当散散步吧。"

陆一鸣看着老朋友，似乎明白了他的意思："你要学周文王、刘备？"

"他们是什么人物？千古留名的盖世英雄。我们是什么？"

老板四指一弯，伸出自己右手的一根小指头。

"不过，我们虽是小人物，平民百姓，但学学还是可以嘛。听了你的介绍，我就在脑袋里面琢磨了很久。如果一切照你所说，那招他来还不如我们亲自登门去请。他是读书人，而自古以来的读书人呢，都有一个臭脾气，那就是自尊心强得很呐，反过来，有缺点就会有优点，这些读书人呢，也更懂得知恩图报。你看呢？"

陆一鸣颔首微笑，伸出大拇指，道："姜，还是老的辣！果然是读过封神、三国的人。你的这个主意好，我赞成。"

"我一开始也没有想到，这个鬼点子还是我那宝贝女儿出的。"

"哦，你那宝贝女儿不简单哪！"

老板不屑地一笑："人小鬼大呗。"

陆一鸣带着老朋友，一路磕叨，便直奔男员工宿舍楼 202 房。

走进宿舍，周志明不在，只有两个员工斜歪在一张床上边抽烟边侃大山。陆总一问，他们指着一张很整洁的床铺说周志明可能去人事部了。

两人见他的床上干净、整洁，几本书放在枕边。老板拿起来，认真翻了一下，都是几本企业管理方面的书籍。老板心里暗暗赞许，两人又转向人事部。

人事部果然还亮着灯。两人在窗外朝里面一瞧，见一个年轻人正伏案看书。

"就是他！"

陆一鸣开始敲门。

门一打开，见是陆总，身后还跟着一个年龄与他相仿的陌生老人，周志明显得有些吃惊。

"陆总好！这位是……"

陆总指着身后的老者，对周志明说："这就是老板。今天才从台湾那边过来的。"

周志明连忙伸出双手："老板好！"

"你就是周志明？"

"晚辈正是。这么晚了，两位前辈……"

陆总哈哈一笑："小周，老板是特地来登门拜访你的。"

周志明一听，心里顿时明白了。看着眼前的老者，他诚惶诚恐："老板，您……真是得罪了，得罪了。"他转向陆总，"陆总，您吱唤晚辈一声就是了，你这一招，比抽车叫将都厉害呢。"

陆总还是哈哈一笑，顺手把几张椅子拉近，招呼一老一少坐下。坐毕，陆总正色对周志明道："小周，那我们就说正题。老板这次过来，就是专门为工厂的事情。"

"仔卖爷的田，仔不心疼，爷心疼啊！"

"嗯，说得好，你这一句话，就说到了我的心坎上。"

老板连连点头，双眼一眨不眨地打量着眼前的这个年轻人，结实、精神、亮堂、坦荡，心里面就又添了几分好感。周志明开口的第一句话，就如一记重锤，敲在了他最敏感的穴位上。

"一个企业的生存和发展，是建立在企业的利润之上。没有了利润，就谈不上生存，更谈不上发展。所以，企业的第一目的是要有利润，把话说白了，就是要赚钱。"

"目前工厂的局面很不理想，据说已经出现了亏损，员工在下面的议论也很多。那么，我们做的第一步，就是要在短期内迅速扭转这一局面。"

"嗯，你说得很对，接着说。"老板点着头。

"在技术环节上采取的措施，我已经在上报的材料中说得很清楚了。与此同时，加强企业管理，拓展销售渠道，对有些部门人浮于事的现象进行彻底精减，提高工作效率。这样双管齐下，在短期内即可扭转局势，这一点，我还是很有信心的。"

陆总在一边补充说："小周的这个建议和于工的做法不谋而合，可见这确是一个行之有效的办法。"

"对这个厂今后的发展有没有长远的考虑?"老板沉思了一会儿，问周志明道。

"刚才所说的是一个短期的规划。从长远来看，我们除了企业内部的自身管理外，我们更应该把眼光放在市场上，放在我们的产品上。随时了解产品的市场需求动态，因为一旦我们现有的产品在市场上出现饱和时，也就是产品的利润最低的时候，这个时候我们应该走在别人的前面，迅速推出新的产品，抢占市场，这样才能获取最大的利润。"

"好！好！好！"

老板连连点头，一连说了三个好字。他心里是希望提出这个问题，有意探一探面前的这个年轻人的底，没想到他却成竹在胸，早有考虑，并且把目光瞄向了市场，瞄在了产品开发上。这一点太合他的心意了。他把头转向陆一鸣，眼里露出了赞许的目光。

老板正襟危坐，一脸严肃庄重："小周，你的基本情况陆总早就告诉我了，你在这里确是受了委屈。好了，那些已经过去，我们就不说了。现在，我就正式请你出山，把这个厂交给你，希望你能一展宏图，也不负你平生所学。如何？"

老板开门见山，直奔正题。

陆总悬着的心一下子放了下来，他用热情、鼓励的目光注视着周志明。

"真如老板所言，晚辈当尽心尽力，以求一搏！"周志明朗朗说来，掷地有声。

"好，果然是豪爽之人。"老板把头转向陆一鸣，"明天就安排小周休息，明天下午我们再一起研究一下具体的事情。你看如何？"

"我赞成。"

他又对周志明说，"小周，你要走马上任了，要有充分的思想准备，要有打大仗的思想准备。怎么样？明天好好休息一天，调整一下心态。不过，记住，人事还没有公开，今天说的话暂时也不要外传。"

"请两位长辈放心，我绝不会辜负你们的厚爱，鞠躬尽瘁，死而后已。"

两位老总满意地告辞走了。周志明却再也无法把书看下去。这件喜事来得太快太快了，惊喜之后是激动，他陷入了深深的回忆和沉思中。想到多少年的寒窗苦读，终于又有了用武之地；在这里受了那么多的委屈，终于有了一个正果。七尺男儿，也不禁泪水泣下。

# 十七

翌日上午，在陆一鸣的办公室里，老板召见了房兵。

房兵喜得一夜没有睡好，眼睛有些红红的，眼球上还有几缕血丝。他一进门，看到老板和陆总都坐在里面，就在等他了。他的心'怦怦'地跳着，他自己都听得到那种蹦跳的声音。他预感到老板今天和他谈话的内容，那个决定。他等待着那个位置，急切地盼望着那个位置。但他表面上还是显得相当的沉稳。

待他一坐下，老板就开口了："小房，一年前，于工有一份关于生产计划的资料，他说给你交了一份，你去帮我找来。"

"资料？一年前？"

房兵心里暗地吃了一惊：老板怎么突然问起了这个？

"让我想想……好像有那么一回事。我去找找看。"

房兵连忙转身离去。好一阵子，他才一路小跑着赶回来。他把一叠资料递到老板手上。

"应该就是这份。"

老板拿在手里，随手翻了翻，看来，于工并没有说假话。

"这份资料你给厂长看过了吗？当时研究过没有？"

"记得当时有些忙，我就放在那里，事后，我又忘记了。"房兵见老板一脸严肃，不敢说谎，只得实话实说。

老板心里完全明白了。他看了看这个他一手提拔起来的年轻人，又气又恼。他本想严厉训斥他一顿，但转念一想，他又改变了主意。如何处理他，他要把这个题目移交给新上任的厂长。

"房兵啊，你是办公室的主任，厂里的事情你是最清楚不过了，现在工厂已经到了生死存亡的关键时刻，这种状况不能再拖下去了，我已经决定对厂里的人事进行调整。我的侄儿他要跟我回台湾，我会重新安排一位新的厂长，他将全权负责工厂的事情。你呢，职务还是不变，但你要积极支持、配合他的各项工作。你明白了吗？"

犹如当头一棒！房兵当时就愣在了那里。他感到一脸羞愧，坐在那里，脸上像有万千鸡蚤爬过，心里像打破了四味瓶，酸、辣、苦、咸，四味杂陈，独独缺少了甜味。

老板既然做出了这样的决定，他又还有什么好说的？他抬起千斤头颅，看着老板说："好吧，我会尽心尽力支持他。"

待他走后，老板又叫来了他的侄儿。看着满脸愧色的侄子，老板难免训斥了他一通，最后，老板把那份资料递给他，说道："你自己看看吧，于工一番苦心，交给了房兵，他放在他那里，你看都没有看到过。这就是他的工作态度。你还在我的面前极力推荐他，他也还在我这里多次提及。唉，真是鬼迷心窍，他还想当这个厂的厂长。这件事情就过去了，我刚才已明确告诉了他，我已经有了厂长的合适人选。今天晚上就开会，所有部长、主管都参加，你等下就去通知。明天把工作移交完，后天就随我一起回去。你去办事吧。"

他的侄子耷拉着脑袋走了。他没有更多的奢望，也没有更多的失望。他早就知道他的伯父对他不满了，回台湾是迟早的事。不过，说起来，他还是感到很惭愧的。伯父一直疼爱自己，那是不会有假的。要他到大陆来锻炼锻炼，也是出于一片好心。他刚才粗略看了一下那份资料，觉得也很有道理。于工没有直接给他，看来于工早已对自己失望。自己真的成了一个让人失望的纨绔弟子？昨天堂妹还私下取笑自己："听说你把工厂都弄亏了，你呀，还是老老实实地待在家里，做你的花花公子吧。"想到那份资料，他就联想到了房兵，他开始有点恼他了。

"那个大陆仔，真不是个东西，玩归玩，工作归工作，那么重要的东西，都敢私自拦下来，胆子也忒大了。"

他把房兵喊到自己的办公室，劈头盖脸就是一顿臭骂："都是你干的好事，把于工的建议甩在一边，那么重要的东西，你为什么不交给我？现在把柄都落在我伯父手上，我都跟着挨了一顿骂。你呀你，成事不足，败事有余。还亏了我在我伯父面前极力举荐你，现在好了，一切都完了。这都是你自己害了自己，怨不得我。"

房兵自知理亏，只好羞愧着脸，洗耳恭听，大气都不敢出。

最后，老板的侄儿放低了声音，告诉他："今天晚上要开会，新厂长要上任了，你今后要好好表现，将功补过，配合新厂长工作。日子还长着，再慢慢来。"

"那新厂长是……"

"我也不清楚是谁。"

房兵窝着一肚子火，但表面上还是答应了下来。

下午，老板马不停蹄，又把周志明、于工请到了陆一鸣的办公室。这可以说是御前会议了。

"于工，这位就是即将上任的新厂长，小周，周志明。"他又指着于工，对周志明介绍说："这位就是负责生产技术的工程师于工，你们认识一下。"

周志明和于工握手，相互问好。于工镜片后面的目光就迷茫了，心中的热情就像温度计里的水银柱，一点一点地往下跌。

陆一鸣给每个人冲了一杯茶。他的目光撞上了于工的目光，他发现了于工目光中的疑惑，他明白了。

"于工，小周是我极力举荐的，你可放一百二十个心。这次，你们都是英

147

雄有了用武之地。"

老板细细品味了几小口茶，抬起头，看看三位，说道："陆总、于工你们两位我就不说了，小周虽说是年轻，但他是陆总介绍，我亲自认定的。今后，你们三人就是这个厂的核心班子，你们两个人要支持、配合小周的工作。况且，小周和于工的想法又是一致，我相信，你们三人联手，三个人，一条心，一定会有一台好戏。"

于工听老板这么一说，虽说心中尚存疑虑，但也只好连连点头。

最高兴的要算陆一鸣了。小周是他的老乡，又是他极力推荐给老朋友的。这次老朋友过来，最终认可了周志明，也可说是老朋友对他的信任。他高兴的另一个理由是：不出几个月，厂里的形势就一定会发生很大的变化，到时候，企业扭亏为盈，自己脸上很有光彩，那就更对得住老朋友了。

晚上的会议，在厂会议室隆重召开。

会议室里，紧张中透着神秘。两排长长的椅子，中间是会议桌。一端是主席台，摆放着两张款式与众不同的座椅。

各部部长、各车间主管纷纷走进会议室。大家都知道了今天开会的主要内容。新厂长是谁？自己的职位是否有变动？有没有人被免职？带着这些疑问，每一个与会者心中都惴惴不安，就犹如十五个吊桶打水，七上八下。

房兵坐在主席台左边的第二张椅子上，他一脸笑容，他感觉得到每一个走进来的人都不约而同地看了他一眼。他控制着自己的情绪，装出一副若无其事的样子。王强紧挨着他坐着，脑袋不时左右转动，看看这个，又看看那个，一副大大咧咧的样子，当他看到斜对面坐着的一位姑娘时，他扭动着的脖子突然打住了，他的嘴巴张开了，他的两只眼睛像两枚钉子，就那么牢牢地钉在了那张熟悉的、漂亮端庄的脸上。

那是他的手下，车间文员林晓丽。

"她怎么也坐在了这里？"

他心里想着，赶紧回头去看房兵，见他正若无其事地低着头，右手的几根手指头小鸡啄米似的有一下没一下地点着桌面。

"这是怎么回事？难道厂长不是房兵而另有其人？"

他迷糊地左右转动着脑袋。

大家打着招呼，小声地议论着。

这时，一行人走了进来。老板、厂长、周志明、陆总、于工、厂长秘书，大家纷纷就座。老板和厂长坐了主席台，陆总坐在右边的首席，周志明紧挨陆总，坐在第二张椅子上，后面依次是于工、厂长秘书。房兵一抬头，就看到了坐在正对面的周志明。

他的目光傻了。

王强的目光也傻了。

田苗的目光有点惊诧。

林晓丽的目光则透着神秘、喜悦。

"现在请老板讲话，大家欢迎。"厂长宣布道。

掌声噼里啪啦地响了起来。老板双手抬起来，向下压了压，示意大家静下来。他的眼光从在座的每一个人脸上扫过。

"各位辛苦了，我在这里向各位表示感谢。"

掌声又响了起来。

待到掌声住了，他一字一句地说道："鉴于目前的形势和厂里生产的需要，有必要对工厂的人事进行适当的调整。现在，我宣布，由周志明先生担任我们这个厂的新厂长，大家欢迎。"

周志明被老板亲自请上主席台，在他的身边坐下。他的侄儿，就坐到了房兵身边的座位上，不过，他倒无所谓，一副不喜不悲、不疼不痒的样子。

"周志明先生大学本科毕业，曾经从事过工厂管理的工作，有着先进的管理理念和科学的管理方法。从今天起，他就是这里的全权代表，他说话就是代表着我说话，我希望各位尊敬他、信任他、支持他。我相信，在他的带领下，我们的工厂一定会有一个美好的前景和未来！"

掌声如潮水般响起。

林晓丽看着周志明，一种说不清的复杂的情愫也如这潮水般涌起。

"现在请新厂长讲话。"

周志明一边看着大家，一边缓缓地站了起来。

"感谢老板的厚爱，感谢陆总的关照，感谢朋友们、同事们对我的支持。各位，从今天起，我们就是同事，就是同一战壕的战友。我们将一起面对困难，一起克服困难，一起创造工厂美好的未来！"

周志明把自己有力的右手停在了半空。

"好！"

老板的掌声第一个响了起来。

第二个，第三个……潮水又涌了上来。

"现在，我宣布：任命原财务部的卢春芳女士担任厂长秘书一职，免去原有职务。"

"是。"卢春芳站起来，腼腆地向各位点点头。

"任命林晓丽女士为财务部的新部长。"

林晓丽激动地站了起来，她的心怦怦地剧跳着。她看着主席台上年轻、英俊的周志明，她的眼眶里噙满了喜悦、感激的泪水。

"谢谢老板，谢谢陆总，谢谢厂长。"

"我们的短期目标是，在三至四个月的时间内，迅速扭转目前的不利局面，在一年内力争一个稳定的盈利的局面。我们的长远目光是：不仅把我们的工厂变成同行业的佼佼者，更重要的是，我们还要做大、做强，还要涉及更多的更新的前沿产品。"

"好！好！"

老板站了起来，布满皱纹的脸上笑开了花。

众人也立即跟着站了起来，掌声雷动。

# 十八

几天的忙碌终于过去了。交接工作一完毕，老板一行就和他的侄儿踏上了返台的路程。临行时，老板拍着周志明的肩膀，充满信心地对他说："我就等你的好消息了。"

上了车，老板的女儿对父亲小声说："我看，这个小伙子还是很不错的，不出几个月，应该就有好消息。不信，你就等着瞧。"

老板吃惊地看着女儿："你是怎么知道的？"

"凭印象和感觉。"

"你是相面大师？"

女儿扑哧笑了。

父亲也笑了："有你陆叔叔帮着，我放心。"

车子要开了，老板忽然好像想起了什么，他连忙把手伸出窗口，向周志明招了招。

周志明连忙走过去。

老板神情严肃地看着他，把手放在他的肩上，把嘴附在他的耳边，小声但却很清晰地说："你就放手大胆地干。办公室的那个房兵，你瞄着点，能用就用，不用就把他撤了。我是你的后台，你不要怕得罪人，一切以工厂利益为重，明白吗？"

周志明点点头，说道："好吧，您放心，我记住了。"

周志明一送走老板，就把陆总和于工请到了他的办公室。

秘书卢春芳，中等个子，三十岁左右，由于保养有方，身材依旧窈窕好

151

看，长脸，秀发齐肩。因年龄稍长一点儿，同事们都尊叫她芳姐，办事稳重，一脸温和，浑身散发着一种成熟的女人味。

芳姐赶紧给每一个人冲了一杯茶，放在三人中间的小几案上。她正准备退出房间，周志明叫住了她。

"芳姐，你是秘书，也就是我的助手，今后，很多事情你都是要参与的，也还要帮我出点子。你也坐吧。"

他从抽屉里取出两份资料，交给于工，对他说："我们两个人的想法是一致的。我想我们应该立即组建一个材料分析部，对所有塑胶材料进行定量分析，得出最科学的数据，来指导我们的生产。这是我们目前工作的核心，你是我们的工程师，你要亲自挂帅，怎么样？"

于工翻了翻手中的资料，抬头看着眼前的这位年轻厂长，觉得他对自己还是很尊敬的，就说："好吧，其实，我早就提议这么做了。"

"于工，那这几天你就辛苦一下，马上搞出一个详细的可行性方案。最快要多长时间？有什么困难？"

于工思索了片刻，告诉周志明，最快也要三天时间。困难是厂里没有塑胶这方面的专业人员，缺乏人才是最大的问题。

周志明看了看陆总，对于工说："你尽快搞出一个方案，人员问题我来解决。我的指导思想就是选择第二车间作为试点车间，只要我们的参数一出来，就发到每一个机台，去指导生产。并且选择几台机子作为标准试验机，得出每台机每个班次的生产量。如此一来，一个车间一个班次的正常生产量就出来了。这样就为我们的管理提供了一个参考的标准。"

于工说道："我当时提出这个建议，只是单纯从生产的角度出发，提高我们的效率。是啊，还可以作为车间生产的考核标准。到底是年轻人，脑子反应快啊，比我们想得远。"

周志明把头转向陆总："这段时间，我可能会把时间和精力放在于工那里。陆总您就把工作的重点放在销售部，销售部是我们工厂的门面，也是重点。产品生产出来了，要靠我们的销售人员把它销售出去，不能存货太多，占压过多的资金。这个销售部的工作相当重要，要他们的部长尽快给我送一份详细的报告。这就有劳您亲自出马了。"

"好的，你放心，这件事我马上就去办。"

"好，那我们就抓紧时间，分头行动。"

送走陆总和于工，周志明叫芳姐通知人事部的部长，要他马上来一趟。

一会儿后，芳姐陪着田苗走了进来。

一进门，田苗就高声祝贺起来："周厂长，恭喜你高升啊！"

"不要客气，我们都是老熟人了。"

芳姐冲了一杯茶，递给田苗。

"叫你来，是有件重要的事情，需要马上办。"

"你说吧，什么事？"

周志明便把急需招聘几名塑胶专业人才的情况告诉他，要他想想办法。

田苗告诉他："工厂招工一般都是在要人时，就在厂门口竖块招工牌，把招工信息传出去。一是见工的人自己找上门来；二是在厂的员工介绍自己的亲朋好友进来，一般就是这两个途径。这样招到的人都是文化程度较低，甚至有的连自己的名字都不会写。如果要招到塑胶方面的专业人才，那必须到人才市场去招。但现在人事部就两个人，哪来人手？"

周志明从人事部出来了，人事部就只剩下两个人，这的确是实情。周志明想了一会儿，想到了老乡李文彬，有了主意。

"我有个老乡，叫李文彬，就在王强的车间里，当初我来这里也还是他介绍的。这样吧，你把他调到人事部，给你做助手。怎么样？"

"行。"

"好。第一，在厂门口竖起招工牌，把我们要招聘塑胶专业人才的信息迅速转播出去。第二，你去办公室找房兵，要他给你借个人做帮手，这几天你就亲自待在市人才市场，睁大眼睛，务必给我把人带回来。"

"好吧。"

"另外，从今日起，凡是今后本厂所招的员工，文化程度起码要初中毕业，初中没有毕业的，一个都不能要，宁缺毋滥。"

"新官上任三把火，你的这把火，我看就烧得好啊。"

"不烧不行啊，据我所知，有的员工还是个文盲，连自己的名字都不会写。"

下午，王强被叫到了厂长办公室。他的心里早就慌了，没了底气，但进门的时候，他还是说了几句祝贺类的表面话。

周志明坐在办公桌后面，抬起头，盯了他一眼，指了指他身边的椅子。

"这不是你的心里话吧。"

周志明不动声色，平静地看着他。

王强的表情就马上不自然了，脸上好像就有无数鸡蛋爬过，一阵红，一阵白，还有一阵混合的紫。

"祝贺还是心里话，只是……只是事情太戏剧化了，就像演电影。"

"这才是你的心里话。真是三十年河东，三十年河西啊！我还要感谢你呢！"

王强坐在那里，头上就开始冒细汗了。

"你有什么话要对我说吗？"周志明问道。

"我对不起你，我做检讨。说实在的，当时我也没有考虑很多，就听了他们两口子的话，尤其是他女人的话。"

说实在的，从本质上说，王强并不坏，也没有什么恶意，他只是个大老粗，缺乏一个做人的准则和是非标准。如何处理他，周志明颇费脑筋。不处理他吧，他认为自己永远是正确的，他是不会主动醒悟过来；处理他吧，自己也不是睚眦必报的人，况且现在正是用人之际。他想到那件事，就会想到被炒走了的亚琴。亚琴现在在哪里，状况怎么样，他都还一无所知。

"这件事情必须有人买单。你看呢？"周志明发话了。

"你处分我吧，我检讨。"王强摸着自己的脑袋。

"你是中层干部，做到这个位置也不容易，你的问题先放在一边，主要看你今后的表现和工作业绩，我希望你将功补过，我们好好合作。今后的路还长着呢，明白吗？"

"明白，明白。"王强连声诺诺。

"但真正的肇事者还是要处分，只有伸张正义，才能整顿厂风，严肃纪律，刹住歪风邪气。因为车间里的员工对这件事情一直议论很大。"

"那也是，必须严肃处理。"

"你去吧，明天上午把处理意见通报我。"

王强摸了一把头上的汗，赶紧离开。

周志明看着王强离去的背影，觉得自己这样处理应该是恰当的。自己真正的意图不在于处理一两个人，而是希望借这件事，整治一下第二车间的工作环境和生产秩序，为自己今后以点带面的工作做好铺垫。


# 十九


王强还没有回到自己的车间，半路上就被房兵拉进了他的办公室。

房兵给他甩了一支烟，自己也叼了一支。两人就在沙发上坐了下来。

"刚才找你有什么事情？"

看着神情紧张的王强，房兵心里暗地直乐呵。他太了解王强了，他在心里对王强的评价就是四个字：外强中奸。从外面看，他的个子高高大大，说话时好像也是理直气壮，其实，他的内心空虚得要命。主要问题是他没读什么书，就一个大老粗。真正有个什么事情，往桌面上一摆，他就不行了。

王强习惯性地摸了摸自己的脑袋，不好意思地"嘿嘿"两声。

"挨训了？"

"哪里哪里。我又没犯什么错误，挨什么训？"

"呵，我看你那样子，就是一副挨了骂的样子，在我面前，你还装什么蒜？"

"我真的是没挨骂，只不过是这次要处理几个人，有一个人还是我手下一个班长的老婆，我面子上有点为难。"

"是怎么回事，说来听听？"房兵倒来了兴趣。

王强只得将几个月前发生的事情一五一十地讲了一遍。末了，他叹了叹气，摇着头说："你看，事情就是这样，想不到才过三四个月，他却成了厂长，我们的顶头上司。真是山不转水转，岩石不转磨子转。他有什么能耐呢？我就不信他有通天的本事。"

"你不服气？"

"当然啦，不过，他和老板到底是什么样的关系呢？你想想，你是老板一手提起来的，论关系，他不会超过你；论资历，他总共才来不到一年，我就想不通，这个厂长的位子怎么就是他而不是你？你和老板闹矛盾了？"

房兵摇摇头，看了看一头雾水的王强，缓缓地说："不知道是什么原因，他和那个老头走得很近。上次他调到人事部，就是那个老头搞的鬼，这次，肯定也是他暗中操控。"

"你是说那个陆总？"

"不是他还有谁？一个台湾人，一个大陆人，一老一少，怎么就粘在了一起？我也是百思不得其解啊。"

"今后怎么办？就老老实实听他摆布？"王强跟他久了，想听听他的意见。

房兵还是相信王强的，无论是现在，还是今后，他都还是要把他拉在自己的这一边。于是，他降低声音，面授机宜。一番悄悄话后，王强喜笑颜开地告辞了。

看着王强的背影，房兵阴笑了。他希望这个大老粗做一做出头鸟，碰一碰周志明，给自己先探一探路。不过，他还有另一步棋。

王强一路走着走着，脚步却一路慢了下来。回到自己的办公室，他往椅子上一靠，双脚就撂起来，搁在办公桌上。他想静一静，好好地琢磨琢磨。

这几天的事情，就像这几天外面下着的雨，来得快，去得也快。最大的新闻莫过于这个新厂长了。车间、厂子里到处都是一片议论。刚才房兵给他悄悄地说了一通，无非就是四个字：阳奉阴违。他一开始还觉得高兴，可后来，他却本能地觉得这好像有些不靠谱。平心而论，对上次那件事情的处理，他是很草率的，不负责任的。一边是车间的技术员，班长苏小东的老婆，一边是两个普通员工，他很自然地要偏向前者。而这本身不是问题，真正的问题而是天变了，一个渺小的毫不起眼的打工仔却一夜间成了他的顶头上司，可以决定他的去与留。如果不是这样，也就不会生出现在的麻烦。他左思右想，觉得这个新厂长现在也还是没有为难于他，自己也没有必要去与他作对。房兵不高兴，那是因为他认为周志明抢了他的位子，而我呢？

王强摸出一支烟，点上，慢慢地吸了一口，又慢慢地让烟丝从口里缓缓冒出，望着若有若无的如游丝般的烟迹，慢慢地，他有了自己的主意：人不犯我，我不犯人。也不能完全听房兵的，现在是姓周的掌权，只要他周志明不找我茬子，我也就不与他为敌。手下几个员工，当处理还是要处理，以后的事，以后再说。他给自己今后的行为准则定了个调，拍了拍自己的头，满意地憨乎乎地傻笑了，他在心里对自己说：我王强不是二百五，还是蛮聪明的。

王强走进繁忙、嘈杂的车间，他想先找几个人，问一下事情当时的确切情况。他问了几个女工，她们都装糊涂，说早就忘记了。他环顾整个车间，目光碰到"12"号机时，看到了张小薇。

他把张小薇叫到办公室。

"坐下歇口气吧，我想问你一件事情。"

车间主任一反常态，态度来了个一百八十度急转弯。

张小薇看他那样子，又好气，又好笑。

"什么事？"

"就是上次冉亚琴和技术员吵架的事。我想问一下当时的真实情况。你也知道，周志明现在是厂长了，我对他要有个交代。"

张小薇明白了。冉亚琴是周志明的女朋友，周志明现在是厂长，他要追查此事了。想到周志明，她的腰板便硬了许多。

"你现在才问，当时怎么不问呢？"

"也怪我一时糊涂，听了一面之词，你就说说吧，当时到底是怎么一回事？"

"你们要重新处理了，对不对？人都被你们炒走了，还有什么用？"

"谁的问题谁负责，这件事情要重新秉公处理，我对厂长才好交代。"

小薇一听，觉得也好，她倒要看看这次如何处理那个大脸盘。于是，小薇便把那天的事情详细讲了一遍。王强并不糊涂，他听明白了，周志明和冉亚琴完全是冤枉的，难怪周志明现在还要旧事重提。

"好，那你去做事吧。"

张小薇走后，王强却陷入了沉思。走了的人是喊不回来了，但在这里的人，处理是免不了的。那两个黄毛都好办，可以辞退掉，班长的老婆呢，如果也辞退掉，班长肯定也会走，他可是自己手下的一员大将啊。要她写个检查吧，再看看周志明的态度。

第二天一上班，王强就去了厂长办公室，他把自己的处理意见告诉周志明。周志明觉得对班长老婆处理过轻。

"我这个人讲实际，检查就不做了。她的技术员的职位让出来，给'12'号机的张小薇，她呢，就下去做一名普工。如果她确有悔改，今后表现好，提升的机会还可以给她。"

"这……她能接受吗？"

"我已经是高姿态了。"

"好吧，就这样。"

然而，一个多小时后，当周志明与陆总、芳姐正在商量事情的时候，房兵把电话打了进来。

芳姐接完电话，神情严峻地告诉周志明：王强的车间出事了，因为辞退两个员工，有十几个人同时罢工停机。

周志明一想，莫非是王强不服气，在从中作祟？他心里就陡地冒起了一股火苗。

"好啊，果然有种！"他嘟哝道。

陆总看着周志明，急问道："怎么回事？"

周志明便把事情的前前后后简单地说了一遍。陆一鸣一听，明白了，头一扬，语气坚决地说："我支持你，我们马上过去。"

周志明略一沉吟，便下定了决心，吩咐芳姐道："第一，通知保安部部长，要他带几个人马上赶到第二车间；第二，通知厂办公室主任房兵，要他也马上赶到第二车间去。"

说完，他对陆总和芳姐说："走，我们过去看看。"

当周志明三人赶到时，房兵和保安部部长已经在那里了。见厂长一行来了，围成一团的员工立即让开一个口子，让他们走了进去。那十几个员工站在一台注塑机旁，个个瞪着眼睛，一副死猪不怕开水烫的样子。见厂长来了，目光便一齐聚射到周志明的身上。

周志明强压住火气，目光如炬，扫视了一遍众人，问王强道："被辞退的是哪两位？"

王强指了指那两个黄毛。

周志明对保安部部长一字一句地说："把他们两人带到人事部、财务部。迅速结清工资，马上走人。"

保安部长立即安排手下将那两个黄毛请走。

周志明威严地看着余下的人。

159

"你们每一个人都认识我，就在这个车间，就在'12'号机，我工作了近半年时间。'12'号机的冉亚琴你们也一定认识。几个月前，在'15'号机发生的一件事情，你们也一定还没有忘记。冉亚琴为什么被辞退？就是因为他们两个擅自调换岗位，就是因为他们两个破坏工厂纪律。这样的员工，我们厂方没有权力处理吗？你们要有起码的判断力，要分出好坏，辨明是非，不要讲所谓的哥们儿义气，跟着起哄。我尊重你们的人格，也尊重你们的选择。第一，现在马上复工开机，我欢迎；第二，如果你们确是要辞工走人，我也不会强留，马上给你们结清工资，不拖欠你们一分钱。怎么样？你们自己考虑清楚，我给你们五分钟时间。"周志明抬腕看了看手表，严厉地说道："现在是十点二十五，十点半以前你们有权力做出选择，超过这个时间，就由我做出决定了。我的话说完了。"

一见新上任的年轻厂长这副阵势，十几个人胆怯了，你看我、我看你，目光中就有了犹豫和退缩。

就在这时，围观的人中有人喊了起来："胡大喜，你还不去开机做事，跟着瞎胡闹什么？"

听到喊声，那个叫胡大喜的小伙子内心就软了，目光在同伴的身上游动，嘴里唏嘘着："算了吧，问题确是出在他们两个身上，我们还是开工吧。"

几个人又你看看我，我看看你，用目光商量了一阵，最后终于点了头。

"我们开工。"

周志明看了看表，时间是十点二十九分。

"好了，好了，都做事去，开工，开工。"王强手一挥，大声地吆喝着。

员工们各就各位，车间很快就恢复了正常的生产秩序。

回到自己的办公室，周志明吁了一口气。

"还好，总算不是王强。"他心里的火气平息了许多。他一屁股坐在沙发上。他想抽烟，他好想抽烟。

"芳姐，这里有谁抽烟？"

160

"房兵和于工都抽。"

"那你去帮我找支来，一支就行了。"

"好的。"

芳姐正要离去，周志明又叫住了她。

"你还是去门口帮我买包吧。"

"好，那你就稍等。"

芳姐买烟回来，周志明连忙把烟点上，猛吸了几口。烟吐出去了，他闭上眼，头靠着沙发背，似乎在品尝着某种东西，又似乎在思考着什么。等他再睁开眼时，见芳姐正看着自己笑，就像姐姐看着淘气的弟弟的笑一样，那么自然，那么亲切，那么温馨。

周志明也笑了，像弟弟对姐姐的笑一样，水一样清澈，阳光一样透明。

"说真的，我好佩服你。你刚才在车间好神气呢！他们那么多人你都不怕，我还真的有点替你担心，怕你处理不好，闹僵了，下不了台。"

周志明笑了。他停顿了一下，才说：

"做人啊，不仅仅要有一身正气，还要有几分胆气，有了正气和胆气，我还怕什么？"

这是真话。


翌日上午，陆总走进周志明的办公室。他要把这两天在销售部摸到的情况向他做个汇报。

"销售部那里的情况很不理想。订单在逐月减少，仓库存货较多。"

"车间不是按单做货吗？怎会有较多的存货？"

"如果按单做货，那车间就要停一部分机，多余的员工怎么办？所以车间有时也根据市场大致行情提前生产一批产品，先堆放在仓库。"

"订单减少的原因是什么？您问过了吗？"

"部长说客户反映我们产品的合格率比别的厂家低，拉回去后有些麻烦。

161

虽说我们也派人过去重检，但他们还是认为费事。总之，人家对我们的印象现在已经不太好了。"

"有何良策？"

"一个形象的形成也不是一天两天的事情，但不管怎么样，我们要生存、要发展，就要重新开始，重新塑造形象。"陆总的态度很果断，也很坚决。

"销售部长的工作能力怎么样？销售部有没有漂亮的女孩？"周志明问。

"能力？怎么说呢？产品的质量销售部管得了吗？订单少，他又有什么办法？还不是只有干着急？女孩倒是有一个，负责收单等。"

"他急了吗？"周志明问。

"那是我说的话，他急还是没有急，有谁知道？我看他就未必急了。"陆总弄笑了。

芳姐也跟着笑了。

周志明想了想，对他们两个人说："我倒是有一个主意，就是操作起来有点为难。"

"昨天那么棘手，你也三下五除二就解决了，眉毛都没有颤一下，莫非比这还难？"陆总反问道。

"这个难和那个难不同。销售部是我们的门面，我想找个长得漂亮，又有工作能力，又还带点泼辣劲的女同志去那里当部长，效果肯定要好些，可原有的部长又没有犯什么原则性的错误，我又找不到任何理由把他撤了。"

"哦，原来是这个事。你是厂长，一个人的任免是根据工作的需要，是从大局出发。如果都要考虑个人的感受和利害，保持一团和气，那我们还办什么事？"陆总说。

"我们大陆的情形就是这样，能上不能下，一下就不得了。你们想，把他一免职，他就不能享受部长的待遇，他就得从干部楼搬出去，他就得去吃员工餐，工资也少了，他会善罢甘休吗？"

"先把他调出来，待遇不变，工作问题可以今后再慢慢说。走一步瞧一步嘛。"芳姐说。

"对，那也是个办法。"陆总补充说。

"你们想过没有，这个先例一开，今后就会有后遗症。"周志明考虑了一会儿，也没有什么好的办法，只好说："就这样吧，先把销售部安排好再说。"

谈到部长人选，周志明对芳姐道："这个部长，不仅要年轻漂亮，还要有头脑，有能力，又还要有点儿泼辣和手腕。你想一下，你身边有没有这样的人选？"

芳姐歪着头想了一会儿，脸上露出了喜色。

"还真有这么一个人，倒是合你的要求，她是个川妹子，性格张扬，有时候显得太疯疯癫癫。"

"本质怎么样？"

"本质还是不坏，人缘也还是挺好的。就是有时候特别喜欢表现自己，有点儿男孩子的疯劲。"

"这个人现在在哪里？"

"就在财务部。"

"叫什么名字？"

"张彩虹。"

"好，等下我亲自去财务部瞧瞧。另外，我建议明天上午开个会，各生产车间主管，质检部部长，销售部部长，办公室主任都参加，中心议题就是讨论产品的质量问题，这个问题不能拖。你们看，怎么样？"

"行。"

"行。"

"那好，就这样办，我现在就到财务部去一趟。"

# 二十

周志明从厂办公室的走廊经过时，刚好有两个女孩从对面走过来。

"厂长好！"

"你好！"

"厂长好！"

"你好！"

周志明边走边礼节性地回答着她们，忽然他觉得有点不对劲：走在后面的女孩好像在哪里见过，好面熟。周志明本能地一回头，就看到了一张和他同样转过来的惊愕的脸！

那是一张白净的圆脸，丰润、阳光，右腮颌下有一个小小的黑痣。

这张脸就在他的面前晃动起来，就像夏天水泥地面上晃动着的阳光，强烈而耀眼。一直到他走进财务室，周志明都还有点晕。

林晓丽用手在他的眼前晃动。

"你在干什么？大白天的遇到鬼了？"林晓丽奇怪地问。

周志明一屁股坐在椅子上，半天没有说话，就像一个撞了邪的人，呆在那里。一种奇妙的感觉就在他的身体里奔涌着，就像暴雨后浑浊的河水在河床里涌动着、翻滚着……真的是她？那个火车上的女孩？那个在大街上遇到的女孩？

"喝杯茶吧，我的厂长大人。"

林晓丽提高了声音，开玩笑道。周志明这才慢慢清醒过来。

"我刚才在干什么？"

他问林晓丽道。

林晓丽笑了，像一朵好看的荷花："我正要问你呢？"

周志明摇摇头，用双手揉了揉脸。

"你这里有水吗？我要洗个脸。"

林晓丽给他找了条毛巾，他就撅在水龙头边，洗起脸来。洗完脸，使劲摆了几下头，他才像换了个人似的，神清气爽，精神抖擞。

周志明环视了一遍整个屋内，看到那头还有三个美女正在办公。他走过去，对她们说道："你们好！"

"厂长好！"

周志明马上听出了，其中果然有一个四川口音。他把目光转向她：果然是一个靓丽的女孩，清秀的瓜子脸，一头乌黑的秀发用一个粉红的发结套成一束，长长地披在背后，亮晶晶的目光里似乎有着七月天的炙热。

周志明想逗逗她，试探她一下。

"你是四川人？"

"嗯，你猜得没错。"

"你姓张，叫张彩虹，是下雨后天空里有彩虹时出生的？"

那个女孩就张大了嘴，愣愣地看着他。好一会儿，她才调皮地扬了扬蛾眉，说："你的想象力还蛮丰富呢！"

周志明得意地笑了："我会算，还会看手相。"

几个女孩"咯咯咯"地笑出了声。

张彩虹伸出了右手，大胆地看着周志明："那你就帮我看看，我今后的运气怎么样，有没有财发，我的口袋怎么老是空着呢？"

周志明凑拢过去，装模做样地看了一会儿，神秘兮兮地对她说："你手掌丰润饱满，是有福之相。掌管财运的财运丘泛红，说明财运正旺。"

张彩虹的脸笑成了一朵花："你如果是摆摊看相算命，那一定是生意兴隆。"

"你不信？那我们打个赌，不出三天，你的好运就要来了。"

"我来这里几年了，天天都是个老样子，哪有什么好运？莫非太阳从西边出来了？打赌就打赌，好，那我们赌什么？"

"事情也不弄大了，就请这屋子里的人吃顿饭，怎么样？我输了我请，你输了呢？你就自认倒霉。"

"好，拉钩。这个倒霉我愿意。"张彩虹满脸发光，兴高采烈，立马伸出自己右手的小指头。

周志明也伸出自己右手的小指头，勾住了她白白嫩嫩的小指头。

"不要反悔啊！她们可都是证人。"周志明说。

"你是厂长，形象重要，更不能反悔。"

他们两人互相看着对方，都哈哈地笑了。

林晓丽送周志明出门，低声地说："真的是很感谢你，遇到你，我的命运也改变了，变好了。"

"说感谢的应该是我。不是你穿针引线，架桥铺路，我怎么会认识陆总？我怎么会有今天？"

"是金子，放到哪里都会闪光。你有了能力，总有一天会被别人发现，你总有出头的时候。现在，你有了用武之地，可以大显身手了，我心里好高兴。"

林晓丽平静地说着，脸上漾起了淡淡的红晕。忽然，她停了下来，看着周志明："我发现你今天到财务部来，好像变了个人似的，你可从来没有这样随便过。"

"实话告诉你，我是冲着那个张彩虹来的，我想把她调出去，另有安排。我刚才逗逗她，其实是在考察她，看看她的性格、为人怎么样。不错，是块好料，可以做大用。我把她调出去，你没有意见吧？"

林晓丽听了，恍然大悟，原来是这样，说道："我有意见怎么样？你是厂长，我还不是要服从大局听你的？"

"一切以大局为重。你缺了人手，找人事部的田苗要。"

"好吧，你放心，你的事情，我都会支持的。"

周志明与林晓丽分手后，就回头匆匆赶往自己的办公室。一进门，便吓了一跳：沙发上躺着一个女孩，竟睡着了。

周志明连忙走到隔壁芳姐那里。芳姐告诉他：那个女孩是田苗带回来的。

"田苗回来了？"

"也就个把钟头。"

"那好，我去他那里。就让她多睡一会儿，不要叫醒她。"

周志明转身就走，但又立马站住了。他返转来，对芳姐说道："天气有些凉，你给她找件厚一点儿的衣服盖上。"

"好的。刚才于工也来过了，可能找你有事。"芳姐补充说。

周志明一听，就不知道自己的脚该往哪边迈了。想了想，他决定还是先去人事部，问问招聘的情况。

从人事部出来，周志明心中有了底，又匆匆赶往于工处。他忽然觉得自己就有点像农村男孩子玩的陀螺。他就是陀螺，各种事情就是鞭子，鞭子抽着陀螺转。陀螺没有生命，它永远不会疲劳；而他有血有肉，有生命，他可以感觉到疲劳带来的倦累和困乏。老板走后这几天，他是连日带夜地安排、落实各种事情。他也感觉到有点累了，想好好睡一觉。但现在还不行，晚上一躺下去，各种事情千头万绪，就像一缕一缕的云，在他的脑海里飘动。上上下下、左左右右，全是云，就是这些讨厌的云，让他无法安稳入睡。他想到了那个沙发上睡着的女孩，或许，她也是一个陀螺，一个女陀螺。

于工正伏案翻看着资料。见周志明走进来，他连忙起身。

"搞了一个初步的计划，你看看。"

他把案上几页资料递给周志明。周志明接在手里，翻了一遍，并没有细看，只是望着于工："你就具体说说怎么办？什么时候可以动手干？"

"就在王强的车间里选一台机子，安排几个专人进行塑胶材料的参数分析，如果人员到位，明天就可以开始工作。"

167

"一个班要几个人？"

"一个操作员，一个上料员，一个批锋员，一个打包员。这是最基本的，操作员是核心，是技术员，必须是专业的。"

"好，人员我负责，但开始的时候，你要亲自挂帅指导。我也要来。我们现在就去车间落实机子和人员。"

"行，我就喜欢这种风格，说干就干。这才像个做事的。如果前面是你，工厂也不会出现现在这种局面。"

王强带着周志明和于工走进车间。一见到周志明，员工们都投来羡慕、敬佩的目光。周志明走到哪里，热情的招呼声就到了哪里。在他们的眼里，他们的新厂长是有情有义、有胆有识的人。

周志明和他们一一打着招呼。

张小薇像只兔子欢快地跑了过来。她沾了一点点光，现在已是技术员了。

"厂长好！"瓜子脸上漾着甜甜的笑。

周志明看了看她，满意地点点头，责怪她道："什么厂长厂长的，就叫周大哥吧，工作怎么样？"

"还行，不会给你丢脸的。"

"那就好，不过，你要谦虚啊。每一个人都有每一个人的长处，你都要向他们学习。"

"嗯，我什么时候翘尾巴了？"

"没有就好啊，谦虚使人进步，骄傲使人落后。你明白就好了。"

"我记住了。"

王强把他们领到两台闲置的注塑机边。

"这两台机子是好的，只是有几个月没有使用了。"

周志明看了看周围环境，对于工说："怎么样？"

于工点点头，说："只要机器是好的，那就没有问题。"

周志明就对王强说："第一，你现在就安排人员把这两台机子的卫生、维修搞一下，并试一下机，让它运转运转。第二，在这里靠墙的位置摆放两张办公桌，两张椅子。第三，从车间里给我抽出三个人，要思想品德好，做事认真的，最好都是高中生。一个男工，负责上料；一个女工，负责批锋；另一个男工，负责打包装。打包装的我亲自点名，就调杜方成来。另外两个就由你来定。这三个人的工资待遇要比普工好一点儿，你可以向他们讲明白。这三件事今天就要落实，明天上午，这里就要开机工作。另外，车间缺了人手，你找人事部要。有没有问题？"

王强摸了摸脑袋，爽快地说："没问题。"

"好，那就有劳你了。"

接着，周志明又匆匆往回赶。

办公室里，那个女孩已经醒了，正站在房子中央，朝四周好奇地打量着。听得有脚步声，她转过头来。

"你好，现在睡好了吧？"

"你是……厂长？"

"你看我不像？"

"你好年轻，比我大不了多少呢。"女孩就笑了。

周志明坐下来："把你的毕业证拿来看看。"

她就从一个包里取出一个红红的本子，递给周志明。周志明认真地看了一遍，记住了她的名字：龙霞。人和名字一样，很精神，很阳光。

周志明指着对面的椅子说："你坐吧。"他从抽屉里取出一份资料，递给女孩："你先看看，然后谈谈你的看法。"

龙霞快速地浏览了一遍资料，她对周志明说："这个思路是正确的。在学校时，我的一位恩师也曾提到过这个事情，并且这些数据在某些资料书中也可以查到。但也只是针对实验的某种机型而言。具体到你们厂，书上的数字只能参考，要得到准确的有指导意义的数据，还必须结合你们的具体机型。"

"你如何评价它的意义？"

"它的指导意义是很明显的，尤其是对员工素质低的工厂，这样做还很有必要。"

周志明赞许地点点头，看来，还是一位知音了。于是他便把自己准备成立一个材料分析部的意思告诉她，最后说："你是大学生，年轻有为，正是做事的时候，我想把这副担子交给你，由你来具体负责这一块，你意下如何？"

"行，没问题。"

"那好，你今天就把住宿等一些事情办好，明天就要上班了。在生活、工作中有什么问题，你可以找芳姐，直接找我也行。"

周志明喊来芳姐，要她带龙霞去办理各种手续，并告诉她："明天的会议你就先主持一下，中心议题是如何提高产品的质量。我可能要晚个把小时。"


第二天上午的九点钟，周志明带着龙霞准时走进会议室。热热闹闹的会议室顿时安静了下来。大家看着厂长带进了一位新女孩，都好奇地瞪大了眼睛。

周志明坐到主席台，问芳姐人是否到齐了。芳姐说，"大家早都到了，就等你了。"

周志明扫了大家一眼，见情绪都很好，心里也很高兴。他看见了满脸疑惑的张彩虹，一边向她微微颔首，一边就在心里面暗暗得意。然后，他走上主席台，开门见山地宣布道："现在，我宣布几个人事任免通知：第一，免去原销售部部长陈昊的职务，待遇不变，工作另行安排。这里要说明一下，这并不是他犯了什么错误，只是从大局出发，把他的工作进行了调整，大家不要误会。"他顿了顿，继续说道："第二，任命张彩虹女士为新的销售部部长，大家欢迎。"

在掌声中，张彩虹激动地站了起来，她羞涩地向大家点头致谢。

"谢谢厂长，谢谢大家。"

"第三，我们新组建了一个部门，专门负责对所有购进的塑胶材料进行分析、研究，这个部门就叫材料分析部，它是我们厂的技术核心部门。现在，我宣布，由新来的龙霞女士担任这个部的部长，大家欢迎。"

掌声一哄而起。龙霞从座位上站起来，向周志明、各位部长腼腆地点点头："谢谢厂长，谢谢大家。"

"今天开会的第二个议题，也是中心议题，就是我们厂的产品质量问题。我希望大家就这个问题进行讨论，其实就是两个要点：第一，要不要质量？第二，怎样要质量？"

"我给大家弄茶去。"

芳姐像个大姐姐般，笑着站起身来。

"芳姐，你去办公室喊个人来弄就行了。"

芳姐答应着，走了出去。

就像清晨的树林子，各种鸟儿都欢快地叫开了一样，大家你一言，我一语，会议室里的气氛顿时热烈起来。

一会儿，芳姐就手里拿着一包茶叶走进来，身后跟着一个女孩，一只手里提着个热水瓶，另一只手里拿着一叠一次性纸杯。

白净的圆脸，短头发，右颌下一颗小小的黑痣。

周志明侧头见到她时，眼睛就直了。

"怎么又是她？她在办公室上班？这个她到底是不是那个她？"

周志明的目光就盯在那张脸上，直到她把一杯茶送到他的面前。

周志明的这一切，并没有逃过房兵的眼睛。

# 二十一

一晃就是数天，先是圣诞节，紧接着又是元旦——新年的第一天了。

这几天，周志明一头扎进了第二注塑车间，天天和于工、龙霞待在一起，守在注塑机的旁边，观察、计算、分析。

所有的部署都已经完毕，所有的工作都已经安排下去，余下的工作就是检查、落实、监督了。质量问题，上次专门开了会，他下了死命令，各生产车间必须开会，狠抓严管。质检部严格把关，必须把成品率保证在 96% 以上，谁出了问题，谁负责。销售方面，他也把自己的详细构想告诉了张彩虹。张彩虹心领神会，一点即通。她不仅把自己打扮得花枝招展的，还把另一个女孩也打扮得漂漂亮亮。她们对客户，对来拉货的司机表现出特有的热情，她们详细地介绍工厂的产品，从不同的类型到不同的型号、质量。为了工作的需要，她们有时陪客人吃吃饭、喝点小酒，嘻嘻哈哈的，打打闹闹的。于是也就有各种各样的话语传了出来，也传进了周志明的耳朵里。周志明听了，心中有数，一笑了之。因为他清楚，张彩虹是有心计、有分寸的人，销售部的客户在增加，销售产品的数量在增加，他现在急需要的也正是这个结果。不过，他还是真心地关心着张彩虹，悄悄里暗示过她：为了工作，什么事都可以做，但有一点，身子是自己的，千万要珍惜，绝不能赔进去。张彩虹一听，羞红的脸就笑成了一朵十月的木芙蓉花，笑完，就把自己火一样的目光一抹一抹地涂在周志明英俊的脸上。

"我已是老江湖了，你放心。我的身子是自己的，我岂会轻易送人？旁人不理解，你应该明白，这都是为了工作。有一句话说得好：'女为悦己者容，士为知己者死。'我出来打工这么多年，从没有哪个老板、上司看得起我，你是第一个相信我、信任我、重用我的人，所以，我必须努力工作，做出成绩，不能让你失望。"

周志明被触动了。他无语地站在那里，默默地看着跟前花儿一样的女孩，目光里甚至都有了几缕秋水般的柔情："记住，保护好自己，这是前提。我是一个有原则的人，也是一个有良知的人，我不希望你因为工作而失去自己最宝贵的东西。"

张彩虹郑重地点点头。

现在，周志明就迫切地希望生产车间早日走上正轨了。

第一批次的参数出来了，周志明叫王强赶紧复印，分发下去。周志明又选了两台机子作为标准机，进行跟踪观察。

车间里一片繁忙，却又有条不紊。一切都在按照预定的计划进行，一切都在掌控之中。

周志明和工人一样，穿着灰白色的工作服，他没有一点儿厂长的架子，他和员工们打着招呼，有说有笑。

员工们服了，就连王强都服了。这几天王强就一直跟在周志明的屁股后面，跑前跑后。张小薇一有时间，也悄悄地溜到周志明身边，这里看看，那里瞧瞧，有时候还插上几句，像只欢快的小鸟。

周志明在实验机旁认真地观察着工人的操作，机器的运转，出品的速度、质量，有时抬起手腕看看表，在心里估算着各种数据。

第一天的出品单出来了。

第二天的出品单出来了。

第三天的出品单也出来了。

周志明看着一天天上涨的数据，满意地点着头。他吩咐王强搞一个生产坐标图，以便直观好看。王强摸了摸脑袋，看着周志明，傻了。

看着王强的一副憨相，周志明忽然想起了什么，他明白了：王强不是那种料，就是哭，他也哭不出来。

周志明把这三天的出品单递给于工。于工认真地看了一遍，又用计算器算了一遍，然后，对周志明说："这个数据在十天内还会增加，看来，我们的思路是正确的，我们的力气没有白费。"

周志明点点头："只要思路正确了，余下的事情就好办了。"

第二天一上班，周志明就把这几天的出品单递给陆总看，并向他汇报了这一段时间的各项工作进展情况。陆一鸣大为满意，连声夸着："不错，年轻人就是年轻人，有头脑，有闯劲。看到这个结果，我非常高兴。"

周志明告诉他，这个数据还会上涨，十五天左右就会相对稳定下来。

"那是为什么？"陆总问道。

"因为员工对这些参数的变动掌握还有一个适应、熟练过程，这个时间基本上在半个月左右。因此半个月以后，生产数据就基本上稳定下来了。"

"我明白了。"陆总说。

周志明又和陆总说了一会儿，便回到自己的办公室。

周志明给自己冲了一杯茶，然后在沙发上坐下来。他想静一静，理一理自己的思绪，看工作中哪里还有疏忽的地方。

茶叶经烫水一冲，慢慢地舒展开来，茶水的颜色变得淡绿可爱，一缕淡淡的茶香便弥漫在房间里。

周志明端起茶杯，抿了一小口。他感觉不错，就和他此时的心情一样。他抬起头，好奇地打量了一下自己的办公室。说真的，这么些天过去了，他还没有认真地瞧过。忙是真的，但主要的是，他的脑子里还从没有产生过那种想看的念头。现在，当他的目光不经意地落在办公桌后面的座椅时，就停在了那里。这张椅子其实就是一把很普通的椅子，但因为它放在了这里，厂长的办公室，便成了一种权力的象征。因此就有人对它产生了非分之想，想得到它，想坐上去。不得不承认，周志明自己也是其中之一。他成功了，他得到了。不过，在他的眼里，这把椅子绝不是代表着权力，而是代表着一种责任，一种担当，一种使命。他忽然想到前段时间自己为有一份好的工作，也曾经日思夜想，还构思着种种计划，而现在，这一切都已经成了过去，成了历史。那时，自己整天还想着要成为非常之人，做非常之事……真是此一时也，彼一时也。他想到落魄时的自己，想到亚琴，他的心里又有了一种酸楚、疼痛的感觉。他不知道亚琴现在在哪里，他是多么地思念她啊！

这时，林晓丽轻轻地走了进来。

看到一脸沉思的周志明，林晓丽轻轻问道："大白天的，你在想什么？"

周志明立马回过神来，招呼道："来，坐下喝杯茶。"并立即起身，要给她去冲茶。

"还是我自己来吧，你歇着。"

林晓丽在外面套着一件上红下黑的长裙，一袭瀑布似的秀发披在脑后，映衬着她秀丽端庄的脸庞。

这是她第一次走进周志明的办公室，她环顾了一圈，看着周志明说："当厂长的感觉怎么样？"

周志明笑了笑："好啊。"随即就换了一副语气，认真地说："完全是一种责任。坐在这个位置上，压力大啊。"

"你后悔了？那你就让出来吧。"林晓丽开玩笑说。

"不过，这的确是一个很好的平台。你可以借这个平台，做一些事情，来实现你的想法，你的目标。既然得到了，我就要倍加珍惜，岂能轻言放弃？"

"我是逗逗你的。"林晓丽平静的脸上挂着靓丽的笑。

周志明也会心地笑了。

"有件事情，我想我应该告诉你，让你来做决定。它牵涉到很多人，对工厂的形象是不太好的。"

"有那么严重？那你说来听听。"

林晓丽道："有一些员工，因某种原因要辞工走人，往往车间主管就不签字批准，这样，员工在财务部就无法结到工资，最后，员工只好放弃当月的工资，走人了事。但这笔钱，最后还是没有进入工厂的财务中。"

"那去了哪里？"

"被车间主管签字拿走了。"

"现在还是这样？"

"我接手后，查阅了前面的账本，发现了这个问题。"

"这个签字的时间是分批的还是一次性的？"

"一次性的，就是每个月发工资的时候，一个车间所有离厂员工的工资都是主管一个人签的字。"

周志明警觉起来："难道是那些主管私吞了？"

"我也不敢乱说。"

"这件事情我会去弄清楚的。"周志明说。

"现在车间的情况怎么样？销售部那边呢？"林晓丽关心地问。

周志明就简短地向她讲述了一个大致的情形。

林晓丽听了，满意地点点头，赞许道："我相信用不了多长时间，工厂就会大变样。"

"是啊，我原来估计要三四个月时间，我看事实上也就这个样子。目前的形势还是令人满意的，我非常乐观。"周志明很自信地说。

这时，芳姐拿着几张报表走了进来，她看到了林晓丽。她把林晓丽上上下下看了一遍，打趣地说："你这一身打扮，好漂亮呐，不知要迷死多少人。"

林晓丽的脸上慢慢地出现了红晕："没那么夸张吧。"

两人说笑完，芳姐就将报表放在周志明的桌上。

"好的，你们慢慢聊，我就不打扰了。"

芳姐在林晓丽的肩膀上轻轻地拍了一下，转身告辞。

芳姐走后，周志明对林晓丽说，他想约陆总到外面去喝杯小酒，由于这段时间头绪多，事情忙，一直没抽出时间，现在，所有的事情都已步入正轨，他也有点闲暇时间了。

"就今晚吧，再加上你和于工。怎么样？"

"我听你的。陆总那里，我们是要多敬几杯，他是一心向着你的。"

"这也正是我的意思，我们应该懂得感恩，饮水思源，吃水不忘挖井人。好，这件事就这么定了。陆总和于工那里我去请，下班后就去。"

"另外，我还要告诉你一件事情，陆总有一个嗜好，就是喜欢品茶，有一次，他从一个朋友处弄到一点儿茶，叫作'古丈毛尖'的，他高兴得不得了。"林晓丽道。

"'古丈毛尖'？哪里产的？"

周志明睁大了眼睛。

"是我们湖南西部的一个小县城，在武陵大山中，以产茶叶而出名。"林晓丽道。

"好的，我记住了，我会想办法的。"周志明说。

# 二十二

第二车间随后一个星期的产品单送来了。周志明认真地看了各项数据。在他的办公桌上，放着一张第二车间产品的日期——产量坐标图。周志明把这一周的数据标上去。看着还在缓慢上涨的数据，他的脸上露出了笑意。

太阳升起来了，阳光透过窗户，将一方灿烂暖洋洋地照在周志明的身上和办公桌上，也照在他的脸上。他感觉到了这种让人舒适的温暖。他站起身来，走到窗前，干脆打开窗户，让阳光和空气一起流进来。

这个时候，芳姐敲门走了进来。她告诉周志明，办公室有个女孩想见他。

周志明对办公室的人员还不是很熟悉，那里也没有很相识的熟人。那会有谁呢？他忽然想到了一个人。

"她的右颌下是不是有一颗小痣？"

　　"是啊，你们认识？"

　　周志明的脸色变了。他回到自己的椅子上，沉思了良久，才对芳姐说："你就告诉她，说我现在没有时间。"

　　"这个……"

　　芳姐犹豫了。

　　"你就这样对她说，她会明白的。"

　　"好吧。"芳姐答应得有点勉强。

　　心情本来好好的，现在却有点混乱了。周志明想静下来思考点什么，却怎么也集中不了精神。几片浑浊的云，混蛋似的闯入他的脑海，在看不见的力的作用下，相互追逐着，嬉戏着，打闹着。

　　"算了，还是去车间走走吧。"周志明这样想着。


　　周志明不想见的那个女孩就是唐芸芸。

　　自从那天在走廊上见到这位新厂长后，唐芸芸就陷入了莫名的迷惘中。这个人好像在哪里见过。尤其是回忆起周志明回头看她时的惊诧的目光，她就肯定他们一定见过。但她又实在是想不起来在何处见过。那天办公室开会，她进去冲茶，她又借机会悄悄地瞟了他几眼。过后她努力地回忆，几天后，模模糊糊的思绪渐渐变得清晰起来。当她最终肯定他是谁时，她彻底失眠了。

　　她的家在湘南丘陵的一个小山村里。由于水源缺乏，山地田靠天收谷，风调雨顺，尚还可以；但一遇天旱，就没有什么指望了。虽说有时可以用抽水机抽水，但增加了人力、成本，收成也还是达不到预期的效果。最终算账，也还是赚不了几个。一年下来，也挣不了多少钱。后来，母亲在家操持家务，父亲长年在家乡附近的一些小工地上靠体力打工挣钱。高中毕业的她，就像所有那个年代的同龄人一样，背上一个简单的行李包，告别亲人，含着眼泪，踏上了南下打工的路。她来这个厂有三年多了。她穿得很朴素，尽力节俭着，把省下来的钱全部寄回家里。在厂里，她是一个好员工；在朋友圈里，她是一个好伙伴；在父母眼里，她是一个懂事的乖女儿；在正在读高中的弟弟眼里，她是一个好姐姐；但是在另一个人的眼里，她却是个倔强，不听话的姑娘。

那个人就是办公室的房主任房兵。

自从房兵来到办公室以后，他就喜欢上了这个漂亮、文静而又懂事的姑娘。他给她暗示过，写过条子，但却被她婉拒了。姑娘心中自有一杆秤，她的秤砣重，房兵太轻，秤砣不上来。她的心里依旧风平浪静，涟漪都没有一丝。为此，在办公室里，他有意无意地找她的茬子，训斥她。姑娘受了许多气，在没人的地方流了许多委屈的泪水。她也想过离开这里，换一家工厂，可又犹豫，一来这份工作还较轻松，工资也还可以；二来这个厂里的老乡也还多，下班后在一起玩的伴多，所以，她就始终没有离开。后来，她也知道要换新厂长了，她想着到时找新厂长调换一个岗位，离开办公室就行了。不料，事情的变化却是这样的波诡云谲。一个办公室的房兵就让她够受了，现在又来了一个前世的冤家。考虑再三后，她决定还是主动向这位新厂长讲清楚，消除误会，这样好一点儿。如果等到新厂长找她，她可能就完了。然而，她的一厢情愿却像一个小小的肥皂泡，瞬间就破灭了。她无精打采地回到办公室自己的岗位。她真想找个没人的地方，痛痛快快地大哭一场，流干自己所有的眼泪。但是，她的心里却又有着一种委屈的感觉：我认认真真地工作，清清白白地做人，我为什么就要挨人的白眼，受人的误会？

唐芸芸反复地想着，她坚信误会是可以说清楚的。她相信今天厂长或许真的没有时间，那就等几天再说吧。

周志明不知不觉就来到了质检部的质检区。

有几个小伙子在不慌不忙地检查着包装箱内的产品，还有几个人站在一块儿侃大山。

"现在的成品率怎么样？"

周志明站在旁边，随意地问道。

没有人理会他，只有一个人抬起头来，漫不经心地朝他瞟了一眼，反问道："你是老板呢还是厂长？"

那个员工真的不知道这个年轻的小伙子就是厂长，所以就和他开起了玩笑。

周志明心里觉得好笑："你认识你们的厂长？"

"不认识。不过，听人说，很年轻、很帅、很有魄力的。"

周志明心里就更加好笑了。

"那也未必吧。"

"是啊，工厂里好多人都这么说，我也有点不相信。"

"为什么呢？"

"我没有亲眼看到，毕竟耳听为虚，眼见为实嘛。"

周志明点点头，他说的还蛮有道理。

"你们现在事情不多？"

"一般般。"

"哦。"周志明应了声。他环视了一遍整个工作区，看到边上有一块牌子，上面写着：一、二车间质检区。

"厂里一共有几个质检区？"

那个工人就告诉他，一共有三个质检区，一二车间有一个质检区，三四车间有一个质检区，另外，喷漆车间还有一个质检区。周志明明白了，他问清楚了另外两个地方，就一路走去。结果，他发现这几处的情况都差不多一个样：人浮于事，吊儿郎当。质检部对员工送来的产品只是进行抽检，要那么多人干什么？周志明在"12"号机做事的时候，就曾经发现质检部的人很多，上班的时候，还有人跑到生产车间找漂亮的女孩子侃大山，吹牛皮。必须进行人员精简，周志明边走边想。不一会儿，他就来到了质检部办公室门口。

门虚掩着，里面有说笑声。周志明站在门口，在门上敲了两下。

"进来吧。"一个男人的声音传了出来。

周志明就推门走了进去，看到办公桌的前后坐着一男一女，他们正聊得起劲。那男的一扭头，见是周志明，神色大变，立即站起身来："是厂长来了，快，快请坐。"

"厂长好。"那个女孩也连忙起身打招呼。

"你们在谈事情？"

"随便聊聊，随便聊聊。"

周志明就在一张椅子上坐了下来，问女孩道：

"你也在质检部上班？"

那女孩道："我在厂办公室上班，刚才过来有点事。"

"哦。"周志明微微颔首，他把脸转向那个男的——质检部的部长胡鑫："现在的质检情况怎么样？"

"二车间已经走上正轨，一切都较顺利。其余几个车间一时还适应不了，报废品多了，员工们对我们还很有意见。"

"有意见要顶住，不要怕。质量关必须把牢，成品率必须保证在 96% 以上。"

周志明又交代了几句，就告辞出来，径直向二车间走去。

二车间。材料分析部的工作区。于工、龙霞、杜方成等正有条不紊地工作着。看到周志明走过来，他们忙点头招呼。

周志明询问进展的情况。于工告诉他，二车间工作已经做完，现在已经在做一车间的数据分析了。周志明就点点头，问龙霞道："工作怎么样？"

龙霞一脸红光，兴高采烈地说："没问题。进展非常顺利。"

"身体还吃得消吗？"

"我年纪轻轻，身体有什么问题？就是……"龙霞不说了，脸上现出神秘的样子。

"有话就直说嘛，还要吞吞吐吐？"

龙霞飞了周志明一眼，调皮地说："现在不说了，有时间再说吧。"

周志明笑着摇了摇头："女孩子呀，就是那么神秘兮兮的。"

周志明拿眼看了看整个车间，员工们都紧张地忙碌着。张小薇在一个机台正和一个女工说着什么，双手还不停地在空中比画着。他回头告诉杜方成，要他吃中饭后到他办公室去一趟。然后，就向车间办公室走去。

王强不在。

有人告诉周志明，房主任打电话来，把他叫去了。

# 二十三

在房兵的办公室里，房兵和王强正说着悄悄话。房兵详细询问了二车间的生产情况以及员工的思想动态，还有那个材料分析部的情况。王强都老实地做了回答。听完之后，他沉默了。

上次二车间员工罢工停机，就是他暗中操作的，这件事，就连王强都不知道。他有个老乡在二车间，和那两个黄毛是一党的。房兵通过他唆使那两个黄毛及黄毛的同伙借机闹事，本来是想给周志明一个下马威，让他难堪。不料就在他准备躲在自己的办公室里隔岸观火，暗暗高兴的时候，周志明却通知他一起去二车间现场。更出人意料的是：年纪轻轻、初来乍到的周志明处理得是那么果断，那么坚决。就像快刀斩乱麻一样，没有丝毫的优柔寡断，没有丝毫的拖泥带水。事后，他回到自己的办公室，关上门，呆坐了好一会儿。没想到他竟是一把快刀，那么狠，难怪自己一开始就输给了他。现在，他又输了一招，不过，他不服气，他不甘心，他还要寻找机会，他还要卷土重来……

王强呢，不仅不糊涂，他心里清楚得很。他和周志明无冤无仇，说起来，他还先愧对于他。周志明上任后，如果要算老账，让他打包走人，他也没辙。

但周志明并没有这样做，工作中也没有为难他。他依旧做着车间主管，依旧管着二百多号人。所以，他是不会搬起石头砸自己的脚，主动与周志明为敌的。房兵这边呢，论起交情来，也还是不浅。他一个，房兵一个，保安队长一个，后勤部长一个，再加上原来的厂长，那真是一条绳上的蚂蚱，一个窝里的兔子。吃喝嫖赌，都是一起的。但现在的情况变了，老板的侄儿一走，不仅没有了遮阴的大树，而且头上多了一把亮晃晃的刀。这段时间，大家安分了许多，收敛了许多。他们还没有触摸到这个新厂长的底牌，只是那天在自己的车间，大家第一次见到了他的果断凌厉的作风。事后，大家聚在一起，都还有点心悸的感觉。大家认为还是安分点好，先做好自己的本职工作，不要让他抓住了什么辫子，至于以后的事，以后再说。但就是这个房兵还不服气，他认为周志明夺了他的位子。

"我看还是算了吧，人在屋檐下，不得不低头。况且他又没有找你什么麻烦，你还是做你的办公室主任。"王强安慰他道。

这也是实情，但脸色阴沉的房兵不这么看，他愤愤不平，责怪王强道："那个时候你要是干脆把他给炒了，哪还有现在的他？"

"都成了马后炮，现在说还有屁用？"

房兵盯了王强一眼：

"我是提醒你，今后的日子还长着呢，要长点记性，不要大脑简单，四肢发达。"

王强不说了，他心里面自有一张谱：你怎么做是你自己的事情，我还是夹着尾巴做人，真正出格的事我是不会做的。


吃过午饭后，杜方成匆匆赶往厂长办公室。周志明又是冲茶，又是看座。在周志明陷入迷茫、困境的时候，是他点醒了他。因此，周志明觉得他是一个很有头脑的人物。在上任厂长后，周志明就一直考虑着如何提拔他。其实，在周志明的脑海里，他还有着一个庞大的秘密计划。自古以来，商场亦如战场，它虽然没有枪炮声，没有硝烟，但却暗藏着无数的刀光剑影，暗礁险滩。商品生产看起来很简单，就是建厂房，购设备、原材料，组织工人进行生产，然后把产品销出去，或是联系客户，根据订单来安排生产、销售。生产固然重要，但产品的销售却更为重要。因为一种产品的销售市场是有限的，而生产这种产品的厂家却有无数个，大家都处于一种自发的、盲目的生产销售状态，实际上就是处于一种混战状态。这种混战的结果可想而知：有的倒闭了、破产了；有的则更加发展了、壮大了。真是几家欢乐几家愁，几家喜来几家忧！如何避免灭顶之灾而发展壮大自己，是周志明近一段时间以来日夜思考的问题。为此，周志明想到了一个绝妙的办法：他要组建一个情报部，专门负责市场调查、分析，但这个部门是绝不能明目张胆地挂牌的，因为它是属于工厂的最高机密，所以只能悄悄地去做，就像谍战片中的特工搞情报一样。周志明考虑的结果是：把情报部合并到材料分析部，这样可掩人耳目。至于具体工作，他打算由杜方成来负责。当然，这一计划的实施还要等一段时间。

"这一段时间的工作怎么样？"喝了几口茶，周志明笑着问道。

"专业人才就是专业人才，那是来不得半点假的。上机参数一采用，效率就出来了。你还真有几把刷子，这个法儿是谁想出来的？"

周志明就实话告诉他，是于工和他一起想出来的。

"你学到什么东西没有？有什么收获？"周志明问道。

杜方成就坦诚了自己的感受和心得以及对于工和龙霞的敬佩。

"无论是专业知识还是对工作的态度以及为人，我都是非常敬佩。他们对工作的态度就是敬业，相当敬业。"

"他们是名副其实的知识分子，他们身上有着知识分子的责任感和使命感。我点名把你调到那里，就是让你好好地跟他们学习。你明白了吗？"

"原来是这样，我还以为是王强调我去那儿的。我左想右想，又觉得有点不对劲儿，他不可能照顾我啊。"

"你明白就好了。你先在那里好好干。过一段时间，条件成熟了，我会把一个很重要的工作交给你，你要有个思想准备。俗话说，一个篱笆三个桩，一个好汉三人帮。你和我可算是知交了，我当了这个厂长，你呢，可要帮我分一部分担子啊！"

周志明态度诚恳，在他的面前没有一丁点儿厂长的架子，完全是把他当成知己了。杜方成很是感动，他说："你如此看得起我，我一定会尽心尽力，不让你失望。"

随后，他们又一边喝茶，一边闲聊。杜方成便说起厂里、车间里的一些事情。比如说，苏小东的那个大脸盘老婆现在是如何的老实；比如说，销售部的部长打扮得是如何的漂亮；比如说，二车间的员工是如何神侃他们现在的新厂长；比如说，王强对员工的态度现在也好了许多；还比如说，听说现在来拉货的车子也多了起来。

周志明认真地听，坦然地笑了。


下午，周志明来到陆总的办公室。他有重要的事情要和他商量。他向陆总陈述了自己在质检部目睹的情况以及自己的想法，想征询一下陆总的意见。

陆总说："你是厂长，你做主。只要是从工厂的利益出发，我都会支持你。"

心里有了底，周志明便陀螺似的转回自己办公室，打电话叫来质检部部长和人事部部长。

待两人坐定，周志明便开门见山了：

"质检部的人是不是太多了？"

他问胡鑫。

胡鑫一怔，没有一点儿思想准备，他看着周志明，不知道该如何回答。

"你就实话实说吧，我又不怪你。"

"可能是有点多，可一直都是这样。"

周志明就问："你们现在有多少人？"

"一共十四个。"

"这样吧，一个质检处安排两个，三个质检处就是六个，加上你一个，七个，再给你一个机动，总共八个人。怎么样？"

胡鑫在心里估算了一会儿，说："试试看吧。"

"那就这样定了，一共八个人。你是部长，谁留谁走，你自己定夺。不过，我还是建议你，留有用的，会做事的。这件事你回去后就安排好，明天你就把多余的人交给人事部，由田苗来重新安排。"

"好吧。"胡鑫说。

周志明又说："对工厂所有多余的人员必须清理。你这里只是个开始，其余各部门也将陆续进行。"他又转向田苗，告诉他："凡是下岗分流回到人事部的员工，都必须考核他的平时表现及工作能力，如不宜再用者，坚决辞退。"

田苗频频点头。

周志明说："你这次给我们厂招了个专业人才，不错啊，是个人才。"他忽然想起田苗是抽烟的，自己上次买的一包还没有抽完，便从抽屉里拿出来，给他们两人一人派了一支，自己口里也含了一支，笑着说："我没有瘾，就陪你们抽吧。"

三个人都无拘无束地笑了。

几缕香烟一升上来，办公室里的气氛就融洽了许多。周志明早就意识到了香烟的这种妙用。虽然他不喜欢抽烟，甚至是很讨厌抽烟。但当他明白香烟有这种功效时，他有时也希望自己抽抽烟。烟和酒一样，是一个非常奇妙的东西，接人待客，作用大着呢。

他们三个就一边抽着烟，一边天南海北地侃了起来。

田苗说，有一个新闻，说的是有一个老汉，他的左腿受了伤，需要住院做手术。家人把他送进医院，钱也交了，手术也做了。但回到家里，家人却感觉到不对头。再送到医院一查，还真的不得了：受伤的是左腿，而动手术的却是右腿。

胡鑫也说了一个当时的新闻。他说：也是一家医院，就有那么一个助产护士。有一天，送进来了一个产妇。孩子也生了，产妇也出院了。但到了第二天，产妇要出恭，却怎么也拉不出来，丈夫帮着一看，才发现妻子的肛门口已被线缝上了。家人找到医院，要医院给个说法。医院最终查明，原来那个助产护士没有收到孕妇家人的红包，便给她顺便"帮"了个忙。

无论是说者还是听者，都开心地笑了。但这笑声里，却又有着说不清的无可奈何和悲哀！

真是江河不古，世风日下啊！

这时，桌上的电话铃响了。周志明起身，拿起话筒。电话是销售部张彩虹打过来的。她要履行诺言，今晚请厂长和原来财务部的同事一起吃饭。

"好吧，我一定来。"

周志明放下电话，对他们两个说："晚上一个饭局，推辞不了的。"


# 二十四


又是几天过去了。今天是发薪的日子，明天就是转班休息，再过半个月，就是农历的新年了。整个工厂里的气氛也是空前的活跃高涨，员工们的脸上尽是笑：见面打招呼是笑，说话时是笑，做事时也是笑，打哈哈时就更不用说了。一只叫不出名字的鸟儿，也不知从哪儿飞来，披着棕红色的羽毛，立在厂门口的旗杆顶端，一边好奇地瞅着在风中猎猎飘展的红旗，一边不停地欢快啁啾着。

周志明站在操场里，呼吸着清晨的新鲜空气。他的心情特别好，就像这太阳刚刚升起时的空气一样。他有了想打拳的欲望，就像影视里的武师一样，双手抱拳，屈膝下蹲，运气丹田，然后大吼一声，以气催力，右拳、左拳、勾拳、直拳；他也有了想跑步的欲望，像运动员那样，或慢跑，或冲刺，随心所欲。好像只有这样，他强健的身体，膨胀的某种东西才能酣畅淋漓地挥洒出来。真的，如果组织一帮人，每天早晨都去跑步，既可以活动活动身体，又可以锻炼人的意志，那该有多好啊。周志明忽然又想到了打羽毛球。读大学的时候，他和几个室友几乎是天天都要较量一番，从未间断过。而现在，为了生计，为了前程，除了工作还是工作，好像那些事情就只能属于校园，一出校门，进入社会，就只有工作这两个字了。这到底是怎么一回事呢？运动可以锻炼身体，运动可以磨砺意志，运动可以激发热情，运动可以调节生活，运动有那么多的好处，就怎么没人去搞了呢？周志明想到自己，自己不也是其中的一个吗？周志明想到这里，就有了一个想法：条件成熟的时候，他要把全厂的体育运动搞起来，自己亲自带头。忽然间一个问题又冒了出来：员工上班两班倒，一个班近十二个小时，人也确是辛苦，他自己深有体会，下班后又要冲凉、洗衣服、休息，又哪有时间和精力去搞运动？这样一来，周志明又觉得自己的想法太过于幼稚天真了。

"这也还真是个问题呢！校园是一片理想的净土，而社会呢？要多复杂有多复杂，要多深就有多深，由不得自己啊！"

周志明干脆不想了，因为，他还有太多的事情要去做。

厂外面的沙子路边有几个卖早餐的摊子。厂里不提供早餐，员工们自己到外面去吃。有的员工根本就没吃，躺在床上睡觉。

周志明走出去，买了一份炒河粉，一杯豆浆，就回到了自己的办公室。

办公桌上放着几张二车间的生产报表。周志明认真地看了一会儿，又在坐标图上把这些数据标出来。一切都在预料之中。但周志明还是看出了问题，晚班和白班比较，在生产量上有一个明显的差距。不用想，周志明就明白了这其中的原因。晚班比白班辛苦，效率自然要低。周志明现在还不想深究这个问题，他还需要一段时间，等转班以后，再看看晚班的生产情况，再研究对策。

他在一个本子上记下此事。这是一个专用本子，记着要做的，要研究的问题，就放在桌上，这样才不至于误事。

周志明放下报表。饥饿的肚子提醒他，要吃早餐了。他忽然想到一个问题，全厂这么多人吃早餐，为什么不能在自己厂内搞一个早餐店？这样的话，员工们也不必跑到外面去买。于是，他又在专用本子上写上几句。

吃完早餐，周志明又用冷水洗了一把脸，便正式开始了他一天的工作。

今天是发薪的日子。周志明就想到了上次林晓丽给他汇报的那个情况。不论那些钱怎么去了，克扣员工的工资都是不对的。他们辛辛苦苦，做一天事，就应该拿到一天的报酬。不论是被厂方辞退，还是自动走人，都应该给他们结清工资，让他们进来得高兴，离开得也高兴。于是，他拿起电话，叫来了房主任。

这还是房兵第一次走进周志明的办公室。他心里有天大的怨气，就是没有地方发泄。他追求唐芸芸，唐芸芸却瞧他不上；他想当厂长，结果呢？厂长的位子又被周志明给坐了。他原想自己当了厂长以后，就拥有绝对的权力，就可以决定唐芸芸的去留，就可以要挟她，逼她就范。不料，天有不测风云，等到云开日出，庐山再现，他却傻眼了：煮熟的鸭子飞了，到手的白天鹅也飞了，他成了大路边的没人理会的狗尾巴草，耷拉着脑袋，可怜分分的。可他并没有因此而反省自己，而是表面上装出一副啥都不在乎的样子，但却把不满、怨气、愤恨的种子深埋在心底，他要它们在那见不到阳光的邪恶的土壤里积蓄力量，伺机而动。周志明上任后，他从没主动找过他，只是冷眼旁观，看这个对手如何演戏，他希望这出戏演砸，砸得对手自己下不了台，到时自己就可以卷土重来。不料，周志明却像个胸有成竹的魔术师，在他的手里，工厂的形势却一日日向好的方向发展，而且势头甚猛。他叹了口气，怨天尤人，莫非我命里如此？不过，他并没有死心，他埋下了那么多种子，种子是要萌芽的，开花的。他要等待时机，他也在等待时机。

房兵走进周志明的办公室，一脸的坦然平静。

周志明把林晓丽反映的情况告诉了他，然后问他道："作为办公室的主任，你应该知道这件事情吧？"

房兵的确知道这件事。但他不是决策者，他没有任何责任。他便如实相告："这件事是下面一些车间主管的主意，后经原来的厂长同意了的。"

"那这些钱就归他们私人所有了？"

"也不能完全这样说，反正就是他们相互请客吃掉了，当然原厂长、我，还有另外一些高、中层的干部也参与了。"

周志明明白了。

"真是卑鄙之极，简直就是龌龊！"

他在心里怒骂道，但他表面上还是不动声色，和颜悦色道："你对这件事有什么看法？"

"我？我又有什么看法？我既不在头，也不在尾，我就是个中间人，他们请到我，我也就给个面子，捧捧场而已。大家一起做事，彼此和和气气嘛。"

周志明点了点头，说："这个我知道，我就是想问问你，从良心和道德的角度来说，这件事到底是对呢还是不对？"

房兵沉默了，半晌才说："我看还是不对。"

"是啊，我们都是打工之人，也在最底层干过。工钱可是工人们的辛苦钱、血汗钱呐。"周志明看着房兵，继续说："我看，就以厂办公室的名义下发一个通知，从即日起，所有离厂员工的工资厂方都必须无条件结清，不得以任何理由拒发。在餐厅大门口要贴一张公告，说明此事，要让本厂所有的员工知道，只要做了事，就不会白做。另外，也通知财务部，冻结本月离厂工人未发的工资。这件事你马上去办。"

"好吧。还有什么其他的事吗？"

"还有一件事，就是马上要过年了，厂里往年是怎么安排的，有什么活动，今年怎么办？你先考虑一下，拿出一个方案来，我们再一起研究一下。"

"好的。那我就去了。"房兵领命而去。

中午午餐的时候，餐厅大门口围满了员工。他们的心情本来就好得不得了：今天发工资；明天全厂休息一天。现在又突然看到了这个贴在墙上的通知，个个眉开眼笑，觉得厂里的气候真的是变了。有的人竟然还不相信："我看这未必是真的？"但有几个部长就明白了：这的确是真的。因为他们今天去财务部签字领钱，被告知那笔钱拿不到了。他们问财务部长什么理由，林晓丽说："你们直接到厂办公室去问吧。"他们没有胆量去问，因为拿那笔钱毕竟心里亏，底气不足，况且换了新厂长，他们推测这件事肯定与新厂长有关。

这的确是与新厂长有关。因为，周志明不希望在自己任职期间发生这种不体面的事情。

吃中餐的时候，周志明碰到了胡鑫，便顺便问及质检部那边现在的情况。

胡鑫说还行，周志明就放心了。一会儿，张彩虹像一阵风样，就旋到了周志明的身边。她的状态很好，青春的脸上漾着灿烂的笑，甜蜜蜜的，这种笑能感染周边的每一个人，让人看了舒服，忘记烦恼。

对她的启用，周志明是满意的。什么是人才？这就是人才。我们的身边不是没有人才，而是缺少像伯乐一样具有慧眼的上司和领导。

周志明看她风风火火的样子，笑着对她说，是不是要去考状元。

她不好意思地笑笑。因为她的心里实在是太高兴了，想掩都掩不住，可能有点溢于行色。当部长了，吃的是干部餐，住的是干部楼，工资比原来多了一倍多。她觉得自己的人生之舟一下子就驶进了一个阳光明媚的世界。而这一切，都是这位新厂长给她带来的。所以，她认真努力地工作，她要用最好的业绩来回报这位新厂长，她心里这样想，她也这样做，事实上，她也做到了。

"明天休息，你准备做什么？"张彩虹问道。

周志明摇了摇头，说："我还没有考虑。"

"那我们去打球吧，羽毛球。"

周志明逗她道："你不去约会，还有时间打球？"

张彩虹笑道："和谁去约会？"

周志明道："男朋友啊，还有谁？难道你还有几个男朋友？"

张彩虹的脸红了："一个也没有，还有几个？我哪有那么大本事。"

周志明就开玩笑说："销不出去？"

"是啊，人家说我是一个疯丫头，哪个敢要我？"

边上的人就一起笑了起来。周志明这才一本正经地问她去哪里打球。张彩虹就告诉他市内有个群众体育馆，可以搞很多活动，比如打篮球、排球、乒乓球、羽毛球；还比如棋类的围棋、象棋；锻炼类的单杠、双杠；还有游泳池等。除了游泳收费外，其余都是免费的。

周志明一听，顿时来了兴趣，也来了主意。他想把有空闲时间的干部组织起来，一起去体育馆活动活动。他把自己的想法一说出来，就有几个正在吃饭的主管立马表示赞同。

周志明用询问的眼光看着张彩虹，张彩虹连连点头，说道："这个主意不错，好得很。到了那里，大家想做什么就做什么。"

下午一上班，周志明就叫来芳姐和房兵，把自己的这层意思对他们说了，并补充说："去的人要自愿，不要强求。"

"那就立即出个通知，让大家都知道，也好早点做安排。"芳姐看着周志明说。

"对，我就是这个意思，那就有劳房主任了。"

等他俩离开后，周志明又仔细想了一会儿，看看哪里还有疏忽的地方。他觉得休息日期间，安全问题不能放松。于是，他又打电话喊来保安部部长，要他一半人休息，一半人值班，小心谨慎，严防偷盗之类的事情发生。

布置完毕，周志明缓了一口气，他又用凉水洗了一把脸，重新坐到办公桌前。他注视着自己绘制的产量坐标图，他比较着白班与夜班的数额差，联想到自己上夜班的情形，他思考着对策，如何把夜班的产量提上来。

# 二十五

像往常一样，周志明依然早早地买了一份早餐，走进自己的办公室。他感觉到很疲劳，有点困。但这并不是缘于昨天白天的活动。在体育馆，他们一群人是玩够了。周志明先是陪张彩虹打了一会儿羽毛球，后来又赶到棋牌室陆总下棋的地方观了一会儿阵，吃中饭后，他又和于工、胡鑫、龙霞、林晓丽打了一会儿乒乓球。

尽兴归来，周志明冲了一个热水澡，正欲上床睡觉，却意外地一眼瞥见，窗外的天空高悬着一轮明月，这清冷、神秘的圆月竟神差鬼使般地搅动了他的情怀，使他睡意顿消。

站在窗前，望着一轮寒月，周志明的思绪飞越了千山万水，飞到了鄂西的莽莽群山中。

前几天，他给妹妹打过电话，告诉了她一些自己的近况。他说，自己的工资现在完全可以支持她的学业，叫她一心好好读书就行了，另外，生活也不要太节俭。电话那头，妹妹可高兴了，她一个劲儿地夸道："我知道我的哥哥就行。"她告诉他，她的一切都好，叫他不要牵挂，但要给父亲多写信，免得他时刻挂牵千里之外的宝贝儿子。周志明答应了她。现在，他想到了父亲、妹妹，也想到了母亲，母亲过早地离世，是他们一家人最大的伤痛。母亲要是依然健在，那该多好啊！他又想到了杳无音信的亚琴。他望着明月，心里想着：明月啊，你可也照着梵净山里那个美丽的姑娘？明月啊，请你把我的思念告诉她吧，就说我心如水，我心如你，我心依旧……

因着明月，因着思念，周志明几乎是一夜辗转反侧，未曾入睡。他想着天亮后，他要写两封信，一封给父亲，一封给亚琴。

现在，周志明拿出纸笔，伏案疾书，一会儿，给父亲的信就写好了。给亚琴的信，他颇费了些神。他不知道亚琴现在究竟身在何处，又能否收到这一封信。于时，他用小剪刀在一张较厚的白纸上剪出一个心形的图案，然后用红色的圆珠笔把它两面涂成红色。他在另一张纸上写上：我很好，我在这里等你。他把心形图案和纸条一并装入信封。他知道，亚琴如果在家，只要收到他的这封信，她就会明白他的一腔心事的。

他贴上邮票，把它郑重地投入厂门口的绿色邮筒内，似乎完成了一件大事，他舒了一口气。

回到办公室，他翻开桌子上的记事本，看了一会儿，又想了一会儿。他打电话叫来陆总。

待陆总坐定后，周志明从椅子上起身，给陆总冲了杯茶，放在他面前的茶几上。随后，自己也冲了一杯。

"我有个想法，就是对各个部门多余的人员进行精减。前几天，仅质检部就减下了六个，这件事您也清楚。其余部门或多或少也可能存在这种情况，如保安部，还有像废旧回收粉碎的地方及各个车间。我希望您能亲自去跑一趟，了解一下情况，然后，我俩再合计合计。"

陆一鸣说："好的。"起身要走。周志明笑着说，"也不用那么急，喝完茶不迟，您要来个微服私访，先不要声张。恐怕员工对裁人有看法，闹情绪。"

"是啊，但为了大局，我们该做的还是要做，不能因小失大，顾此失彼。"

周志明点点头，说道："在年前这一段时间，还要完成两件事情：第一，几个生产车间要完成材料分析工作，并进行标准化生产。这一块有于工和龙霞，我们可以放心。第二，人员精减必须完成。另外，销售工作必须跟上来，销售与生产要保持同步。前两点都没有问题，难就难在后者。如果这三个问题都解决了，我们厂的形势就彻底改变了。"

周志明有条有理，说得头头是道。陆一鸣听得也是心情舒畅。通过这一段时间的证明，他确实信服了眼前的这个年轻人，也相信了自己的眼光。

"销售部那里，我还要费些神。生产上来了，产品多了，我们必须有更多的订单。订单哪里来？不会凭空从天上掉下来，别人不会主动把订单送上门来，不送可以啊，我们就反过来，派人主动上他们的门，去找订单，去要订单。"

周志明喝了口茶水，似乎对自己，也似乎对陆总说："有的工厂，还专门设有人事公关部，聘用漂亮的女孩做公关小姐，去搞关系，拿订单。"

周志明说这话时，语气显得沉重起来。他想到了张彩虹，那个带有点泼辣味儿的四川女孩，他就隐约感觉到她肩上担子沉甸甸的分量。

陆一鸣从周志明的话里也听出了压力，他安慰道："办法是人想出来的，我们一起想吧。三个臭皮匠，也还顶个诸葛亮呢。"

周志明就点点头，醒悟似的说："对，大家一起想办法。俗话说，人心齐，泰山移。我就不信有过不了的坎，有翻不了的山。"

陆一鸣满意地看着周志明，他喝完茶水，跟周志明打个招呼，就起身去了。

陆总虽然走了，但周志明却还坐在那里，丝毫没有起身的迹象。他的大脑在不停地转动着，思考着。

门并没有关，芳姐轻轻地走进来。她看了看周志明，嘴角动了一下，似乎有话要说。

"有事吗？"

"办公室的那个女孩想见见你，就是上次来过的。她似乎有什么话要和你说。"

周志明脸上露出不屑的神情，说："她找我有什么事？你就告诉她我正忙着，她有什么事就对你说好了，你就代我处理一下。"

芳姐犹豫了一下，似乎想说什么，但终究没有说出来。最后，她说了句好吧，就出去了。

芳姐把唐芸芸拉进自己的办公室，轻轻关上门，给她倒了一杯茶。

"你和厂长之间到底是怎么回事？我看他的表情，好像一副很不高兴的样子。他可并不是这样的人啊。难道你们原来就认识？中间有什么过节？"

芸芸望着方姐，沉默了，一脸的阴云。

"我们之间什么都没有，但却有一场误会。"

过了好一会儿，芸芸才缓缓地说。

"误会？你们之间有一场误会？"芳姐睁大眼睛，一头雾水，如坠十里云雾中。

"怎么回事？你快说说看，你怎么不早点跟我说呢？"芳姐紧挨着芸芸坐下来，把一只手搭在她的肩膀上。

唐芸芸便把事情的经过滴水不漏地告诉了芳姐。其实，她和芳姐是很要好的朋友，形同姐妹。

"我们只是萍水相逢，却不料世间的事情竟是这般的离奇怪异，让人始料不及。"芸芸看着芳姐说。

芳姐也是迷糊了：世间真有这样的巧事？

她很认真地把芸芸上上下下重新打量了一遍，就像审视一件刚刚出土的千年宝贝一般，最后，眼光落在她光洁、漂亮、阳光的脸蛋上。

她摇了摇头，像相完了面的算命先生样。眼前花儿一样的姑娘不像是个倒霉的相啊。她站起身，在屋里来回走了几个回合，停下来，端起茶杯，呷了几小口，清秀的细眉像蜻蜓的薄翼样颤动了几下。

"这是一个怎样的巧合呢？到底是预示着福还是祸呢？"

她此时也无法做出一个明确的判断。她想到芸芸的处境和状况，心里不免也有些担忧。

"房兵那边怎么样？他还是处处刁难你吗？"

芸芸就点点头。

"这个狗东西，真不是个人！"

芳姐恨恨地骂了一句。随即，她就用手指轻轻地点着唐芸芸亮洁的额头，俏皮地说："谁叫你生得这么漂亮，人见人爱，花见花开！如果长得普通一点儿，一般般，不就什么事都没有了？我看啊，这都是漂亮惹的祸。"

"我也就一般般而已，哪有什么漂亮？这个时候了，你还取笑我？真是！我原以为来了新厂长，就和他说说，换个部门。却不料，盼啊，盼啊，来的却是……唉！"芸芸叹了口气。

芳姐的两个眼珠子飞快地左右来回转动着。她寻思着，凭她的识人阅历，周志明应该不是那种喜欢斤斤计较的人。但为什么就偏偏在对待唐芸芸这件事上，他却很较真呢？看来，他们之间的确存在着一个误会，一个极大的误会，由此导致周志明对唐芸芸产生了不好的看法。否则，芸芸来了两次找他，他不会不见一下面。芳姐下决心有机会的时候，她要旁敲侧击，亲自问问周志明，替芸芸讨一个说法。

决心一下，芳姐的心里便安然了许多。她安慰芸芸道："你现在不要再找他了，他的工作也的确很忙。为了让工厂早日扭转局面，他把所有的时间和精力都用在了工作上。现在，厂里的形势终于出现了好转，大家也都松了一口气。眼下，春节马上又要来了，厂里有很多事情都等着他考虑和安排。等他有空闲的时候，我来帮你探探路，问问原因。这段时间，你就心宽点，不要想得太多了，至于房兵那边，你用不着怕他，我已注意到一个现象：房兵与周志明的关系很微妙，并不热乎。为了厂长的位子，房兵似乎对周志明很有成见。所以，真正把事情闹大了，对房兵来说并不是一件好事。而你呢，有我在这里暗中撑着，出不了大问题。"

就如亲姐姐一般，芳姐开导着芸芸。芸芸听了，心里自是一阵感动。她从芳姐的办公室里出来，扭头向厂长办公室看了一眼，她多么希望自己能走进那扇门，走近那个员工们都极力称道的新厂长，那个与自己有着极大误会的同龄人，向他解释清楚，与他消除误会。她看着那道门，那道虚掩着的，并没有关死，还留有一道缝隙的门。她清楚地知道，她就在门的这边，而那个人，她要找的那个人，就在门的那边。咫尺之间，他们却又是那么的陌生，那么的遥远。

而就在此时，门的那边，周志明已点燃了第二支烟。

他已从天天上升的每日报表数据中，看到了给销售部门带来的巨大压力。如何拿到更多的、更大的订单，已成了所有工作的重中之重。必须派人出去抓订单，这件事刻不容缓。派谁去呢？他考虑良久，觉得这件事还是由张彩虹亲自去办最好。她有搞公关的先决条件和优势，再者，她是他亲自提拔起来的，她对他一直心存感激，现在要她去跑业务，跑订单，她肯定会尽心尽力，不会敷衍他的。

周志明就这样一边想着，一边抽着烟。他觉得为了安全起见，同时还应派一个男同志去。那又派谁呢？他想到了那个原来的销售部部长陈昊。一，他是个男同志；二，他又懂业务，经办过这些事情。因此，他是最佳人选。为了加强力量，周志明决定又让秘书芳姐亲自带队压阵。芳姐大方、稳重，又是过来人，心思极细，有她在，可保万无一失。人选确定后，下一个问题就是出去的目标了。先去哪里，再去哪里，也要制定出一个详细的计划，不能盲人摸象，不着边际。想到这里，周志明就像一匹昂首扬蹄的战马，兴奋起来。他要马上布置，马上研究，马上落实下去。

他迅速按灭烟蒂，喊来芳姐，要她赶快去厂会议室冲几杯茶。

"有客人来？"

芳姐见周志明情绪很好，刚才的不悦早已不见了踪影，好像还有些兴奋的样子，便好奇地问道。

"等下你就知道了。"

周志明拿起桌上的电话，像个临战的总指挥。陆总、于工、房兵、张彩虹、陈昊，他一个不漏地亲自通知到人，要他们马上赶到厂会议室开会。

会议室里，芳姐刚刚泡好茶，大家便陆续到了。由于是临时通知，又是厂长亲自通知到每一个人，大家不免有点不明就里，包括陆一鸣在内，你看着我，我看着你，脸上都是一脸茫然。

周志明精神抖擞地走进来。出乎大家的意料，他并没有走上主席台，而是在他们的中间找个座位坐了下来。

"今天，我把各位叫来，开一个紧急会议。会议的中心议题是：如何开展我们厂的销售工作。"

周志明用鼓励的目光扫了各位一眼，便开门见山，直奔主题。

他先谈了目前生产车间取得的成绩，然后话锋一转，迅速落在了产品的销售问题上，以及马上就要面临的销售压力，然后，他双手一摆，对大家说："就这个销售问题，请大家讨论发言，献计献策。"

听完周志明的开场白，大家终于明白了开会的内容，都松了一口气，见周志明没有一点儿厂长的官架子，与大家坐在一块儿，便无形之中少了一些拘束，大家便畅所欲言起来。

房兵坐在那里，虽然表面上也迎合着，但心里却怪不是个滋味。他越是希望周志明的戏演不下去，周志明的戏却演得越好，越精彩。工厂目前的形势、现在热烈的讨论都说明了这一点。可以说，就连他自己都不得不承认周志明的能力和实干精神。可他与生俱来的桀骜不驯的性格，决定了他的人生轨迹：他要和他一直暗中较量下去，直到分出一个胜负。陈昊因自己无缘无故地被免职，坐了冷板凳，心里就一直不舒服。今天接到周志明的亲口开会通知，心里顿时就像十五个吊桶打水，七上八下的。他寻思着：我已不在位了，百姓一个，还开什么会？直到周志明说完，他明白了开会的内容后，他又犹豫了：我表不表态呢？发不发言呢？想到自己已经靠边站了，人微言轻，说话也不一定有人听，心里就拿定了主意：还是算了吧，少说为佳，多听别人的。所以，他就一直坐在那里，若无其事地慢慢品着茶。

就在这时，周志明却点到了他的名。

"陈部长，你分管销售多年，在这一块，你应该最有发言权。把你的想法对大家说说看？"

周志明是一脸的诚恳。

"糟了。"

陈昊心里想道，他一点儿准备都没有。可点了名，还是得说几句啊。

"我们还得从老客户身上做文章。"

一语既出，满座皆惊。大家都看着他。他自己也奇怪了：怎么一开口，就说出了自己的真心话。

"谈谈你的思路。"周志明说。

"老客户在我们手中有现成的资料。他们之所以后来没有给我们订单，原因不在于他们，而是我们产品的合格率低，他们运回去后很麻烦。虽然我们屡屡派人过去重检，但留给人家的印象就不好了。当然，有一两家已倒闭停产了。"

他停了停，抿了口茶，接着说："如果我们产品的质量、合格率的确让人家满意，我们再厚着脸皮去找别人，或许，凭着老交情，我们还可以重新拿回一部分订单。"

"也就是说，这里面还是存在着机会。"周志明接着他的话说。

"的确是这样。但机会有多大，我也不能把话说死，因为事在人为，我们不妨试一试。如果不试，那就等于毫无希望；试了，可能还有希望。"

周志明点点头，满意地说："陈部长说得好，说到点子上了，不愧是搞销售的。大家就顺着这个思路再想想，理出一个明确的计划。"

一石激起千层浪。思路一旦打开，大家的发言就具体了，讨论得就更热烈了。什么稳住老客户抓住新客户，什么派几个公关小姐，什么在某某地段打广告等等。

周志明看了看张彩虹，问她有什么想法。

"我看还是派几个人出去，主动找原来的老客户谈谈，只要有一线希望，我们都可以去争取。万一不行，再去寻找新客户。路是人走出来的，我就不信尿会把人憋死。"

她的话一出口，辣味儿就出来了，有好几个人抿着嘴在偷偷地笑。

周志明使劲地忍住，转向陆总和于工，征询他们有何意见。

他们两人都赞同陈昊和张彩虹的看法，认为比较实在，可行。

周志明看了一下时间，也觉得讨论得差不多了，基本上意见一致，便从座位上站起来，提高声音道："根据大家讨论的结果，再结合本人的一些想法，我现在做出如下决定：第一，为解决销售问题，特成立一个销售小组，成员由张彩虹、陈昊和芳姐三个人组成。大致分工是：张彩虹负责谈判事宜；陈昊协助工作并兼任保安；芳姐带队，负责日常工作安排。从现在起，陈昊和芳姐暂时到销售部上班，年前完成所有的准备工作，春节一开工，你们就出发。我给你们备酒壮行。"

周志明又转向房兵："工厂的资料简介要重新制作。明天把工厂大门好好打扮一下，吊几个彩色灯笼，请摄影师好好拍摄。另外，生产大楼拉几条红色横幅，写几条好的标语。也要拍它几张，以壮厂威。"

# 二十六

会议之后，一连数天，周志明都是在销售部度过的。根据现有的资料及陈昊的回忆，整理出各个客户老板、老总、采购部人员及拉货司机的个人信息资料。他们在那些丢失的客户中一个个分析，一个个研究，按照可行性的大小排出一个顺序。

当这项工作结束的时候，工厂新的资料简介也弄出来了。周志明翻了翻，甚是满意。

歇息了两天，清醒了一下头脑，周志明便把陆总、芳姐和房兵叫到了自己的办公室。周志明扳着手指头说：

"马上要过年了，我们几个人碰个头，商量一下过春节的事情。"

房兵说："先前过年，厂里都不放长假，就是大年三十和正月初一休息两天。初二开工，但初二到初七这六天算双工资。"

"是啊，历年都是这样。"陆总附和着说。

"休息的两天厂里有过什么活动？"周志明问道。

"就是休息，自己安排活动，集体活动倒是没有组织过。"房兵说。

"今年有什么新的想法？"

周志明一边说，一边起身，从抽屉里取出一小叠纸条，分发给他们三个。

"大家都看看吧，听听员工们的意见。"

这些纸条都是员工私下里写给周志明的。有的建议延长假期，有的建议厂方能够适当地开展一些活动。

看完后，几个人你看着我，我看着你，都沉默不语。

"我们能不能也考虑考虑，把过年的气氛弄得浓厚一些，热烈一些，毕竟春节是我们炎黄子孙最隆重的一个节日，大家出门在外，谁不想回家过年？谁不想回家和自己的亲人吃个团圆饭？但有些时候，就像我们自己一样，也是人在江湖，身不由己。"

周志明叹息地说。

殊不知这几句话，却引起了他们几个情感的共鸣，思乡思亲之情谁没有呢。

陆总伤感地说："是啊，一年上头，就望着个过年一家人团聚在一起，享享天伦之乐。今年，我是不得不留在这里了，明年，我是要回去过年的。"

芳姐见陆总伤感，便连忙引开话题道："我们在这里过年，也要过得开开心心。我看，厂里能不能把假日再多一两天，组织一些力所能及的活动，活跃活跃气氛，也是一件好事呢。"

房兵也正有此意，便对周志明说："我看这样也行。春节嘛，一年一度，普天同庆。"

　　"说实话，我看了这些员工的建议，深有感触，也是这样考虑的。不知陆总……"

　　周志明看着陆总，把话打住了。

　　"我没有意见。年轻人出门在外，我们厂方也的确要替他们考虑考虑，尤其是生活、娱乐等方面。"

　　周志明点点头，便说道："我的意见是这样：第一，今年过年，休假四天，腊月二十九、三十、正月初一、初二。初三开工，初三到初七五天双工资，初八起一切恢复正常。第二，开展几个活动，如羽毛球、乒乓球，还有棋类的比赛，让干部、员工都参与，对单项前五名者给予奖励。要让所有的员工在参与活动中不知不觉把工厂当成自己的家，一个温馨的家。"

　　"嗯，这样也好。"陆总点头称是。

　　"羽毛球、乒乓球、象棋……"

　　芳姐一边数指头，一边念道，她想了想，补充道："这几个项目好像都是以男孩子为主，女孩子嘛，也应当要有几个。"

　　"那……"房兵看着芳姐说，"想想看，有什么项目适合你们女孩子的。"

　　"是啊，有什么适合我们呢？"芳姐偏着头。

　　周志明眼睛一亮，说："有了，跳绳、踢毽子怎么样？"

　　芳姐一听，觉得真还是个项目，笑着夸周志明道："你的脑子还真行，我们女孩子玩的那些事情你都知道。"

　　周志明哈哈一笑，开心地说："我有个妹妹，我是看着她长大的，所以，一提到你们女孩子能做啥，我就自然想到了她。"

　　"我还想到了一个项目，就是在地上拍皮球，看一次能拍多少个，这个项目男女都可以参加。"

"对，这个项目好，又不要什么器材设施。"陆总说。

几个人你一言，我一语，很快就统一了意见，项目就暂定为：羽毛球、乒乓球、象棋、拍皮球、跳绳和踢毽子，一共六个。从明天起就可以通过各个车间报名，根据人数的多少来确定比赛的规则。

周志明就对房兵说："下午，你就以厂办公室的名义起草一个通知，下发各个车间、部门。在饭堂大门口和厂大门口都贴上通知，把声势弄大点，不仅让全厂的员工都知道，让附近厂家的一些员工也知道。"

"这是为什么呢？"

陆总看着周志明。

周志明神秘地一笑，伸出两只手掌："我们要两手抓，一手抓企业生产，一手抓企业文化，双管齐下，重新打造我们新华塑胶厂的形象。形象是给谁看的？是给别人看的；形象靠谁传播？还是要靠别人。形象好了，路就自然好走了。"

"哦，原来是这样。"

几个人恍然大悟。

"那行，我们就大张旗鼓，大造声势，让大家过个热热闹闹的春节。象棋比赛我第一个报名参加。"陆总高兴地说。


房兵与周志明本来就是陌路之人了，他对他的仇恨与日俱增，可能是时近年关的缘由，空气中隐隐约约透露出的喜庆气氛无形之中感染了他，使他不得不暂且放下仇恨。他按照周志明的意思给各车间、部门下发了通知，又在饭堂及厂大门口贴上了红纸黑字的醒目通知。

许一就在旁边念道："羽毛球、乒乓球……踢毽子。"念完，他叹了口气，讪笑着对房兵说："我是一样也不会。"

房兵扭转头，剜了他一眼，没好气地小声揶揄道："你除了那个本事，还会做啥？"

许一得意地嘿嘿阴笑着，并不在意。他知道房兵指的是啥事情。半年前，他把厂里一个女工的肚子弄大了，人家的父母都找到了这里，后来，打胎加营养费，他几个月的工资就那么没了。幸亏女方并没有再为难他，否则，他会吃不了兜着走。

这时，几个准备上夜班的小伙子走过来。他们一看通知，就大声地嚷开了。

"张大毛，你快看，有你的戏了。"一个嚷道。

"真的，有象棋呢，你平时总是吹嘘你是厂里第一高手，这下，可以大露一手了，前几名还有奖金呢。"另一个道。

那个被叫作张大毛的小伙子就在鼻孔里"哼"了一声，不屑一顾地说："我还不想出山呢！"

同伴就瞪了他一眼："猪八戒照镜子，你真以为自己长得美？我告诉你，你不要得意，人外有人，天外有天。"

张大毛就说："火车不是推的，牛皮不是吹的，不是我吹，就厂里的这些人，我还是一把摸。"

另一个同伴就"哈哈哈"地大笑起来："你有胆量报名？"

张大毛就说："我自己就懒得报了，等上班后，你们替我报就得了。"

"既然如此，这个忙我们还是可以帮你。可你听好，到时要是出丑了，可不要怪我们。"

房兵听他们如此吹牛，斜睨着眼瞄了一下那个被叫作张大毛的员工，心里就"哼"了一声：真不知天有多高，地有多厚。一个小王八，也想到大海里来混。

晚餐的时候，几个女将一碰头，就商量起来。张彩虹和龙霞选了羽毛球和跳绳，林晓丽选了踢毽子。芳姐就笑着说："我年龄大了，反正拿名次是没有希望了，我就当专职裁判吧。"

周志明没有来小餐厅，而是被张小薇叫到了她们那一堆女孩那里。她们在门口早见到了通知，现在，边吃饭，便嘻嘻哈哈地议论着，叽叽喳喳的，像遇到了喜事的一群喜鹊。

"你自己报了个什么项目？"小薇问。

"我？我是想报，可还有很多事情需要人手，现在不能定，到时再说吧。"周志明说，他反问小薇道："你的强项是什么？"

张小薇一撇嘴，道："强项？一个都没有。"

"那就参与参与吧，凑凑热闹。反正是过年嘛，只要大家开心就行了。"周志明安慰她道。

"不过呢……我能不能提个建议，我有一个非常好的建议，你有兴趣听吗？"张小薇说。

"那你说说看？"

"我看还可以再增加一个项目，就是转呼啦圈。又不要花钱买什么器材，就只要几个呼啦圈就行了。"

周志明一听，顿觉是个好主意，略一沉吟，便高兴地对她说："想不到你的脑袋还蛮管用呢，我现在就去他们那里，和他们商量商量，把这个项目补上去。"

说完，周志明就匆匆起身向小餐厅走去。

第二天，通知上的比赛项目就增加了转呼啦圈一项。


农历腊月二十九，艳阳普照、温暖如春。

新华塑胶厂出现了几年难得一遇的热闹场面。人头攒动、喧哗如潮。

大操场上，划分为四个小区。一区跳绳，由陈昊任裁判长；二区踢毽子，由林晓丽任裁判长；三区呼啦圈，由胡鑫任裁判长；四区拍皮球，由房兵任裁判长。

车间东头的小操场上划分成两个区：一个是羽毛球赛区，由芳姐和张彩虹负责；另一个是乒乓球区，由王强和龙霞负责。

还有一个赛场，安排在厂会议室，那就是象棋赛，由陆总和田苗负责。

昨天晚上，周志明把许一、石高明找来，就保安与后勤工作又专门交代了一番后，他才躺下休息。今天，他要到厂区四处转转，以防万一。他带着李文彬从喜气洋洋的员工中间穿过，看到厂大门口的铁门外站了很多人，都在朝里面的操场张望。

"他们是干啥的？难道就有要见工的了？"周志明问。

"那也说不定，可能是来看热闹的吧，我们过去看看。"李文彬说。

待两人走到铁门边，便听到了他们的说话声。

一个说："我们的厂要是也搞点活动就好了，你看，他们是人人快活、个个高兴。"

一个就羡慕地说："听说他们厂现在辞工走人，厂里不扣一分钱。"

一个就说："这件事我早就听说了，据说是换了一个新厂长，很多规矩都变了。"

……

周志明听了，脸上浮起一丝得意的笑容。

"我们走吧，去保安部看看。"

他们走进门口的保安部。许一不在，有一个保安在值班。一见是厂长，他连忙打招呼道："厂长好！"

周志明对他点点头，问道："门外的那些人是干啥的？"

"大部分是附近工业园的工人，有的是想利用假期来找工作进厂的。他们都是赶来看热闹的，刚才还求我放他们进来，我拒绝了。"

周志明就"哦"了声，交代说："千万要注意，不能让他们混了进来，安全是大事。"然后，他和李文彬就转身又去了大操场。

大操场已经被员工很自然地围成了四个大圈，新奇而别致。说话声、欢笑声、呐喊声、喝彩声就像这密匝拥挤的人群一样，在他们的头顶上欢快地拥挤着、嬉戏着、喧闹着。这难得的声音和热闹把工厂周围远远近近的一些鸟儿都吸引了过来，它们立在厂房、院墙和大门旗杆的顶端，好奇地歪着脑袋瞅着下面，唧唧啾啾地议论着它们弄不懂的场面。

周志明看着密不透风的人圈，摇了摇头，对李文彬说，我们去那边小操场吧。

走到无人处，周志明就顺便问道："你在人事部，现在感觉怎么样？有什么想法？"

李文彬微微一笑："工作是轻松了许多，工资也增加了，可我好像觉得没有以前那么充实了。不过呢，以前上班也的确很辛苦，十多个小时。"

"以前是体力劳动，现在是脑力劳动，二者还是有很大的区别的。"周志明说。

"很无聊的时候，倒是觉得车间还是实在些，还能学到一些技术。"

周志明看着他："你是不是有什么想法？"

"我倒是想回车间做点实实在在的事情，可一下去，做个普工，工资又减少了。要是能挂个什么职就好了。"

周志明明白了："你的意思是搞个职务，当个班长或者技术员更或者是车间主管？"

"车间主管是不敢想。"

"你真愿意下车间去？"

"如果有合适的位子，我还是有那么个想法。"

周志明就点点头，说："那好吧，有机会的时候再说。只要你自己愿意，开心就行了。再说，真如你所说的，能够学到一身过硬的技术，到哪里都能挣到一碗饭吃，那也是件好事。"

李文彬高兴地说："你可不要忘了。"

两人说话间，便到了小操场的比赛场地。因为羽毛球和乒乓球的赛场大了很多，所以围成的圈子也就大了许多。周志明站在圈子外，看着比赛的小伙子们态度极认真，热情很高，围观的员工也是个个脸上带笑，激情高昂，心里甚是欣慰。他看了片刻，带着李文彬又去厂里其他的地方转了一会儿，心里便惦记着会议室里的象棋比赛，便与他一同回来，直奔会议室。

正准备上楼梯，就遇到几个员工从上面下来，一路叽叽喳喳，有叹息声、惋惜声，还有哈哈声、揶揄声。

一个说："牛皮不是吹的，火车不是推的，张大毛，你现在该知道你的本事了吧。"

那个叫做张大毛的就说："老子今天是运气不好，临场发挥出了问题。"

一个就替他打抱不平道："明车暗马，那个家伙要吃车也不说一声，真他妈是个阴险小人。"

一个又道："今天输了不要紧，回去好好练习练习，有时间我们再陪你去报仇。"

还有一个就说："还报什么仇？第一轮就败下阵来了，我看，还是先拜个师，学上几年再说？"

张大毛就很不高兴了，鼻孔里"哼"了声，大声道："胜败乃兵家之常事，你知道个啥？"

周志明听明白了，看了看那个叫张大毛的员工一眼，心里就暗暗好笑：肯定是个掉进了茅坑的鹅卵石，又臭又硬！


等到新年初一的下午，比赛的所有结果都出来了。晚饭后，厂里的管理人员都兴奋地齐聚在厂会议室里，汇总、统计比赛成绩，喝茶聊天，还有几个人在兴致勃勃地侃大山。

周志明坐在他们中间，也点了一支烟含在嘴里，饶有兴趣地听着。

陈昊坐在那里，打着哈哈说："我给你们讲个四川段子，蛮好笑的。有一次，一只麻雀和一只乌鸦在路上见面了，就摆起了龙门阵。"

麻雀说："你是啥子鸟哦？"

乌鸦说："我是凤凰噻？"

麻雀说："哪有你这么黑的凤凰哦？"

乌鸦说："你晓得个铲铲，老子是烧锅炉的凤凰噻！"

众人听了，哈哈大笑。

张彩虹站起来，大声说："你们还不要说我们四川笑话，那还真的是蛮有味的，不信，我给你们还讲一个。一天，一个外地的男游客到重庆旅游，进了一家餐馆。他不知从哪里听来的说鱼香茄子好吃，便点了一个。他左看右看，没有看到鱼，于是，他喊来了老板。"

客人："老板！老板！"

老板："啥子事哦？"

客人："你这鱼香茄子咋没有鱼呢？"

老板："鱼香茄子本来就没有鱼嘛！"

客人："没有鱼干吗叫鱼香茄子呢？"

老板："瞧你这娃这么说，如果你要点个'虎皮青椒'，老子还得给你老虎皮不成？点个'老婆饼'，老子还给你发老婆不？你要是点个'夫妻肺片'，我不还得去给你杀两个人不成？"

张彩虹说完，又引来一阵哄堂大笑，有人的眼泪水都笑出来了。

周志明看着笑弯了腰的张彩虹，也不禁笑出了声。


这次比赛非常成功，但却爆出了几个冷门，让人吃惊不小。呼啦圈的比赛，第一名竟是后勤部厨房里面的一位三十多岁的阿姨；跳绳子原本是女孩子的强项，前几名非女孩子莫属，然而拿头名者却是一车间的一位小伙子，这不成了咄咄怪事？连女孩子都感到汗颜；张彩虹羽毛球拿第一信心百倍，可冠军却被龙霞夺得，自己屈居第二；林晓丽文文静静，不显山不露水，却轻松地夺得踢毽子的冠军。还有象棋这一块，原以为冠军争夺战无非就在陆总和田苗之间展开，不料，中途却杀出一匹黑马，冠军被喷漆车间的一名上了年纪的喷漆工抢走，陆总得了第二，田苗屈居第三。

众人对这个结果是又惊又乍。

大年初二的上午，在大操场里，召开了颁奖大会。首先由办公室主任房兵宣读各项比赛的前五名，然后由陆总代表厂方向获奖者颁奖。

掌声雷动，欢呼雀跃。员工们喊着、叫着、跳着，把新华塑胶厂的新年节日气氛推向了高潮。

# 二十七

一个星期后，壮行酒在厂部招待室里如期举行。除了销售小组三人外，周志明、陆总、于工、房兵这几位工厂的主要负责人全都到了。气氛既热烈又隆重，真还有几分壮士出征时的壮烈味儿。

周志明举杯朗声道："为我们的英雄，干杯！为我们工厂的前途和明天，干杯！我祝你们旗开得胜，马到成功，早传佳音！"

各位举杯，一干而尽。

张彩虹的脸红扑扑的。就在她举起杯子后，她的炙热的目光就一直没有离开过周志明的眼睛。就在他们的目光相遇的时候，周志明心痛了。张彩虹目光里的内容，周志明何尝不清楚？那里面包含了一个少女对一个少男的最真挚的羡慕和爱恋。周志明的心里早已有了一个亚琴，所以，他不敢直视她充满妩媚和诱惑的目光。

喝过壮行酒，周志明派车把他们三人送到市汽车总站。临上车时，周志明把张彩虹叫到一边，把自己的一只手郑重地放在她的肩上，轻声嘱咐道："珍重！"

张彩虹心里一热，眼眶里就湿润了。她咬着牙，强忍着泪水，默默地看着周志明，用力地点点头。

他们上车了，周志明还在交代。直到车子开动，周志明才下车，和他们挥手再见。望着渐行渐远的长途班车，周志明的心也悬了起来。不过，他也做好了两手准备，万一此行不利，他就亲自出马，出去寻找新的客户。

　　回到办公室，他觉得很是困乏，想在沙发上靠一会儿，不料，这一靠，就是整整三个小时。

　　这三个小时里，房兵给他送生产报表来过；陆总有事找他来过；林晓丽也来过。但没有一个人叫醒他，打扰他。林晓丽心疼地看着显得有些疲倦的周志明，担心他着凉，就把自己的风衣脱下来，轻轻地给他盖在身上，然后轻轻地退了出去。


　　珠江三角洲的春天，虽然还残存着冬的寒意，但一切都是那么的美好可爱，一切都是那么的蓬勃向上，就连那一种细细的长长的叫不出名字的竹子，也如江南春天里的山毛竹一样，抽出了细长的嫩笋。沙子路两边的松树、芭茅及一些不知名的藤本植物依旧是葱绿盎然，生机勃勃。

　　唐芸芸一个人慢慢地走着，一边走，一边漫不经心地看着马路两边的长芭茅。长长的芭茅叶在春风里浪漫地舞动着，一起一伏，就像她此时的心情一样。

　　她刚刚去了一趟邮政局，给家里寄了一点儿钱。她极力节俭着，省吃俭用，就是希望每一次能给家里多寄一点儿。弟弟正在读高中，正是花钱的时候。

　　昨天晚上，芳姐找到她，专门和她聊了一会儿。她告诉她，她要出去一段时间，为工厂寻找客户。如果顺利，十天半月就回来了。芳姐看到她这段时间心情不是很好，所以临行特别关照她，要她时时小心谨慎，不要招惹房兵。如果遇到解决不了的问题，就打电话给她。芸芸答应了她，但等到芳姐一走，她就感到心里面空荡荡的，似乎神魂脱窍了一般。刚才下了班车，她有一步没一步地慢慢往厂里走，心情抑郁，当她不经意地看到迎风舞动的芭茅叶时，似乎触到了她的某根神经。她的心里充满了向往：它们是多么的自由，多么的欢快啊！她联想到自己，本应该也是这样的生活啊，无拘无束、自由欢快，但自己怎么就高兴不起来呢？

等到周志明一觉睡醒，已是下午两点了。他感到肚子有点饿，起身洗了一把脸，正要出门去弄点吃的，却看到茶几上有两个饭盒，打开一看，里面装着饭菜。

"是谁送过来的？"

周志明用手一探饭菜，还有点余温。他就不客气了，三下五除二，把它消灭干净。

就在这时，林晓丽走了进来。她关切地对周志明说："青蛙跳三下，都还要歇一口气，还何况是人呢，这段时间你太辛苦了，要注意休息，不可以蛮干。"

周志明腼腆地笑了笑，问道："你给我准备的？"

林晓丽点点头。

"谢谢你啊，还让你操心。这衣服也是你的？"

林晓丽点点头："我们俩谁跟谁啊，还用得着客气吗？"

这时，陆总也走了进来。

"你要好好休息了，不然，身体会吃不消的。"陆总婉转批评道。

周志明洗了一把脸，睡意是没有了，但身体还是有些疲倦。他重新坐回沙发上。

"这几天下基层到处转，有什么收获？"周志明问陆总道。

"保安部一共八个人，两班倒，每个班四个人，两个人在门口保安部值班，还有两个人负责厂区巡逻。如果要减人，减哪个位置的好？还要考虑有人请假等因素，减人似乎也有些矛盾。"

每班四个人，如果有一个人请假，那就只有三个人了，不能再少了。这就意味着每班至少三个人，这是一个底线。如此，两个班就是六个人。如果有人有事请假，则必须派一个人顶班，也就是说必须有一个人作为机动。想到这里，周志明忽然明白了一个窍门：像这种不含技术成分的部门，可以不单独安排机动，而在人事部安排适当的人员，作为全厂的机动配置。

"我们可以这样安排，"周志明胸有成竹地说："保安部的人员编制就给六个人，每班三个人，保安部部长不能脱岗，而必须是兼职上班。如果有人请假了，直接由人事部安排人顶班。这样，可以减少两个人。保安部就这样定了。"

"废品回收处原有四台粉碎机，共十二个人，就只有白班，没有晚班。根据目前的情况和现场的观察，我个人认为，可以停两台机，有两台机工作就行了。"

周志明说："一下子减了一半行不行？"

陆总说："应该没问题。因为这一块的事情也就是个单纯的体力活，员工也几乎是清一色的本地人，且年龄偏大。他们常常因家中有事就请假，比如农忙季节。因此，长年也就是三台机运转。加上现在报废品大大减少，我看有两台机就够了。"

"裁减本地人，会不会引出一些麻烦？"林晓丽插话道。

陆总说："这一点可以放心，一直到现在，还没有出现过这种情况，这些开发地方的就业机会多，由于卖地分钱、分红，他们也很有钱，他们也不在乎打工这几个，有很多本地人还不想做，宁愿打牌玩耍。"

周志明就睁大眼睛，在他们两人脸上轮换看着，心里想着：这就好了，可以少一些麻烦。

"至于后勤部及各个生产车间，情况复杂一些，只有部门主管才最清楚。"

周志明就拿起电话，叫来房兵。把工厂精减人员的事情及大致情况向他做了一个通报，并要他具体负责办理。周志明告诉他，具体操办时，要多听听各部部长及员工的意见，力求工作顺利。

房兵连连点头。末了，周志明就笑着对他说："你也是大学生，有头脑的人，又是办公室的主任，你可要替我分点担子。"

房兵就连忙谦虚地说："哪里，哪里，你们打大鼓，我就敲小锣吧，能把锣敲响，就算不错了。"

周志明就笑着说："你呀，你就不要太谦虚了。"

屋内的人都跟着笑了。

笑声都是一样，但笑声里所包含的内容却各不相同。

周志明起身，从桌子上拿起几张报表，分递给他们，高兴地说道："你们看看吧，这是这几天的生产报表，形势还是蛮喜人的。"

"第一、二车间已经进入了一个相对的产量稳定期，第三车间正处于上升过渡期，第四车间刚刚开始。还有两个星期左右，这四个车间就会全部进入一个相对的稳定期，我们产品的数量就会大幅上升。"

"嗯，不错。"

陆总布满皱纹的脸上一直露着喜悦。

"真不简单啊！"

林晓丽听着周志明的介绍，也惊叹道。

房兵也附和着连连称好。然而，他在心里却嫉妒着，仇恨着。心里面像有万千虫子在咬噬他的五脏六腑，尽管他的脸上堆着笑，但这笑是如何尴尬地挤出来堆在脸上的，恐怕只有他自己心里知道了。

这个时候，周志明并不知道房兵的真实想法，他只是坚定不移地按照自己的思路行事，他挂牵着今天出发的销售小组。他对他们几个说："商场如战场，虽然看不见硝烟，可这个仗却不好打啊！今天表面上看是他们三个人出发，可我的心也是跟着他们走了。"

"不要想得太多了，一口气也吃不成一个胖子，事情还得慢慢来，我看……"陆总扳着手指头说，"明天，后天，最迟三天后应该有消息吧。"

周志明就只好耐心地等待了。

第一天过去了，没有任何消息。这也是情理之中的事情。

第二天也过去了，严格地说，如果包括出发那天，应该是第三天了，还是没有一丁点儿消息。周志明的心就开始悬了起来。他反复地想着他们一起共同制定的计划，难道真的就出师不利？他把自己关在办公室里，来回走动着。这一夜，他第一次没有回宿舍睡觉，他就躺在沙发上，等候着电话，像烙大饼一样，翻来覆去，直到凌晨四点多才迷迷糊糊地睡去。

天一亮，周志明就醒了。他知道今天是最关键的一天，成与不成，都可能在今天了。他赶紧洗了一把脸，打起精神，去买早餐。

吃完早餐，周志明就习惯性地拿起生产报表，认真地看了起来。他把这些数据标在坐标图上，形象，直观，一目了然。

现在，他对生产这一大块已是相当满意了。在于工、龙霞及各车间主管的共同努力下，生产形势是越来越好。质检方面，周志明也下去抽查了几次，成品率均达到了96%。总体来看，无论是产品的数量还是质量，周志明都用不着再担心了。他现在唯一焦虑的就只有销售方面了。一想到销售，他桌子上坐标图的文字和数字就慢慢变得模糊起来，一开始还像小蝌蚪，到后来就像小蚂蚁了，到最后，就模模糊糊，什么都不是了，只是黑黑的一片。

周志明很快就发现这种状况不对头，他必须清醒过来，保持良好的精神状态，尤其是在部下、员工面前，他不能随随便便，精神不振。他连忙起身，重新洗了一把脸，又挥动了几下双臂。他临时决定去下面转转。

去哪里呢？还是去二车间吧，因为所有的工作都是从二车间开始的。

周志明走进二车间的时候，他发现车间已经转班了。原来的夜班现在已成了白班。他站在车间里用眼巡视了一圈，全部都是新面孔。周志明出来本来是想散散心，给自己减减压，没想到一进车间，见到这个班次，他又不得不皱起了眉头。

原来，这个班的风气远远没有另一个班好。它的带班班长外形上像个油条，无赖。这一点，周志明在"12"号机做事的时候就已有耳闻。从这一段时间的生产报表也可以看出，这两个班的产量存在着一个明显的差距。

周志明看到了那个班长，中等个儿，黑瘦，像个老油条。他不想对他多看一眼，便走开了，去了车间办公室。

王强坐在桌前，在看着产品图纸。见周志明进来，连忙起身打招呼。

周志明就在一张椅子上坐了下来。王强从抽屉里拿出一包烟，给周志明递了一支，自己嘴里也含了一支。他又给周志明把烟点燃，然后才问道："有什么指示？"

周志明摆摆手，吸了一口，吐出一缕烟来。

"随便走走。不过，看到转班了，倒真还想到了一个问题。"

"什么问题？"

"你没有发现这两个班的产量不一样吗？"

王强就点点头，说一直就是如此。

"你分析过没有，这到底是什么原因呢？"

王强说："这两个班从带班的班长到员工、风气都有着明显的区别，我也说不出个所以然。上班时吵架、打架也是这个班为多。时间一长，我们也都习惯了。"

周志明就说："这个班的班风必须整顿。这个班长也必须换掉。"

"班上是否有合适的人选？"周志明问道。

"要说很出色的，真的还没有。"

"不要把眼睛仅仅放在男工身上，如果女员工有能力，也可以带班嘛。你也看到了，我们厂的财务部部长，销售部部长都是女同志，她们的工作也很出色啊！"

王强就嘿嘿地笑了，摸了摸自己的脑袋，怀疑地说："管生产，女同志行吗？"

"现在是什么年代了，你还满脑子的封建思想，不行啊，思想要解放，男

217

女要平等。"

王强就点着个头，嘿嘿地憨笑着。周志明就告诉他，要他悄悄地在车间的两个班里物色一下，看看有没有较好的人选。只要有能力，不论男女，都行。或者，可以在这个班里搞一个公开的投名选举，谁的投票多，谁就当临时班长。先干一个月，如果行，就转为正式班长；如果不行，再换下来，也没问题。

王强说，行！等两天就给他回话。

吃过晚饭，周志明并没有回宿舍。他一头扎进自己的办公室里，斜靠在沙发上。今天已经是第四天了，为什么就迟迟还没有消息呢？他沉思了一会儿，起身拿出一支烟，心事重重地吸了起来。

不一会儿，走廊里传来一阵脚步声。门推开了，陆总和林晓丽一前一后走了进来。

"还没有消息？"陆总关心地问道。

周志明就摇了摇头。

林晓丽坐下来，怜爱地看着周志明："你昨夜一夜没回宿舍，去了哪里？"

周志明无可奈何地笑笑，朝沙发努努嘴。

"在这里睡了一夜？"林晓丽张大了嘴，眼睛都鼓圆了。

周志明无言地点点头。

林晓丽与陆总对看了一眼，就同时摇了摇头。

"小周啊，工作归工作，休息归休息。来日方长，我们还刚刚开始起步。身体是本钱呐！"

"你也是，何必如此？今天去了还有明天，明天去了还有后天，总有云开日出的时候。我就不信她们拿不回订单，只是要一些时间罢了。因为，主动权掌握在别人手里，不在我们这边。"林晓丽疼爱地嗔怪道。

周志明低着头，没有作声。过了一会儿，他才开口说："我答应过老板，要在三至四个月的时间内，让厂里扭亏为盈，现在，时间过去了一个多月，你说，我心里不急吗？虽然我早有思想准备，还预备了另一套销售方案。但我还是希望她们能够旗开得胜，尽快地能够开个好张，顺利地拿下第一张订单。只要拿下了第一张订单，不论单大单小，后面的路就好走了。"

他停了停，看了看自己的办公室，又一字一句地说："将士搏杀于疆场，死而无憾！我周志明就把这里当作我的战场，不等到第一张订单，我绝不回宿舍睡觉！"

此话一出，掷地有声！

陆总和林晓丽却惊呆了，面面相觑！原来，细心的林晓丽发现周志明昨夜一夜未回宿舍，有点替他担心，今天便特地邀陆总一起前来他的办公室，想探个究竟。本来是想安慰他、劝导他，要他好好休息。现在倒好，他却撂出如此一番狠话，把他们两个人的嘴都给封了个严严实实。

"你呀，真是书生气！"陆总埋怨道。

林晓丽看情形不对，便打电话给门口的小卖部，要店里送点瓜子、水果之类的东西到厂长办公室。

"那我们就在这里陪你，怎么样？"林晓丽说。

"那成什么话？我是主将，有我在这里就行了。"

陆一鸣看着他们两个，心里想着：这个小老乡，还真是头犟驴呢！

不一会儿，店里的老板就把东西送了过来。林晓丽把它们打开，放在茶几上，又起身去找杯子冲茶。看这架势，她是铁了心，真的准备在这里陪周志明过夜了。茶冲好了，她又去洗苹果。周志明看了一下时间，已是晚上八点半了。他心里盘算着，如果今天有消息，时间应该不会超过十一点。到十一点，还有两个半钟的时间。此刻的周志明，他的身体里就像装了一座时钟，他自己清清楚楚地听得到那滴答滴答的揪心的声音。

他在心里悄悄问自己：这两个半钟的时间内，奇迹真的会发生吗？

"来，我们先吃东西吧，边吃边等。"

见周志明还是一副心事重重的样子，林晓丽便催他道。

周志明看了看他们两个，抱歉地说："也只有在你们面前，我才能够袒露自己的真实情感。在别人面前，我有时不得不装一装笑脸。说句心里话，如果今天有消息来，就在这一两个小时；如果没有，那今晚就没戏了。所以，我的心现在是悬在了半空中。"

"几天了，也应该有消息了。"陆总说。

"是啊，他们三个人出去，我还是很放心的。尤其是那个张彩虹，在手腕上还是很灵活的，有两把刷子。"

他们三个人就吃着瓜子，一边聊着，一边等着。

一会儿，传来一阵说话声和脚步声，龙霞和于工一前一后走了进来。

气氛顿时热闹起来。尤其是有了两个女人，那情形就更不一样了。

"有消息了吗？"于工问周志明道。

"暂时还没有，不过……"周志明看看表，接着说："也应该差不多了。"

他拿起两个苹果，一个递给于工，一个递给龙霞，看着他们说："你们两个人是功臣，辛苦了。"

"同伙如同命。这是应该的，不必言谢。"于工笑着说。

龙霞就咯咯地笑着说："那我就多吃一个苹果吧。"

年轻人毕竟是年轻人，无论是说话还是做事，都洋溢着青春的气息和味儿。

这时，门外似乎又有了脚步声。大家就把眼光齐齐转向门口。

"又是谁来了呢？"

周志明抬眼望去，门推开了，进来的是他的老乡——李文彬。周志明连忙喊他坐到自己身边，并把屋内的人一一介绍给他，又把他介绍给众人。室内的热闹气氛又增加了几分。周志明看着今天的人是来了一批又一批，突然就有了一种奇怪的预感，他感觉到马上就会有电话打进来，而那个电话，就是让他魂牵梦绕的。

就在这时，电话铃声真的就清脆地响了起来。

所有的人都立即静下来，敛声屏气。周志明的心飞快地蹦跳起来，他把左手压在胸前，伸出去的右手停在了空中。

"嘟——嘟——嘟——，嘟——嘟——嘟——"

是电话铃声，的确是电话铃声。当周志明清楚地意识到这不是做梦时，他连忙起身奔到桌前，用颤抖的手抓起话筒。

"你是志明吗？我是芳姐。"

一个急促的兴奋的女人声音从电话那头清晰地传过来。周志明听出来了，那是芳姐的声音，那正是他盼望着的声音。

"我是周志明，我在听你的电话，你慢慢说。"

"告诉你一个好消息，我们已经谈妥了一个订单。刚刚谈好，老板已经口头答应，先验货，再签合同。你明天上午赶紧发一车货过来，你要亲自监督质检，合格率不得低于95%，这一条是硬标准。我们在这边等货。"

"太好了，太好了，我感谢你们，感谢你们。我一定照办。"

周志明放下电话，静静地立在那里，眼眶里噙满了泪水。

众人见了，面面相觑，肃然起敬。

这个时候，大家才真正地理解了这个年轻的当家人的苦楚和压力。

林晓丽傻眼了，自从她认识周志明以来，她这还是第一次见到这种情景。

周志明醒悟过来，快步走到水龙头边，洗了一把脸，才重新回到众人跟前。他吩咐李文彬快去小卖部，弄些啤酒、饮料和吃的东西来。他太高兴了，他要好好庆祝一番。大家立即兴奋起来，情绪高涨。

周志明激动地对大家说："刚才你们已经听到了，芳姐她们在广州那边已经谈妥了第一笔订单，明天先送一车货过去，她们在那边等，先验货，再签合同。条件就是合格率必须达到95%。"

"能够拿到一笔订单，不容易啊！"

"我们的质量绝对没有问题。"

"拿到了第一张订单，可以说是旗开得胜，开张大吉，后面的戏就好演了。"

众人兴奋地议论着。林晓丽则还没有完全从刚才的情景中回过神来。她了解周志明，她理解周志明，同时，她也在认识他的过程中慢慢地爱上了这个文静、坚强、刚毅而又胸怀抱负的年轻人。但是，她却又不能表达这份感情，她只能把它深埋于心底。为了这份感情，她反复地考虑过，思想上也斗争过。她觉得周志明是个爱憎分明、感情专一的男人，他的心里已经有了一个冉亚琴，是绝装不了第二个人的；而自己呢，在家乡也早就有了男朋友，虽然男友没有周志明那么优秀，虽然自己在爱情上还有选择的权力，但她也不能这山望着那山高，见异思迁啊。所以，她自觉地明智地和他保持着纯洁的同事、朋友关系。刚才，她分明看到了周志明眼眶里的泪水，那一刻，她少女的柔情泛滥了，她的心融化了。如果没有旁人在场，她可能会走上去，把他的头抱在自己的怀里，让他好好地流一场泪，让他心中所有压抑的情感全部化作泪水，汩汩地流出来。

李文彬搬回了一大箱东西。大家一起动手打开来，一一放在茶几上。

周志明说：

"这些天来，工厂取得了很大的成绩，形势喜人，大家都是有功之人。现在，我们的销售工作又打开了局面，这就意味着：我们的好日子来了，我们预期的目标就要实现了。今天，我的确是非常高兴，我感谢大家的工作和对我的支持，来，我们一起举杯，为我们工厂的未来，干杯！"

"干杯！"

"干杯！"

"干杯！"

这是一个难忘的夜晚。也是一个激动人心的夜晚。若干年后，已经是南方大学企业管理学院博士生导师的周志明还常常回忆起那个夜晚，那个夜晚发生的故事以及他差一点儿就涌出的眼泪。他仿佛觉得它就发生在昨天……

# 二十八

第二天一亮，周志明就赶到销售部，亲自监督装货。周志明叫来了质检部部长胡鑫，要他就准备装车的货迅速来一个重检。胡鑫连忙招来他的手下，一会儿，重检结果就出来了，合格率还是在 96%。周志明彻底放心了。

两个小时后，装车完毕，因为是这边临时叫的车，周志明又叫房兵安排一个可靠的人去跟车。车子一发动，周志明就连忙给芳姐挂了个电话，告诉她，车已出发，不塞车的话，两个小时左右就可以到达。忙完这件事，他歇了一口气，感到肚子有点饿了，才想起来还没有吃早餐。他走到厂门外一看，卖早餐的小贩早已走光了。他便进了小卖部，买了几个面包，边吃边往回走。

吃完面包，喝了一点儿水，肚子的饥饿感消失了。周志明拿起桌子上的每日报表，认真地看了一遍，又在坐标图上标出数据。做完这件事，他翻开专用记事本，又看了一会儿，合上。他想起了一件事，昨天晚上龙霞和于工来他的办公室，似乎还有什么话要说。当然，他是凭感觉，有时感觉是很灵验的。他又想起了有一次在车间，龙霞说她有话要对他说。她要说的话是什么呢？是关于哪一方面的呢？她是专门搞塑胶的大学生，她的思想、想法要比我们前卫得多，看问题比我们更专业，更水准。看来，得找个时间，和她专门谈谈。周志明便又打开记事本，写上几句，再合上。

下午，周志明一上班，芳姐的电话就打进来了。她告诉他谢天谢地，一切顺利，老板对产品的质量极为满意，合同已经签了，并告诉了他这笔合同的数

223

量。她说他们好高兴，准备明天就前往另一家厂家了，那是一家大型的台湾企业，可能要费些神。但一旦能拿到订单，那就是大单，所以，她们在商量对策，准备全力以赴，以求马到成功。

周志明也高兴极了，他说："你们为工厂立下了汗马功劳，我要好好谢谢你们。"

电话那头，芳姐就笑着说："谢谢就免了，我可受不起，不过回来之后，我倒真有件事还需要你帮忙，到时，你不要拒绝就是了。"

"很重要吗？是公事还是私事？"

"既是公事，也是私事。这样吧，几句话也说不清楚，总之，等我回来以后再说吧。"

"好吧，那不是问题。我答应你，你就放心吧。"

"好，那我就先谢谢你了，再见！"

"再见！"

放下电话，周志明说不出的高兴。与前几天比，他就像换了一个人似的。的确，所有的焦虑都像秋风疾卷着的残云一样，消失得无影无踪了。人一旦没有了思想上的压力，他还哪有不开心的呢？现在，第一张订单的签订，就像一针强心剂，让周志明很快就重新找到了自信的感觉和所有自信的理由：只要把企业的产品做好了，总会得到市场的认可。这个理由其实很简单。但是，往往好多的厂家却忽略了这个最原始、最朴素、却又是最现实、最宝贵的道理。他打开记事本，在一页上写下这样一句话：用最低的成本，把产品打造成精品，这就是我们企业应该做的工作。他合上本子，心里充满了自信。他相信，几天以后，他就会接到第二张、第三张甚至更多的订单。他们的产品会源源不断地运往各地，他们的资金周转会更快，资金利用率会更高……周志明想象着工厂的美好前景，心里面就像是六月天喝凉水——爽透了！

周志明现在有更坚强的信心和决心，按照既定的方向和目标前进。他要把人员精减和厂风的整顿紧密地联系在一起。一个工厂必须要有一支高素质的队伍和一个好的厂风，这是工厂稳步、健康发展的前提。在随后的几天里，他把自己的办公室真正地变成了工厂的总指挥部。他叫来了房兵，听他精减人员的工作进度汇报；他叫来了王强，问他班长的人选是否敲定。他也叫来了人事部的田苗，询问近段时间员工进出的情况。他还特地叫来主管后勤的石高明，要他把运货司机的生活安排好，不要怠慢了这些司机。为了更加全面地了解情况，掌握情况，周志明甚至想出了一个绝妙的办法。他在工厂饭堂大门的一边墙上，安装了一个不大不小的铁皮箱，上面用醒目的红漆写着：厂长信箱。这意味着员工有事可以直接找厂长说了。这一小小的举动，又在全厂干部员工中掀起了一阵议论的热浪。总之，自从周志明当了这个新厂长以来，他就一直成了干部员工们议论的焦点。

形势的发展，正如周志明的预料。一个礼拜之后，销售小组又拿到了一份订单，并且是一份大的订单。再过几天，又传来了好的消息，再拿到了一份大单。芳姐请示下一步怎么办？

周志明连夜召集生产车间的主管和负责人开会，分析形势，估算产量，结合现在所有的订单进行参考。大家一致认为以现有的订单数来看，生产已经是满负荷了。也就是说，销售小组已经圆满地完成了它的使命，可以班师回厂了。

周志明通知销售小组回撤。

在厂部招待室里，陆总和于工作陪，周志明设宴隆重招待芳姐、张彩虹和陈昊一行三人。

看着风尘仆仆、面带倦容的部下，周志明深感惭愧。他频频举杯，殷勤之至。为了给部下接风洗尘，他特地请厨师做了一桌子好菜。两个炉子：一个是炖土鸡；一个是炖野生水鱼。另外还有几道菜：一盘基围虾，一盘清蒸鲈鱼，一盘湘味花甲，再加一个青菜钵。酒也不是白酒、啤酒，而是养颜的红酒。

看到如此招待，芳姐就嗔怪起周志明了："我们是自家人，又不是客，搞这么丰盛干吗？"

周志明一本正经地说："应该的，应该的。你们在前方辛辛苦苦，没有什么好感谢的，弄几个菜招待一下，表示一下我们对你们的敬意，难道还不行？"

张彩虹看着态度诚恳，认认真真的周志明，沉默不语，眼圈却红润了，眼光里似乎隐藏着很多复杂微妙的东西。周志明的目光碰到她的目光时，他的心里一震：他分明从她的眼神里看到了某种苍凉，某种哀怨。

在外面发生了什么事情？周志明的脑子飞快地转动着。他把头转向陈昊："一路上还安全吧？没有出什么事吧？"

陈昊就点点头，瞄了芳姐一眼。

芳姐在夹着菜，听到了周志明的问话，便停了下来，看着周志明和陆总，沉吟了半晌，才说道："为了能顺利地拿到第二张订单，把事情办好，彩虹不得不陪老板赌酒，结果，老板喝醉了，她也喝醉了。回到客店后，就不省人事……后来的事情我就不说了，最后，陈昊和我陪了她一通宵。"

芳姐最后说："这件事情我有责任。当时我完全可以阻止，但我考虑到那张订单对我们也确实太重要了，所以，我也就只好……"

"我也有责任，作为一个男人，身临其境，我却无法避免这种事情的发生。"陈昊自责道。

周志明震惊了！他本能地意识到，这绝不仅仅是一杯酒，两杯酒的问题，而是人命关天的大事情。他放下酒杯，无限怜爱地看着坐在对面低着头的张彩虹，沉默了。

陆一鸣看着喜庆的气氛低了下来，便招呼大家快吃菜，免得菜凉了，味道就淡了。

周志明也在瞬间回过神来，神情严峻而内疚。他自责地说："这件事情不能怪你们，责任在我，我的脑子里面太单纯了，缺乏这方面的经验。彩虹，我

226

周志明让你受苦了，我在这里向你郑重道歉，请你接受。"

周志明双手抱拳，在胸前一揖。

张彩虹连忙叫了起来："使不得，使不得，你们也不要把事情看得太严重了。不就是喝醉了一次酒吗？如果还有机会，只要能拿到订单，我还要喝，我愿意。"

此话一出，众人的心又提了起来。

"彩虹，你的心意我领了，但是，如果要用你的身体，你的青春，你的生命作代价，来换取我们工厂的利益、前途以及我周志明个人的名誉和声望，我绝不会这么做，也不允许你这么做。订单可以通过多种渠道获取，工厂倒闭了也就仅仅是一个工厂。赌酒，有时候是要出人命的。而你的生命，能有几次？只有一次啊，我的好同志，我的好妹妹！"

周志明声情并茂，在座的人无不动容，无不为他的一片真情所感动。

张彩虹也被他的这番发自肺腑的话震撼了。她抬起头，痴痴地望着周志明，紧咬着的嘴唇微微张开，轻声道："我错了，对不起。"

"好了，好了，认识到问题的严重性就行了。"

陆一鸣担心他的这个犟老乡还不歇劲，一边打圆场，一边给他递眼色。

周志明看到了陆总的眼神，明白了他的意思。他换了一副语气，招呼大家赶快用餐。他站起身来，亲自用长勺子给张彩虹舀了几勺鸡肉和水鱼肉。张彩虹显得有些不好意思了，她看看左右，对周志明说："你可不要偏心，他们都长着眼睛呐。"

几个人就被她逗笑了。芳姐笑道："你的功劳最大，应该多吃点。"

周志明就轻声问张彩虹道："身体复原没有？精神怎么样？"

"现在没什么事了，只是那几天像大病了一场。"

周志明就看着陆总说："他们这次出去，为我们工厂的发展立下了汗马功劳，人也很疲劳了，我看，给他们安排几天假，让他们好好休息一下，怎么样？"

陆总说："行啊，我同意。"

于是，周志明就对他们三个人说："从明天起，我给你们安排一个星期的假，让你们好好休息，养好精神。怎么样？"

几个人的眼睛里就放出了惊喜的光芒。他们都觉得这个年轻的厂长不仅有血性，而且还有情有义，跟着他干，即使吃再多的苦，受再多的累，他们也愿意，也心甘。

芳姐就说："那就多谢厂长了。"

# 二十九

芳姐一觉睡醒，已经是吃中餐的时候了。她连忙起床，洗脸、漱口、梳头发，又在镜子前照了一会儿，理了一下衣服，才向饭堂走去。昨天厂长批了一个星期的假，她真是求之不得。她计划今天去办公室看看唐芸芸，然后就去自己丈夫那里。她丈夫和她在一个城市打工，相距并不多远，乘公共汽车也就半个小时的路程。

吃完饭，在宿舍里又收拾了一会儿衣服，估计该上班了，她便兴冲冲地朝厂办公室走去。走进办公室，唐芸芸不在，一个胖乎乎的小妹就喊道："芳姐，你找谁？"

"是小罗啊，我找芸芸，她还没来？"

"芸芸？她前天晚上就出事了，现在还在医院里呢。"

芳姐怔在那里，急忙问道："怎么回事？出什么事了？"

胖乎乎的女孩就告诉她，那天晚上，有个同伴过生日，她们就在外面去喝酒，结果，芸芸喝醉了，回到宿舍，竟然口里吐出了血，后来赶紧喊人送到医院，一检查，原来是酒精过量，伤了胃，导致胃出血。手术已经做过了，现在她还躺在医院里面，没有出院。

芳姐心里就直叫苦：这个丫头，怎么就这样糟蹋自己呢？她问明了医院，赶紧搭公交车过去。

市一医院住院部的--间病房内，心力交瘁的唐芸芸正躺在床上闭目养神。门开了，芳姐像一阵风样闯进。

"芸芸！"

听到喊声，她慢慢地睁开眼，见是芳姐，吃了一惊。

"你回来了？"

两行委屈的清泪便流了出来。

芳姐连忙用纸巾帮她把泪水擦干，告诉她："昨天下午才回来，刚才去办公室看你，才知道你出事了，我就连忙赶了过来。"

她一手抚摸着芸芸的秀发，一手抚摸着芸芸的苍白色的脸，心疼地说："我走的时候交代过你，有什么事都要等我回来，你怎么就不听话呢？你把自己弄成这样，我心疼啊！"

"我也没想到会弄成这样。那天几个人喝酒，都尽兴地喝，加上心里烦躁郁闷，憋得很，我就喝得更多。唉，已经这样了，你也不要替我难过了，这都是命里注定的劫数，逃不过的。"

"你还读过高中，是个读书人呢！怎么还讲起命来了？本来回来以后，我就准备和厂长说说，给你换个部门，可现在……"

芸芸便想到了芳姐这次出去的任务，问她道："你们的事情办得怎么样？还顺利吗？"

"费心费神，阿弥陀佛，总算把任务完成了。不过……我们也出了点差错，为了能拿到订单，张彩虹与一家工厂的老板赌酒，把自己也搞醉了。昨天晚上，为此事我们还挨了一顿批。哎，你也是因为酒，张彩虹也是因为酒，我看啊，酒这个东西还真不是个东西，可天下为什么还有那么多人在喝呢？"芳姐道。

芳姐突然像想起了什么似的，对周围看看，说道："就你一个人？没人照看你？"

芸芸说，还有一个同事，她去打稀饭去了，快回来了。芳姐就哦了声。果然，一会儿，一个欢跳的女孩就提着饭盒走了进来。

"通知你家里的人了吗？"

"没有，我不想让家里的人知道。"

"你！……也真是。这么大的事，怎么能瞒父母呢？"

芳姐慢慢地把芸芸扶起来坐稳，问她道："你自己能吃吗？"

"我自己行。"

她又看着芳姐道："你吃饭没有？要不要去买点什么吃的？"

芳姐就告诉她，刚刚在厂里吃过了。她一边看着芸芸慢慢地吃着稀饭，一边却陷入了沉思。本来是一件简单的事情，现在却复杂化了。因为，几乎所有的台企里都有一条不成文的规定，那就是员工如果出现了伤、残、病等情况，医药费一律由自己承担；如果由厂方承担，员工就得打包走人。以芸芸现在的工资水准，要负责自己的医疗费用，那恐怕太不现实了，那么唯一的选择就是走人。芳姐觉得对芸芸这样的弱女子，这似乎又太不公平了。但从原则性的角度来看，虽说她事出有因，但真正把问题摆上桌面，她又似乎没了道理。

"我现在该怎么办呢？一边是公道良心，一边是厂里的规矩，我该如何帮助她呢？"芳姐在心里面轻轻地叹了口气。

"你不要替我担忧了。我都已经想好了。出院后我就辞工离开这里，反正那个人在那里，我也不得安宁，我还不如趁这个机会走了清静。"

芳姐忽然就有了一种直觉，唐芸芸不能走。至于为什么，她一时还没有想到理由。等芸芸吃完了，她用毛巾帮她擦了一下脸，又扶她慢慢躺下。

"我怎么会舍得你走呢？我不希望你走，我要尽自己最大的努力让你留下来。你现在什么都不要想，先把身体养好，我这一段时间大概也不会外出，我

230

会替你好好想个办法，我总觉得你是无辜的。你要相信我。"

一直到了晚上，芳姐又替她擦洗了身子，反复交代之后，她才离开医院，去了丈夫那里。第二天早饭后，她的丈夫上班去了，她把他的一些衣物及床上用品全部洗了一遍，晾在阳台上。做完这一切，她坐在椅子上歇了口气，看看表，已是十一点钟了。她决定干脆小睡一会儿，下午去医院，晚上就在医院陪陪芸芸。


下了车，芳姐匆匆而行，刚刚走进医院大门，就在远处晃到一个熟悉的身影，好像是办公室的房兵。她连忙躲到一辆车的后面，悄悄地瞄着那个身影。

果真是房兵，他低着头，急急走着，好像一副很生气的样子。他来干什么？他来看芸芸？等他一走过去，芳姐就连忙直奔住院部。推门进去，看到芸芸还在生气。

"他刚才来干什么？"

"你看到他了？"

芳姐就点点头。

"哼！还有什么好事？黄鼠狼给鸡拜年，还有个好心？原先我还处处让着他，躲着他，现在我要走了，反倒不怕他了，撕破了脸面，谁怕谁？"

芳姐看她怒气上来了，连忙用手给她轻轻地拍着胸，安慰她道："不要动怒，不要动怒，你说得有道理。现在谁怕谁了？你吃过饭了吗？"

芸芸点点头。

"你慢慢说，他刚才来到底对你说了些什么？"

"你猜他说什么了？他说我如果不想走，他愿意替我出这笔医药费。这不是在要挟我吗？岂有此理？"

"唉，他也真是。我看他对你也还是一片真心的。若是换了别的女孩，可能都以身相许了。可他却偏偏遇到了你这朵刺玫瑰。真是桃花有意付流水，流水无情笑春风啊。我看，这个气你就不要生了。"

"我……芳姐，你不知道的。如果他是真心喜欢我，即使我没有答应他，他也要尊重我、理解我，可不应该经常地在我面前发脾气、挂脸色。他把我当成什么了？我是他的一碟小菜，他想怎么夹就怎么夹？那我还有什么快乐、幸福？况且，你也知道，他那个人很阴险的，心胸狭窄，毫无进取之心，不是我所欣赏的。我瞧不起他的人品和德性，时间一长了，我就在心里讨厌他、鄙视他。现在，他是借机要挟我。你想，我能不生气吗？"

"我知道，男女之间的事是勉强不得的。我也知道，你瞧不起他。好了，我们不谈他了。我想，你也不要心灰意冷，为了你的事，我是要找厂长好好谈谈的。"

"谈什么？我找过他两次了，他都回避了我，他的自尊心满足了，而我呢？难道我就没有自尊心吗？算了，此处不留人，自有留人处。我天生就一副犟脾气，我走就是了，干干净净。"芸芸愤愤地说。因为来气，她的好看的小嘴和两个腮帮子都鼓了起来。

"芸芸，你还认我这个做姐姐的吗？"

芸芸点点头。

"今晚我没有打算走，就在这里陪你，咱们姐妹俩说几句掏心窝子的话。有好长一段时间咱们没有好好聊聊了。"

芸芸点点头，苍白的脸上就泛起了一丝微红，一缕笑意。

芳姐就对她说："你知道我为什么不希望你走吗？你的事情看起来很复杂，但有一点是可以肯定的，你是无辜的，你是受了委屈的。如果你就这样走了，你心里的疙瘩还是没有解开，你心里的阴影还是留在了那里，它会影响到你今后的心态和工作。同时，我这个做姐姐的现在大小还是个厂里的高层管理人员，看着你就那么离开，我的面子又往哪里放？所以，我要找厂长说说，想法把你留下来，同时给你壮壮面子，让他房兵好好瞧瞧你，让他知道你绝不是孤立的一个人，而是身后有着他扳不动的靠山。"

芸芸静静地听着她的这一番话，她的目光渐渐明亮了起来。她用目光上下左右地打量着芳姐，就像是第一次看到她。毕竟是结婚成家了的女人，芳姐显得是那样的成熟老练而又庄重。她的这番话，合情合理，让芸芸消沉颓废的心重新开始活动起来，她的心里又燃起了希望的火苗。

"他到底是怎样的一个人？他能听你的？"

唐芸芸显得有些担心。

"从这一段时间的相处和观察，我发现他是一个很有个性和品位的人。他年轻，接受过正规的高等教育，为人很正派，很有头脑，做事有眼光，有魄力，喜欢实干，有情有义。总之，是个很优秀的男人。你看，自从他上任以来，他兢兢业业，日夜操劳，厂里的形势发生了很大的变化。我还发现他有个特点，就是吃软不吃硬。"

"什么意思？"

芸芸问她道。

芳姐就讲了他上任后发生在第二车间的罢工事件。

"他处理的是那么干净利落，令人叫绝。所以，我在想，我要如何利用他的性格做好你的文章，达到我们的目的。"

"你不愧是做姐姐的，都快成老江湖了。"芸芸说。

芳姐就笑了，俏皮地说："在外混了这么多年，不是江湖也是江湖了。"


第二天上午，芳姐就匆匆回到工厂，直接进了周志明的办公室。

周志明正坐在那里一丝不苟地看着报表，听到脚步声，抬头一看，见是芳姐，吃了一惊："你不是休息吗？"

芳姐歇了口气，说："我要耽误你一点儿时间，我有件事要和你说。"

她把随身带来的一小袋苹果提到洗手池那里，冲洗干净，放在茶几上，招呼周志明道："我们边吃边聊吧。"

周志明起身坐到沙发上，顺手拿起一个苹果，吃了一口："嗯，不错，很脆，很甜。"就想起上次答应过她的事，问道："你上次求我，到底是一件什么事情？"

"这件事情也牵涉到你，你要先答应我，我说的话是实话，如果说重了，或者说错了，你都不要怪罪我。"芳姐的脸上浮现出少有的顽皮的微笑。

周志明心里一惊：牵涉到我？他就对芳姐说："这里没有第三个人，你可直话直说，畅所欲言。现在你们是厂里的有功之臣，我还要奖励你们呢。"

芳姐心里有了底，就对他说："有一个女孩，你们曾经见过几次面，就因为她的脸上右颔下面有一颗小小的黑痣，你记住了她；而人海茫茫，人来人往，来去匆匆，她却没有记住你。于是，你们之间就出现了一个误会，一个真正的误会。当你们再次见面并天天相处时，她终于想起来了，你们曾经见过面的。于是，她主动找你，想和你消除误会，重新开始。可不知道是什么原因，你却两次婉言拒绝了她。无形之中，你伤害了她的自尊心，伤害了她的感情。"

芳姐停了下来。

周志明的神情严峻起来，他思索了一会儿，肯定地说："你说的是办公室的那个女孩？"

"不错，就是她，唐芸芸。"

周志明头向后仰，靠在沙发上，沉思起来。他忽然觉得芳姐的话似乎有些道理。他之所以能记住她，除了她的漂亮外，的确还因为她的那颗小黑痣。如果没有那颗小黑痣，在熙熙攘攘的人海中，可能真的也记不住她，认不出她了。周志明当时并没有意识到这一点，现在一经芳姐提醒，方才明白过来可能的确是那么回事。

"就是这件事？找个时间，我亲自向她解释一下，道个歉，那没有问题。"

芳姐的脸上一下晴朗了许多。为了做好周志明的思想工作，她昨夜想了一宿，才找到这么几句话，不长不短，不轻不重，又把事情过程说清楚了，又不啰唆。

"这仅仅是其一，她和你的关系；还有其二，她和房主任房兵的关系。"

"她和房兵有什么关系？那和我又有什么牵扯？"周志明觉得这个问题有点玄了。

"你听我慢慢说。他们都在一个办公室上班，房兵是她的顶头上司，又一直追着唐芸芸，但唐芸芸从心底里就瞧不起他。因此房兵经常借工作之便，给她小鞋穿，让她很难堪，处境很不好。芸芸后来听说要换新厂长了，她就想找新厂长说说，换一个部门。但新厂长来了，却是你，因为你们之间先前的误会，她考虑之后，还是鼓起勇气，想找你说清楚，消除前嫌。但你却没有给她说话的机会，她的心情就可想而知了。前几天，她的一个朋友过生日，一起聚会，开怀畅饮，她心情不好，触景生情，竟悲从心来，伤感不已。她情不自禁，就多喝了几杯，不料，竟导致胃出血，住进了医院。医生说幸亏及时送到，否则……"

周志明看着她，震惊了！唐芸芸住院的事他知道，但这背后的原因却竟然是这样。

沉默了好一会儿，他才对芳姐说："我明白了。你是说我在无形之中既伤害了她的感情，又伤害了她的身体。"

"或许真的是这样，我的话可能说得太直白了，这是因为我一直把你当作可以坦诚相待、可以交心而谈的人。你不会怪我吧？"

周志明歉意地摆摆手。

芳姐接着道："我知道，你是一个懂得大是大非、有情有义的人，你会理解她，同情她，也会帮助她的。可那个房兵昨天去医院，竟趁机要挟她，逼她就范。"

"逼她就范？什么意思？你能不能说具体一点儿？"

"所有台企都有一条不成文的行规，你可能也听说过。遇到类似唐芸芸的这种情况，当事人如果还想留下来继续做事，那医药费就得自己买单；如果厂方买单，就意味着当事人就得打包走人。两者之中，你可以自行选择。所以，房兵昨天去医院，就明白地告诉唐芸芸，他可以替她出这笔医药费，但条件就是，她要同意嫁给他。结果，把个唐芸芸气得要命。"

周志明就睁大了眼睛，握紧拳头，恨恨地说："竟还有这等事情？简直就是卑鄙之极！"

"我昨天下午过去，唐芸芸正在生气。"

"嗯，不错！看来，这个唐芸芸还是很有个性，很有主见，很有骨气的。我就喜欢这样的人。"周志明接着说："房兵也太不像话了，哪里像个大男人，简直是欺人太甚！"可他转念一想，觉得那似乎又是他们男女之间的私人感情纠葛，工厂方面似乎不好介入。但又反过来一想，觉得不出面处理一下也好像不妥。这是怎么回事呢？周志明觉得自己都有点矛盾、纠结。他想了一会儿，忽然看着芳姐道："那你和芸芸又是什么关系呢？"

"她是我的一个好朋友，我要比她大很多，所以，我就一直把她当作自己的小妹妹看待。其实，她在各个方面都是很优秀的。她的为人很好，她的诗歌、散文也写得很好，尤其是诗，很有天赋的。"

"噢，还是这样？"

周志明就说，他全明白了。

他头枕沙发，眼光向上盯着天花板，考虑了一会儿，才坐正身子，认真地对芳姐说："这件事的确有些难度。有个问题我还需要证实，换句话说，我还需要一点儿时间。不过，我可以明确地告诉你，我倒是很欣赏她的那种个性，好人应该有好报，我们应该给她一个公道。我个人的观点还是偏向于帮助她的。"

"你是厂长，就是这里的老大，有你这句话，我就放心了。我知道你是有办法的。这么大的一个工厂，你也把它整活了。更何况仅仅就只是一个员工而已。"

"你还是少夸点我。这件事很特殊，也很复杂。这个唐芸芸和我有牵扯，和房兵有纠葛，恰好她又是你的朋友，你看，她就恰恰处于我们三个人的中间位置。不过，我既然答应了你，我就会认真考虑这件事情。你就叫她安心休息吧，尽量早点康复，早点出院。剩下的事情，我来考虑吧。"

"好的，那我就替她谢谢你了。"

谈话总算达到了预期的目的，芳姐舒了一口气，意满心宽。他们一边吃着苹果，一边聊起了其他的事。

周志明说："经过大家这一段时间的努力，我们总算实现了我们的最初目标，这的确是一个了不起的成绩。等你们上班之后，我们要开一个干部会议，认真总结，及时表扬，并规划出我们下一步的工作重点和发展思路。你是秘书，其实就是我的助手，你要准备一个发言稿。大家都要献计献策，共谋发展。"

芳姐说："那是应该的，"并又趁机夸他说："你和原来的厂长真是两种不同类型的人。你平易近人，没有一点儿厂长的架子；你又很务实，对部下有情有义。大家都愿意跟着你做事。上次那个张彩虹，就悄悄地跟我说，她就非常欣赏你。所以，她宁愿把自己喝醉，也要拿回订单。因为，她读懂了你，她知道你亟需什么，她不想让你失望。"

一提到张彩虹，周志明的心就条件反射般地紧缩了一下。他很欣赏她的个性和工作能力，但他从她的眼睛里看到了燃烧的火焰、大胆的诱惑，但，他毕竟还有理智，很清楚，他已心有所属，他已经没有任何权力再接受任何一个女孩子的感情了。同时，他也不希望自己与除亚琴以外的任何一个女孩有着暧昧的感情存在。因为，亚琴爱他，他也深爱着亚琴，他的内心里已经被亚琴的爱完全充盈，他不能做任何亵渎、伤害亚琴的事情。所以，他决定找个恰当的时机和她好好谈谈。

而此时的亚琴，正在风景如画的梵净山冉家寨自己的家里，高兴着，激动着呢！

天还没有亮，山上山下山谷里都还是一片灰蒙蒙的时候，屋子前面的一株高大的野山梨树上，一群喜鹊就喳喳叫起来。亚琴的阿爸刚刚起床，他是第一个听到的，心里就想，今天莫非有啥子喜事？他家的门前是一条沙子路，蜿蜒进去连接着整个寨子，现在正在浇筑水泥，他和寨子里的一帮人就在这条路上做事，负责碎石工作。自己每天是天亮了去，太阳下山时回。天天一个样子，哪会有什么喜事？女儿弄伤之后，就一直在家休息疗养。现在，走路都还靠两支拐杖。他收拣工具的时候，还特地朝雾蒙蒙的树巅望了几眼，虽看不到喜鹊，但却明显地感觉到它们今天的不同。

"你们叫什么呢？那么起劲，欢天喜地的。去！去！"他噘着嘴，向那一团高大的树影嚷道。

孩子她妈也起床了，也听到了喜鹊的吵闹声。她就想着：今天莫非有啥子贵客要来？她就想着：自己喂养的一群成年鸡仔现已经杀完了，再杀，就只有小的了，她都有些心疼了。

就在山里的雾气被太阳收尽，可以清楚地看到野山梨树上的青灰色叶片时，一个着草绿色服装的邮递员骑着摩托车进了寨子。他是乡里的邮递员，也是老熟人。他在亚琴家院子的矮木栅栏边停了下来，从邮包里取出一封信，扬在头顶，高声喊道："有信，有信，你们家闺女的信。"

亚琴她妈听到叫声，就连忙从板壁屋里走出来。她拿了信，少不了唠慰人家几句，就赶快急颠颠地跑到女儿的房间里去。

"快看，你有信来了。快看看，是哪里寄来的。是不是……"
做母亲的比女儿还急呢。

亚琴的心悬了起来。她急忙撕开信封，把里面的东西倒出来：一张纸笺，一张红色的心形纸片。

亚琴看了纸笺，再把那张红色的心形纸片拿在手里，左看右看，她一切都明白了，喜极而泣，她的两行热泪就顺着脸颊流了下来。多少天的焦虑，多少天的相思，都在这一瞬间得到了彻底地释放。

母亲左看右看，云里雾里就是不懂。见闺女流泪，心里一时就慌了神，她连忙问她信里面说了些什么。

女儿好不容易才平静下来。她擦干脸上的泪水，高兴地告诉母亲：是他来的信，他现在很好，他在那边等我。

母亲就弄明白了，今天早晨喜鹊为什么叫得那么欢。她也用不着替小鸡仔担心了。

# 三十

从周志明那里出来，芳姐的心情极好。她在厂里一吃过午餐，就匆匆赶往医院。她要把和周志明谈话的结果尽快地告诉唐芸芸，让她宽下心来，静心休养。

芳姐推门进去的时候，芸芸正慢慢地用汤勺舀着稀饭往嘴里送，看到她，她的脸上立即绽出了笑容。

芳姐告诉她，事情已经有了眉目，厂长已经答应认真考虑这件事情了。

芸芸的眼睛里就放射出明亮的光芒，直直地盯着她："他真的就那么好说话？"

芳姐点点头，对她说："其实，他是一个很好相处的人，通情达理的。你现在可以安心休养了吧。医生说什么时候可以出院？"

"还有几天动手术的地方就可以撤线了，撤线后观察一两天，如果没有问题，就可以出院了。算起来一共还要待一个星期左右吧。"

"出院后还要休息几天，先不要急着上班。"

芸芸点着头，高兴地说："那就听你的。"这个时候，她心里的愁云一扫而光，就只剩下蔚蓝的天宇和明丽的阳光了。高兴之余，她的思想忽然就集中在了这位新厂长上：他真的就那么好？他真的就原谅了自己？我真的还能继续上班？

她哪里知道此时的新厂长正在为她的事情操着心呢！

芳姐走后，周志明就坐在那里，一直沉思着。厂里的几件大事，都已经稳妥下来，他思想上的压力也减轻了很多。余下的工作，都是些枝枝叶叶的事情了，可以慢慢来，不必那么急，也费不了多少神。他本来计划让自己的大脑也好好休息一下，可是现在，却突然冒出这么一件棘手的事情，着实让他左右为难。公事公办吧，在情感上无论是面对唐芸芸还是芳姐，他都觉得过不去，有些亏欠；徇私处理吧，他又觉得自己多少有点偏袒。他想了一会儿，觉得问题的关键还是在于那个不成文的行规。如果没有那个行规，事情就好办了。于是，他打电话叫来田苗。

"有事？"

田苗坐定后问他道。

周志明看了他一眼，就把那个所谓的行规的事情说了出来，并问他对此事是个什么看法。

"我知道了，一定是有人求到你了。"

"你太精明了，是个做官的料。"

田苗就哈哈一笑，说道："当局者迷，旁观者清。你一提到这个问题，我就猜到了八九分。"

周志明知道他对自己的态度一直都是很友好，没有一丝儿怠慢之意，便点着头说："不错。我请你来，就是因为信得过你，很想听听你的看法和意见。"

"有没有这个行规，说真的，我也不清楚。虽说厂里也一直是这样执行，但白纸黑字的文件，我是没见过，这是其一；其二，即使有这个行规，行规是死的，人是活的。执行行规的是人，被执行的也是人。如果这两个人的关系很特殊呢？那就要灵活处置了。"

"你这不是等于没有说？"

"不对。我是说具体问题要具体分析，不能搞教条主义，本本主义，凡事一刀切。"

"说具体的东西，我不喜欢听大道理。你不是说你是旁观者清吗？那你就直说吧，这件事该如何处理？"

"我猜想求你的人不是房兵就是芳姐，无论是谁，唐芸芸如果留下来，她的处境都很不好，日子都是不好过的。因为她和房兵同在一个办公室里做事，低头不见抬头见，房兵又是她的主管，你想想，唐芸芸有好果子吃吗？有好脸色看吗？有好日子过吗？"

"我听明白了，你的意思是公事公办，让唐芸芸打包走人。"

"对。一者唐芸芸可以不需自己出这笔大的医疗费；二者她可以彻底摆脱房兵对她的骚扰。两全其美，又有什么不好呢？"

如果撇开唐芸芸和周志明及芳姐的感情因素，让唐芸芸打包走人无疑是最好的选择。但，感情的因素很现实，就摆在那里，周志明无法迈过那道坎。

"我可以告诉你一个事实，唐芸芸和房兵已经撕破脸面，彻底闹翻了。如果唐芸芸留下来，把她从办公室调出来，给她换一个部门，你认为行不行？"

田苗略略停顿了一下，说："这个主意不错，把他们两个人分开，这样，他们两个人之间就不存在上下级关系了。如果房兵还要骚扰她，那性质就不同了，不仅厂方可以出面干预，而且可以报案由公安部门去处理了。我相信，房兵绝没那个胆。因为婚姻自由嘛，不能强买强卖。"

周志明连连点头，在这一点上，他们的看法还是相同的。周志明好像忽然想起了某件事，连忙起身，从桌子里拿出一包烟，给田苗递了一支，自己口里也含了一支。

烟点燃了，周志明吸了一口，又慢慢吐出来。

"要把唐芸芸留下，总得找个理由吧？医药费怎么办？"

"这是私人企业，又不是国企，还不是老板、厂长一句话说了算？不过，也还有个办法，可以绕过行规，只是行事不太光明磊落。"

周志明听说还有个办法，立马来了精神。

"让唐芸芸先走人，过一段时间后，再拿别人的身份证又重新进厂。反正拿别人的身份证进厂打工现在在哪里都普遍，又不丢人。"

"你是说绕个圈儿变个法儿？"

田苗就肯定地点点头。

周志明觉得办法还是个办法，只是有些损害唐芸芸的人格和形象，似乎不是正人君子所为。他想了想，摇头否决了。

这件事几乎成了周志明的一块心病，它困扰着他，使他的内心无法平静下来。既要替唐芸芸帮好这个忙，让这个可怜的女孩渡过这个难关，又要做到光明磊落、襟怀坦荡，到底该如何做呢？为此，他又特地拜访了陆总。

在陆一鸣面前，他是晚辈，又像是门生。他不需要做丝毫的保留和掩饰。不料，陆一鸣听完后，却哈哈一笑。周志明望着这位尊敬的长者，就糊涂了，心里想着：我哪里出了问题？

笑完之后，陆一鸣就用手指点着他的脑袋说："你呀，还真是一根筋。你是厂长，这种大可大小的事情，你说怎么处理就怎么处理，不需要想得那么复杂，也完全没有必要去考虑别人的感受。时时考虑到别人的感受，事事就会受到掣肘。这一点儿特权都没有，那还当什么厂长？"

"我想把事情处理得公道一点儿，免得下面的人在背后指指点点。"

"在任何一个地方当领导，除了业务水平外，还要有些艺术上的手腕，说得不好听，就是阴谋，说得好听，就是灵活性，就是智慧。这既是一种艺术，也是一种能力。"陆一鸣开导着他，就像开导着自己的弟子。

周志明如同醍醐灌顶，忽然间醒悟了过来。自己的长处在于管理，是有关原则、制度性的东西，是理性的东西，而一旦牵涉到有关情感的东西，他就好像不太适应了。

"不过，不要紧，你还年轻，在这方面可以慢慢学。你之所以现在出现这种状况，主要是你步入社会的时间还不长，书生气还没有褪尽。在现实中，做领导的有些事情是要独断的，只要心术正，出发点是好的。你想想，你尽心尽力，试着事事一碗水端平，能端得平吗？"

周志明洗耳恭听，听得再明白不过了。

晚上下班后，他赶紧冲了个凉。他感觉自己与平时很不一样。今天的感觉是特别特别的舒爽，从头到脚，从里到外，仿佛全身的每一个毛孔都张开着，有的负责把气吸进去，有的负责把气呼出来，这些气体在他的身体里自由地进进出出，就好像农村赶集的人一样悠闲。周志明明显地感受到了这种舒服的感觉，也知道了这种感觉是来源于何时何处。他在心底里对陆一鸣充满了无比的感激之情。

摆脱了那件事情的困扰，周志明又恢复到了良好的精神状态，他的心情好极了。他用电话叫来房兵，把准备开干部会的意思告诉他，要他去做准备。会议的时间、内容、主题及需要发言的人员都写在一张纸上了。房兵把那张纸拿在手里，转身出去了。周志明看着他的背影，心里就升起了一种怪怪的感觉，如果仅仅从是好人还是坏人这种单纯的目光去鉴别判断他，好像还是很不适合。他现在是一种什么样的心态呢？周志明一点儿也不知道。他决定在会议过后好好地和他做一次长谈，诚心地帮帮他。毕竟都是同龄人，又在一起打工做事，沟通起来应该是没有问题的。随后，周志明就去了二车间。

周志明先是在门口站了一会儿，看了一会儿。然后又在整个车间转了一圈，最后停在材料分析部的两台机子边。龙霞带着几个人在操作着，于工已经脱手了，他要负责全厂的技术工作。看到龙霞，他就想到了一件事。还是放到会后吧，他心里这样想着。

这时，王强早已得到手下人的报告，匆匆赶了过来。

周志明见了，就附在他的耳朵边，轻声问他道："现在情况怎么样？班长的事情现在处理好没有？"

王强就赶紧小声汇报说："这个班长说起来也是我的老部下了，我把他狠

243

狠地修理了一顿。他答应立马改正，重新做人。我就给了他一次机会，答应他十天时间，要他向苏小东学习，把产量和质量搞上来。如果十天之后还是不行，那就只好换人了。这几天他是夹着尾巴做人，衣服也是穿得整整齐齐，合格品的数量也一天天在往上涨。"

周志明就"哦"了声，看着王强说："看来人还是要有一定的压力，有了压力才会有动力。我们也不能把人一棍子打死，浪子回头，也是一件好事啊！"

王强起初还有点担心，怕这样处理周志明不满意。听了这话，心里踏实了。他就觉得周志明这个人也还是蛮通情达理的。

几天以后，在厂部会议室里，举行了热烈而隆重的干部大会。

在每一个人的桌子上，都摆放着相同的水果、花生、瓜子和糖果。大家的心情就和这屋子里的气氛一样，暖暖融融的。会议还没有开始，大家一边随意吃着东西，一边东南西北地神侃着。有说新闻的，有讲笑话的，有开玩笑的，有说荤段子的，总之，大家的心情都很好，脸上都堆着笑。

芳姐带着办公室的那个胖小妹忙得不亦乐乎。先是分发食品，然后是倒水冲茶。做完了这一切，她才挨着张彩虹、林晓丽和龙霞坐下来。她们是周志明手下的四员女将，四朵鲜花。芳姐稳重、林晓丽端庄、张彩虹热情、龙霞清纯。真是一个女孩一位天使，一位天使一种仙态，一种仙态一种韵味。房兵和保安部部长许一、后勤部部长石高明坐在一排，虽说不显山，不露水，也是有说有笑，但在他的内心深处，却深藏着一种奇怪的东西，这种东西就如冬日蛰伏的毒蛇，一旦醒过来，它就会咬人。他也反复地琢磨过，他和周志明到底是怎么了？不外乎就是自己想要的东西被他拿走了。那本来就不是我的，拿走了就拿走了呗，他有时候就这样自己宽慰自己。但是，有些时候它就那么奇怪，本来心情好好的，却又无缘无故地冒出种种莫名的烦躁，让他寝食不安。还有一件事，就是那个唐芸芸。自己哪里就配不上她？可她却就是不同意。天赐良机，让她出了事，他认为机会来了。那天他赶到医院，把自己的意思跟她说了，话一说完，唐芸芸就火冒三丈，丝毫面子也没有给，叫他赶快滚开。灰溜溜地回到厂里，他连忙关上门，像做了贼似的生怕别人看见了，脸上就像有无数的鸡蚤在肆无忌惮地来回爬着。那一刻，如果地面上有一条缝隙，他会不假思考，就那么钻了进去，像冬眠的蛤蟆，永不出来。歇了好一阵子，他的狂躁的心才慢慢平静下来，恢复到正常。现在，这几种不安的成分搅和在一起，时时来打搅他，侵袭他，骚扰他，就像时涨时落的海潮侵袭海岸一样，虽然这种低能量的海潮对海岸并不具备破坏性的作用，而在远处，大洋的深处，却在暗暗地积蓄着力量，高能量的漩涡随时都会形成，登陆……

就在这些食物差不多被消灭殆尽的时候，周志明、陆总、于工走了进来。大家便忙着把桌面收拾干净，安静下来。

周志明走到主席台，坐下。看到大家的眼睛都一齐投向自己，周志明就连连点头。他用平静的声音宣布道："现在开会。"

他先来了一段开场白："今天是一个值得高兴的日子。因为经过大家的共同努力，我们已经开始扭亏为盈，圆满完成了我们的预期目标。在这样短的一个时间内，我们能够创造这样的业绩，已经是非常的难得了。所以，我们今天花点时间，坐在一起，对前面的工作来一个总结，对今后的工作做一个展望，"他看了一下王强，"现在就请二车间的主管王强同志发言。大家欢迎！"

在一阵热烈的掌声中，王强站了起来。他清了清嗓子，看着大家，大声说道："大家都知道，我是一个大老粗，没有多少文化。这几个多月来，第二车间发生了翻天覆地的变化，之所以能取得这些成绩，应该归功于新厂长的正确领导……"

王强随后列出了一系列的数据，来说明他们车间取得的成绩。

王强之后，芳姐就销售方面，代表销售部做了一个发言。龙霞代表材料分析部做了一个发言。最后，陆一鸣也做了一个全面的、总结性的发言，对工厂前段的工作给予了充分的肯定和表扬。他鼓励大家团结一致，再接再厉，巩固

245

现有的成绩，再创新业绩，更上一层楼。

话一落音，掌声便轰地响了起来。等到掌声停息，周志明才接过话头。

"我们这些成绩的取得，是和大家的努力工作、积极进取分不开的。销售工作，是我们工作的关键。在销售工作中，我们的销售人员为了我们工厂的发展，立下了汗马功劳。如张彩虹部长，为了能争取到订单，以酒相赌，以命相搏。"

会场上鸦雀无声，安静极了。所有人的目光都投向张彩虹。张彩虹的脸像西天的火烧云一样，腾地烧红了。

"这种做法是不可取的，我已经当面批评她了。"

大家一听，心里都一惊：她挨批了？不可能吧？

就在大家的心被揪了起来的时候，周志明的声音陡地提高了："但是，她的这种精神，这种敬业的精神却正是我们的企业之魂，我们的精神之魂。我们在座的每一个人都应该向她学习。当然，也包括我在内。"

周志明带头鼓掌，众人明白过来，立即掌声轰起。

"下面，由行政总监陆总代表厂方给立功人员颁发奖金。"

陆总兴高采烈地走上主席台。台下的与会者情绪激动起来。自从建厂以来，厂里还从没有给哪一个员工发过奖金，这还是大姑娘坐轿子——头一回。看来，厂里的许多规矩真的是变了，变得灵活，变得有人情味了。

陆总宣布道："卢春芳，奖金一千元。"

芳姐腼腆地起身，走上主席台，接过红包，向陆总和周志明点头示谢。

"陈昊，奖金一千元。"

陈昊也走上去，领了奖金。

"张彩虹，奖金二千元。"

张彩虹激动地站起来，走上主席台，从陆总手里接过红包。

众人一起喝彩！

"谢谢陆总，谢谢厂长。"

246

转身时，她意味深长地看了周志明一眼。周志明的心就条件反射般紧缩了一下。一直到张彩虹回到座位，掌声才停下来。

周志明看着热烈的场面，他的心里也很激动。他心潮澎湃，起伏难平……

"发放奖金给员工，仅仅只是一种形式，我们的目的是要鼓励员工向他们学习，学习他们的敬业精神。同时也是对全厂员工表明一个态度，释放一个信号：员工给企业做出了贡献，企业是不会忘记他的。会议的最后一个内容，就是我们今后一段时间的工作重点和安排……"


# 三十一


会议之后，周志明自己写了一份述职报告，同时，他要陆总也写了一份工作总结，一并通过传真，发给台湾的老板。老板接到这两份传真后，真是喜出望外。他原来的估计，工厂扭亏为盈，时间还要长一些，并且利润增长的幅度也没有这么大。他连忙走到大厅，把这两份传真递给正在喝咖啡看新闻的女儿。

"还是你的眼光厉害，我还真服了你了。"

女儿看完后，不住地点头，赞许地说："相由心生，那个年轻人我一眼就看得出来，绝非泛泛之辈。当然，也不是全靠眼睛，还靠感觉。那天我一见到他，我就有一种感觉，认为他是个脚踏实地的人，是个能做事的。但究竟能做多大的事，也不能完全预料。"

父亲看着女儿，乐呵呵地说："我已经相当地满意了。这一回呀，你陆叔叔可是给我觅到了一个满意的人。我回复要好好地夸他几句。原来我们办企业，总是喜欢用自己家族里的人，重亲情，我看，这种做法还是有问题的，得改一改。任人唯贤，任人唯贤啊，这才是正道。"

接到回过来的传真时，陆总正在周志明的办公室里说着事儿。陆总看完，笑了，递给周志明。周志明看完，也点点头，说："我们两个人总算是可以交差了。现在，工厂已经进入了稳定的发展期，我们目前的任务就是稳定局面，在稳定中再谋求发展。当然，也还有一些小事儿，工作也要做到位。"他对陆总说，他想把时间和精力放在工厂未来的发展方向上，要他把今后的工作重点就放在财务及后勤管理上，看有没有漏洞及可以节约的地方，尽量降低成本，减少开支。产品的产量和质量这一块，他就交给芳姐负责了，销售方面，有张彩虹在，完全可以放心。陆总就点头称是。最后，周志明委托他，做一做房兵的思想工作。

"你是老板的私人朋友，在厂里又是他的领导，长辈，做他的工作他容易接受。主要讲两点：一，关于唐芸芸的工作调动；二，要有正确的恋爱观，不能把私人感情带到工作中来，影响工作。"

陆一鸣听了，心里虽然对房兵不怎么感冒，但觉得周志明作为一个厂长，毕竟还是站得高、看得远，以全局为重，以团结为重，说的也很有道理，便不假思索地接受了这个任务。

下午，卢春芳一上班，周志明就把她叫到了办公室。他决定把对唐芸芸的处理意见正式告诉她。他想：她知道了，她也就知道了。

卢春芳等待这个具体的处理意见已有好几天了，可以说是有点迫切了。她觉得应该是个好消息。因为，工厂的形势变了，已经在赚钱了，年轻的厂长眼角眉梢都是喜色。昨天开会，又是摆水果、糖果，又是发奖金，这都说明了一切。

周志明说："第一，所有医药费用由厂方负责；第二，唐芸芸出院后，调到人事部去上班，出任人事部的部长助理。"

芳姐一听，高兴得几乎要跳了起来。她觉得这太好了，她没有想到这个年轻的厂长竟是这样的情重于山，义薄云天！

她激动地对周志明说："太谢谢你了，我也代表唐芸芸谢谢你了。"

"用不着那么客气，我们都是远离自己的家乡和亲人出来打拼，都不容易。聚在一起了，这是我们的缘分。我们不仅仅是同事，更应该是朋友，是兄弟姐妹。所以，我能够做到的，我都会尽良知和能力去做。"周志明十分诚恳地说。

芳姐告诉他，芸芸后天就可以出院了。但在吃饭方面还有个问题。她的胃功能还没有完全恢复，还要吃一段时间的稀饭，同时，还不能沾辛辣的东西。

周志明就说，这件事简单，由他去办好了。他可以通知厨房专门弄一份饭菜给她。

"那就太好了，我马上就过去。也让她早点高兴高兴。等她身体好后，我请客，请你吃大餐。"

"好吧，一言为定！"周志明说。

送走卢春芳，周志明觉得一身的轻松、愉快。他走到窗前，看着窗外起伏的小山岗，绿色的小片松树林，还有一些高高低低的、一蓬一蓬的芭茅草。他又把目光抬上，那里是远处湛蓝湛蓝的天空，没有一丁点儿云彩，是那样的纯，那样的蓝，让人心旷神怡，逸兴飞扬。他想起了一句诗词：大鹏一日随风起，扶摇直上九万里。写得好啊，真是写得太好了，他在心里暗暗地赞叹道。他远眺着蓝天，突然想到了远在汇水的表弟，他要向他表示问候，表示感谢。他想着厂里有好位置的时候，他就要他马上过来。

唐芸芸出了医院，欢喜地去人事部上班了。现在，她的心情真是好极了，就像厂房外面的艳阳天，和熙熙的，暖融融的。她不仅不要看那个人的脸色行事，受那个人的气，而且，工资还比原来多了一点点。因为部长助理就属于厂里的储备干部了，一有机会，一有空缺，就有可能提升为正职，这无疑又给了她新的憧憬和希望。她想着自己这一段时间的经历，真的是感慨良多。先是心情烦躁，继而伤心欲绝，到现在又是雨过天晴艳阳高照，真有一种人生无常，苦尽甘来的味道。而这一切，却都是两个男人所赐：一个是她不喜欢的，带给她的只是痛苦和折磨；而另一个呢？既给她带来了痛苦，却又给她带来了惊喜和希望！自从卢春芳把好的消息告诉她以来，在她的脑海里和眼前晃来晃去的都是这位新厂长的影子。她现在已经清楚地感受到了这位厂长对自己的宽容和帮助。对于这种宽容和帮助，她没有拒绝，她很坦然地接受了，就像土地接受阳光的照耀，花儿接受雨露的滋润一样，一切都是那么顺理成章，一切都是那么自然和谐。但是，她知道，她必须要给他一个回应，一个姿态，至少她要主动去回拜他，向他说声感谢。她想着，这一次他是不会把她拒之于门外了。因为，他给了她足够的理由：他帮助了她。所以，她要当面感谢他，她要见他。

这是一个晚春的夜晚，南国的气温已经是那么的宜人了。周志明还没有回宿舍，他披了一件西服，坐在办公室里静心地看着生产报表。办公室的门半开半闭着，灯光从里面探出来，照在办公楼的走廊里。唐芸芸手里提着一袋葡萄和橙子，轻轻地走到门口。她轻轻地探了探头，见周志明正聚精会神地低头看着什么，便轻轻地在门上敲了两下。

"咚咚！咚咚！"

清脆的敲门声传来，周志明缓慢地抬起头。当他看清楚是她时，他连忙从椅子上站了起来，嘴里嗫嚅道："是你？"

唐芸芸轻轻地推开门，站在门口，白净的圆脸上浮着甜甜的笑："我是特地来看你的，可以进来吗？"

周志明连忙把手一伸，热情地说："欢迎！欢迎！"

唐芸芸就走进去，大大方方地在沙发上坐下来，顺手把带来的水果放在茶几上。她望着坐在对面的周志明说："你这次给我帮了这么大的忙，我真的是非常感谢你。"

"不要说谢了，这段时间我也感到非常内疚和惭愧。没有想到，真的没有想到，由于我们之间的一场误会，竟会给你的身心带来那么大的痛苦和伤害。我还真诚地希望你能够原谅我，让我们重新开始。"

说这话时，周志明主动地把手伸了过来。

芸芸见状，连忙起身，赶紧伸出自己的手，两个年轻人的手终于握在了一起。

"现在身体怎么样？完全康复了吗？"周志明在沙发上坐下，关心地问道。

"八九不离十，也快差不多了。"

周志明看着她略显苍白的脸，以及那颗小黑痣，就想起了在火车上和河洲大街上两次和她见面的情景。那个晚春的季节，他们面对面坐着同乘一趟火车南下，几经周折，他们今天却又面对面地坐在了一起，人依旧，只是换了时间和环境。他深有感触，对她说："没有想到我们之间还有这么一段缘分，真是沧海桑田，世事难料啊！"

唐芸芸也是叹了一口气，说道："有些事情，好像是冥冥之中早就安排好了，你想都不要想，只要往前走就是了。"

周志明就开玩笑说："你现在还怨恨我吗？"

唐芸芸有点不好意思了。她羞涩地低下头，但很快又把头抬了起来。她看着他，很认真地说："一开始，我还真的是很恨你，你想，我两次来找你，你都把人家拒之于门外，我的心里好受吗？但现在我不恨你了，我的怨气也消了。我理解你了，你是一个有情有义、有正义感的人。"

周志明就说："那时，我不想见你，是有原因的。我在汇水待了一段时间，没有找到合适的工作，后经人介绍，便搭车来到这边。而一下车，在大街上，我就刚好碰到了你。我当时心里还好一阵高兴，心想，总算遇到了一个面熟的人。不料，你却说根本不认识我，你想，我当时是一个什么样的心情？所以，后来我们再见面，当我意识到的确是你时，除了感到意外和震惊之外，就是对你的人品产生了怀疑。所以，后来，我拒绝了你。因为在那个时候，我根本就不想宽恕你、原谅你。再后来，你出事了……说真的，你应该感谢芳姐，你的好朋友。是她让我了解了你，理解了你，也知道自己误会了你。"周志明娓娓道来。

"是应该感谢她，她一直待我很好，就像姐姐待妹妹一样。"

"幸好，误会消除了，该过去的也过去了，现在我们之间可以重新开始，我们也可以成为朋友。"

周志明看着唐芸芸认真地说。

唐芸芸腼腆地点点头，说道："嗯，不错，不过，你是厂长，我是一个小员工，就怕高攀不上了。"

周志明就哈哈一笑，爽朗地说道："我们都是一样的身份，都是打工者。现在在一起做事，只是分工不同罢了。如果有一天我从这个厂出去了，我还不是成了一个无职无业的流浪汉？"

这一句实实在在的话，倒是提醒了唐芸芸：他们的根都不在这里，他们是打工族，他们都是一群名副其实的打工者、漂泊者，他们像南来北往的候鸟一样，哪里有适宜的气温和充足的粮食，他们就在哪里安息、生存、甚至是繁衍。

唐芸芸想了想，觉得周志明的这句话说得很实在也很有道理，便连忙主动地伸出手去："好，你这个当官儿的朋友，我就交定了。"

周志明也连忙伸出手，紧紧握住她丰润的白白嫩嫩的小手，半是认真半是开玩笑地说："你是个美女，我可沾了你的光了。"

唐芸芸就说："你也不错啊，是个大帅哥耶！"

他们两个人就相互开心地笑了。彼此之间的一场误会终于冰消雪融。

而这时，却有一个人躲在他自己的办公室里，烦躁着，愤怒着。他就是房兵。

如果说厂长的位子被周志明悄无声息地夺走了，他都还可以不怪罪于他，但这次，陆一鸣找他谈话之后，他就彻底地明白了，他被陆一鸣和周志明这一老一少给耍了。

陆一鸣告诉他：鉴于唐芸芸的工作能力和各方面的表现，厂方决定挽留她继续工作。医药费也由厂方负责。

陆一鸣又告诉他：鉴于他与唐芸芸的矛盾，两个人也不宜在一个办公室工作，因此，厂里准备把唐芸芸调到人事部去。

陆一鸣还告诉他：要有正确的恋爱观。恋爱自由，婚姻自主。感情的事情，是勉强不得的。

房兵就傻了，坐在那里，半天没有吭声。最后，他强装笑脸，对陆总说："厂里的决定，我完全服从。"

陆一鸣就说："好，你还年轻，前面的路还很长，现在也正是忙事业的时候，日后，你事业有成了，还愁找不到好女人？"

"哼，猪鼻子插根葱，还想装象？"房兵心里暗骂道，但嘴里却说："多谢陆总提醒，我一定痛改前非，把时间和精力放在工作上。"

"那我就放心了。"陆一鸣说的是真心话。

但，他错了，他被房兵的表面承诺所迷惑了。几个多月后，他才明白过来。当然，这是后话了。

晚上，心情烦躁的他，邀了石高明和许一，一起到街上的一家小酒家去喝酒。他们原来就是一丘之貉，现在也是站在同一阵营。保安部减人后，部长不能脱岗，许一也要亲自值班，不能像从前那样到处闲逛了。为此，许一暗中对周志明很有意见。而石高明呢？身居后勤部的部长，是个肥缺，油水较多。周志明上任后，忙于生产和销售，一时还顾不了他的这块地盘。现在，生产和销售已经走上正轨，周志明有充裕的时间了，他开始把手伸了过来：昨天，陆总来到后勤部，开始了认真的工作检查。这无疑就是一个不祥的信号。所以，他的心里开始有点发毛了。

"想拿我开刀？"

石高明端着酒杯，望着他们两个。

"我们的好日子结束了，"许一说，"周志明是个很务实的人，如果我们跟他一样，兢兢业业，认真工作，大家还是可以和平相处的。否则，始终是走不到一起的。"

精明的石高明，一双黑幽幽的眼珠子来回转动着，他似乎从这句话里受到了某种启示，看到了一线光亮。他立即想到了王强。王强也是他们一伙的，但他现在与新厂长相处得很好。新厂长也没有为难他啊。于时，他一边喝酒，一边很快就在心里开始盘算起了自己的小九九：还是向王强学习，收敛自己的行为，明哲保身。

"要么低下头来，夹着尾巴做人；要么拼它一次，赌它一把。"房兵闷了一会儿，狠狠地说。

"你有什么办法？"

许一瞪着三角眼，立即问道。

"车到山前必有路，船到桥头自然直。只要你下了决心，还怕想不出办法？"

房兵剜了他一眼，回他道。

许一就点点头，心想：只要你房兵打头阵，我就帮你。"不过，我们还是要悄悄地干，不能明摆着。他毕竟是老板任命的厂长，他有权力把我们扫地出门。"

这是一招撒手锏，可以一招致命。

房兵抬起头，看着他们两个，狠狠地说："正因为如此，我才憋到现在，否则，我早就动手了。"

石高明一想到被炒掉的后果，心里就不免有些后顾之忧，这就更加坚定了他自己的想法。因为，他与这个周志明并没有什么过节，更谈不上有什么仇和恨，他暂时还不想失去自己这份较好的工作。

"我们还是忍耐一些吧，我看他这个人还不是那种喜欢找别人茬子的人，他的为人还是……"

房兵就很不耐烦地打断了他的话："你这是什么意思？简直就是在替他说话！"

石高明见房兵来气了，马上说："这并不是我替他说话，我只是实话实说而已。你看那王强，现在不是活得好好的？开会的时候，他还站起来发了言。"

房兵陡地提高了声音："不要提那个东西了，见风使舵，两面派。他是一兜墙头草，风吹两面倒，有奶就是娘的东西。"

"算了吧，你们两个也不要再争了。我们还是统一一下意见，要进就一起进，要退就一起退。"

房兵就说："这还差不多，像句人话。"

石高明就低着头，无言地看了许一一眼。

他们边喝酒，边说话。后来，他们又趁着酒兴，去了附近的红灯区。直到下半夜，才尽兴而归。

第二天，王强就知道了他们三个人在一起喝酒的事。他在心里反复掂量了一段时间后，悄悄地找到石高明，告诉他："你还是小心点，不要跟着房兵跑，不要给他当枪使。"

他就一口否认了："我们就是喝了几杯小酒，什么都没有做。"

王强就说："这最好不过了，我是替你着想，怕你尿糊了眼睛，看不明白。他们走他们的路，你把自己的路走好就行了。"

王强说这几句话，是很有道理的。因为这一段时间以来，大家都看出来了：房兵与周志明的关系非常微妙。

最后，王强拍着石高明的肩膀说："我们是老朋友了，我才对你说这些话。其实，你也应该看到，周志明的确还是一个可以结交的人，你要把心里的秤把好。"

石高明郑重地说："多谢你的提醒，我会有分寸的。"

# 三十二

时光过得真快。一晃，自己到人事部上班就快一个月了。唐芸芸扳着手指头，算了又算。她感叹着光阴的飞逝：时间怎么就过得这么快呢？回想自己躺在医院的时候，就好像还是昨天。

她坐在自己的单人床上，慢慢地梳弄着自己好看的头发。去年那个时节，她的头发还只及自己的肩膀。现在，长长了许多，用梳子一溜一溜的梳下来，齐齐地披到后背了。她把它们理到自己脖子的前面，一边梳着，一边从放在小桌子上的小园镜里欣赏着。欣赏着的不仅仅是两瀑黑色的秀发，还有瀑布中间的一张美轮美奂的脸庞：白里透红的圆脸，稍带一点儿弯弯的长眉，一双清澈明亮的丹凤眼，双眼皮，睫毛黑黑的，长长的，在寒星般的双眸上如蜻蜓羽翼般一颤一颤。鼻梁不长不短，不高不矮。在它的下面是一张好看的樱桃小嘴。红润的嘴唇，珠贝般的牙齿。所有的这一切，她在镜子里不知道审视了多少遍了。她满意自己的五官和长相，她还不仅仅是一般的满意，而是格外的满意和称心。还有那右颌下的一颗小小的黑痣，从她开始记事的时候，她就知道它在那里了。它到底是好还是不好呢？这个问题她从开始知道照镜子的时候，也就一直伴随着她了。不过，问题归问题，那个小小的黑痣却依旧日夜伴随着她，和她一起分享着她生命里的快乐和忧伤。

现在，她发现忧伤正一步步地远离自己，快乐像傍晚时分降临的夜幕，夜幕弥漫的是天与地之间的空间，而快乐弥漫、充盈的却是她少女的温馨的心房。自从她与周志明和解，到人事部上班以来，她面前的一切似乎都变得明亮，美好起来。每天的生活，都是饭堂专门安排的，饭是稀饭，菜里面没有放辣椒。房兵不再来缠她烦她了，芳姐时时关心着她，问这问那。厂长在很远的地方看到她后，脸上立即就绽出了笑容，有时还把手高高地举起来，在空中做出一个 V 字手势，向她问好。宿舍的姐妹们羡慕地看着她，说她从现在起开始走运了，走了好运。

有一天，芳姐看着快乐的芸芸，忽然问她道："我说过，这个厂长还是蛮不错的，你现在对他的印象怎么样？"

"不错，通情达理的。能遇到这样的上司，是我们做部下的福分。尤其是我，说真的，我很感激他。"

"是啊，我也是这样认为。现在，我看到你一脸的笑容，我也就放心了。"

唐芸芸看着芳姐，若有所思地说：

"你相信命吗？"

"命？"

她觉得她有点奇怪了，芸芸怎么就问了这么个怪问题呢？她觉得这个问题很好笑。世界上真有所说的命吗？小时候，她也见过自己的亲人中常常有人去找算命先生算命。算命先生大都是双目失明的人。他们坐在集镇马路边的树荫下，神情茫然，等待着找他们说"白话"的人——大多也是上了年纪的妇人。她就不解，问母亲。母亲告诉她，有的灵验，有的不灵验。反正抽签测八字，那也没有什么错。

卢春芳拿眼斜睨着唐芸芸，猛然间想到她和周志明之间的几次邂逅。看来，她是指的这件事情。

"莫非……莫非……"

一个敏感的念头在她脑海里突然闪现：一个是英俊的帅哥，正值春风得意；一个是漂亮的靓妹，正值妙龄花季。卢春芳忽然间似乎领悟到了什么。

"你是不是喜欢上他了？"

少女的心思一经点破，两朵桃花立时袭上双颊。

卢春芳一看这情形，就知道这下唐芸芸又惹上了麻烦。

"芸芸，有件事我一直没有告诉你，因为我一直以为这件事和你没有任何关系。我也从没有把你和他在男女感情上联系在一起。看来，现在必须明确地告诉你，周志明已经有了女朋友。"

唐芸芸就瞪大了眼睛："你说的是真的？"

"千真万确。我早就听别人说了，他的女朋友原来就在二车间上班，和他在一台机子做事。为了他，他的女朋友被王强炒掉了。这件事在二车间闹得沸沸扬扬，哪个不晓得？后来，周志明当了厂长，亲自点名把那两个肇事的员工给挂了。那天，我就在现场，厂里的一些主要负责人也都在那里。"

唐芸芸轻轻地叹了口气。一脸的高兴立马无影无踪了。她把好看的小嘴撅了又撅，朝卢春芳做了一个鬼脸，然后又摇了摇头。

卢春芳后来给她说了一大堆安慰的话。

"你想想，周志明那么帅气的一个小伙子，怎么会留到现在？你就千万不要想这件事了。这次，他给你帮了这么大的忙，你就应该知足了，你就应该高兴了。你说对不对？"

唐芸芸犹豫了，迷茫的双眼痛苦、纠结地望着她。

"芸芸，我要以姐姐的身份提醒你：不是你的梦，再美，也要醒；不是你的情，再痛，也要断！况且，你才刚刚开始，理智点。"卢春芳提高了声音。

在神情严峻的芳姐面前，唐芸芸只得顺从地低下了头。

……但是，刚刚萌动的情丝，怎么能说断就断呢？这段时间以来，唐芸芸梳头发的时间比原来多了许多，照镜子的时间也比原来多了许多。她看着镜子里的自己，也想了许多，许多……

周志明从车间刚刚回到办公室，许一就送来了一封信。周志明一看信封，上面写着：周志明亲启。再一看寄信地址：贵州省江口县平和镇冉家寨。冉家寨……冉家寨……周志明口里念叨到，忽然，他明白了：这是亚琴的信，这是亚琴的信，她收到我的信了，她给我回信了！他像个小孩，双手把信拿在手里，眼睛就直直地盯着冉家寨那几个字，好像不认识那几个字似的。手竟然有些颤抖，眼眶里有些湿润，喉咙里似乎也有什么东西在哽咽着。

"亚琴啊，亚琴！你让我想得好苦啊！"

周志明在心里说道，他的内心陡然间掀起了感情的狂涛。他迫不及待，连忙拆开信封。

这是一封长达五页的情书！周志明从头到尾，一口气看完。真是字字情，句句意，话了意未了，意了情未了。在信里，她告诉了他她的一切，她对他的思念和牵挂。她希望他有时间能来梵净山看她，她好想见到他……

周志明的心就像长了一对金色的翅膀，载着他对亚琴的无限爱恋，向着遥远的梵净山立马飞去……

他连忙伏案疾书，给亚琴回了一封长长的信。

投递进邮筒转身，刚刚走到楼梯口，他便碰到了龙霞。龙霞正要去办公室找他。他们就一起上楼，走进办公室。

在沙发上坐定后，龙霞便开口说："现在也闲下来了，我也有时间和你好好谈谈了。"

说话时还是有点腼腆的样子。

周志明就问她是公事还是私事，她笑了笑，然后一本正经地说："是公事，我已经考虑很久了。"

周志明就"哦"了声，连忙叫来芳姐。因为有很多的事情，现在都由卢春芳具体操办着。只要是有关工作的事情，他都要求卢春芳到边，亲耳听听。同时卢春芳还不知不觉中兼任了招待员的工作：烧水，冲茶。这样，周志明少了一些事，也就乐得个自在。况且，有芳姐这样一个姐姐似的漂亮成熟的女性在这屋子里转来转去，周志明也觉得心里很顺畅，很安稳，很踏实。

芳姐给他们每人冲了一杯茶，放在他们面前的茶几上。细小的茶叶在开水里上下浮动，生动而有趣。

"我先问一个问题，我们厂产品的利润空间有多大？"

龙霞的话一说完，周志明的心里就震动了一下。不愧是搞专业的，说话就敲在了点子上。

　　他和卢春芳相互对视了一眼，就说："产品的利润空间并不是很大。你发现了什么问题？"

　　"我不是发现了什么问题，只是觉得我们厂生产的产品都是大路货，也就是说，是利润空间极低的产品。所以，我就一直在想，我们能不能上一些较为前沿的产品，这样，利润的空间就会提升很多。换句话说，我们花同样的人力和物力，就会赚更多的钱。"

　　"说得好！说得好！你的这个想法和我的想法可说是不谋而合，"周志明喝了一口茶，接着说，"我也一直在考虑着如何把我们的厂子做大做强。员工两班倒，歇人不歇机，员工确是很辛苦。我也曾经想过，还是两班倒，但每个班只上八个小时，这样一来，如果员工的工资不变，那厂里就会无钱可赚，这样，老板投资办厂就毫无意义了。如果减少了员工的工资，那员工就会走人，投到别的厂家，我们的厂子就会因没人而垮掉。这个问题很矛盾。如何让老板和员工都能受益，这的确是一个让人很费神的事情。"

　　"所以，我就有个提议，我们应该把眼光看远一点儿，寻找更新更好的产品，让我们的企业走在别人的前面。只有这样，我们才能赚到更多的钱，我们的企业才会不断地发展壮大。"

　　龙霞像个战略家，又像个演说家。

　　周志明想着龙霞的话，也想着自己原来准备设立一个情报部的计划，这其实就是一个理念，一个想法。看来，他们的心是相通的，他们对问题的看法也是一致的。由此看来，设立这个情报部也是正确的。现在，时机已经成熟了。周志明于是便把自己想成立一个情报部的想法和盘托出。他说，这个计划在他的脑海里已经反反复复地酝酿了很久了。

　　龙霞一听，就拍手叫好！

　　到底是年轻人，没有其他的私心杂念，一心就想着工作上的事情。所以，周志明的话一出口，她就认为那是件好事，孩子般地高兴起来，率真的脸上露出喜悦和兴奋。

芳姐也说，这的确是一个好主意。

"不过，还有一个问题，也是一个难题。我也考虑很久了，一直让我费神。"

"什么难题？说出来听听？"龙霞问道。

"如果我们找到了某个产品，拿到了可观的订单，我们没有多余的车间和注塑机，那时我们怎么办？到哪里去生产？"

此话一出，龙霞和卢春芳都怔住了。毕竟不是当家人，她们还没有想那么远。

"那……那……"

龙霞张大着嘴巴，失望地望着周志明，"我们刚才不是白说了？"

周志明说："那也不是。办法是人想出来的，我就有一个主意：寻找那些倒闭或者停产了的塑胶厂家，让他们出厂房和设备，我们出流动资金和订单，一起赚钱，这样，对双方来说都有好处：他们盘活了厂房和设备，而我们也只投入部分资金，而且是流动资金，即使遇有风险，我们也可全身而退。"

"这个办法好，不愧是……"

龙霞刚想说那个词，忽然觉得那个词有点不妥，不能用在正人君子身上，尤其不能用在自己敬重的厂长身上，虽说一时刹住了话头，但却掩饰不住自己的窘态，便咯咯咯地笑了起来。

芳姐也听明白了，她斜睨着一身天真的龙霞，心里也偷偷地笑着。

周志明也听明白了，也猜到了那个词，他爽朗地哈哈大笑道："你是说我老谋深算，是不是？"

说完，他竟很开心地笑了起来。

芳姐这才笑出了声。

龙霞倒是不好意思了。虽说还在笑，但脸上却早已绯红了。周志明见状，却很开心地说："我就喜欢这样率真的人，和这样的人在一起，无论说话还是做事，都很轻松，不用费心费神去猜测他话里面的话。"

"这的确是个好主意，我看要有专人负责，并且还要尽早实施。"龙霞说。

"你手下的杜方成怎么样？"

龙霞略加思考，便说："这个人平时话不多，但做事认真，稳重，有些城府，其余我就不太清楚了。"

"这个人还是很有头脑的，可以一用。我的想法是把他抽出来，再在厂里挑选一两个可靠而又精明的人员，组成一个专门的行动小组，由他具体负责这项工作。当然，我还要写份详细的报告，上报老板，最终还要得到老板的同意，才能实施。"

龙霞说，那就等于是听天由命了。周志明告诉她，工厂是老板的，这么大的动作，必须上报老板，这是程序，也是责任。况且，想法真正要变成现实的时候，这边的资金肯定不够，老板还要从那边调一部分资金过来，所以，真正要做好一件事情，也不是像打哈欠那样那么容易，得一步一步地来，水到渠成。

"那也是，饭也要一口一口地吃呀，有厂长在，他自然会考虑的。"

龙霞就点头称是。

随后，他们又闲扯了一会儿。周志明就问到了龙霞的工作，生活及各个方面。龙霞说都还满意，自己在这里也很开心。周志明就告诉她，要多给家里写信或者打电话，让家里的人放心。

下午，周志明就亲自起草了一份报告。他写完后，又认真地看了一遍，把几个地方略做了一点儿改动。然后，他把它交给陆总，想听听他对这份计划的意见。

陆一鸣看完，着实吃了一惊！他没有想到这个年轻人会有如此前沿大胆的计划。他考虑了一会儿，觉得这个计划也很实在，没有多大风险，也还有利可图。他便肯定地告诉周志明，他很赞成这个计划。于时，周志明便要芳姐亲自到办公室去，以传真的方式发给台湾的老板。

传真发出去后，周志明感到一身轻松。在办公室待久了，他觉得有种郁闷的感觉。他想调节一下自己状态，去外面走走。去那里呢？他站在二楼的廊檐下，放眼向厂外的旷野望去：远处是起起伏伏的蜿蜒的小丘岗，在蔚蓝色的天宇下，宁静而悠远。不知不觉，已是春夏交替的季节了，风里已经有了炎热的气息。

他想起了一首歌，一首日本的民歌：

亭亭白桦，
悠悠碧空，
微微南来风。
木兰花开山岗上，
北国之春
北国之春已来临
妈妈犹在寄来包裹
不知季节已变换
……

季节变换了，母亲还在寄来御寒的衣物。可怜天下父母心啊！

周志明感叹不已。

收回思绪，他想到了竹林，那片绿色的竹海。对，就去竹林吧，他在心里说着。忽然，他觉得自己找一个伴去最好，既可以散心，也可以聊天。找谁呢？他在心里把和自己走得较近的人飞快地过了一遍，他想到了林晓丽，那个秀丽端庄的姑娘。他和她的认识就开始于那片竹林。他现在的一切，都受益于她。有时候，他就认为她简直就是他的福星。所以，他对她一直都充满了感激之情。如果没有亚琴，他或许会向她表示另一种感情，但他知道这一切都已经变得不现实了。他有了亚琴，有了让他牵挂的女人。现在，他只能把这种情愫深埋于心底，让它发酵成一种男女间最纯洁的友谊。他也想到了张彩虹和龙霞。他认为他和她们之间也有很多话说，当然，都是工作上的事情。但他瞬间就摇头否认了。在大庭广众之下，还是不要单独和某个女孩子待在一起，否则，便会招来非议和各种绯闻。人言可畏啊！不得不防。他想到了人事部的田苗。他一想到他，马上就意识到他就是最佳的人选。他连忙打电话，要他马上去厂门口。

接到周志明的电话，田苗感到有些奇怪：到厂门口去干什么？难道出了什么事？他跟唐芸芸交代了几句，就风风火火地走下楼去。

刚走到厂门口的保安部，周志明也就赶到了。他好奇地问道："有什么事？"

周志明并没有回答他，只是挥了挥手，示意他往厂外走。待到走出几十步，周志明才告诉他，没有什么事，就是想找个伴，到外面散散步，透透气。

原来如此！田苗舒了一口气。

"我还以为发生了什么要紧事？"

周志明看着他，"嘿嘿"一笑。

"到外面走一走，放松放松，呼吸一点儿新鲜的空气，对于经常待在办公室的人来说，有时候啊就觉得，还真是人生中的一种享受。"

"可惜的是这里是闹市，是开发区工业园，没有山水。不然……"他收住了话，想到了自己家乡的衡山——那是被称为"中国南岳"的名山，那里山清水秀，风景如画……

"是啊，不过，那边有一大片竹林，还是蛮可以的，人走到里面去，倒还是觉得蛮有情趣，别有风味。"

两个男人，身材也差不多，都穿着衬衫，周志明是白色的，田苗是灰色的，就那么一边走着，一边随意地闲聊着，一会儿，就融入了那片绿色的竹海里。

直到傍晚时分，闹市马路上的灯光亮起，他们两个人才从竹海里钻了出来。

周志明就说："这个时候，厂里早就没饭吃了，今天我请客，我们去一家我老乡开的餐馆，好好喝一杯。"

田苗就开玩笑说："是你喊我出来的，耽误了吃饭，你肯定要负责。"

周志明就哈哈一笑，说："有道理，有道理。"

看来，他们两个今天谈得很投缘，心情都很好。周志明觉得仅仅就是几个小时，他们两人之间的距离就好像又拉近了很多，彼此之间的关系又融洽了很多，同事之间的感情也增进了很多。他忽然深有感触，领悟到人与人之间的关系很大程度上取决于相互间的沟通和理解。

两人酒足饭饱，从小餐馆里出来往回走，刚走到一个十字路口，便碰到了卢春芳和唐芸芸。她们在小超市里买了些日用品，也正往回赶。他们便一起回厂，一路上有说有笑。经过厂门口的保安部时，恰好房兵在那里，和许一正说着话。

一见到他们四个一起走进来，房兵全身的血液就开始沸腾了。

望着他们的背影，房兵直直的目光里就充满了愤怒与怨恨。他想到在医院里唐芸芸对他的态度，他似乎一下子明白了一个事实：他彻底地被周志明耍了。他猜测着那个唐芸芸之所以有胆量和他撕破脸，原来她早就和这个周志明暗中对上了号，拉上了关系。有了这个靠山，所以她才有恃无恐，所以她才不需要自己出医药费，所以她才很自由地调出办公室，所以她才没有任何理由就捞了个人事部的部长助理。一股无名之火立时窜上脑门。所有的一切原来都是这个狗杂毛搞的鬼！利用职权之便，假公济私，表面上道貌岸然，谦谦君子，其实确是个伪君子，是个地地道道的小人，无耻之徒！想到这些，他愤怒已极，一拳砸在桌面上，恨恨地说："这个狗杂毛，你不让老子爽快，老子也不会让你好过。"

许一忙站起来，四下望望，见没有人来，便放心了。他劝他道："小声点，隔墙有耳。人在屋檐下，不得不低头。他现在是厂长，一切都是他说了算，我们能忍就忍了。"

许一知道唐芸芸与房兵彻底闹翻了，而他却还一直耿耿于怀，便又劝说道："女人嘛，路边的花，到处都有，去了这一枝，还有那一朵。男子汉大丈夫，敲不响也还是一片大锣，哪里就找不到一个姑娘？世上只有藤缠树，哪有树缠藤的道理？"

房兵坐在那里，盯着他，闷了半晌，才说："老子就是不甘心。大不了来个鱼死网破，要死一起死，要活一起活。"

说这话时，他似乎已下定了决心，要和周志明较量到底。


# 三十三


这一段时间以来，也还有一个人，她的日子也过得并不开心和安稳。她就是苏小东的老婆，那个大脸盘。

周志明几乎是一夜之间神不知鬼不觉地就坐上了厂长的宝座。她傻了，她的丈夫也傻了。

在车间办公室里，王强告诉苏小东："周志明要追案了，总得有个交代，怎么办？"

"他的意思是不是要炒掉我们夫妻？"苏小东问道。

"那也未必。"

"那他的意思是……"

"总得有所表示，你说呢？"

"那你的意思是……"

"很明显，那两个黄毛是要炒掉。在这件事情中，你始终没有露面，你又是我手下的大将，我还是要保的。关键是你的老婆，我看，周志明是不会轻易放过她的。"

一想到要处理自己的老婆，苏小东又觉得心里不是滋味，神情黯然。

"我的意思是，要她写个检讨吧，看能不能过关？当然这还要看周志明的态度了。"

苏小东权衡再三，只好点头同意。

当王强从周志明那里回来后，苏小东才知道：自己老婆的技术员位子给端掉了，让给了"12"号机的张小薇。

苏小东就蔫了，闷坐在那里，半天不说话。他的老婆撅着个嘴，想说什么，但只看到嘴动，却没有听到声音。

王强就说："我看就这样算了，至少他还没有动你，如果他真要动你，我和你又能挡得住吗？留得青山在，不愁没柴烧，先忍着点，慢慢来吧，说不定他干不了，哪天厂里的人事又有变动呢？"

苏小东一听，立即觉得也有几分道理，便对自己老婆说："这个祸也是你自己惹的，自作自受，只好这样了。今后要注意了，收敛些。"

就这样，她只得乖乖地去了"12"号机，顶了张小薇的岗位。往日的跋扈神情没有了，她只得窝着一肚子的火，默默地做事。车间里的员工看在眼里，笑在肚子里。谁都没有料到报应来得这么快，来得这么让人痛快淋漓。

下了班，回到出租屋，开始几天，她总是撅着个嘴，闷闷不乐。但她还是不敢在老公面前发脾气，一来这不是他的错，二来小夫妻俩的感情还是很好。所以，她只得生闷气，自己烦自己，自己怨自己。

苏小东就劝她道："他没有把我们两人赶走就算很不错了，你还气什么呢？你那个时候总在我面前唠叨他，说他的不是，我也仔细想过，他也没有哪里不对啊？你怎么就老看别人不顺眼？"

大脸盘直直地看着自己的丈夫，只是听，没有替自己辩解。最后，丈夫把她的头抱在怀里，用手抚摸着她的脸，安慰着说："不要一天到黑绷着个脸，事情已经过去了，我们也不能一味怨恨别人，也要想想自己，找找自己身上的原因。在外打工，与人相处，还是要低调点，切不可太张扬。明白吗？"

大脸盘把脸贴在自己丈夫的胸前，两手很自然地搂着自己的男人。她没有说话，只是把脸往他的怀里蹭了蹭。两个人就那么坐了好一会儿，她才说："我们睡吧。"

大脸盘不得不接受现实。就像是跌了一跤，摔痛了，爬起来后只能怪自己走路不小心而不能怪路不平一样。也许是经过这次意外的教训，大脸盘确实意识到了自己身上存在的问题，在后来的日子里，她果然夹着尾巴做人，低调了许多，安分了许多。而后来，随着车间，工厂里的形势变化，他们夫妻俩也就在不知不觉中忘记了那些不愉快的事情。有时候在出租房里，甚至躺在暖和的被褥里，他们两个还不知不觉地谈论起现在的厂长，就是那个周志明。

大脸盘用手搂了搂丈夫，轻声而神秘地说："你知道那个时候我为什么要找他的茬子吗？我的确是故意的。因为那个时候，我一眼看到他，就有一种预感，他和我们不是一路人，他是个有内才，做大事的人。我怕他对你构成威胁，把你班长的位子挤掉，所以，我当时就想如何把他撵走。"停了一会儿，她叹了口气，才接着说："没有想到，他翻身那么快，竟然一下子就爬到了厂长的位置。他的运气也太好了，早知道拦他不住，还不如不拦。"

"这就是人们常说的，三十年河东，三十年河西。薛仁贵不是也有落难的时候吗？韩信年轻时候也还钻过别人的裤裆呢。你想，他一个大学生，一个大男人，进厂的时候，一个打包装的事情他也愿意去做，可见，那个时候，他正是不得志的时候，他也是忍辱负重，不得已而为之。我们是门缝里看人，把他看扁了。现在，你看看，这么大一个工厂，他把它搞得有声有色，人人都在说他的好话呢。"

一想到自己先前做技术员时，那是何等的体面、悠闲！而现在，自己只得和普通员工一样老老实实地工作，大脸盘心里多少还是有些幽怨，而更多的则是悔恨。

"唉！我真后悔，早知如此，又何必当初呢？"

苏小东知道自己的老婆这一段时间肯定是辛苦了，但他除了体贴她、安慰她以外，他也没有什么其他办法来帮她。

"你受得了吗？如果不行，你就干脆辞工出去，在这附近重新找一份轻松一点儿的事，上八个小时班的，怎么样？"

大脸盘仰起头，眼睛一亮，警觉地看着苏小东的眼睛，语气很坚决地说："不！"

"为什么？我可是心疼你，为你着想啊！"

大脸盘稍稍用力，把他紧紧一抱，认真而又顽皮地说："我不离开你，我要守在你的身边。车间里尽是些丫头，我不放心。"

苏小东就嘿嘿嘿地笑出了声，对自己的女人，真是又爱又怜！他一个翻身把她压在自己的身子下面，很仔细地看着她的眼睛、睫毛、眉毛、额头及整个脸庞。

"你的心里还真有几个小九九，我是那种人吗？"

"不管你是不是那种人，反正就是一条，我不离开你，你到哪里，我就到哪里，就是吃再多的苦，受再多的累，我也愿意。"

"好吧，那就这样，先做一段时间，看看有没有机会。"他翻下身来。

这句话倒是提醒了女人，她很认真地想了想，对他说："车间里就只需要一个技术员，有张小薇在，她有厂长这个后台，谁也搬她不动，我们还哪有什么机会？"

"除了做技术员，还可以做别的啊，关键是要靠上那个周志明，和他搞好关系。可是……"

苏小东停住了话头，沉默不语了。

大脸盘理解自己丈夫的难处，他是个极要面子，不愿意求人的人。俗话说，人不求人一般高。可这个社会，这个世道，又有谁能做到不求别人呢？乡长求县长，县长求省长，省长还要求更上边的呢，她忽然想到了车间主任王强。有一次，王强曾对她说过，厂长对她丈夫的工作还是相当满意的。她当时并没有在意，现在回想起来，这无疑是一个好的兆头。能不能通过王强去影响周志明，把话转一个弯，通过他的口，再传递给他呢？她用手摇了摇男人，连忙把自己的想法说了出来。苏小东听了，也觉得有点道理。不过，他认为现在还不行，至少也要等上一段时间。

夫妻俩就这样一边聊着，一边想着心事，直到商量妥当，夜已深沉。

翌日上午，陆一鸣吃完早餐后，便去厂长办公室找周志明。他想就后勤部的事情给他做个汇报。卢春芳告诉他，周志明去二车间了。于是，他也朝二车间走去。

在二车间的办公室里，周志明正和王强说着什么。陆一鸣进去，和他们两人打过招呼，就自己找张椅子，坐了下来。

周志明是特地为那个差班而来的，现在，他的手里正拿着一小叠产品报告单。

"从生产情况来看，这个班的确比苏小东的班要差那么一点儿，但无论从班长还是到员工，也都尽力了，尤其是和以前比，那简直是两个样，这是有目共睹的。"王强说。

周志明也点点头，他相信这也是事实。但他考虑的问题是：既然劳动的结果不一样，那么，得到的工资也应该不一样。同酬就要同工，不同工就应该不同酬。他在心里盘算着如何打破大锅饭、人人工资一般多的这种局面。他见陆总也赶巧撞来了，便干脆开门见山，把自己的想法和盘托出。

"这可是个大动作，那要有个恰当的标准。"王强说。

"只有这样，才能充分调动员工的积极性，能力强，熟练程度高，肯吃苦的员工可以多拿工资；能力差，懒惰的员工就少拿工资，这样，上班时也就不需要我们的管理人员时时去监督了。"周志明看着陆总说。

"我看也有道理，值得一试。"陆总说。

"这样也好，我们的确可以少操心。"王强附和道。

周志明见他们两个也同意，便派人请来龙霞。她是这方面的权威，最有发言权。

周志明就把刚才的想法告诉她。

"我们就在这里现场办公，今天就把这个标准和方案敲定下来。既然我们在工资方面放开了，那么，我看干脆在机组员工的安排上也完全放开，让他们自己找搭档，自由组合。来个八仙过海，各显神通。"

"各个车间都这样做？"龙霞问道。

周志明把头转向陆总，想听听他的意见。

"我看就这样，先在王强的车间试一试，看看反响怎么样。如果员工们都认为好，我们就再推广到其余的车间。"

周志明又把头转向王强："你的意见呢？"

王强习惯性地摸了摸自己的大脑袋，憨憨地说："我听你们的。"

周志明笑着说："我是问你自己心里面是怎么想的？"

"好啊，这种局面还没有试过，但我想，肯定是有一番热闹了。"

"好，那我们现在就研究研究这个标准。"


下午六点多钟，二车间上白班的一百多名员工提前下班，赶到操场聚合。几个小伙子便像泥鳅一样从人群缝隙里滑过，跑向操场，一到那里，一个小伙子就两条腿向下一屈，两手向天空一举，摆出一个自认为很酷的姿势，快活地喊叫起来：

"阿里，阿里巴巴，

阿里巴巴是个快乐的青年！

阿里，阿里巴巴，

阿里巴巴是个快乐的青年！"

声音像狼的嚎叫，引来一阵口哨声，哄笑声。

王强一看那个角色，那个嗫瑟的样子，就扁起了嘴，摇了摇头，但脸上还是露着笑。

"集合！集合！还在那里叫什么？"

王强大声地喊道。

在苏小东的吆喝下，众人这才在操场上聚合完毕。个个息声静气，一双双眼睛都聚中在站在前面的车间主任王强身上。王强是一脸的严肃、认真。

"发生了什么事？"

"谁干了坏事？"

大家心里都往坏处想。一阵风吹来，各人都感觉到一股爽爽的凉意。

王强清了清嗓子，大声地宣布道："根据车间的生产情况，厂里决定从明天起实施新的工资标准制度：采用计件工资，实行多劳多得，少劳少得。"

接着，王强又宣布了定额标准。

操场上先是一阵沉寂，紧接着是一片哗然，就像滚开了的水，沸腾了。叫好声、叹息声、欢呼声，竟还有人吹起了尖锐的口哨。

待到声音稍稍平静下来，王强又宣布了机组人员可以自由组合的新规定。他要求大家现在就考虑好，三个人一组，自愿组合，然后写在纸上，交到班长苏小东那里。明天上班就以此为准。

又是一片哗然！

有人说这太有味了。

有人说这太新鲜了。

有人说这太好玩了。

但究竟是个什么滋味，只有明天下了班才知道。


从二车间出来，陆一鸣不解地看着周志明：这个小老乡，今天怎么突然要在二车间搞这么个新花样？这到底是出于一个什么动机和目的呢？他用手碰了碰周志明的膀子，小声问道："二车间有什么情况不对路吗？"

周志明告诉他："苏小东带的那个班还可以，但另一个班的产量始终还有一个差距。我也知道那个班原来的情况，很乱的，上班时间经常是吊儿郎当的，吵架、打架更是家常便饭，能做到现在这个样子已经是很不容易了。但搞企业是讲效益，讲利润，不能讲人情。你既然产量不能和别人比，那你拿的工资当然也要比别人少。所以我就想了这么个法子，目的就是要刺激刺激那些还有潜力可挖的人，要他们知道：上班的时候就是上班，不能做一天和尚撞一天钟，混天度日。同时，这样一来，机器的效率也会得到一个提高。"

陆一鸣听了，方才明白过来，连连点头，"你肚子里还真有不少名堂，难怪下棋我奈你不何。哪天我们再战几盘？"

自从周志明上任以来，他们两人就没有交过手了。周志明看着陆总，呵呵地说："行啊，反正这段时间有空闲了，我们也轻松轻松。"

这一老一少，边走边谈。周志明告诉陆总，他有一个想法，好久了，一直没有说。

陆一鸣就问他是什么事。

周志明就说："我想把厂会议室利用起来，搞个干部活动室，让大家在休息时间可以在这里活动活动，比如说看看电视、下下棋、斗地主、开拖拉机啊，表面上看好像是娱乐，其实真正的目的是让管理人员能够在一起多活动，多交流，多谈谈工作上的事情，你看呢？"

陆总说："这还不简单吗？在门上挂个牌子，发个通知，不就行了？"

"那好吧，这件事就这么定了。你刚才去二车间，是不是找我有事？"

陆一鸣想起来了。他便把后勤部的情况给他做了一个详细的汇报。他强调了几点：一是或多或少存在着问题；二是部长石高明的态度还是很诚恳，他也承认这些问题的存在，并在逐步地完善制度，规范管理；三是后勤工作的复杂性，特殊性，有些漏洞无法堵死。陆一鸣举了一个例子，比如采购买菜。市场上的菜价不是固定不变的，一天一个价，不同的季节有不同的价格。你能保证搞采购的人员不乘机徇私舞弊，自己捞点油水？在利益的诱惑面前，很少有人不下手的。

"采购是石高明自己搞吗？"

"那倒不是，另有其人。但不能排除他们两人有暗中勾结的可能性。"

周志明就想到了从厂长信箱里收集到的信息，其中就有反映后勤部暗中作弊的。采购的职位很敏感，它有捞外水的机会和可能，而又无法进行监控。这的确是个很费神的事情。

周志明问陆总道："你有什么好的办法吗？"

陆一鸣摇了摇头，说："这件事完全只是个个人行为，只能靠采购自身的素质和自觉。"

"能不能再派一个人去，一个人采购，一个人监管。"

"那不又增加了一个人的开支？"

"人事部那里有机动人员，可以先试试看，一个月后，就可以看到效果。有些事情，有现成的路子可走；而有些事情，就没有现成的路子可走了，只能踩着岩石过河，边干边摸索。"

"那就试试看吧，或许还真是个法子。"陆一鸣说。

# 三十四

周志明吃完早餐，没有去自己的办公室，就径直朝二车间走去。

台湾方面还没有消息过来。不过，周志明他并不急。说真的，他现在还怀疑自己是不是有点好大喜功，太急于求成了。他不明白，自己怎么突然就有了这种古怪的想法。他是不是觉得自己真的变成了一个陀螺，一个不停地旋转着的陀螺。陀螺也有累的时候啊！他的这种想法可能就是来源于陀螺累了的时候的某种心境。他有时真希望老板来个一票否决，那么，他倒是清闲了许多，他也给自己找到了清闲的理由：我是想积极进取的，我也向你老板上呈了发展的计划，是你老板自己不愿意啊。那么，余下来的事情就简单了，凭他的能力，仅仅守住现有的成果，维持现有的局面，那是绰绰有余，他可以怡然自得地当好这个太平厂长了。有时候他觉得，有些事情往往是自己给自己找的。可不是吗？自己昨天一较真，二车间今天肯定就热闹了。现在，他的心里又有点不安稳了，怕出个什么意外，所以他又不得不早早赶过来。

周志明走进车间的时候，正是车间最嘈杂、最繁忙、最热闹的时候。上晚班的做着收拾工作，要下班了；上白班的正在纷纷走进来，奔向各自的机台。来得早的员工已经开始做开机的准备工作了，他们每一个人的脸上都洋溢着青春的热情和朝气。也许今天是计件工资的第一天，大家都觉得新鲜有味，心情很激动，情绪很高昂，来得也比平时早。车间里现在是你来我往，欢声笑语不断。

周志明置身于这种环境中，情绪也不由自主地受到感染，觉得浑身的血液也在不知不觉中加快了流动，身上也有了一种跃跃欲试的躁动的感觉。

"厂长早啊！"

张小薇不知什么时候悄悄地溜到了周志明的身边。

"是你啊，今天是计件开张的日子，我特地过来看看。"

张小薇的瓜子脸上泛着红光，她眯着眼，欣赏地看着站在身边的这个年轻厂长。她的心里有一团被压抑着的东西，她知道是为他，她也知道自己太普通、太平凡了。她不是高飞于蓝天白云上的天鹅，而是一只家养的小灰鸭罢了。她觉得他是自己心中的那尊神，可惜的是只能把他敬放在心之高原的神山上，每日顶礼膜拜罢了。她知道自己的这腔心事只能永远地沉默掉，不能说出来，也没有脸面说出来，更没有资格说出来。所以，她一直控制着自己，压抑着自己，但一不小心，那种情愫的火苗也有从眼睛里，脸庞上蹿出的时候，比如说现在。

"你在想什么？"

周志明见她看着自己，好像在发愣。

张小薇猛醒过来，脸上潮红。

"我……我……"

张小薇窘得变成了一个结巴。她忽然想到自己的口袋里还装有一把糖果，便连忙从口袋里掏出，塞在周志明的手里，小声说："车间不能吃，有规定。"

周志明被她搞笑了，逗她说："你还知道车间有规定？"

"我是老员工了，工龄比你还要长呢？"

张小薇调皮地浅笑道，她连忙调转话头，一边看着紧张忙碌的员工，一边说："这是你出的主意？看把他们忙的够呛了。"

周志明一愣，侧头看着小薇，认真地问她道："你是不是有什么想法？"

张小薇面色微变，沉默不语。

"在这里不能说？"

张小薇看着他，肯定地点点头。

周志明就觉得奇怪了，哪里出了问题？他眨了一下眼睛，想了想，便对她说："你先忙去，晚上你到我办公室来一趟。我等你。"

"好的。"

张小薇爽快地答应着。

张小薇刚走开，王强和苏小东就赶了过来。

打过招呼，周志明就问他们两人，有没有遇到难题。他们两人都摇头说暂时没有。

周志明很仔细地把整个车间扫视了一遍，说："看来员工们的情绪都还不错。"

王强点点头，说道："积极性还蛮高的。"

周志明回头对苏小东说："这个班的工作我还是满意的。"又转向王强：

"今天晚上你就辛苦一下，在车间转转，有什么问题就及时处理。"

周志明担心晚班出问题，所以就给他先提个醒。

"好的，没问题。"

王强回答得干脆利落。


晚饭后，周志明坐在办公室里，一边看着二车间当天白班的生产报表，一边在心里估算着日工资的水准状况，一边等着张小薇的到来。

这时，桌上的电话铃响了。周志明连忙起身，拿起话筒。电话是陆总打过来，他说干部活动室今天挂牌开张，有几位部长早就来了，大家议论着，今天是头一天，厂长怎么没有来，陆总要他快点过去。

"好的，可我现在正有点事，要晚一点儿。"

周志明放下话筒，心里想着：这个张小薇怎么还没有来呢？

说曹操，曹操就到了。张小薇轻盈地快步走进来，见周志明好像有点心神不定的样子，便问他道："你有事要办？"

周志明说："今天干部活动室开张，刚才陆总打电话过来催我，不要紧的，我们谈完就过去。"

"其实，我也没有什么要紧的事，说与不说都行，也许是吃干鱼讲咸话，多话了。"

周志明就不解了，看着张小薇，认真地说道："心里有什么话，你就直说吧，我又不会怪罪你。"

两人就坐了下来。

张小薇说道："员工上班两班倒，本来就已经很辛苦了，你在机台上也做过，这一点应该深有体会。现在搞计件工资，多劳多得，这是件好事，但员工为了多拿工资，肯定会拼命地去做，这样长时间的超负荷工作，员工会吃不消的。弦绷得太紧了，恐怕也不是一件好事。"

周志明一听，本能地觉得她的这番话似乎也很有道理。站在厂方的角度而言，计件、长时间对老板是有利的，也是老板惯用的招式；而对员工来说，无论是在身体上还是在心理上，压力都是很大。周志明刚才就很认真地分析了白班所有机台的产量，以此估算，员工拿到的工资几乎都要超过以往。在同样的时间，增加了产量，厂方确是有利可图。他刚才还感到一阵满意，可现在经张小薇这么一说，那种舒坦的感觉瞬间就飞到爪哇国去了。

周志明陷入了深思：自己以前就考虑过，要保证机器二十四小时运转，如果是两班，每班工作时间实际上在十一个半钟以上，员工肯定是很辛苦的，他也不希望这样；如果要减轻员工的负荷，可以实行三班倒，但员工的工资水准要下降很多，那样，员工又会有意见了，况且，厂方又要提供更多的后勤保障，如增加员工宿舍，增加各方面的管理等，这也是一个问题。现在小薇提的问题实际上和自己曾经考虑过的是同一个问题。这个问题很矛盾，很纠结，周志明原先考虑过，没有找到答案，后来就把它搁置在一边了。现在张小薇不经意中又把它翻了出来，周志明觉得，这个问题或许真的是个问题了，要好好考虑。周志明想到这里，紧蹙的额头舒展开来，沉思的脸上立即有了笑容。他真诚地对张小薇说道："你的这个问题提得很好，说到点子上了。其实，我也一直在考虑这个事情，它牵涉到工厂的一些原则性的东西，我们会尽快地讨论、研究。我也是打工出身，说白了，我现在也是个打工之人，这里的员工都是我们的同胞，都是我们的兄弟姐妹，所以，我是真诚地希望他们在这里既能挣到钱，又能够生活得开心快乐。"

"对，对，我就是这个意思。看来，我没有白说。"张小薇看着周志明，急急地说，脸上露出了满意的神情。

周志明起身，迅速在他的记事本上写上几句。

这时，林晓丽走了进来。

周志明抬头时，刚好看到她亮丽的嫣然一笑。

"你们有事？"她问道。

"刚才有事，不过已完了。"周志明答道。

"哦。"

"你有事吗？"

"我没有什么事。刚才在那边坐了一会儿，没有见到你，便过来看看。"

"你是说活动室？我们正要过去，刚才陆总还在打电话催我，他肯定等急了。"

"他现在不会催你了，"林晓丽脸上依旧挂着平静而甜美的微笑，"他早就和田苗杀上了，他们两人本来就不相上下，自然有一番好战。"

周志明就点着头说："我们厂里还真是藏龙卧虎的。那我们过去看看。"

一脚踏进门，周志明还真的吃了一惊：活动室里，还真是热热闹闹，有声有色。进门的第一桌，陈昊、许一、石高明和房兵正在玩扑克牌，胡鑫观阵；第二桌，陆总和田苗正在酣战，于工在旁观阵；最里面是芳姐、龙霞和张彩虹她们三个及几个男车间主任在边说话边看电视。周志明一眼扫过去，见管理人员差不多都来了，他的心里也很是高兴。看来，有这么个活动室，大家下班晚餐后可以在这里聚一聚，闹一闹，也的确是个好事。

周志明走进去，和大家一一打着招呼。见厂里的老大来了，大家的情绪又高涨了几分。有说有笑的，还有讲俏皮话的。

周志明对林晓丽和张小薇说："你们两人自由安排吧，我来看看下棋。"

说完，他就拉过来一把椅子，挨着于工坐下，他要好好地观战了。说真的，没有看到棋还好，一看到棋，他的心里也就立马产生了一种跃跃欲试的感觉。看来，爱玩，是人的一种天性，并不是像某些人所说的是一种庸俗、堕落的表现。

摆在面前的一局棋已进入了中残局阶段。陆总是红子，士象全，剩车马炮和两兵；田苗是黑子，也是士象全，剩车马炮和三卒。现在是红方取攻势，用车马炮强攻黑方；黑方三员大将紧密配合士象，防守严密，战事在黑方地盘上呈胶着状态，双方都在凝神思索，想着对策。

周志明略加分析，便立即判出了当前形势的优劣。田苗虽受攻，但有惊无

279

险，有多一卒的优势。陆总虽处于进攻方，但却始终兵力有限，久攻不下，时间长了，一旦形势发生变化，自己又少对方一兵，难免不出问题。但如果不出现大的意外，两人应该可以下和。

周志明把目光从棋盘上抬起来，看着两人认真入神的表情，心里暗暗琢磨。他又很认真地瞄了田苗一眼，心里想道：真人不露相，看不出来，他也还有几把刷子。下棋厉害的人，在其他方面也不会差多少，这一点周志明自己深有体会。看来，在自己手下的这帮人中，这个田苗也还算是个人物，今后是可以独当一面的。

周志明考虑停当，额头舒展开来。观棋不语真君子。自己下棋多年，亦是棋林中人，他知道自己不便多语，便站起身来，四处看看。

电视上正播放着一个爱情剧，男女主人公正相拥在夜晚的海边沙滩上，看天空里的流星雨，浪漫而温馨。

男主人公的声音：我要爱你一辈子，永远和你在一起。

女主人公的声音：我也是，你就是我的前世今生。

然后是男女主人公放大的嘴唇在缓缓地靠拢、靠拢……

周志明就觉得自己的心被什么东西蜇了一下，有了一种疼痛感。他立即就想到了自己的初恋，那个背离了自己的姑娘，他的心里就产生了一种厌恶的感觉。但瞬间他又想到了亚琴，那个同样是亭亭玉立的感情真挚而热烈的女孩，那个在自己处于人生最低谷时真诚无私地帮助自己，把心掏给了自己的女孩，那个远在梵净山里的美丽姑娘，他又觉得自己周身的血液在慢慢地开始加速、沸腾。在工作时，他把她暂时封存在自己的记忆里，一旦歇下来，她就会像幽灵样从他的记忆小屋里款款走出来，妩媚、多情。这时，他就会想起她，想起她的美丽的脸蛋，姣好的身材，瀑布似的秀发，她的多情的如秋水如寒星般的双眸……这个时候，他的心里就产生了一种强烈的、奇怪的感觉，这种感觉里似乎有着某种迫切、某种渴望……似乎还有更多更多的东西。

就在这时，有人在叫他了。

原来那盘棋已下完了，双方战了个平局。田苗便想借机退下来，休息休息，让周志明接他的手。因为他听别人说过，周志明下棋十分了得，他便想趁机见识见识周志明的功夫到底怎么样。

周志明觉得自己的思绪和情绪都有点乱。本来进门时还是好好的，就是那个肥皂剧，那个镜头和对话，把他的静如止水的心境和心情搅乱了。他忽然明白，自己的感情世界原来竟也有很脆弱的时候。他摆了摆手，要他们两人继续。

"今天我就当观众好了。看看你们两人的开局和中局功夫。"周志明微笑着说，重新坐下来。

陆一鸣和田苗又重新排兵布阵，厮杀起来。

但在周志明的眼里，走来走去的棋子却逐渐变成一片模糊，最后幻化成了一张俏丽的脸蛋——那不是别人的，是冉亚琴的。


# 三十五


就在周志明放松自己的心思，对那个庞大而雄伟的计划不是那么太挂心的时候，台湾那边却来回音了。老板同意了他的计划。

当周志明认真看房兵递过来的传真时，房兵看到他脸上的肌肉牵动了一下，眉宇间一派喜悦、激昂的神情。

看完，周志明自嘲地说："作茧自缚，自作自受啊！"

房兵不知道周志明这份计划的详细内容，但他敏锐地判断出他有一个什么大的动作。

"究竟是一份什么计划呢？和我有什么关系吗？"他在心里揣摩着，"我一定要尽快搞清楚这个计划的内容。我要破坏它，不能让他如愿以偿。"他在心里对自己说。

"有什么大的行动吗？老板都同意了？"他装模做样，试探性地问道。

周志明略做考虑，对他说："还只是个初步设想，并没有具体明确的东西，等到条件成熟了，你就自然知道了。"

周志明接着打电话给王强，要他把昨天夜班的生产报表送过来。他又叫来芳姐，要她通知陆总和龙霞，到办公室开会。他要在今天把二车间的定额标准确定下来。从明天起，前面的工作就算告了一个段落，他要开始转移自己的工作重心了。

不一会儿，几个人都已陆续到了会议室。芳姐一边和他们打着招呼，一边忙着倒开水冲茶。

周志明走进去，就在他们中间找个座位坐下。他把二车间两个班昨天的生产报表递给王强，要他先给大家通报一下情况。

王强就憨憨地摸了摸自己理着平头的大脑袋，又喝口茶水清了清嗓子，才开始发言。

等到王强发言结束，周志明说话了。他讲了两点：第一，厂里经过研究，原来已经确定了一个日工资的计件标准；第二，许多员工反映上班时间太长，人很辛苦，能不能缩短工时。一个是工时，一个是工资标准，大家就此事展开讨论，看看有什么好的办法。

可能是这个话题太过于敏感了，此话一出，大家的情绪就高涨起来。

有人说：一个班十一个半钟，员工的确辛苦。就一般的工厂而言，都是八小时或九小时工作制。有人说：上班时间还是可以缩短一些，但关键是到底要缩短多少，工时缩短后，工资怎样开？

有人说：干脆搞三班倒，八小时制，这样可以做到歇人不歇机。

房兵坐在那里，虽然表面上听着大家的发言，却在心里揣测着周志明的真实意图。这一段时间周志明已经是很成功了，在厂里是声名鹊起，功成名就。自己想要得到的东西已经全部被他拿走了，他在台上风光着。而自己呢，只能在他的手下端一碗饭吃，仰人鼻息，看人眼色行事，就好像大马路边的一条丧家之犬，可怜之极。自从唐芸芸事件之后，他就更加加深了对这个对手的仇恨。现在，他揣测对手肯定是在动心思，要改变以往的上班制，缩短工时。如果这样，他就会更加赢得全厂员工的人心。想到此处，他忽然觉得自己浑身上下有一种说不出的不舒服，他自己的心里也是猛地一惊，他自认为他已觉察到了对手的隐秘心思，他在心里为自己的聪明暗暗得意，他盘算着，他要如何阻止他。他喝了口茶，做好了发言的准备。

"自从工厂建厂以来，就一直是实行两班倒的上班制，每班上班时间为十一个半钟，这是老板亲自决定的。一，可以做到歇人不歇机，最大充分地利用机器的利用率；二，可以最大限度地给工厂和老板带来利润。当然，我也希望有所改变，但老板那里，能同意吗？"

他的话一说完，会议室里顿时安静下来。是啊，老板能同意吗？这可是台企，私营企业，老板一人说了算，这可是一个原则性的大问题啊。

陆一鸣看着房兵，觉得他的话里似乎还藏着话。对于这件事，他心里想着也还是维持原状较好。因为多一事不如少一事，况且厂里这么多年来一直就是两班倒，也就这么过来了。但以他对这个小老乡的了解，他揣测到他可能早已考虑成熟，已经有了自己明确的方案。他是自己一手提携起来的，并且事实证明，他的所有想法又都是正确的。所以，到现在他还没有发言，只是认真地听。他想着到最后周志明肯定是要表态的，他也肯定有他的道理，而到时候自己还是要力挺他的。

周志明见冷了场，便对大家说："我们今天开会，就是要全盘考虑，既要考虑厂方老板的利益，又要考虑员工的利益和他们的身心状况。我的意思是通过一系列措施的改观，希望我们的工厂以一个全新的面貌展现在员工面前，展现在同行业面前。要做到有一种企业文化的内涵，出现一种团结、紧张、严肃、活泼的局面，要让我们的员工在工作的时候认认真真、敬岗敬业，下班后又有充裕的时间来开展一些有益的活动，如打篮球、排球、乒乓球等，活跃工厂的文化气氛，让别人觉得我们的工厂就是和其他的工厂不一样，这样，就等于是在不知不觉中给自己的工厂打了广告，做了宣传，提高了知名度。我想，真正到了那个时候，我们会受益匪浅的。"

周志明的话一说完，所有的人都嘘了一口气，睁大着眼睛看着他。就连人生阅历颇丰的陆一鸣也是对他刮目相看。周志明给在座的每一个人描绘出了一幅工厂未来的美好蓝图。他们年轻人的热情又被煽动起来，情绪又高涨起来。他们理解了这个年轻的当家人的真正意图，长远规划。

大家又开始了积极的发言。芳姐起身给大家逐个加茶水。陆总的心里也开始活动了，他佩服这个小老乡的胆识和眼光。

现在，意见已经是一边倒了。讨论的话题具体起来，落在了一个班的工时上。究竟一个班上多长时间，才能兼顾到员工和厂方的利益？周志明要大家估算一下，尽量要求能够维持员工的原有工资水准。

芳姐是搞财务出身，是这方面的行家。她拿来纸、笔和计算器。王强报着数，她就用嫩葱般的手指熟练地敲打着计算器的小键盘。

不一会儿，结果就出来了。芳姐对周志明说，九个钟再加一点点就行了。

周志明觉得和自己心里装的数字还是有一定的差距。他是正规科班出身，他希望自己管理的工厂也正规化，员工和国有企业一样，上八个小时的班。他两手交叉，抱在胸前，陷入了沉思。

"一个班九个小时，比原来少了两个半钟，员工应该是相当满意了。"王强说。

"我看也行。两个半钟啊！"

芳姐看着周志明，很认真地说。

房兵刚才说出那番话，本意是想借抬出老板来压压周志明，好阻挠他计划的实施，不料，周志明的一番话却把本来快要熄灭了的火苗又煽了起来。此刻，他表面很平静，但心里却无比恼怒。他瞟了一眼王强，他觉得他没有一点儿男人的骨气，像一条哈巴狗，所说的话，所做的事，都是在极力讨好周志明。看了看在座的所有人，他忽然间觉得他们好像原来就是一伙的，自己是孤单单的一个人。他的心里产生了一缕莫名的凄凉与悲哀。自己到底是怎么了？怎么就与他们格格不入了呢？他不知道，由于他对周志明偏见与仇视的日益加深，他的心里已经滋生了一个邪恶的魔鬼。这个魔鬼正控制着他、诱导着他、指使着他，让他时时产生邪恶的念头。

沉思了一会儿，周志明问芳姐道："确定吗？"

"应该不会错。"

周志明转向陆总，征询他的意见。

"如果大家的想法一致，我看可以先试试。反正今天是计件工资的第一天，明天，干脆把计件和新工时也结合在一起，来个彻底的改制。这毕竟是个新鲜事情，我们可以一边干，一边摸索。万一不行，我们可以再回到原状，那也没有什么关系。大不了就是一个车间耽误一点儿时间。"

周志明又把头转向龙霞："你有什么高见？"

龙霞羞涩地一笑，看着大家说："我来的时间短，资历也浅，哪有什么高见，低见还是有一点点。员工缩短工时，势在必行，这条路迟早是要走的。所以对这个举措我是投赞成票的。至于一个班究竟上多长时间，要根据厂里的生产情况而定，要有科学的依据，同时也要参考同行业的行情。如果九个小时行，就可以暂定为九个小时，在二车间试试，当然还是要采用计件工资的形式，员工才有积极性。"

周志明一边思索着，一边满意地点点头。周志明问大家还有什么不同的意见，没有人表示有异议。最后，这件事就这么定了下来。

"这是个新鲜事情，也是我们厂方的一个良好愿望。我希望是一个非常好的开端。如果员工们满意，我们就逐步在全厂推开。"周志明总结说，"王强负责落实实施，陆总负责监督。有什么情况及时上报。"

散会后，周志明要陆总、芳姐、龙霞到他的办公室来一趟。待他们一进来，周志明就要芳姐把门关上。

芳姐觉得奇怪，关上门，回头微微一笑，开玩笑地说："你还有什么重大机密怕泄漏？"

周志明招呼大家坐下，从抽屉里拿出那份传真，递给陆总："你先看看吧。"

陆总看完，首先是一阵惊喜，然后是觉得全身一阵紧缩，似乎有股无形的压力朝两边肩上压下来。

"这是一个大手笔啊！"他抬头看着周志明，"这下够你忙了，这可是你自己找的哟。看来，跟着你，我也是没有时间休息了。"

"食君之禄，忠君之事。拿了老板的工资，我们就要时时、处处替老板着想，为工厂着想，这才是为臣之道啊。"

芳姐和龙霞莫名其妙地看着他们两个，如坠云雾之中。

"你们两个也看看。"周志明说。

陆总把传真递过去，芳姐接了，她们两人就凑在一处，斜歪着身子，头挨着头地仔细瞧着。看完了，才知道是老板同意了一个什么大的计划。

她们两个同时拿眼睛迷茫地看着周志明。

周志明说话了。

"就是按照我们上次讨论的意思，我拟出了一个准备上新产品的计划，上报给了老板。现在，老板同意了。对于像我们这个规模的厂子而言，这个计划还是很庞大的，一想起来，也还是觉得很有诱惑力。"

"原来是这件事。"芳姐和龙霞豁然大悟。

"这个计划目前也就我们四个人知道，因为才刚刚开始，还有很多的具体工作要做，都要一步一步地来，为了不出现意外，这个计划暂时还要保密，不能让更多的人知晓，以免泄漏出去，节外生枝。从现在起，芳姐你除了原来分管的产量和质量外，销售也要抓起来，这一大块是我们生存和发展的前提和保证，万万不可松懈；陆总呢，除了原来的工作，二车间试点的事情也就交给您了。王强是个大老粗，干劲还是有，但谋略不足，您就帮他多看着点，哪里有漏洞就及时补上。你们如果有什么重大事情，及时通知我，我们一起商量。龙部长，我原来是想把杜方成调出来，负责这个情报工作的，现在看来，他并不是合适的人选。因为，这个计划我已经酝酿很久了，这个计划的第一步就是要寻找到最新的前沿产品，我把厂里所有的管理人员都考虑了一遍，只有你才是最合适的人选。你是大学毕业，又是搞塑胶专业的，你可以通过你大学的同学、老师的关系，去弄到我们所需要的信息。实际上，这种信息就是情报，你要做我们的情报部长，我相信你的能力。"

周志明这么一说，龙霞的脸飞红了。她羞涩局促地说："你就不要给我戴高帽子，我都要脸红了。"

其实她的脸早就红了。红得红润、漂亮。

"不要谦虚嘛，我是实话实说。从明天起，材料分析的担子就让杜方成挑起来，让他做你的副手，但部长还是你。因为情报部的名称太敏感了，不能单独挂牌，只能暗中操作，所以，我都想好了，我们的材料分析部是一块牌子，两个职能，既搞材料分析，又搞情报，这样可以掩人耳目，便于工作。"

陆总频频点头。

周志明起身，意欲去倒开水冲茶，正听得津津有味的芳姐蓦然醒过来，连忙站起身，抢在他的前面。

"哎呀！我都听入神了。我来，我来。"

周志明对芳姐说："我抽屉里有几包好茶。"

周志明只好重新坐下，继续说道："明天把芳姐办公室旁边的那间房子收拾出来，整理干净，把材料分析部的牌子挂上去，你们材料分析部就正式有个窝了，你这个第一任部长就可以在那里办公了。"

龙霞听得咯咯地笑了起来。不过，说真的，她在心里对这个年轻的厂长早就充满了敬意和喜欢。她觉得这个年龄比自己大不了多少的年轻人坦荡、实在、平易近人，很好相处，而且有理想，有目标，浑身上下都充满了青春的活力，和他在一起做事，没有一点儿拘束，很开心，很愉快。此刻，她的心里像喝了蜜糖一样，甜蜜蜜的。不过，她瞬间就意识到了肩上的压力：这个部长可不是那么容易当的。她在脑海里飞快地思考着：这份工作我能胜任吗？

做事利索的芳姐很快就在每一个人面前放好了一杯绿茶。嫩嫩的绿芽儿正慢慢地舒展开来，清澈晶亮的茶水正慢慢地泛着淡淡的绿色儿，热气冒上来，嫩嫩的香味儿也随之飘上来。

"好茶！好茶！"陆总高兴地说。

周志明知道陆总的喜好，所以特地托人从原产地弄来了一点儿产于湖南湘西的"古丈毛尖"，他给陆总送了两小包，自己还留有一部分。

龙霞脑子里还在飞快地思考着，她觉得应该从自己的几位恩师入手，这才是捷径。况且，在学校时，他们就很喜欢这个很懂事的学生。她问道："什么时候动身？"

"既然老板已经同意了这个计划，那我们就放手去做。俗话说，心动不如行动。我的意思是趁热打铁，越早越好。"

龙霞略做考虑，然后果断地说："那就一个星期后吧。"一想到又要回到自己熟悉的母校，见到自己的许多恩师，她的心里就开始了激动。当然，这次回到母校，自己的身上是带有特殊的任务的。

"给你的老师捎带的礼物，不要太小气了，要大方些，显得有脸面。所有的开销，回来后到厂里报销。另外，你的名片要重新印制。"

周志明喝了一口茶，看着陆总说："我也想好了，龙霞这次出差办事，意义非常重大，同时也是代表着我们工厂的形象。为了让这次行动顺风顺水，马到成功，我们必须提高龙霞身份的重量，不能让她的老师和学友们轻看了她，因此，我决定破格提拔她为副厂长，同时兼任材料分析部的部长，专门负责分管厂里的产品开发和发展方向。"

周志明一口气说完，神情严肃、庄重，绝没有半丝儿儿戏成分。这让他们三个人都大吃了一惊！这个决定就意味着龙霞这个才进厂半年的年轻小姑娘瞬间就成了厂里的第二号人物。

陆总没有立马反应过来，但他看到周志明的态度很认真、很坚决，也就附和着说："你是厂长，你说了就算，我同意。"

芳姐一转身，把双手按在龙霞的肩上，认认真真地把她重新打量了一遍，激动地说："恭喜你，小妹妹。"

龙霞还没有缓过神来，直直地看着周志明。她的眼眶里噙满了激动的泪水。她真不知道该如何感谢这个年轻英俊的厂长。过了好一会儿，她才似乎从梦中醒过来。她站起身，走上前去，向周志明敞开双臂。周志明也是一惊，出于礼貌，连忙起身，张开双臂，他们两人就那么真诚友好地抱在一起。

龙霞在他的耳边轻声说："谢谢你！"

周志明用手轻轻地拍着她的肩背，告诉她："好好工作，用行动证明自己的实力，让所有的人都看到：你就是你！你就是龙霞！你就是行！"

上了年纪的陆总，看着眼前的场面，又是惊诧！又是感叹！又是欣慰！毕竟是开放年代的年轻人啊，这种同事间纯洁感情的自然流露是那么的美好、和谐。

站在一边的芳姐竟情不自禁地轻轻拍起了手掌：现在的年轻人啊，就是不一样！

第二天一上班，全厂中高层干部就接到通知，迅速赶到厂会议室开会。整个会议就只有一个议程。

厂长周志明精神抖擞地站在主席台上，大声地宣布道："今天开会就只有一件事情，宣布一个任命，一个非常重要的任命。任命龙霞女士为我们新华塑胶厂的副厂长，同时兼任材料分析部的部长。请大家鼓掌！"

开始是沉默，大家你看着我，我看着你。但接着是掌声雷动。

龙霞站起来，向周志明致谢，向各位同仁致谢。

经过一个星期的准备工作后，龙霞带着无比的自信，兴冲冲地也是悄悄地踏上了探望母校的路程。她的名片上印着：

新华塑胶厂副厂长　龙霞

这几天，陆总就像看完了一幕戏。一开始，他还真不明白。当周志明说要提拔龙霞当副厂长时，他的的确确还大吃了一惊，以为周志明哪根神经出了问题。比资历，龙霞来工厂才几个月？比功劳，她的贡献就比别人大？直到看到龙霞背着一个旅行包精神抖擞、义无反顾地上车的背影时，他的某根神经突然开窍了。他狡黠地看看周志明，猛然轻拍了一下自己的前额，自言自语道："人老了，不中用了，难怪下棋下不赢你，真是绵里藏针啊！"

周志明还在朝车窗里的龙霞挥手作别，他似乎听到陆总在说什么，回转头，却又没有了声音。

"陆总，您刚才说什么了？"

陆总哈哈一笑，对这个小老乡说："我真服了你了。"

周志明就低声道："用人不疑，疑人不用，要想成大事，就必须放开手脚，舍一顶帽子，得一人心，值！上次销售部的张彩虹，就是一个很好的例子。"

陆总会心地一笑，说："高手！高手！"

# 三十六

唐芸芸漫不经心地走在厂门口外的沙子路上。上面着一件米黄色的衬衫，下穿一条灰白色长裤，衬衫的下摆扎在裤腰里，外套着一条亮亮的女式黑皮带。一头好看的黑发已经披到了肩背，烘衬着她白净、秀气的圆脸。

这是一个历经了生活磨难的女孩，也是一个历经了生死轮回的女孩。苦尽甘来，她终于步入了一个崭新的生活。但她现在却又面临着情感的折磨。

"人如果没有情感，世界将会怎样呢？"

她有时就那么简单地想着。没有痛苦，没有欢乐，没有思想，也就没有了人世间的种种悲欢离合，生离死别以及缠绵悱恻的爱情故事。唐芸芸抬头望着在风中起伏的芭茅花，思绪纷乱，不着边际。曾有几次，她暗地里下决心强迫自己冷静下来，理智地处理好自己的感情问题。勇气鼓起来了，但不知什么时候，又悄悄地泄了。泄了又鼓，鼓了又泄，如此再三，面对现实，面对周志明，她始终拿得起，放不下。她知道自己不是一个轻易动男女之情的人，一旦动了，如何能够做到说放下就放下呢？芳姐的规劝时不时在耳边萦绕，那也是忠言啊。刚才在宿舍里，叽叽喳喳的，她嫌太闹了，便特地一个人出来随便走走，想吹吹风，让自己清醒清醒。不料，独处一处，思绪还是剪不断，理还乱……望着无边的深邃的天空，她忽然又觉得自己是不是有点过分了。周志明谅解自己，宽恕自己，对自己好，给予无微不至的关心，是把自己当好朋友看待，我怎么就有了非分之想呢？向来缘浅，奈何独自情深？想到这里，她自己都感觉得到脸上有些火烧。

"单相思，真不害臊！"

她在心里狠狠地骂着自己。

一阵晚风吹过来，她感觉到一袭凉爽，也使她一下子清醒了许多。她四周望望，暮色已起，天地之间的光亮已经在不知不觉中渐次暗淡下去。空旷的马路上就她孤零零的一个人徘徊着。她下定决心，不能再想入非非了。她要好好工作，把时间和精力全部投入到工作中去，业余时间，还可以继续弄弄自己的文学爱好。

一念放下，万般轻松。主意拿定，她顿觉全身释然，浑身清爽。看看周边渐渐昏暗下来的草丛、树木、天空，头顶上一只黑色的鸟影迅疾掠过，脑海里立即浮现出了一缕诗意：

草在结它的籽

风在吹它的口哨

鸟影飞逝

佳人独彷徨

……


她向鸟影消失的方向注目良久，才缓缓转过头来，毅然转身向厂里走去，一路上脚步轻松，坚定有力。


这时，在财务部的办公室里，林晓丽和周志明却在进行着一场秘密而深刻的对话。

"无论怎么说，提龙霞为副厂长，似乎让下面的人难以接受。"

林晓丽看着周志明，语气平和，光泽的脸上依旧平静端庄。

"她是学塑胶专业的，是我们厂里难得的专业人才，况且，她的身后有一个知识群体，那就是她的老师们。那可是一大笔无形的财富啊。知识就是力量，知识就是生产力，你没有听说过吗？"

林晓丽若有所思："你是说通过重用龙霞，然后引出她身后的老师，让他们为我们出谋划策？"

"正是此意。"

周志明意味深长地说。

"哦，原来如此。看来当时我们都没有理解你的用意。只道是你私下喜欢、偏袒那个漂亮女大学生。看来，都错怪你了。看情形，你是不是有什么大的行动了？"

"你是我的红颜知己，旁人不理解我，你应该理解我。在这个厂里，除了冉亚琴，就你和陆总与我的关系最贴近了。起初，我是准备要你担任厂秘书这个职务的，但考虑到你是财会专业，财务部又是个重要部门，所以，我不得不把你放在那里。所以，厂里有时研究重大事情的时候，你就没有参与进来。你私下没有什么意见吧？"周志明侃侃而谈。

提到冉亚琴，林晓丽的内心不知怎的还是极快地震动了一下，但她还是平静地一笑："我有意见了，怎么的？"

周志明看着她，哈哈一笑，摸了摸自己的脑袋，然后又用手指指着自己的胸口，说："你在我心里的位置，那是高得很，没有谁能够取代你。"

"什么大的行动？能说说吗？"

在林晓丽的面前，周志明不需要做任何的保留和掩饰。

林晓丽静静地听完后，神情变得严肃起来。她起身给周志明的茶缸里续满开水，顺便给自己也添了一些。

她双手抱胸，思考着，在办公室里慢慢地踱了几个来回。

"龙霞的事情我们暂且放在一边；但这件事情，我觉得不是很稳妥。"

"理由呢？"

"你听我给你分析。其一：我们这个厂的规模并不是很大，和有些动辄员工就几千的厂子比起来，我们只能叫小厂子了。所以，我们的实力和资金都是有限的，换句话说，抗风险的能力也是有限的。其二：工厂虽然在前面几年有了一部分利润的积累，但由于后期经营方面的问题，你也知道，账面已经出现了亏损，虽然现在开始了好转，又有了盈利，但总体而言，工厂里可以调度的流动资金并不是很多。鉴于这两个方面的原因，我认为我们现在上新产品，扩大生产规模，条件并不具备，时机也并不成熟。如果说一切都顺利，顺风顺水，那还好说，上上下下、方方面面都还可以交差。如果，我是说如果一旦不利，不仅要砸进去一部分资金，还要拖累现有的生产线。到了那个时候，大好的局面不存在了，前功尽弃，所有的人都会看着你，你何以交代？商场如战场，难以预料，什么情况都有可能发生啊！"

踌躇满志的周志明听了林晓丽的这番话，无疑是被当头浇了一瓢冷水。他的笑容没有了，神色开始变得严峻起来。他沉思了一会儿，故作放松地抿了一口茶，抬头望着林晓丽道："你的意见呢？"

"我的意见就是步步为营，稳打稳扎。维持、巩固好现有的局面，再通过几年时间的努力，让厂里充分积累一部分利润。资金雄厚了，力量壮大了，再伺机而动也不迟。"

周志明点点头，他不得不承认林晓丽说的也有几分道理。那自己的构想真的就出了问题？龙霞已经出发了，木已成舟，生米已经煮成了熟饭，并且想法也上报了老板，那又该如何收场呢？想到此，他对她说："报告也打上去了，人也出发了，现在已经成了骑虎之势，只有背水一战了。"

"这么办，你也不要心急，先等等看，看龙霞回来能够带来什么消息，再做研究。"

"也只有如此了。"

周志明顺着她的话说。但他心里头还是跃跃欲试，希望龙霞能够带回来好的消息。

"职工之家"里没有几个人。陆总和田苗又战上了。自从"职工之家"成立以来，陆总就成了这里的常客。他的家在台湾，家属也都在台湾。他在这里是单身一人，洒脱得很，又加上性情随和，与这里的年轻人都合得来，所以，晚饭一吃过，他就提着个茶杯乐哈哈地早早过来了。他和田苗半斤八两的，旗鼓相当，一开盘，两个人就很快进入了状态。

周志明从财务部出来，感觉浑身很不自在，头脑似乎也有点儿晕。他从"职工之家"的门口经过，只是向内不经意地瞟了一眼。他摸了摸额头，径直从走廊走过去，刚下楼，就在拐角处，碰到了从外面回来，正准备上楼的唐芸芸。

"厂长，你要去哪里？"

周志明整个人根本就不在状态，他的大脑还在考虑着刚才谈话的内容。听到有人打招呼，便仓促地嗯嗯应了两声，待抬头细看时，却见是唐芸芸，便连忙说：

"屋内有点闷热，我想到外面随便走走，吹吹风。你叫我什么厂长，别扭死了，就叫我周志明或者周大哥好了。"

"那……那……"

唐芸芸眼睛眨了眨，连忙说道："那我反正没事，陪你走走，行吗？"

周志明停顿了一下，看着她说："好吧！"

其实，屋子里面根本就不热，只是林晓丽推心置腹的一番话，极大地刺激了他的脑子，让他清楚地看到了自己正处于无形的风口浪尖上，他觉察到了问题的严重性。

他们两人并排缓慢地走在操场上，谁都没有先吭声。唐芸芸悄悄斜视了周志明一眼，见他眉毛紧锁，脸皮紧绷着，便轻声地问道："发生了什么事，你好像有点不开心？"

周志明便强装笑脸，看着她说："没有什么，我只是在想一个问题。"

"既然是散步，今天就不想了，明天再想吧。"唐芸芸用手碰了碰他的肘子。

周志明只好放下心事，紧簇的眉头也随之舒展开来。当他忽然意识到身边是唐芸芸时，他连忙问她道："你的身体现在怎么样？完全恢复了吗？"

"感觉好多了。"

"那就好，今后可不要再做傻事了。我们出门在外，远离亲人，挣钱是次要，首先就是要自己照看好自己的身体，不要让自己的家人担心。听芳姐说，你连住院的事都不许告诉家人。为什么？"

"我是长女，我宁愿自己受着，也不希望父母知道。"

周志明停下来，昏暗中注视着这个和自己一样倔强性格的女孩，然后，把手轻按在她的肩上，缓缓地说："我明白了。"

"手头紧吗？如果需要钱用，你就给我说声。我私人可以借点给你。"

"我会安排好自己的生活，我不喜欢向别人借钱用。同时，我也最不喜欢那种到处借钱的人。"

周志明连连点头，又问到了她的工作。

"在人事部还可以吧，有没有遇到困难？"

唐芸芸轻轻地摇摇头，随即就面带微笑地说："在那里还蛮开心的。"

周志明就点点头，似乎又陷入了沉思。

他们不知不觉走上了车间与仓库之间的一条林荫水泥路。朦胧的月光把树影随意地涂抹在平整的路面上，光与影和谐地融合在一起，齐齐地铺在他们的脚下。也有几声或长或短的虫子的尖尖的鸣叫声清晰地响起。一阵风迎面吹来，周志明感到头脑清醒了许多。

"听说你有女朋友了？是真的吗？"唐芸芸打破沉默，问道。

"你听谁说的？"

"有就是有，与听谁说有关系吗？"

唐芸芸歪着头，侧眼调皮地瞧着周志明，眼珠子一动不动，好像要把他看透一样。

周志明点点头，随即又叹了口气。

"为了我，她付出了很多很多，她现在还在家里养伤。"

"怎么回事？她出事了？"唐芸芸关心地问道。

周志明只得长话短说，向她说了一个大概。唐芸芸听完，唏嘘不止。

"她是一个好女孩，在我处于人生最低谷的时候，她把她的爱情给了我，我发过誓，我要娶她，终生对她好。"

唐芸芸心里一震，敬佩地看着周志明：多好的人啊！她马上联想到自己，心里不免生出几分落寞与凄凉。

她悠悠地叹了口气。

"她的命真好。"

唐芸芸羡慕地说。

周志明就联想到了她的感情波折，她的家庭以及她柔弱的肩上承担的经济重担。他真心地想帮助她。自从芳姐告诉他有关她的经历以后，他就一直存有这样一个想法。

296

他安慰她道："缘分讲的是一个缘字。你也是一个非常优秀的女孩，人漂亮，心地好，听说还会写诗做文，腹中有锦绣啊，我相信，你今后一定会有一个美好的将来。"

唐芸芸停住脚，眼里闪着光芒，看着周志明说："真的？"

周志明说："人间正道是沧桑。吉人自有天相，好人自有好报。"

其实，周志明的心里话是：在有机会的时候，他是会尽全力地帮助她。


# 三十七


龙霞从外面回来了。

她披着一身的阳光，在她的脸上、身上跳着欢乐的金色的舞蹈。

她不是一个人回来的，还带来了一个人，她的一位老师，古教授，一个年近五十的戴着眼镜的男人。中等个子，微胖，眼睛眯着，团头团脑，一脸的笑容。

龙霞悄悄把周志明拉到一边，告诉他：古教授这次亲自来，大有文章。周志明自然心领神会。

接风洗尘之后，古教授提议先到厂里转转。首先是工厂的大门口，其次是产品仓库，再其次是食堂。然后是各生产车间，最后才回到厂长办公室。

办公室的茶椅上早已摆了些时鲜水果。宾主依次落座。周志明拿起电话，拨通了财务部。接电话的正是林晓丽。周志明要她现在就来他的办公室。

芳姐热情地打着招呼，利索地冲完茶后，就退出了房间，把门带上。房间里就只剩下周志明、古教授和龙霞三人。

古教授眼镜后面的眼睛依旧眯着，只剩下一条细细的缝隙，脸上浮着笑。他不慌不忙地端起印着蓝色小花的白瓷茶杯，揭开盖子，低头认真地看了一眼杯中的茶水，然后细细地品了一小口。

"咦！"

古教授轻轻地叫了一声。他翕动鼻孔，再次低下头，朝茶杯里仔细地瞧了一会儿，又品了一小口。

周志明和龙霞对视了一眼，心领神会，没有作声，等待着教授开口。

"不错，不错。这是从哪里弄来的？市面上有这种茶买？"

见古教授开口了，周志明赶紧回答道："这种茶在市面上是买不到的。它产自湖南西部武陵山脉的古丈县，每年清明采集云雾之中新茶的一叶一心，纯手工制作而成，号称古丈毛尖，数量极少，无论色香味形都是极上乘的，实属珍品。"

"如此珍品，稀世之宝，你是从何而来？"

周志明只得如实回答："这个厂的行政总监陆一鸣老人对我有知遇之恩，因他喜好品茶，故此特地托人从产地带回一些，给他送了一点儿，我自己还留了一点儿。因您是贵客，我便拿出来请您品尝品尝。如果是一般之人，不识茶的，自然也就把它当作普通之物了，哪里还会放在心上？不料，您却是行家里手，看一眼，品一口，它就难逃您的慧眼金口了。"

"噢，原来是这样的。看来你还是个极重情义的人。年纪轻轻，就懂得知恩图报。难得，难得啊！龙霞是我的学生，可以说是我的得意弟子，出校门还不到一年，就升到了你们副厂长的位置，可见你们是真正地重视人才，尊重人才啊。她在我的面前是如何如何地夸你，百闻不如一见，今天一见面，方知果然如此。真是少年得志，前程无量啊！"

"教授过奖了，惭愧！惭愧！这种茶叶，我还余下一点点，不成敬意，还请您笑纳。"

周志明起身，从办公桌的抽屉里，取出一个小包，恭恭敬敬地递给古教授。

"不敢夺人之爱！不敢夺人之爱！"

古教授连忙摆手推辞。

周志明把小包递在古教授手里，诚心诚意地说："只剩下这点点了，真的是不成敬意，还望您收下。"

古教授还要推辞，龙霞也开口了："老师，您要是不收下的话，那就是太生分了。这又不是什么金银财宝，不就是一点点茶叶吗？"

古教授见如此情形，只好小心收好，放在身前的桌上。他容光满面地对龙霞说："你说错了，这可是好东西啊，比得过金银财宝。"

见古教授高兴收下茶叶，周志明便知道，好戏就要开场了。

果然，古教授又连连品了两口茶。然后开口道："我知道你们俩在等我的下文，是不是？你们是愿意听真话呢还是愿意听顺耳的？"

周志明注视着古教授，诚恳地说："我们请您来，就是希望您能指点迷津，给我们工厂的发展出谋划策，运筹帷幄。"

这时，门轻轻地推开了，林晓丽向室内的人点点头，轻盈地走了进来。

周志明招呼她坐在自己身边，给她介绍道："古教授，龙厂长的老师。"又把她介绍给教授："林晓丽，我们厂的财务部长。"

古教授依旧是笑容满面地点点头。他接着说："从客观方面而言，你们厂的厂貌、厂容、管理人员和普通员工的精神面貌都是很不错的。车间生产秩序井然，仓库没有产品的积压，这说明你们的销售工作很得力，销售渠道畅通。从主观方面而言，你们想上新项目，上较为前沿的新产品，并主动派人出去调查，都说明了你们决策层的决心和雄心，这是好事。但开发新产品，上新项目绝不是纸上谈兵，画饼充饥。那是要讲实力的，换句话说，它需要厂房、设备、流动资金等等。据我观察，你们厂的规模并不是很大，所以，就这些方面，我想问问你们的准备工作和筹备情况怎么样了。"

古教授说完，端起桌上的茶杯，平静地看着周志明。

周志明是一边认真地听着，一边在脑子里快速地划着词儿，以便随时回答教授的问题。他喝了口茶，不慌不忙地说道："我们是搞塑胶的，上新产品也是考虑这方面。为此，我们已经做了大量的前期准备工作。厂房可以租用，分期付款；机械设备主要是注塑机我们可以通过低价转让的方式得到。这两块我们已经有了明确的目标，并与对方进行了初步的接触，达成了一个大致的口头协议。流动资金不成问题，这一点儿实力和自信心我们还是有的。况且，我们干部人员的考察和培训工作也已经开始了。我的态度是四个字，志在必得！"

林晓丽看着周志明上下灵巧自如的两片嘴唇，认定那上面一定是涂了一层猪油，否则，绝对没有那么滑润。

古教授一听，觉得这个年轻的厂长果然不一般，非同凡响。他略做考虑，便道出了一个商机。

"现在在外贸出口上，有一个产品，是一种很小的电子产品，叫作电蚊拍，是专门用来打蚊子的。外形就和羽毛球拍差不多，它的手柄内面是安装的电路板，可以充电和放电。不要小看了这种电子产品，它现在是刚刚出现，国内市场极少，主要供出口，挣外汇，前景市场特别看好。这个项目，怎么样？"

周志明一听，来了精神，脑子里飞快地划开了道道。"那可是电子产品啊，我们是搞塑胶的，只能生产手柄及拍面这一块，不能上整个产品吧？"

"这也正是我在考虑的一个问题。"古教授说，"上整个产品吧，你们毕竟不是电子厂，没有那方面的技术和基础。只有上塑胶这一块的了。但这样一来，我又替你们感到惋惜。因为，整个产品的利润之所以高，主要是高在内部的电子技术含量上，外在的塑胶部分当然有利润，但和电子部分比较，一个是芝麻，一个则是西瓜。所以，如果舍了西瓜，而只捡芝麻，那你们就大大的亏了。"

周志明轻轻地"哦"了声，连连点头。他完全领会了古教授的意思。

"所以，我这次来，是看着我学生的面子，就给你们带来这么个项目，这其实也是一个商业机密，是别人要花钱才能买得到的商机。我把话说得更明白、更具体吧，我有一个朋友，眼下就正在做这单生意，正在寻找大的货源。

怎么样？有诱惑力吧，机不可失，失不再来。至于如何去做呢？就看你们的了。"

周志明的心里震动了，他必须马上研究，给古教授一个明确的答复。他使劲地点点头，看了一下时间，见已经不早了，便叫来芳姐，安排古教授先去休息。

待芳姐陪同古教授一离开，周志明便把头转向龙霞和林晓丽。

"快说说看，有什么想法？"

他起身拿烟，点了一支，连吸了几口。

龙霞望着进入思考状态的周志明，情绪高昂地说："如果资金不成问题，我还是偏向于芝麻和西瓜一起要。"

"那就意味着要重新建一个新厂。你刚才所说的厂房和设备的事情，是空口说白话还是果真确有其事？"

林晓丽追问道。

周志明腼腆地笑笑："这还是我的一个设想。我刚才不这样说，那我们什么都没有，能够套出古教授的新项目吗？"

"果然不出我的所料。你刚才说的时候，我就细细地琢磨，你肯定在说假话，蒙古教授。"

"我也是没有办法，身不由己。在没有拿到项目之前，我能盲目地派人出去联系厂房和设备吗？我只能根据新项目的规模去做安排。这一块你大可以放心，误不了事。根据我掌握的情况，目前很多地方、工业园都有闲置或者倒闭了厂房存在。只是设备可能要费些神，多派些人手去摸底。"

这的确是事实。周志明没有撒谎，林晓丽也很清楚。那么，剩下的事情，就是流动资金了。林晓丽沉思了一会儿，她的眼前忽然一亮，她想到了一个两全其美的好主意。

"我想到了一个办法，如果行，那就最好不过了。"

周志明脑袋一抬，看着林晓丽说："快说说看，是什么好主意？"

林晓丽似乎有些激动，她站了起来，两手抱肩，在室内来回踱着，徐徐而谈。

　　"古教授说，他的朋友做外贸出口，正在寻找货源。如果我们建厂，我们的产品就直接销售给他。如果我们的数量大，他就可以不需要到别的厂家进货。是不是这样？"

　　"不错。"

　　"如果我们的资金不够，产品数量少，他就不得不还要联系其他的厂家。也就是说，我们的生产没有到位，他也就还要为组织货源而操心。反过来，我们的货源充足了，他也就可以省心了。对不对？"

　　"没错。"

　　"那就只有一个办法，让他出一笔资金，成为我们的股东，我们合作办厂。这样，我们既达到了办厂的目的，又可以不需要为产品的销售去操心；而他呢，既有了稳定的货源，又还可以增加分红的利润。这岂不是皆大欢喜？"

　　周志明的眼珠左右转动，脸上慢慢放晴了。最后，他连连点头。

　　"好主意！好主意！"

　　"这不仅掩盖了我们资金不足的缺陷，产品销售的操心，更重要的是，邀请他合资办厂，更显示了我们的诚意。"龙霞进一步分析说。

　　"那剩下的问题就是一个股金和股权的问题了。我想，我们的股金比例只要超过 51% 就行了。不能把客人的投资比压得太小。"周志明说。

　　"嗯，压得太小了，他会觉得投资没有多大意义，反而会使他放弃投资。"

　　"那我们的意见就一致了。明天我们和古教授见面，就把我们的这个意向转达给他。看看他的态度和反应。"周志明说，接着他又补充道："我们还要留一手，万一不能达此意愿，也要尽力保住这个客户，办厂所欠缺的资金，就向台湾那边伸手。你们看怎么样？"

　　"行，就这样吧。"她们两个异口同声地说。

好久没有下雨了。就在周志明三人秘密商讨的时候，外面却不知不觉地下一场大雨，后来虽变得淅淅沥沥，并没有完全停下，直到第二天的黎明，方才歇下。

周志明一亮就早早地起了床。他洗漱完毕，赶紧走下干部楼，朝厂招待所走去。古教授住在1号房间。房门还没有打开，看来，教授昨天是很辛苦了，现在还没有起床。

周志明只好转身，走到湿湿的略显空旷的操场上，一边装作散步，一边等候着教授起床开门。他是特地过来陪教授用早餐的。

空气清凉新鲜，周志明感觉到特别舒服。昨夜，他躺在床上后，一个人又把商量好的事情又在脑海里翻来覆去地考虑了几遍。他还站在古教授的角度、教授的朋友的角度进行了换位思考。他都觉得这个方案很现实，也很完美。考虑停当之后，他就盼望着快快天亮，他好早早地把自己的意思向教授坦陈。

上白班的员工开始起床了，操场上已经开始有人在走动。有的员工已经开始走出厂门，去个体户的摊子上买早餐了。

有个员工认出了他，招呼道："厂长好，这么早您在这里干啥呢？"

周志明就抬起双臂，向两边挥动，高声回答道："运动运动，锻炼身体啊！"

那个员工说："生命在于运动，搞锻炼是个好事啊！"

周志明就连忙附和道："正是，正是。"

这是，门开了，教授的头探了出来。周志明见状，赶紧小跑过去。

"古教授好！"

古教授见是年轻的厂长，便把门大开："这么早就来找我，莫非你已经考虑成熟？"

周志明是来邀请古教授共进早餐的，他原计划是早餐后，再和古教授慢慢细谈。不料，教授一开口就提到了正题，周志明正好借坡上驴，求之不得。他赶紧进门坐下，把自己考虑成熟的方案向他和盘托出。

古教授一听，怔在那里，愣了好一会儿。他低着头，在小小的房间里来回踱着，边踱边思考。最后，他抬起头，两片眼镜直对着周志明，眼里放着惊喜的光芒。他把右手的大拇指竖起来，连声说道："妙！妙！你怎么会想出这么一招呢？这完全超出了我的意料。由此可见，这世界上有很多事，不怕你办不到，就怕你想不到。你想到了，就一定会办得到。好！好！这个方案我赞成，我想，我的朋友也一定会赞成。我回去后，一定会牵线搭桥，尽快促成你们的合作。"

周志明听完古教授的话，心里的一块石头唰地就落了下来。心里就像六月里吃冰棒，爽得不得了。如此一来，他就可以迅速组建一个新的工厂，而又不需要向台湾的老板喊钱了。一旦新厂开工，产品出来，源源不断地销往国外，那他们的企业就会更加壮大，他们的事业就会更加发展，他们工厂的声誉就会如日中天……

周志明欣喜之余，又和古教授商量了一些运作中的细节问题。

古教授满意地点着头。他说他此行的收获大大地超过了他出发时的期望值，真是不枉此行。

周志明见时候不早了，就打电话叫来龙霞，又喊来司机。他们一起来到街上的老乡酒店里，好好地款待了古教授一顿。然后周志明吩咐司机亲自把教授送到车站。


回到厂里，周志明立即就像陀螺一样，开始快速运转起来。他把一张名单交给芳姐，说："通知他们吧，马上到办公室开会。"然后，一屁股在自己的办公椅上坐下来。他想借开会前的一小段时间，迅速把自己的思绪理清一下。

芳姐扫了一眼名单，上面写着：龙霞、陆总、芳姐、于工、房兵、林晓丽。她赶紧去逐个打电话，打完电话，她又赶紧倒水冲茶。她意识到今天的会议可能不一般。这几天，她心里的感觉怪怪的，有点酸溜溜的味道。她知道，这与龙霞的升迁是分不开的。前几天，龙霞从一个部长直接提升到了副厂长的位置，而这个厂自建厂以来，就从来没有设立过副厂长的职位。那天，所有的与会者虽然都拍了巴掌，但除了陆总，私下里都还是有看法的。她也是一样。这是否意味着自己在他心目中的位置开始了下降呢？她猜测着。表面上看，她是厂长的秘书，其实，也就好像是厂长的一个勤务员，手里又没有一个名正言顺的职位和权力。昨天接待古教授的工作她都并没有参与，所以，今天开会的主要内容她也还不很清楚。

人员都到齐了。芳姐过来请示他："大家都来了，就等你了。"

周志明迅速走到自来水龙头边，洗了一把脸，然后，快速走进会议室，径直坐在他们中间的一把椅子上。他扫了一眼众人，说："今天开会，有很重要的事情要与各位通报和相商。先请龙霞副厂长给大家通报工作。"

龙霞就坐在自己的座位上侃侃而谈。"为了扩大生产规模，获取更大的利润和生存空间，厂长和我考虑了很久，决定上一个新的项目。为此，我们走出去，专门请来了我的一位德高望重的恩师，为我们出谋划策，经过最后的反复推敲，我们选择了一个最新的产品，一种专门用于消灭蚊子的电蚊拍作为我们的首要产品。严格地说，它是一个电子类的产品，因此，我们这次不得不要重新组建一个新厂。关于这个新厂，筹办的大致思路是这样：厂房采用租用的方式，分批付款；塑胶部分的设备，可以从人家手里转让过来，或者低价购买；至于电子部分的设备，必须购买新的；如有可能，还准备吸引一部分资金进来，当然是以股份的形式参与进来。这样，我们可以缓解资金上的压力和风险压力。情况就是这样，我说完了。"

周志明一直在考虑上一个新项目，这一点陆总是完全知情的。昨天厂里来了一个搞塑胶的教授，他也是知道的。但他没有想到事情会来得这么快，这个年轻人马上就要重新建一个新厂。所以，他是既兴奋又有点胆怯：资金够吗？产品的销路呢？

"原来是这么一回事。要重新建一个新厂，那可不是一句话啊。"芳姐看着周志明，又瞄了一眼龙霞，心里想着。

于工和房兵则是感到震惊！他们也是这个厂的元老了。这个厂能够达到目前的状况，就已经是蛮不错了。大家才喘过气来，现在要立马弄一个新厂出来，那不是天方夜谭吗？所以，他们两个认为这肯定是周志明头脑发热。

他们几个你看着我，我看着你，眼光里都充满了疑惑。周志明看了一眼林晓丽，她是参加会议的唯一一位部长，见她用明亮的充满自信的眼睛正看着自己，微微颔首。周志明的心里就升起了一股豪情，感觉到了无比的踏实和沉稳。他喝了一口茶，平静地说："干企业犹如打仗，商场如战场，虽然看不见硝烟，但处处可以闻到硝烟的味道。我们现有的工厂，经过各位的努力，基本上已经稳定在了一个较为理想的盈利状态。那么在目前的状况下，我们是止步不前呢还是乘胜前进呢？我看，我们还是前进的好。社会在发展，时代在前进。发展是方向，是主流，我们没有任何理由停下来休息。因为，我们如果沾沾自喜，认为自己可以坐下来休息了，说不定什么时候，别人就悄悄地跑到了我们的前头，我们又会被动，又会出现危机。我们现有的局面也是来之不易啊。因此，我决定我们的这个企业之舟不能休息，我们要继续前进，我们要上新产品，我们要扩大生产的规模，我们要获取更多的利润，一句话，我们的企业只能向前大踏步地前进。所以，我希望我们的领导班子要解放思想、认清形势、统一认识、团结一致、同舟共济。"

周志明一口气讲完，才停了下来。

陆总感动了，他第一个举起手，高声地说道："我完全支持！"

于工见陆一鸣表了态，也立即举手支持。

龙霞、林晓丽也毫不迟疑地举起了手。

芳姐看着大家，也举起了手。

就只剩下办公室主任房兵了。他坐在那里，犹豫了片刻，就在这片刻间，除了他，都举起了手。他很快反应过来，连忙举起手，并不好意思地说他刚才还在琢磨厂长的一席话。

"当然，思想解决也还要一个过程，不能说要解决就一下子能够解决得了。我们可以边工作边解决。既然大家达成了共识，那我就安排一下分工。"周志明提高了声音："厂房和设备这一大块由陆总和于工负责；龙霞负责弄到电蚊拍的样品；房兵协助人事部负责招聘工作，赶快招一个有经验的电气工程师；林晓丽负责资金的调度。就这样，如需要人手，就找人事部要，我会打电话通知他的。大家看如何？"

　　众人都无异议，便分头散去，各行其是。周志明见于工似乎有点情绪，便叫住了陆总和于工，对他俩说："你们的任务最重要，就有劳二位了。"

　　陆一鸣看着周志明，苦笑着摇了摇头，幽默地说："跟着你这个当家人，我算是有苦吃了。不过呢，我心里乐意。"

　　周志明想了想，觉得这段时间以来，的确是没有让陆总闲着，他是不是真有点累了。如果真是这样，那可就是自己的不对了。可眼下又正是用人之际，舍此求谁呢？于是，他便对陆总说："陆总啊，等这一段时间把事情忙完了，我们的新厂开工了，我就再不给您安排事了，您呢，就好好地休息，在厂里帮着转悠转悠，说话算数。"

　　陆总就哈哈一笑，"我是说着玩的，有一分热，就发一分光吧。只要看着厂里的事情顺畅，我就高兴呐！"

　　"不，不，不，我说了，到那个时候，您就好好休息。不让您跑腿了。"周志明语气坚定、态度诚恳地说。他又转向于工："于工，您是不是在心里有什么看法，说吧，是什么事情？"

　　于工欲言又止，好像说出来很难为情。

　　周志明看了陆总一眼，对于工说："我是个爽快的人，来，坐下说吧。有什么意见，只管提；有什么要求，也只管提。"

　　于工犹豫了片刻，才吞吞吐吐地说了出来。原来，他是建厂时就跟着老板干过来的人，负责全厂的技术工作。没有功劳，也有苦劳。原来厂里只设厂长，而不设副厂长，就是因为老板怕一碗水端不平，而影响了各位部级主管之间的关系。于是让大家平起平坐，相安无事。现在，周志明打破常理，任命了一个毫无资历的年轻女娃来当副厂长。

"你想想，大家表面上不说，心里面好受吗？这些部长级的人物，哪个不是在这里干了多年？哪个不希望自己升职加薪呢？别的不说，我们都有一张面子啊，在龙霞面前，我们怎么抬得起头呢？不管承认也好，不承认也好，我们的心里面总有那么一个小疙瘩。"

原来如此！

周志明沉思了一会儿，觉得于工说的也不是没有道理。他当时任命龙霞为副厂长，是完全出于开发新产品的考虑，而没有一点点私心。她是大学生，又是搞塑胶专业的。况且，她的头脑，她的眼光，她的远见卓识都是能跟上自己的节拍，能跟上工厂发展的节拍。至于众多部级干部的内心感受，说真的，他当时一点儿也没有考虑。厂里事务繁多，他哪里又有时间考虑那么多呢？可不，顾虑和情绪就来了。

周志明起身，在屋里走了几步，停下来，对陆总和于工说："这个问题很现实，我暂时也不能给你一个好的回答。但我会重视你所说的事实。另外，有件事情我本来还不想现在说的，但既然今天提到了，我也就给你们两个透露一下，新厂建立后，为便于管理，我们要升级成为一个公司，下辖两个并行的工厂。今后，说不定还有第三个厂，第四个厂。这样，在人事方面，不可避免地还会有一个大的调整。"

陆一鸣和于工一听，心里不免都有些震惊！他们看着周志明，觉得他也够辛苦了：这个年轻人心里要考虑好多好多的事情。

"我说的都是心里话，把你当贴心的知己了，你不会见怪吧。"于工有点歉疚。

"你说出来了，我才知道。你好，我也好。这件事情我会认真考虑的。这段时间，就辛苦一下，功劳和苦劳，我都给你记上。怎么样？"

"行了，只要你在肚子里不见怪我就行了。我保证完成任务。"

# 三十八

　　房兵一走出会议室，就感到有一种灰不溜秋的感觉。他感到有一种离群的孤独和凄凉在他的躯体里慢慢升起、弥漫、扩散。他仿佛觉得他整个人就像正往一口冒着丝丝冷气的深不可测的古井里坠落。正如于工的感受一样，龙霞的升迁，也给了他又一次无情的打击。他虽然无法触摸到周志明用人的心境和尺度，但他已经分明看到了自己和他之间越来越大的距离以及自己越来越渺茫的希望。希望破灭了，紧跟而来的就是失望、嫉妒和仇恨。

　　他心情烦躁，本想借通知田苗招人的借口去人事部溜溜，透透气，但一想到那个唐芸芸就在那里，又不免打消了这个念头。回到办公室，他把身子斜歪在椅子上，瘫在那里，耷拉着头，就像一个霜打的茄子。他胡乱地想了一会儿，也没有理出一个明确的思路来对付周志明。他叹了口气，无精打采地拿起话筒，拨通了人事部的电话，把厂里要招聘一个电气工程师的事情告诉了接电话的田苗。

　　打完电话，他从桌子上的烟盒里抽出一支烟，点燃，含在口里，猛地吸了几口。望着吐出的一圈一圈的烟环，他考虑着如何暗中对付周志明。直到在烟灰缸里掐灭第三根烟蒂的时候，他才想到了一个好主意。

　　下班后，他把许一喊进了街上大排档旁边的一家小餐馆。他把手一挥，朝服务生喊道："上茶！"

　　服务生应声而至，连忙倒水冲茶。

　　"我告诉你一个消息，我们厂准备扩建一个新的电子厂。"

　　"真的？你能确定？"

　　许一感到突然。

"今天上午已经开会决定了。各项工作都已经安排下去，正在筹备之中。"

"是台湾那边老板的主意？"

"好像不是，应该是周志明的意思。"

"他想干什么？想干一番轰轰烈烈的事业？谈何容易！"

"他有野心，想建功立业，想在老板面前好好表现一番。"

"天要下雨，娘要嫁人，随他去吧，我们操那份心干什么？"

"你说哪里话？我们现在就没有什么好日子过，如果他再把事情做大做好，那我们的日子就更不好过了。"

"为什么？"

"很简单啊，一朝天子一朝臣，我们是先臣，他是不会重用的。你也看到了，他都提拔了哪些人？"

许一沉默了，心里想着：难道他还要撤掉我不成？他看着房兵，疑惑地问："你什么意思？"

"什么意思？山人自有妙招，我要让他吃不了兜着走。先点菜吧，我们边吃边谈。"

他们点了三个菜：一份酸汤大鱼片、一份蒙古牛肉、一份干锅杂菌。另外要了一瓶白酒。

两人酒过数杯，话也多了起来。

房兵说，他不想再忍了。

"一开始，我到手的厂长位子就莫名其妙地飞了，我还蒙在鼓里。后来，你也知道，唐芸芸的事他又暗中插了一竿子，我呢，天鹅肉是没有吃到，反而还让那个老东西'修理'了一顿。现在，你也应该看出了一些名堂，他与几个漂亮的小妞打得火热，还提拔那个龙霞当了副厂长。你仔细想想，久在河边站，哪有不湿鞋？我怀疑这中间一定有不可告人的秘密。如此一来，我们今后还哪有出头之日？所以，我现在不能坐以待毙了，要开始反击了，要变被动为主动。我已经想好了一个妙招。毛主席他老人家在打游击时，不是有个十六字方针吗？'敌进我退，敌退我进；敌住我扰，敌疲我打。'现在呢，我就先来个'敌住我扰'，扰乱他的身体，扰乱他的部署，进而扰乱他的思想和意志。"

房兵得意地神侃着。

"你真的有了好主意？你先说说看，我帮你分析分析。"

房兵见周边的桌子上坐着的都是陌生人，但还是怕隔墙有耳，便降低了声音，在他的耳边如此一番。

许一一听，觉得这个计划真是妙不可言，便连连点头。"好主意，好主意，"还埋怨他道，"你怎么不早点想出来呢？否则，他还哪能在厂长的位置上坐到现在？这么地，看在咱们哥们的份上，这个忙我帮了。但事成之后，你如果真的当上了一号，那我就是二号，怎么样？"

许一把右手的大拇指和食指轮番地伸出来，在胸前比画着。

房兵看着已经答应帮忙的许一，心花怒放，满口承诺："只要成了，我说你是老二，你就是老二，谁敢说你是老三？除非他不想在厂里混了。"

"好，爽快，先干为尽！"

许一端起酒杯，一干而尽。


周志明安排停当，守在自己的办公室里坐镇指挥。要建一个新厂，千头万绪。他掂量着事情的轻重缓急，他盘算着各种工作在时间上的衔接，他还要考虑一旦开工，管理人员的来源：是从工厂基层里进行选拔还是另外新招？昨天，于工说出的一番话，无疑是释放出的一种信号，代表了原来的干部班子的某种想法。建新厂，成立公司，在人事的安排上可能还要费很多精力。一个有旺盛生命力的工厂，需要的是有旺盛生命力的年轻人和有开拓进取思想的先行者以及有着执着理念的跋涉者。这些因素，正是周志明用人时所考虑的。他大胆起用了张彩虹，销售部的局面一举打开；他同样大胆起用了龙霞，车间产品的数量和质量翻了翻，而现在，还是这个龙霞，引进了新项目。这都是很好的例子啊，周志明细细地想来，他在用人方面并没有失误和过错，更没有私心。

"职位有限，谁都想晋升，我这个当厂长的，要保证人人高兴、个个欢喜，我也难呐！"周志明叹气道。

这时，唐芸芸轻轻地推门进来，她手里拎着一个大袋子。她一走进来，就用手开始从袋子里往外掏。

周志明抬头看了一眼，见是一些水果类，有苹果、香蕉，还有橙子。

"你买那么多水果，请客啊？"

唐芸芸高兴地反问道："你怎么知道我请客？"

周志明认真地看了她一眼："你真的请客？"

"是啊，"唐芸芸昂起头，两眼闪着兴奋的光芒，"我的一篇散文在《打工文学》上发表了，昨天收到了样书和一点点稿费。"

周志明一听，连忙停下手中的事情，祝贺道："不简单啊！人不可貌相，海水不可斗量。你可是我们厂里的才女啊！"

"我听说你工作起来像个拼命三郎，特地给你带点过来。水果含维生素多，经常吃是有很多好处的，尤其是对坐办公室的人。"

唐芸芸洗了两个，递给周志明。

周志明虽接在手里，但心里还是有些情怯，他知道，她的工资基本上是寄回了家里，个人生活是极为节俭。他看着她略显苍白的脸，心里面就立即升起了一缕怜香惜玉之情。他关心地问道："现在可以沾辣的菜了吗？"

唐芸芸腼腆地说："已经不碍事了。"

周志明就点点头，略做考虑，对她说道："那好吧，你现在请我吃苹果，那晚上我做东，请你吃顿饭，怎么样？"

"不，你已经帮了我很大的忙了，再让你破费，我就真的是无地自容了。"

"我说过，我们已经是朋友了。有福同享，有难同当嘛。下班后要不要叫上芳姐，我们一起去？"

唐芸芸看到周志明一副至诚的样子，怕扫了他的兴，便不再坚持。她低头想了一会儿，把头抬起来，看着周志明，低声道："那就我们两个人吧，我有话想对你说。"

周志明见她好像还有心事，便点着头说："那行，下班后，你先走，到水泥路那边等我。免得一些人见了，话多。"

唐芸芸点头称是，便和周志明告辞，轻快地回人事部去了。

唐芸芸前脚走，林晓丽后脚就来了。看见茶椅上水果之类的东西，她随意地问道："是谁给你送来的？"

周志明坐在沙发上，还没有起身，还在想着唐芸芸的事情，便顺口答道："反正是别人送的，有得吃就是福了。"他连忙招呼林晓丽洗水果吃。林晓丽也不客气，捡了两个又红又大的苹果，去水龙头边洗了，转回来，一个塞给周志明，一个送进了自己的口里。她一边美滋滋地咀嚼着，一边频频地点着头。吃完了，又剥开了一个香蕉。待手里的香蕉吃完，她才去水龙头那里洗手。然后，她坐在周志明的对面。

"按照你的计划，新厂估计什么时候可以开工？"

"厂房是租的，现成的，几个月左右吧，不能久拖，既然已经上马，就要迅速拿出产品。"

"如此一来，新厂肯定是要招聘一些管理人员吧，不知你考虑过没有？"

周志明如实地说，他还没有考虑成熟。他反过来问林晓丽道："你有什么好的想法？说来听听！"

"我也没有什么好的想法。不过，我还是倾向于从我们自己的厂里选拔。一是比较知根知底；二是让员工看到有提升的机会和希望。这样，他们做起事来就会有干劲，有奔头。另外，如的确外面有合适的人选，我们也不排斥招聘进来。"

"嗯，有道理。那我就定下心来，照你的意思办。"

"其实，我说这番话，我还是存了一个私心。我还有个个人请求，希望能够得到你的同意。"

　　林晓丽对周志明有恩，也可以说没有林晓丽的真心帮助，就没有周志明的今天。更何况，从一开始一直到现在，林晓丽就事事站在周志明的一边，替他分忧解难，替他出谋划策。现在，林晓丽开口向他求情，他反倒显得有些不自在了。他连忙对林晓丽说："千万不要这样说，我的今天也就是你的今天，所以，你有什么事，尽管开口，只要我能做到，我不会说半个'不'字。"

　　于时，林晓丽就说出了她自己的一段私人感情，说出了她的当教师的未婚夫，她在心里装了很久很久的一个想法……

　　周志明听完后，爽朗地一笑，大不以为然，他责怪林晓丽道："你怎么不早说呢？"继而他又面带忧郁地说："我们是朋友，是挚友，你心里有话，都不愿对我说。唉，把我当上司看了？把我当领导看了？在工作上是这样，在私下里我们应该是好朋友，无话不说的哥儿们啊。"

　　周志明说这话时，脸上呈现出十分伤感的表情。他真诚地希望林晓丽一直把他当朋友。林晓丽一见周志明心诚如此，只好又向他连赔不是。

　　"我是不想给你添麻烦，影响你的工作。"

　　"算了，这次我就不和你计较了，你什么时候请我下次馆子，算作惩罚，下不为例。"周志明笑着说。

　　"好，时间由你定。"

　　林晓丽也笑着说，脸上依旧端庄亮丽。

　　话归正题，周志明收了笑容，认真地对林晓丽道："你的意思呢？给他一个什么职位合适？"

　　"实话实说吧，凭我对他的了解，我还是很认可他的。做个部门主管，是绝对没有问题。"

　　周志明赞同地点点头："能够入你的眼的人，那也绝不是一般之人，应该是人中龙凤，极品吧？"

"你还没有和他见面，就帮他吹，得了，他就是个一般般的人民园丁而已。"

说笑归说笑，周志明低头想了一会儿，对林晓丽说："他是你的未婚夫，关系不同了，你要他把手续办了赶紧过来，于公于私，我要先看看人再说。新厂建起来了，我们要升级为公司，两个厂都要有厂长，能够独当一面。如果他的确有组织和管理能力，让他挑一头也行；万一有所欠缺，就给他个部长做做，有你在后面帮衬，我想是绝对没有问题。"

"那就太谢谢你了！"

"看你，又来了。你还是抓紧把自己个人的事情办好。现在厂里事情多，千头万绪，正缺人手。"

林晓丽高兴地说："我知道了。"

下班后，周志明因有事情便耽搁了一小会儿。一结束，便匆匆往厂外奔去。走到沙子路和水泥路的交接处，见唐芸芸和芳姐正坐在人行道的树荫下，朝自己来的方向张望。

"唐芸芸不是说就两个人吗？她怎么突然改变了主意？"周志明心里暗自想着，"不过，也好，有芳姐在，多个人，气氛还好一点儿。"

"走吧，刚才有点事去了，我们边走边聊。"

周志明的脸上略显疲倦。他用手朝上抹了抹额头，然后伸开两只臂膀，在空中运动了几下。

马路的两边，走着三三两两的行人，脚步匆匆。一看穿着，就知道是附近工业园的员工。虽不相识，但周志明本能地觉得他和他们就是一起的，都是打工之人，流浪之身，天涯倦客。再前行一段距离，就是一个有红绿灯的十字路口。路口拐角处，是一个很大的绿草坪，稀疏栽植着几棵高大的枝繁叶茂的风景树。很显然，这几棵树并不是土生土长的，而是从外地移植在这里的。因为这片开发区毕竟还是很年轻，而树的年龄显然要比开发区古老得多，历史也要悠久得多。草坪上随意安放着许多长条形的石椅，上面早就坐满了年轻的男男女女，大多相互依偎着。

周志明的心就好像被什么东西撩拨了一下，又好像是被什么东西感染了似的，他感觉到自己的脸上好像有无数的小动物爬过，有一种怪异的涩涩的感觉。他用手摸摸，然后使劲地摇了摇头。

唐芸芸和芳姐走在旁边，周志明的一举一动都无法逃脱她们的女性的慧眼。芳姐毕竟是蹚过男人河的女人，她从周围的环境中敏锐地发现了周志明的这个反应是来源于何处。她看了看周志明，又看了看唐芸芸，想着他们俩各自的情感之旅，不免思绪纷乱，心里也是感慨良多。

周志明带着她俩进了老乡的餐馆。

"哟，是老乡来了啊，这边请。"

老板一见是周志明一行，便满脸堆笑，快步迎了上来。

周志明向老板一笑，点了个头，招呼她两道："我们坐那边上靠窗户的桌子吧，那里清静。"

三人一坐下，服务员就把茶水送了过来。桌上放着一本菜谱。周志明把菜谱往她俩面前轻轻推了一下。

"点菜吧，不要客气，我做东。"

唐芸芸抬头看了一眼周志明，嗔怪道："不是说好了我请客吗？你怎么变卦了？"

周志明说："哪有让女孩子请大男人的。"

"不行，你不能不守信用。"

唐芸芸坐在那里，脸色顿变。

"这样吧，你们俩都不要争了，今天我做东，怎么样？"

唐芸芸把脸转向卢春芳："你怎么不帮我说话？不行，今天我买单，否则，我就不吃了。"

周志明见唐芸芸说这话时，动了真格，一双眼睛都红润了，便连忙收回了自己的话，答应依她的。

唐芸芸脸上立马露出了笑容，她开心地说："你们两个人点吧。"

周志明无可奈何地笑着摇了摇头："你呀，还真有点犟呢，好了，这回就把机会让给你，下次，你就没有这个权力了。"

唐芸芸扑哧一笑，甜甜地说："下次啊，到时再说，你既然是个大男人，就要让着我们女孩子啊。"

周志明讲她不赢，只好拿起菜谱，老实点菜了。

"来个清炒土豆丝，一盘荷塘月色，一个蒸水蛋，一盘韭菜炒河虾，"周志明边翻看菜谱，边念道，"行了。"他放下菜谱。

"少了吧。"唐芸芸捡起菜谱，认真地翻了起来。她用手指头点着菜谱里的图片，对服务员说："一份农家腊肉、一份酸汤鱼片，另外还加一份农家猪肉汤。"

卢春芳看着芸芸："这么多，吃得了吗？"

唐芸芸轻咬嘴唇，浅浅地一笑，然后说："不急，慢慢吃嘛，反正晚上又不上班，有的是时间。"

周志明看了看和自己一样倔强的唐芸芸，一边微笑着，一边在心里面暗暗摇头。他见菜还没有来，便问卢春芳道："这一段时间产品的质量和销售情况怎么样？"

"形势很好。产品的质量没有问题，销售渠道也畅通。我分析总结了一下成功的原因，就在于四个字——真抓实干。厂里的各种规章制度要现实，就是说员工是可以做得到的。其次，就是一旦制度制定了，那就要坚决执行，不能墙上有制度，纸上有制度，而管理中走过场，搞形式主义，那是自欺欺人。现在一认真，你看，厂里是有条有理，先前是人管人，现在是制度管人。二车间的工资试点进行得很好，员工缩短了工时，可拿的工资绝不会比先前少。我把前后的工资认真做了一个比较，发现大部分的员工工资还有所上涨。这就说明了工资的改革是正确的。二车间的员工高兴得不得了。现在都在说你这个厂长

317

的好话。另外几个车间的员工都在昂着脑壳等厂里的好消息呢。"

"车间改制是陆总分管的，他还没有向我汇报具体的情况，你倒是还摸得蛮清楚的。"周志明说。

"我下车间，到生产第一线，天天和员工打交道，所以，厂里的情况我还是了解的。"

这些天来，周志明把全身心放在了工厂的发展方向上，几乎没有去下车间了。现在，陆总又和于工去了外地。他估计与古教授的朋友签合同可能还有一段时间，寻思是不是可以利用这段时间，把工资工时的改制都全面铺开。

"看来，明天得下二车间去，听听下面的反映。"周志明计划着第二天的工作。

"你们人事部那边有什么新情况？"周志明又问唐芸芸道。

"现在要辞工走人的情况是越来越少了，厂外每天都有大把大把的要求见工的人。据他们自己说，他们是慕名而来的。"

周志明点点头，看来，工厂的名声也已经好转了。

# 三十九

在芳姐的陪同下，周志明来到二车间的办公室。

王强正和班长苏小东说着话，一见周志明到来，连忙点头打招呼。

周志明见王强脸上的气色不错，猜测着车间的工时与工资改革试点工作肯定还是很顺利的。他认真地看了一眼苏小东，这个清秀看似文弱的不爱多说话的班长。他对他说："这几天员工们的情绪怎么样？工资水准如何？"

苏小东就不慌不忙地做了回答。

周志明就哦哦了两声，然后对他说："如果就这样定下来，你认为怎么

318

样？”

“我是完全支持的。员工们也肯定高兴。”

周志明点点头，他要去车间看看。于是，王强便带着他们几个走进车间。

车间里热闹得很。员工们都铆足了劲，干得正欢。周志明环视一圈，他看到了李文斌、张小薇、杜方成，也看到了在"12"号机批锋的苏小东的老婆。他的目光就停在了她的身上。

顺着他的目光，身边的几个人都看到了这一幕。

苏小东也看到了这一幕。目光的那头是自己的老婆，他没有吱声，但心里还是有点别扭。

稍许，周志明转过脸去，走到身边的一台注塑机旁，问正在批锋的一个女工："对现在的计件标准，有没有意见？"

那个女工是认识周志明的，她见厂长亲自问她，便腼腆地一笑，告诉他说："行！大家都说早就应该这样做了。"

周志明又问了几句，放心了。他见张小薇正朝他这边看，便朝她招了招手。

张小薇像蝴蝶一样，飞了过来。

“你天天和她们在一起，你是最了解情况了。我们现在搞的这个试点，她们有何意见？”

张小薇就认真地回答道："我看她们都还挺高兴的。上班不用做那么长的时间了，一个月下来，工资也不会比原来少。"

周志明忽然问她道："现在辞工走人的情况怎么样？"

“比原来要强多了，偶尔有一两个。”

“嗯。”周志明应道。

周志明又问了几个员工，才回到王强的办公室。苏小东没有跟着来。

有个欢跳的女孩就赶紧冲茶。她是车间的文员。

周志明对王强和芳姐说，看来车间的这次试点是成功的。"只有员工满意了，开心了，我们才满意，我们也才放心。"周志明说。

"我们搞管理的，也就轻松多了。"

"如果把试点推广到其他车间，你们看呢？"

王强一听，哈哈一笑，连忙说道："几个车间主任早就心里发痒了，他们一有时间就往我这里跑，向我打听情况。他们说，他们的员工比他们还要急。现在他们看着我们早下班，羡慕得不得了。"

"好啊，水到渠成，看来，这项工作要全面铺开了。"他对芳姐说，"龙霞不在家，你可以找分析部的杜方成，就是那个戴眼镜的四川小伙子，仿照二车间，迅速搞出一个数字方案，然后再和他们的车间主任共同协商完善，具体落实。"

芳姐点头答应。

周志明又把头转向王强，问他道："苏小东的工作怎么样？对他老婆的处理，他们夫妻俩还有没有情绪？"

王强就说："他们默认了，没有闹过情绪。说起来，那件事情上，我也有责任。"停了片刻，王强又说："苏小东是班长，管着百十号人，他的工作一直都是很出色的，他的老婆在机子上也干了几个月了，是不是给他个面子，把他老婆的工作重新调整一下？"

周志明就问他道："是你的意思？还是苏小东的意思？还是他老婆的意思？"

"他们两个倒没有说，这完全是我个人的意思。毕竟苏小东是我最得力的干将，无论是在工作上还是在情面上，我还是要替他考虑考虑。"

其实，这一次王强没有说实话。为此事，苏小东的确在他的面前提过。但他不敢说，唯恐戳到周志明的伤疤，周志明如果还不愿意放过他老婆呢，那就适得其反，事情只会越弄越糟。

说真的，周志明对那个大脸盘还是有成见的。但她的老公毕竟是一个班长，管着百十号人，他的面子也要考虑。王强现在当着他的面提了出来，他也不好拂了王强的面子。于是，他想了一下，顺水推舟地对他说："你是车间主任，他们又是你的老部下。既然你开了口，这个面子我还是要给你的。有适当的机会和空缺，你可以帮他老婆调整一下。"

王强一听，喜笑颜开："好的，好的，那我就代表他们夫妻俩谢谢你了。"

周志明摆了摆手，低声说："过去的，就过去了，算了，得饶人处且饶人。只是不教训她一下，她是不会长记性的。我也不是一个喜欢斤斤计较的人，一切可以从头开始，只要把工作干好就行了。就这样吧，我们还有事，就先走了，车间的事，产品的质量和数量，尤其是质量，你就多操点心。"

"厂长放心，出了事，你拿我是问。"

王强打着哈哈，拍着胸脯，夸下海口。

周志明起身要走，芳姐也连忙起身，她要去车间分析部的注塑机那里找杜方成。


周志明上了办公室的楼梯，径直走向走廊尽头自己的办公室。在经过分析部办公室的门口时，他见门开着，就顺便侧头往里一望：咦！龙霞什么时候回来了？唐芸芸怎么也在里面？

听到脚步身，她们两个也正回头张望，见是厂长，甚是高兴，连忙打招呼。

龙霞指着办公室桌上的一个尚未打开的旅行袋，对周志明说："看，你要的东西都弄回来了，一共搞到八个品种。"

周志明一听，心里高兴得不得了，他立即吩咐道："快给我搬过来，我要看看，这是个啥子玩意儿。"他一边说，一边就快步走向自己的办公室，赶紧打开房门。

龙霞和唐芸芸就连忙把旅行袋抬到他房间的茶几上。龙霞把袋子的拉链拉开，把里面的东西全部掏出来，在茶几上摆放得整整齐齐。

"一共是八个品种，每一个品种我弄了两个，总共是十六个。"

龙霞一边把它们一一分开，一边说道。

周志明坐下来，看着铺开的这些像羽毛球拍类的东西，有红色的、黄色的还有绿色的，漂亮而精致。

"这就是电蚊拍？专门对付蚊子的？"

他拿起一把亮红亮红的拍子，在眼前挥了几下。

"是这样的。"

龙霞从周志明手中取回电蚊拍，她边操作，边介绍道："看，这里有一个转换开关，把这个钮拨到'开'的位置，蚊拍拍面的电路就接好了。如果有蚊子飞进来，接触到拍面的任何两个面，电流就会通过蚊子的身体，电路就会接通，大电流就会使蚊子立即死亡、甚至于烧焦。"

"看，就是这样。"

龙霞拿出一截铁丝线，把它插入蚊拍，让铁丝线与蚊拍的两个拍面相接触。

"叭！叭！"

随着两声清脆的炸响，他们都看到了拍面上闪着一些明亮的小火花。

嗨，还真有意思！

周志明从龙霞手中拿过铁丝，他好奇地把铁丝不停地插入拍面中。

"叭！叭叭叭！叭！叭叭叭！"

声音清脆而好听。周志明点着头，拿着手柄，让它在空中又挥了几下，肯定地说："不错，是个好东西。我想，这个产品一定很实用，我长这么大，今天也还是第一次见到，在我们家乡还没有呢，行，这种东西肯定行，销路一定很好。"

看到周志明开心得像个小孩似的，唐芸芸这才想了起来说："她刚才来是要告诉他，田苗回来了，要招聘的电子工程师也一同带回来了。"

周志明一听，便连忙问她道："那个工程师现在在哪里？我想见见他。"

"他来了一会儿了，田苗带他去了宿舍。"

"哦，好的，吃晚饭后，你把他带到我的办公室来。我要见他。"

"嗯，好的。"唐芸芸爽快地答应道。


用过晚餐，周志明赶紧匆匆回到自己的办公室。洗脸、漱口之后，又把桌子上的本子、各种资料归类整理了一下。

一阵脚步声，唐芸芸带着一个中年男子走了进来。来人三十岁左右，肤色较黑，戴着一副眼镜。

"这就是我们的厂长，姓周。"

唐芸芸给来人介绍道，又对周志明说："这位就是田苗招回来的电气工程师，姓胡。"

周志明连忙握住对方伸出来的手，热情地说："欢迎欢迎！"

周志明吩咐唐芸芸赶紧冲茶。然后问胡工道："住宿安排好没有？"

"已经弄好了。"

周志明就"噢、噢"了两声，并示意他坐下来。他指着桌子上的一排电蚊拍对他说："这种东西你见过没有？"

胡工就坦陈地说："没有见过。它是干啥的？"

周志明就说："电蚊拍。是用于电蚊子的。"

胡工就"哦"了声。他把一个黄色的蚊拍拿在手里，上下左右看了一遍，又来回拨弄着开关，最后，他的眼光落在了拍面上。他仔细地瞧了瞧那三层晶亮的金属网面，似乎有所颖悟。他把开关拨到"开"的位置，然后从衣服口袋里掏出一把钥匙。他把钥匙不停地插入网面中。

"叭！叭叭叭！叭！叭叭叭！"

清脆的炸裂声又一连串响起。

他点点头，说道："还蛮科学的，也还蛮实用。"

周志明看他刚才的一番举动，就明白站在面前的这个人肚子里还是有货

323

的。

唐芸芸把茶杯放在他们面前。

周志明看着他，认真地说："我们决定建一个新厂，就是生产这种产品。你的任务就是负责产品以及生产线的设计和配套规划。你看如何？"

胡工没有表态，他只是平静地问有没有十字螺丝刀，他现在要用一下。

周志明的办公室里没有。他立即起身，拿起办公桌上的电话。

接电话的是二车间办公室。是苏小东。周志明要他赶紧送一把十字螺丝刀到厂办公室来。

"我们边喝茶边等，马上就会到。"

"你学的是电气专业？"

"是啊，毕业后在一家电子公司帮着搞生产管理。这次我是想换个新的工作环境看看。"

"噢。"周志明答道。

"哪里人？听口音好像是中原人？"

胡工就说："我是河南信阳的。"

周志明就点点头，说："我知道那个地方，那可是豫南粮仓啊。那个地方给我的印象太深刻了。"

这时，门轻轻地被推开，苏小东打着招呼走了进来。

胡工接过螺丝刀，就着茶几，开始拧螺丝钉。一会儿，他就极其熟练地把电蚊拍全部拆开了。手柄部分拆开后，里面露出了一个小小的蓄电池和一个小巧的呈长方形的电路板。他把电路板拿在手中，两面瞧了一会儿，抬头对周志明说："这种电路并不复杂，我们完全可以自己生产。"

"行。那这副担子就交给你了。"

胡工把电蚊拍重新组装好。苏小东拿了螺丝刀就回头走了。

唐芸芸在旁边瞧了一会儿，觉得那个叫作电蚊拍的东西很是新奇好玩，就在心里面琢磨着：是谁就想出了这么个好玩意儿呢！

"抽烟不？"周志明问道。

"有烟的时候就抽，没有烟的时候就戒了。"

周志明一听，爽朗地一笑，对唐芸芸说："我的抽屉里有，帮我拿过来。"

两缕烟袅袅地升起来了。周志明打开了话盒子。他说，我们要上这种新产品，电子原理是人家的，但产品的外形、尺寸要与它们不一样，要有我们自己的特色。从明天起，你就要开始上班了，依葫芦画瓢，抓紧设计，先弄出一个新款式的草图。

胡工说，行。


事情说来就来了。

周志明刚刚买了早点回来，在厂门口就碰到了正准备出去买早餐的龙霞。

"等我一下，我有事要对你说。"

她快步走到早摊边，买了一份，就匆匆回来。

"走吧，边走边说。昨天晚上快十二点了，我的老师古教授打来电话，他说他的朋友和他今天要过来。问我们这边的情况准备得怎么样了。"

"这么快？"

周志明张大了嘴巴。

"他的朋友是生意中人，你想啊，商场如战场，时间就是金钱，商机来了，谁还能闲得住？"

"我们这边的事情头绪多，要一步步来，我还以为我们够快了，哪想到他们比我们还急。吃完早餐，我就给陆总打个电话，看看他们那边的情况怎么样了。他们什么时候到？我们要赶紧做好准备。"

"可能要到下午吧。"

"你昨天带回来的东西，我认真地看了，是个好东西，新产品。凭直觉，我认为它很有市场前景。况且，它的技术含量不高，生产成本也不大，在某种

325

意义上说，正适合我们的厂情。我们快速上马，风风火火地搞它个几年，我预计是不成问题。等到大家跟风一齐上的时候，我们就来它个急刹车，全身而退，改换新的产品。"

龙霞点点头，说："我赞成你的想法，现在电子产品更新换代快，只有不断地更新产品，走在别人的前面，才有大钱赚，才可以尝到甜头。这样的企业也才有活力。当然，人肯定是要辛苦点。"

周志明欣赏地看着龙霞，觉得他们的心真的是走到一块儿了。他提拔她完全没有错。他想到于工及其他人对他提拔龙霞还存在有一定的看法时，他替他们摇了摇头。千军易得，一将难求。找一个能够完成任务的人比较容易，但要发现一个有头脑、有开拓精神的人却很不容易。龙霞虽然才出校门，还是个清纯的女娃娃，但她有思想，有开拓进取的精神，有超前的意识，周志明坚信他的用人是正确的，想到这里，周志明的脸上露出了满意的神情。

他们一并走上办公楼。

吃完早餐，周志明赶紧打电话给陆总。陆总在电话那头给他做了详细的汇报。周志明听完后，心中有了底。他已成竹在胸了。

他赶紧招来胡工。因为今天拿出产品的设计图纸显然是来不及了。他希望他能够有个初步的设计方案。

他对匆匆赶来的胡工说："今天下午，有个合作伙伴要过来，他想看看我们新产品的设计样图，我知道时间紧，你也来不及。你就先考虑一下，在脑子里形成一个初步的方案。到时候我们可以作为商谈的蓝本。"

"行。"胡工领命而去。

周志明连忙动手，把自己的办公室彻底地收拾、打扫了一遍。弄完后，他站在房子中间，又巡视了一遍。他非常满意，他的心里面充盈着一种自信的感觉。

下午一点多的时候，周志明就带着龙霞出发了。司机李韬，三十多岁，是厂里的专职司机，为人随和，是那种在哪里都能吃得开的人。车子驶出厂门，转一个急弯，驶上沙子路，几分钟后，再向左转一个急弯，车子就上了宽敞的柏油大马路。马路的右手边，就是那一望无边的竹林。

周志明的去向，没有躲过许一的那双眼睛。他是房兵的死党，也是他的耳目。近段时间来，房兵用心留意着周志明的一举一动。他思考着对策，选择着最适当的时机。车子一出厂门，许一就悄悄地溜进了他的办公室。

房兵告诉他，机会就要来了。

"这一段时间，厂里正在谋划建新厂的事情，他正忙着呢，他身边的几个人也是马不停蹄地到处跑着。这不是好机会么？他们在一心一意地忙着他们的事业，他们哪里会知道我们在暗中使绊？俗话说，明枪易躲，暗箭难防。这一次，我是铁了心，要好好地修理修理他，让他吃不了兜着走，有苦说不出，有冤无处申。"房兵狠狠地说。

"对，你说得很对。到那个时候了，这个厂还不是我们的天下？"许一阴笑着，顺着他的话说。

"你赶紧把人员物色好，不要多，三四个就行了，理由也要找好，不能让人抓了辫子，我们要做得神不知鬼不觉。"

"这个你就放心，我会安排好的。"

"嗯，就这样，要保密，要谨慎。你去吧，时刻和我联系。一有机会，我就通知你。"

房兵从抽屉里拿出一包烟，甩给他。

许一接了烟，乐滋滋地走了。

# 四十

会谈是在周志明的办公室里进行的。

会谈的进展格外顺利，大大超过了周志明的想象。

在此之前，周志明反复考虑了许多，还唯恐中间出差错，把事情弄砸。事后，周志明回忆起来，成功的重要因素有两点。一，来人和他竟是老乡关系。古教授介绍的这个商人，也就是合作伙伴，叫陈之琳，是一个年龄和古教授差不多的半百之人。额头光亮光亮，稀疏的头发向后梳得整整齐齐。在车站见面后，古教授一介绍说他是湖北荆州人氏，周志明就心下大喜，连忙自报家门，说："我的家在柳城，我们还是老乡呢。"

陈先生一听，顿时高兴起来，除了和他的这个小老乡握手外，还问东问西问了一大堆，最后还扯上了三国里的张飞、关羽和赵子龙。

"想当年，刘备从樊城南逃，一路疲于奔命。张飞在当阳桥一声大喝，吓得夏侯杰肝胆俱裂，倒栽马下；赵子龙在长板坡七进七出，救出阿斗；后来……后来……只是可惜了盖世英雄关羽，一时大意失了荆州，落了个身败名裂，也断送了刘备哥哥的大好江山。可惜啊可惜！"

陈先生摇着头说。

"我们荆州之所以名闻天下，还得感谢关羽这位大英雄呢！"

他们就这样一路聊着，一路往回赶。等到车子开进厂里，他们两个却好像成了老相识、老熟人。

周志明事后就说，多亏了三国，多亏了刘关张。

二，龙霞一共带回了两套十六个蚊拍。胡工拿走了一套，周志明就把剩下的一套齐齐地摆在他办公室的茶几中间。当陈先生兴高采烈地一走进办公室的门时，他就被它们吸引住了。这种效果是周志明如何也想不到的。他快步走近，仔细一瞧，就发现了其中的一个款式。他拿起来，认真地看了一会儿，说："我现在就是代理这家的产品。"他又逐个地认真看了一遍，不住地点头，末了，他对周志明说："看来，你们真的是下决心了，行动还蛮快耶。"

说话之间，宾主坐下，茶水早就摆好了。办公室里，除了陈先生、古教授、龙霞、周志明，还有胡工。

周志明指着胡工对古教授和陈先生介绍说："这位是我们专门聘请的电气工程师，胡工。我想请他给我们说说关于我们产品设计的方案。"

"好的，好的。那我们就边喝茶边聊。"

"我们的产品设计，我是这样设想的，"胡工说，"在电路部分，原理都是一样的，但在外观上，我们要综合它们的优点，要做到美观、结实、耐用，我想把拍面的图案做成一个孩子们喜欢的卡通形象。设计一个好的商标，并要注册登记。"

古教授和陈先生听后，很是满意。

周志明又给他们详细地介绍了有关厂房、设备准备的情况，说力争在半年左右开工投产。

陈先生听了，略做考虑，他提议说："这个时间你们能否缩短一些？如果能够缩短一两个月，也就是在国庆节左右，对我来说就最适合了，我就可以不再给那些厂家下订单了。"

陈先生看着周志明的表情，又转头看看众人。

国庆节左右？行吗？

周志明不能肯定，他把目光投向胡工。

胡工说，关键的问题那就要看厂房什么时候能搞定。

周志明说，几天后他将亲自过去，问题不是很大。

"如果厂房能够马上搞定，我们电子这一块应该不是问题。不过，你得给我多派几个懂电子的人手。"

"那就这么定了，就是掉一身肉，也要赶在国庆节按时开工。"

周志明把右手捏成了拳头，坚定地说。

陈先生一拍大腿，说了一声"好"！

宾主在相当融洽的气氛中讨论着未来的新工厂的一些具体的相关事宜。最后，陈先生提到了签订合同的事情。他希望双方能够把合同签了。

周志明就对他说，不要急，还有一个事情我们还要协商。"有一个老板，他手中有几十台注塑机，都是九成新的。他先前也是几个人合作搞塑胶产品，后来，几个人意见不统一，散伙了。我们是希望他能够低价卖给我们，他考虑到我们出的价位太低了，他反而不想卖了，要以机器做本入股我们厂。你们看，我们该如何答复他？"

古教授依旧一脸的笑容："这是好事啊。股份制企业是今后企业发展的一个方向，可以说今后的大型企业都是股份制企业。你答应他就是。"

周志明又把头转向陈先生，毕竟他也是要入股的人。

"我看也行。几十台机器，所占的比例也不是很大，就算他个股东吧。"

周志明见两位客人如此爽快，便说道："这样一来，这个新建的工厂就有三个股东了。我是这样考虑的：我等几天就赶过去，把这件事情和他谈妥，力争国庆节开工。开工之日，我们三方面见面，正式签订协议。"

"哦，原来是这样安排的，"陈先生微微颔首，他对周志明说："你虽然年轻，事情却考虑得很是周到。我同意，协议一旦签订，我就把股金打入公司的账号里。"

会谈进行得如此地顺利，周志明也很是高兴，但心里头却也是感到了前所未有的压力。

晚上是一顿热情的招待席。休息片刻后，双方又讨论了一些具体的问题。

第二天，一送走客人，周志明就旋转起来。

首先是叫来了人事部的田苗。他要人事部火速行动起来，立即招兵买马，不得延误。

接着是叫来胡工。要他负责安排人手、兵分多路，联系与电子电路生产有关的各种设备及电子零件。

然后，他又询问了芳姐有关其他车间改制的大致情况。

最后，他带上龙霞，坐车直往云太方向而去。一上车，他却安然睡着了，直到快要到目的地，龙霞方才把他推醒。与陆总、于工会合后，周志明考察了准备租用的厂房，然后又专门拜见了那个老板黄冬生。黄冬生是云太本地人，四十多岁，瘦高个，皮肤较黑，精明模样。

周志明先看了那些机器，又问了于工一些情况。然后就和他开始了直接而又简单的谈判。

周志明说："我是个爽快的人，我不想在谈判上花很多的时间，我们需要机器，这是不争的事实。但如果你的报价偏高，我们只会放弃，寻找另外的卖主，或者去购买新机器。换句话说，我们买你的旧机器，就是要有点甜头。你可以考虑清楚。听说，你要以机器作为资本，入股我们厂，那也行，在价格可以接受的前提下，我们可以答应你，所以总体而言，你没有吃亏，还很合算。我今天来，就是专为此事。我们的厂房已经选好，其余的设备正在购买，预计在国庆之际就要开工投产，成与不成，你现在就给一个明确的答复。我个人的意见是和为贵，都是生意人嘛，和气生财。你成了我们的股东，我们就是一家人了，有钱大家一起赚嘛。黄老板，你说呢？"

黄老板很客气地给他们冲工夫茶。周志明说完后，他连说是的是的。他缓慢地转动着眼珠子，沉思了一会儿，才诚恳地说："那就在原来的价位上再让三个点。如果再让，我也就没有退路了。"

周志明看着于工，于工的头轻轻点了一下。

"那好吧，恭喜你，从现在起，你就是我们的股东了，我们就是一家人了。"

随后，周志明就把陈先生也要入股的事情透露给他，并说，开工那天，他也要亲自来，大家正式签订协议。

天黑时分，黄老板做东，在一家酒店里摆了一桌酒席庆贺。

周志明告诉他，回去后厂里要开会，要安排一些事情，几天后，先期人员就要过来了。车间、仓库、宿舍、饭堂、办公室等都要尽快规划好，机器设备要迅速到位。

"黄老板，我们是一家人了，你也少不了要跟着操心啰！"

"只要尽快开工生产，我会尽全力的。"黄老板高兴地说。

棘手的问题终于解决了，周志明一行又连夜往回赶。

翌日，厂会议室里，所有部级以上的干部都到齐了。有关会议的内容大家也心中基本上有底，虽然具体的细节尚不清楚，大家也都隐约知道厂长这段时间在忙些啥，只是周志明还没有接开罩着的盖子。

周志明也不坐在主席台上，他依旧坐在大伙儿的中间。他左右环视了一圈，心里默默数了一下，仅仅就部级管理人员就有近二十人。看见他们个个精神抖擞，神采奕奕，周志明心里充满了自信和豪气。对这支干部队伍，周志明是满意的，称心的。

周志明喝口茶，清了清嗓子，开始说话了。他就在自己的座位上稳稳地坐着，声音平静而清晰："我们今天开一个会，一个很重要的会。先请龙霞副厂长给大家通报会议的主题工作。请大家鼓掌！"

掌声顿起。

周志明看着满脸兴奋的龙霞，示意她站起来说话。

龙霞从座位上站起来，腼腆地向众人点点头，然后抬起红润的漂亮的脸蛋。她的声音是柔柔的，甜甜的，就像她的人一样，让人听着受用，舒畅！

她说到了工厂的现状。

她说到了工厂目前低利润的运转。

她说到了工厂在激烈的市场竞争中潜在的危机。

"在这种情况下，我们该怎么办？"

龙霞略做停顿，话锋一转，势如长江之水，奔涌而下：

"摆在我们面前的路，不外就是两条：一条就是固守我们现有的状况，我们大家一起做个太平之人。还有一条，就是在现有的基础上，选准一个方向，实行战略上的大转移。也就是我们近段考虑、行动的一个中心工作——选准一个新的产品，再打造一个新厂。其实，目的就只有一个——在不断发展中壮大自己，在日益激烈的市场竞争中捞取更多的利润。"

龙霞停了下来，他把目光转向周志明，继续对大家说："周志明厂长为了这件事，日夜操劳，可以说是费尽了心血，我们首先应该感谢他。让我们用掌声来表示感谢！"

一阵掌声轰地响起！

周志明没有想到龙霞会在发言结束时对他来这么一招。他慌忙站起来，向众人摆了摆手，拘谨而又谦虚地说："受人之托，忠人之事，我个人尽心尽力工作，是尽我的良心、本分和能力，是我的职责使然。我们的工厂能够走到今天，我还要代表老板感谢在座的各位以及全厂的员工。"

众人又是一阵掌声。

周志明坐下来，喝了口茶，对众人说："现在就请陆总给大家介绍我们正在准备组建的新的电子厂的详细情况。"

陆总就新建电子厂的位置、规模、车间配置以及新产品的品种、销售渠道等情况做了一个详细的说明。

最后，周志明做了一个总结，把人员进行了一下分工。他对大家说："为了在预期的时间开工，为了便于工作，我们决定派一部分同志作为第一批人员，带好铺睡行李，一个星期后就过去。第一批人员是陆总、于工、胡工，另外在财务部还要抽调一名男同志过去，就由陆总带队，所需的普工由人事部负责安排。"

在回来的路上，周志明就已经和陆总、于工商量好了，让他们辛苦点，等那边人员到位开工后，他们就立马撤回。

"芳姐还是继续负责几个车间的改制工作；龙霞留守大本营，统一协调全厂的工作，我就两头跑，但重点也还是放在新厂那边。另外，还有一个事情，我们建新厂，还需要一批有能力的管理人员，我个人的意思是倾向于在自己的厂里培养提拔。我们的员工努力工作了，有能力、表现好的，我们要给他好的前途，让他们觉得在我们这里有奔头，有甜头。所以，如果下面确实有这样的人才，我希望你们举荐上来，经人事部考察核实后，报厂办公室研究再行定夺。"

周志明的话音一落，会场上就热闹起来。众人都觉得他说得很有道理，又富有浓厚的人情味儿。有的面露笑容，有的连连点头，有的则偏了头小声地交谈着。

午饭后，周志明没有回干部楼宿舍休息，他叫来了林晓丽。

"你男朋友的事情现在办得怎么样了？我们的第一批人员一个星期后就要走了，时间不等人啊！"

"也就在这几天过来。我已经催他了。"

"嗯，那好！另外对今天的安排，你有什么看法？哪里还有没有漏洞或者是不妥的地方？"

"还真有一个。"

"噢，说说看？"

"你说要从财务部抽调一个男同志过去，我们财务部是清一色的姑娘，哪有男同志？"

周志明一听，仔细一想，才觉得真的是这样啊！他考虑了一会儿，便对她说："我真的是大意了呢！那就算了，这段时间那边的财务就由陆总经办好了。"

"我看也行。这段时间你也够辛苦的了，你说你还要两头跑，你千万要注意休息，工作归工作，但身体是本钱，只有休息好，才能工作好。你说对吧？"

周志明握紧拳头，把胳膊扬在空中用力地挥了挥，说："结实着呢，等新厂开工了，我就好好地休息休息。"

谁能想得到呢？意外中的一句话，竟一语成谶！

# 四十一

七月的河洲，正是流火的季节。

烈日下，一名年轻漂亮的女子出现在了新华塑胶厂的大门口，撑着一把秀气的小花伞，素面长发、一袭绿长裙。她踌躇了一下，匆匆走进保安部。

保安已经认不出她来了，但似乎有点印象："你好像是在这里做过，你叫……"

她嫣然一笑道："我叫冉亚琴，原来在二车间做过几年。"

保安一听，就呵呵地笑了起来："想起来了，想起来了，我说呢，好像很面熟。你现在在哪里做事？你要找哪个？"

亚琴就说："我要找二车间的周志明，你能不能帮个忙，把他叫出来一下？"

"周志明？哪个周志明？我们厂的厂长就叫周志明呢。"保安露出一脸的疑惑。

"你们的厂长也叫周志明？那肯定不是同一个人，我要找的是在二车间打包装的，湖北人。"

"那你就在这里等下，帮我看着，我快去快来。"保安吩咐完，就一溜小跑朝二车间奔去。

很快，他就转来了。他的身后跟着一个女孩。

亚琴眼尖，一眼就认出来了，她大声地喊道："小薇！小薇！"

听到熟悉的声音，张小薇喜出望外："真的是你，亚琴！"

两个好伙伴就亲热地搂在了一起。

小薇就说："刚才保安去车间，说一个女孩要找周志明，我心里一惊，就有了一种预感，猜到多半是你了。你总算来了，我好想你呢。"

"我也好想你呢！周志明他……"

"我看你不是想我，你是想那个他吧！"小薇笑嘻嘻地逗着亚琴。

亚琴脸上潮红，顾不得害羞，急切地说："他怎么没来？难道他走了，不在这里了？"

看着同伴急切切的样子，小薇心里反倒有点乐了。彼此分开快一年了，我今天好不容易逮着机会，我偏要逗逗你，小薇这样想着，便说："你还没有告诉我，你到底是不是想他？"

"小薇，羞死人了，也快急死人了，你说不说？"

亚琴一伸手，就去挠小薇的腋窝。小薇没提防，被亚琴挠了个正着。

"哎哟，我说！我说！"

小薇弯着腰，上气不接下气地叫着。

亚琴方才住手，得意地看着她。

小薇这才一本正经地说："你的那个他现在就是我们的厂长，昨天又去了云太那边，现在还没有回来。看，你急还不是白急？"

亚琴一听，知道小薇肯定是不会骗她了。她这才确信周志明真的当了厂长。

"这是真的？他真的当了厂长？"

她喃喃自语，又惊又喜，泪水就在眼眶里打转转。

小薇就陪着愣在了那里。过了片刻，待亚琴的情绪恢复后，她才没好气地说："还说不羞呢！"


冉亚琴回来了的消息就像长了脚一样，很快就跑遍了二车间。

苏小东的老婆正批着锋。一听到这个消息，心里一震，脑袋一嗡，人就呆在了那里。

"天啊，这个煞星！她怎么回来了？会不会重翻旧账？"她在心里念道。本来她的生活早就已经平静了下来，一如没有一丝涟漪的池塘。现在，池塘里的水却被这突如其来的消息划破了，啐成了无数的细细的水片儿。

下班吃饭后，小两口回到出租屋。大脸盘往床铺上一坐，重重地叹了口气。

苏小东虽说也还存有一些顾虑，但毕竟没有老婆那么愁眉不展。他安慰老婆道："事情已经处理了，你现在也已经是一个普工了，她还能怎么办？没事的，早点冲凉休息吧。"

"但愿如此，阿弥陀佛！阿弥陀佛！"

王强的脑海里也出现了一团雷阵雨前才有的乌云。在干部楼的单身宿舍里，他连续抽了几支烟，才在无可奈何中倒在床上。

周志明不在，张小薇便做东请亚琴去外面吃饭。亚琴便问到林晓丽的情况，得知她现在在财务部上班，已经是财务部长了，便连忙要小薇把她喊来。

听说是亚琴来了，林晓丽也是一阵惊喜。她赶紧一路小跑过来。两人见面，分外亲热，搂抱了一阵，方才分开。林晓丽对张小薇道："周志明和亚琴都是我的好朋友，周志明不在，今天我做东，给我们的美女接风洗尘。"


周志明接到电话后，喜出望外，兴冲冲地从云太匆匆赶回，厂里早已是一片灯火了。

看到突然出现的亚琴，周志明欣喜若狂，他把她紧紧地抱在怀里，直到张小薇在旁边轻咳，他才不好意思地松手。周志明看着楚楚动人，鲜活亮丽的亚琴，感慨万千地对小薇说："你看，我们三个人又走到一起了。"

冉亚琴从见到周志明的那一刻起，她的眼光就一刻也没有离开过他英俊的脸庞。从离厂的那天起到现在，快接近一年了。在这一年里，她是饱受了相思

337

之苦。现在，看着心爱的人就站在自己的面前，近在咫尺，她沉浸在无边的幸福之中。

第二天，周志明决定无论如何也要停下手头的事情，好好地陪陪亚琴。

"我们去哪里玩？商场？超市？公园？"周志明问亚琴道。

"天气热了，今天就不去远了，你不是喜欢那片竹林吗？那里清净，我们就去那里走走吧。我还有重要的事要和你商量。"

"行，一切听你的。"

早餐后，两个人便买了一些糖果、瓜子、水果类，像一对翩翩的蝴蝶，飞进了那片竹林。

他们寻到一个僻静的地方坐下来。

亚琴对周志明说："看到你现在的状况，我真的是很开心，也很放心。现在，我们县职校正准备办一个初级电脑培训班，是专门面向农村农民工的，带有扶贫性质，生活费自理，培训费只收一半，另一部分由国家补贴。一个乡只有十个名额，我家有一个亲戚在乡政府工作，他认为是件特好的事情，就连忙给我弄了一个指标。我一听也很乐意。所以，我这次来，主要是来看看你，我太想你，太牵挂你了，然后就准备回去学电脑。我希望自己今后也能够凭本事找一个轻松一点儿的工作，同时也好帮你。可现在，你都当厂长了，我又有点犹豫不决了。"

周志明一听，敏感地意识到这的确是一件好事，对亚琴来说，可能是一次难逢的机遇。

"我给你参考，你听吗？"

周志明看着她，收起了笑容。

"我当然听啊，你是我的未婚夫了。"亚琴道。

"你还真不觉得脸红？"

周志明看着已经红了脸的亚琴，故意逗她道。

亚琴见四周无人，静悄悄的，便索性放大胆子扑进周志明的怀里，火辣辣的目光盯着他的双眼，撒娇地说："我说错了吗？你快说，你快说你是我的未婚夫。"

那么一个鲜活生动的姑娘依偎在他的怀里，周志明还哪里有时间去思考，只得把她抱紧，附在她的耳边，不假思索地说："我是你的未婚夫！我是你的未婚夫！"

冉亚琴抬起头，"咯咯"地笑出了声。

周志明把亚琴的身子扶正，扳着她的肩膀，问她道："你的意思是不想去学了？"

亚琴望着他，说："我思想上也很矛盾。其实，我也想去学，我又不想离开你。"

"我也不希望你离开我。但你刚才一提到这件事，我就意识到这是一次大好的机会，你绝不能错过。你想想，电脑是个新东西，今后可能要普及，你比别人先懂得这门技术，出来找事就要比别人有优势。你是聪明人，我一提，你就应该明白了。"

亚琴点着头道："那你是支持我回去学电脑啰。"

"我是坚决支持。"周志明说。

亚琴的脸上就现出了愁容："那我们又要分开了？"她一低头，重新偎在了周志明的怀里。

清风送爽，竹影婆娑。

静谧的竹林里，他们两人都能听到彼此的心跳。

"目前厂里还有一件重要的事情正在做，到年后，明年春暖花开的时候，我就去梵净山看你。"

"真的？那我可是记住了。"

"我不仅仅是去看你，还要去看你的父母，向你家里提婚。"

亚琴紧紧地抱住周志明，她的头都晕了。

过了好一会儿，亚琴抬起头，对周志明说："志明，我好幸福，我想问你一句话，那我们什么时候可以结婚？结了婚，我们就可以在一起生活了，我们就再也不分开了。"

周志明一脸兴奋，郑重地对她说："亚琴，我发过誓，我要爱你一辈子，照顾你一辈子，等你学完电脑回来，我们就结婚。"

"志明，我的好志明，我爱你！我会用我一生一世的时间来爱你！来守候你！"

亚琴紧紧地抱住周志明，激动的身子在他的怀里颤抖着，起伏着。

在接下来的日子里，周志明高兴地陪同冉亚琴到市里玩了几天。给这个未来的媳妇添置了几身衣物，给未来的岳父岳母买了一点儿南方的特产。周志明还背着她去邮政局给她的家里寄了一点儿钱。

临行前，周志明和亚琴又专门在老乡的餐馆里摆了一桌，宴请他们的好朋友：张小薇、林晓丽、李文彬、杜方成。

# 四十二

亚琴的到来，给周志明的血液里注入了强劲的动力。说句心里话，他也不希望两人分开，但他认为亚琴现在回去学电脑是明智的、正确的。

送走了亚琴，周志明又把自己全身心的热情和活力投入到了新厂的筹建中。

星移斗转，季节变换。

周志明在两个厂之间来回奔波，在不知不觉中，又到了立秋之际。一场早有预谋的噩梦也悄然降临。

那天，林晓丽去市汽车站把未婚夫沈健飞刚刚接回自己的宿舍，还没来得及歇口气，就听到一阵急促的脚步声由远及近。她本能地走到门口扭头张望，见是自己办公室里的一个女孩，正匆匆地向她迎面跑来。

"快！快！龙厂长要你马上去她办公室，有急事。"

"她找我？出了什么事？"

林晓丽来不及做任何思考，赶紧下楼、过操场、上楼梯，直奔龙霞的办公室。

龙霞、芳姐和房兵正急急地说着什么。一见到林晓丽，龙霞就开口了："周志明出事了，现在在云太县的医院里。你赶快去准备一点儿现金，先拿五万吧，我们现在就走。"

林晓丽一听，头就嗡了，赶紧往自己的办公室跑。

龙霞对芳姐和房兵说："我和晓丽先赶过去，你们俩就留在厂里。厂里的正常生产秩序不能乱，要多留点神。"

龙霞吩咐完毕，带了林晓丽，租了一辆过路车，直奔云太。

林晓丽心急如焚，问龙霞道："到底是怎么回事？严重吗？"

龙霞好像要哭了，眼睛湿润润的。她没有看她，只是平静地说："他被人捅了一刀。"

"啊！"

林晓丽惊得张大了嘴巴。

一路上，两个姑娘就再也没有说话，都沉浸在突然袭来的悲痛里。

到了医院，她们一路打听，才在三楼找到了医院的急救室。陆总一个人呆呆地坐在门外走廊里的一排长条椅上，耷拉着脑袋。

听到急促杂乱的脚步声，陆总抬起头来，见是龙霞和林晓丽，紧绷的脸才舒缓些。

"人在里面。"

陆总朝急救室努努嘴。

一看见门上红红的特别醒目的"急救室"三个字，两个女孩的眼睛就湿润了。

"危险吗？"

两个人几乎是同声问道，声音就像雨中的树叶，一颤一颤的。

"我也不清楚。是司机李韬送他来的。我是接到电话后才赶来的。"

"李韬呢？他人在哪里？"龙霞问。

"他把小周送到医院后，又赶紧向派出所报了案。派出所来了人，问了情况，现在他带他们去了事发现场。"

龙霞听了，点着头，沉默不语，在条椅上坐下来。林晓丽就怔在那里，望着急救室的门，半天都没有动，脸上阴得快要拧出水来。

陆总看看龙霞，又朝林晓丽努努嘴。

龙霞明白了陆总的意思。她伸手拉了拉林晓丽的衣襟："坐吧。"

林晓丽才恍如做梦般醒过来，慢慢在长条椅上坐下。

一切来得是如此的突然！让人难以接受。

林晓丽开始揉眼睛了，她的身子轻轻地颤动着。龙霞不忍，扭过头去，脸上紧绷绷的，她使劲地咬着牙，控制着自己，其实，她的心里好痛，就像有刀在剜着她的五脏六腑一样。

陆总起身，在走廊里来回踱着，随后自言自语道，又像是对她们俩，又像是对自己："这件事情来得太突然了，也非常的奇怪，以我对他们两个人的了解，这种事情是不应该发生在他们身上的。我要向市工业园管委会通报追案，这件事情必须查清楚，搞个水落石出。"

"难道是有人故意行凶？"林晓丽抬头望着陆总，"周志明并没有和哪个结仇啊？"

"据李韬说，那些人他们根本就不认识，好像就是一伙在社会上混饭吃的流子。你想，他们从没有见过面，又哪来的冤仇？难道就真的是一起很简单的因车子让道而引发的偶然事故？"

龙霞坐在那里，沉默无语。周志明出事，无疑是给了她当头一棒。她一下子就像失去了主心骨一样，内心沉痛而又六神无主。

她抬起湿润的眼睛，迷茫地看着陆总，轻声道："现在是两个摊子，我们该怎么办呢？"

陆总毕竟是年长阅丰，他略做考虑，沉稳地说："我们不能乱了阵脚，越是这种时候，我们越要沉得住气。老厂应该是没有问题；新厂正在上马，牵涉到几家股东的利益，来不得一点儿怠慢，我们必须按期开工。有于工在那里，我还是放心的；医院这里，我们暂时三个人轮流守候，等手术完后，再看情况做决定。"

龙霞说，也只能这样了。


在老厂里，房兵办公室的门紧闭着。

房兵发火了，他把许一臭骂了一顿。他尽量压低着声音，对许一吼道："你明白吗？你简直就是个饭桶！一个猪脑壳！几个人用拳头就可以好好教训他一番，还要用什么刀子？一用刀子，本来是一个最普通的斗殴事件就会变成一个恶性的凶杀案，性质变了，公安部门会轻易放过吗？"

他在房间里烦躁地来回走动着，不时拿眼瞟瞟已经胆战心惊的许一。那几个家伙竟然带了刀，这是许一也没有料到的。现在，他开始感到害怕了，双腿站在那里抖个不停。

看到许一那副害怕样子，房兵训斥道："成事不足，败事有余。你现在在这里是不能待了，要赶快走。"

许一听出了问题的严重性，问道："去哪里？回家？"

"我想了一下，你现在就写个请假条，放在我这里，然后，马上回家。为谨慎起见，你最好不要待在家里，也不要在家里露面，找个朋友家住一段时间再说。每隔一个星期，我们联系一次。等事情平息了，你再回来。"

事已至此，许一知道也只有先躲一躲这个唯一的办法了。当天晚上，他就悄悄地搭车离开河洲，踏上了回广西老家的路程。

晚上九点三十分，急救室的门终于打开了。几个白衣护士把躺着病人的小车推出来，把病人转移到不远处的一间重病护理室里。几个人立即跟着走过去，到了门口，一个护士转身，用手指了指他们，又摆了摆手。他们便止步了，立在门边上，几只眼睛睁得像探照灯，齐齐朝里面盯着。

她们把病人从小车上小心地抬下来，轻轻地放在铺着白色床单的床上，把手脚摆放好，桌面上几台仪器的线缆固定在病人身上，盖上上面印着一个红色十字的白色的薄被子。一个身材苗条的护士极其熟练地把几个装有药液的玻璃瓶吊在铁架子上，然后把输液管理顺，一端插入玻璃瓶的塑胶盖里面，然后揭开被子的一角，细心地把一端的针头刺入病人手背的血管里。插好针，贴好胶布，她昂起头，一边按动着管子上的小开关，一边观察着药液下滴的速度。最后，她把被子轻轻放下来，盖在病人的手上。

做完了这些，她们都退了出来，里面只留下一个年轻的护士。因为她取下白色口罩时，几个人同时看到了一张年轻漂亮的脸。

她冲着门口说，你们可以进来了。她又问道，你们是他的家属吗？病人现在已经没有生命危险了，但由于失血，身体很虚弱，醒来还需要一段时间，可能要到下半夜，也可能到明天，那就要看病人的体质了。为了不影响病人，你们说话要小声点。

几个人连声诺诺，轻手轻脚地走过去，弯腰俯身，看见周志明平静地躺在那里，脸色苍白，呼吸微弱。

龙霞看着周志明紧闭的眼睑，泪水就涌出来了。陆总直起身子，扫视了一眼那桌子上的两台扫描仪以及那个护士的面部表情，他明白周志明的危险期已经过去了。他在心里长舒了一口气：谢天谢地！总算是把命捡回来了。他把年轻的护士喊到门外，问她他们现在需要准备些什么。

护士摇了摇头，表示不需要什么，等病人醒了再说。

这时，一阵脚步声传过来，陆总回头，见是司机李韬转来了。

"手术完了吗？人呢？"

原来李韬一回来，赶到急救室那里，连陆总的影子也不见了，他急忙在周围寻找，最后才找到这里。

陆总指了指病房，告诉他手术已经完了，只是人还没有醒来。

李韬探身向病房内望去，见周志明躺在床上，盖着被子，林晓丽和龙霞一边一个，坐在床边守候着。他轻轻走进去，来到床边，弯下腰，侧着头让耳朵紧贴着周志明的鼻孔。他听到了他轻微的呼吸声。他放心了，走到门边，把陆总拉了一把，两个人就走到走廊那头很远的地方，才停了下来。

"刚才看了现场，后来又到县公安局录了我的询问录音，是一个副局长亲自主持的，看来公安局还是非常重视这件案子。"李韬说。

"那到底是怎么回事呢？我就琢磨不透。现在可正是节骨眼儿上，事情又是千头万绪。他是头儿，哪能少呢？"

李韬看着陆总，摇了摇头，说："我是当事人，我都弄不明白，你怎么弄？我们和那几个人无冤无仇，根本就不认识，我们更没有在哪里惹到他们。不过，他们是跑不脱的，其中有一辆红色的摩托车，整个车牌号我虽印象不深，但后面的尾数不是651就是657，那是不会错的。那几个人的长相我有一个大致的印象，公安局的人都已经画了像。"

陆总点点头。他说他明天就去公安局追案。现在大陆搞开放，欢迎台企到内地投资办厂，出了血案，影响大，公安部门肯定会重视的。

"不错，要尽快查个水落石出。"李韬说。

"今天晚上怎么安排？还有那两个女娃？"李韬问道。

陆总想了想，见走廊的两边每隔一定的距离就安排有一个简易的单人床铺，就说："要她们两个现在休息，她们肯定是不会的，这么办，我给她们打个招呼，我们两人就睡上半夜，下半夜再接替她们。"

"好吧，这样也好，万一有事，她们就喊醒我们。"

"病房里还有个护士时刻照看着，我们还是可以放心的。"陆总说。

"那好吧。我们现在就休息。"

两个人正说着准备休息，又听到一阵上楼的脚步声。待声音走近时，两人才看清来人是王强和张彩虹，后面还有一个女娃。打过招呼，简单地向他们介绍了一下情况，两人又陪同他们回到病房。

　　张彩虹一进门，见到还在输液的处于昏迷状态的周志明，泪水就滚了出来。周志明是她生命中唯一赏识她的上司，在她的心目中，他就是她顶礼膜拜的神。

　　后面的女娃是唐芸芸，陆总还不认识。唐芸芸注视着周志明冷峻的面孔，牙齿咬得紧紧的，没有说一句话。她揭开盖着输液的手的一边被子，默默看了一会儿，又重新盖上。

　　那个护士见了，迷糊地看看这个女孩，又看看那个女孩，个个都是如花似玉，她分不清到底哪一个是病人的女朋友。她只知道她们的感情都是真挚的，她们的泪水都是晶莹的、纯洁的。

　　几个男人在走廊里的简易铺上歇息。王强怎么也不能入睡。今天下午，他一听说周志明出事了，心里就咯噔了一下。他猜测着这件事十有八九与办公室的房兵有关系，但这也仅仅是猜测而已。他回想着自己与周志明之间的个人恩怨和私人感情，总觉得周志明对自己是够宽容的、够仁义的，因此，他想着在这个时候，他无论如何都要在第一时间赶来医院。从表面上看，可以体现他们之间的友好，而从深层次来看，这是一种思想立场的表态。而更为重要的是，还可以替自己洗清开脱——一旦查出是房兵干的，而自己从前又是与房兵一党，那岂不是说不清道不明吗？所以，他决定立即赶过来，一刻也不能耽误。

# 四十三

周志明苏醒过来，已经是第二天上午的九点了。阳光从窗口的玻璃照射进来，透明而温馨。

几个女娃硬是一夜没有离开过病房。有的坐在周志明脚那头的床铺上，有的就坐在小塑胶凳上，总之，她们的眼睛就一直没有离开过躺在床上的人。

陆总看着这几个善良、执着的女娃，摇了摇头。在某些时候，女人比男人更坚强，更执着，他现在信服了。

周志明醒来的时候，迹象是从眉毛开始的。起先是眉毛跳动了一下，接着又跳动了一下。唐芸芸就睁大了疲倦的眼睛，她惊喜地小声喊道：

"看，快看，他要醒了，他的眉毛在动。"

这个时候，男人们也都起了床，聚在门边的走廊里。几个人一听，立马围过来。他们看到周志明的眉毛、睫毛、嘴唇都在轻微地颤动着，整个脸上已经有了好像疼痛而牵动的反应。

"要醒了！"

"要不要准备点什么？"

"弄点稀饭来，这么长时间了，他肯定饿了。"

"总算醒过来了，吉人自有天相。"

大家你一句，我一句，都舒了一口长气。

"我去买点稀饭。"李韬赶紧下楼去。

"还买点红糖，要一把小勺子。"林晓丽吩咐道，女人的心思就是比男人细。

一会儿后，周志明就完全睁开了眼睛。就像做了一场梦刚刚醒过来，他的眼珠子缓慢转动着，好像不认识他们似的，脸上没有一丝儿表情。不过，他的意识很快就清醒过来，记忆也苏醒了。

"你们?"

周志明轻声地问道。

唐芸芸默默地看着气力微弱的周志明，泪水终于涌了出来。她憋了整整一个晚上，现在却无法控制住了。

张彩虹也开始了抽泣，双肩一耸一耸的。

"不要哭，我没有事的。"周志明声音微弱。

"好了，厂长醒来了，大家就不要哭了，都高兴点。"王强宽慰地说道。

林晓丽忙起身，到洗手间去看了一下，见毛巾、香皂这类东西都有，就放热水把毛巾搓洗了拧干，走到床边，替周志明擦了一遍脸。

周志明清醒了很多，他看着周围的人，轻声地说："谢谢大家。"

"什么时候了，还讲那些客气话。"王强道。

李韬买了稀饭回来。陆总就问周志明道："你肚子肯定饿了，我们把你慢慢扶起来，先吃点稀饭，怎么样?"

周志明微微地点点头。陆总、王强、李韬三个男人就分站在床的两边，用力慢慢把周志明扶起来，背斜靠着床头的挡板。龙霞忙把枕头垫放在他的背与挡板中间。

唐芸芸端过盛着稀饭的塑胶盒，用勺子舀了几勺子红糖，拌匀，见冷热适合，便用勺子一次舀半勺子，顾不得女娃子的害羞，细心地送到周志明半张开的嘴里。等到周志明吃完稀饭，林晓丽又轻轻地替他擦了一把脸。

周志明看着大家，凄然地说："没有想到，我一个大男人，也会有让人喂饭的时候。"

大家看着周志明的身体状态还是蛮好，心情也都好了起来。陆总见大家因为守候周志明都还没有吃早餐，便对龙霞说，大家的肚子也饿了，那就留一个人在这里，其余的到下面去吃早餐，打包带一份上来。吃完饭后，我们再安排一下事情。

龙霞说好，她留下来。唐芸芸说她留下来。陆总就对龙霞说，你带他们下去吃饭，我留下来，我有话要和小周说。

龙霞和唐芸芸只得做罢。等到他们一起走后，房子里就只剩下周志明和陆总。

"我们已经报案了，很快就会有结果的。你也总算醒过来了，几个女娃昨夜一宿都没有睡，她们就守候在你的床边。"

周志明点点头。

"我反复想过了，觉得这件事情很是蹊跷，好像是有预谋的。"

周志明点点头。

"另外，这段时间你就好好休息，不要操心了，我就多照看点。"

这次，周志明除了点头外，还说了一句："电子厂的事要抓紧，千万不能耽误。"

"你放心，我会尽力把事情往前赶。"陆总说。

等到众人吃完早餐回来，陆总就和大家商量，看谁留下来照看病人。大家争先恐后，都愿留下来。陆总只得看着周志明，征求他的意见。

周志明勉强笑了笑，对众人说："今天就李韬留下来，其余的人都回去。明天派二车间的李文彬和分析部的杜方成过来。"

众人见周志明开口了，也就不争了。几个女娃还想说什么，见周志明轻轻摇了摇头，也只得做罢。


午后，太阳还仅仅偏西一点点，就在全厂干部和员工都在纷纷议论厂长被捅的事情的时候，新华塑胶厂又爆炸了一枚"地雷"——公安人员来厂里抓人了。不过人没有抓住，保安部的部长许一早就请假溜了。随后，公安人员来到厂办公室，通报了案情的侦破进展，并询问了有关保安部部长许一的详细情况。

听说是许一雇请社会上的二流子干的，大家在庆幸案子迅速告破的同时，不免又生出许多的疑问：平日里也不见他们两个有何冤仇啊，怎么会闹到这个地步？伤的伤了，跑的跑了，唉！也真是。

等到公安人员一走，房兵就连忙悄悄地溜回了干部楼自己的宿舍。他里面的衬衣都被吓出的冷汗浸透了，他关上房门，迅速地脱光衣服，冲了一个热水澡，然后换了件干净的内衣。他弄完后，又赶紧神不知鬼不觉地潜回自己的办公室。他从口袋里摸出一根烟，点燃，使劲地吸了几口。他暗自庆幸自己的安排，不然，许一被抓，自己还能跑得脱？

"哼，许一跑了，你们到哪里去抓他？只要他还在外面逍遥，老子就会啥事都没有。"

"万一他被抓住了，我该怎么办呢？"就在他感到得意时，一个不祥的念头猛地在他的脑海里如闪电般闪现，与此同时，他的整个身子也不由自主地抽了一下。他开始感到了恐惧、害怕。监狱、铁窗、手铐、铁镣，这些平时与他毫不相干的东西在他的脑海里像幽灵样飘来飘去。

"不行，你不能这样，你要稳住，你要沉得住气，你没有事的。"另一个他站在旁边，这样对他说。

他把头抬起来，仰靠在椅子的靠背上，无神的目光朝房顶望去，那里什么都没有。天，辽阔蔚蓝的天，无边无际的天，就在他的房顶上面。


当这枚"地雷"爆炸的余波传入王强的耳朵时，他正在车间里面和苏小东说着很重要的话。他当时就怔在了那里。别人不知道，他是再清楚不过了，许一是个什么？什么都不是，房兵才是真正的幕后操纵者。他不禁在心里狠狠地骂了他一句："这个狗娘养的，真的是太狠毒了。"他不知道此时他该做什么，但他心里面还是非常的明白清楚：在这个关键时候，他还是要站在良知、正义的一边。他知道用不了多长时间，公安局的人又会找上门的。他现在就是要想个办法稳住房兵，不能让他像许一一样跑掉。他摸着大脑袋想了一会儿，终于想到了一个办法。他快步走进车间办公室，关紧房门，拨通了陆总的电话。

听了王强的汇报及建议，陆总既感到震惊，也感到了事态的严重性。他连忙做了两件事情：一是他用电话通知在老厂坐镇指挥的龙霞，要她暗中留神，在近段时间内厂内任何人员都不准请假离厂和擅自离职。关于这一点，他没有做任何解释。二是他又去了一趟云太县公安局，向他们反映了一些极有价值的情况。

在"地雷"的余波里，还有一个人，也清楚地意识到了问题的严重性。他就是人事部的田苗。当局者迷，旁观者清。他也敏锐地嗅到了一种山雨欲来风满楼的味道。

"这个房兵也太过分了，这也是咎由自取。"

他在心里说。他本来也是要去看望周志明的，只是这几天实在是太忙了。这边要替新厂招工，他让唐芸芸守办公室，自己便和石阳在厂门口摆了个办公桌，一人戴了顶麦草帽守在那里。听说新华厂招工，见工的人又是特别的多，有一天竟来了二百多人，保安部的人员还得帮着维持秩序。见工的人员良莠不齐，学历、文化、素质及经历各不相同，他们只得一个个仔细询问，查看身份证、学历证等。周志明早就已经给了人事部明确的招工标准，所以他不得不认真地对待，宁缺毋滥。

下班吃完饭后，早已接到通知的李文彬和杜方成就匆匆赶往云太，同行的还有芳姐。自从唐芸芸顶了他的部长助理位置后，李文彬就下了车间。周志明让他给班长苏小东当助理，实际上是暗中培养他。听说周志明出事了，他的心里火急火燎的。

周志明从鬼门关转了一遭回来，虽然表面上很淡然，但内心深处却生出了许多的悲凉。他虚弱地躺在床上，听着他们的工作汇报。芳姐看着略显憔悴的周志明，身体里面就生出一种女性兼母性的疼爱，就好像这里躺着的是她的一位亲人一样。

"让你受苦了，我们大家都很难过。"卢春芳说。

周志明就说："是祸躲不脱，躲脱不是祸。该来的，迟早要来。"话虽这样说着，但语气里却还是透着丝丝悲凉。

李文彬和杜方成听了，心里也很是凄然。

"现在社会治安也不是很好，今后出门还是带几个人，以防不测。"李文彬就关切地说。

"是啊，眼下全国各地的人都往南方跑，好人、坏人、江湖中人，什么都有，出门在外，是要小心点，俗话说，小心驶得万年船。现在保安部连部长都没有了，干脆让我来搞，你看行不行？今后我就跟着你跑，你到哪里我就到哪里。"杜方成毫不掩饰地说。

"你想当官了？"周志明问。

"当官？想啊，谁不想？"杜方成扬起眉毛，睁大眼睛说。

周志明笑了笑，对他说："其实，你的事情我一直在考虑。我原来把你调到分析部，是想让你去搞信息、搞情报，后来发现你并不适合。搞信息、搞情报要靠相当的人际关系，你没有这方面的优势。所以，我想等到新厂开工投产后，让你去负责那里的人事部，当部长。你看怎么样？"

杜方成眼睛一亮，说："当真？"

周志明说："工作就是工作，我还能和你开玩笑？"

杜方成就说："我刚才是和你开玩笑的，我怎么能够向你讨官做？我是看你平白无故被人伤成这个样子，心里愤愤不平，关心你、担心你，才这样说的。"

周志明认真地说："我可是没有开玩笑，到时候你请客就是了，不要我提醒你。"

杜方成见是真的，心里爽死了。他高兴地说："嘿！想不到我今天来，还不知不觉讨到了一个官，看来，我也要走好运了。"

周志明又转向李文彬，说："保安部的事我已经知道了。实在是让人震

352

惊，不可思议！保安部必须整顿，必要时人员可以全部更换。我考虑的结果是，让你暂时去挑这个担子，当这个保安部的部长。如果你今后还想回车间，什么时候去都行。"

"我……"

李文彬犹豫了。

杜方成看着他那副憨厚老实样，瞪着眼对他说："你还犹豫个什么名堂，赶紧答应就是，不管怎么说，也还是个部长了。保安部又不是搞生产，又不要高科技，你只要脑子活泛点，灵光点就行了。"

周志明就对芳姐说："我开始出来打工，就去了汇水。在那里没有搞好，后来还是我这位老乡把我介绍到这里来的。他对我是有恩的。"

芳姐这才认真地打量了李文彬一眼，点头道："这个小伙子也还蛮不错，人很实在，我看行。既然你们是老乡，又是这种关系，关照一下，也是应该的。"

李文彬只得点头答应。

周志明就说："行了，我要你去保安部，其实就是把全厂的保安任务交给你，你肩上的担子不会比其他的部长轻。你在保安部要格外注意，厂保安部不要与社会上的渣滓乱儿搅在一起，不要与他们有任何往来。你要好好记住。"

李文彬又连连点着头说："好的，好的。"

周志明又吩咐道："你给汇水打个电话，要张凯里把那边的工辞了，赶紧过来。"

张凯里就是周志明的老表，李文彬的好朋友。

李文彬一听，甚是惊喜，连忙答应马上去办。

周志明就对芳姐说："你明天就去人事部，告诉田苗这是我的意思，然后亲自带李文彬去保安部，把移交工作办好。"

芳姐说好的。

周志明见时候不早了，就叫李文彬和杜方成到走廊里的简易铺上去休息。他和芳姐还有事情商量。

芳姐看着躺在床上的周志明，真的是很心疼。多么生龙活虎的小伙子啊，说躺下就躺下了。

她对周志明说，谁也没有料到会发生这样的事情，大家都很难过。厂里的干部员工都很关心你的身体，如果不是路程远，大家又还要上班，那会有很多的人来看你。我看你在厂里的人气还蛮高，很多员工都还记得你的好。

周志明闭上眼，摇了摇头，然后再慢慢睁开眼，对坐在床边的芳姐不无伤感地说："人在做，天在看。我尽心尽力地做事，天地良心，我没有招惹谁，我也没有得罪谁，可得到的却是这样的一个结果。说句悲观的话，刀子还偏一点儿，或者刀子还深一点儿，那我还能醒来吗？我们还能见面么？我还能够见着我的父亲，我的妹妹，还有亚琴吗？"

说到这里，周志明慢慢地闭上了眼睛，脸上呈现出一种末路英雄的绝望与悲壮！

的确，生与死，往往就是那么一瞬间的事。

芳姐看到年纪轻轻的周志明竟是如此的伤感，心里也是凄然难受。她用自己温柔的手，轻轻抚摸着他的头和脸颊，安慰他道："活过来了，就是好事；我们现在能够见面，就说明我们在一起的缘分还没有尽，所以，天长眼，你不要太伤心了，要高兴才是。许一是跑不了的，国有国法，他的下场你是可以看得到的。"

这几句话真还起了作用，周志明就缓缓地睁开了眼睛。或许，他忽然意识到了一个男人不应该在一个女人面前表现出那种人性中脆弱的一面，他应该坚强，像矗立于山顶的青松一样，纵然有十二级的狂风和暴雨，也要挺直腰身，顶天立地。

周志明换了一副语气，说："不说了，不说了，我会好起来的，我会坚强起来的。"

芳姐就像看着自己听话的弟弟一样，点点头。

"为了厂里的事，你费心费神，也实在是太辛苦了。这段时间，你就把厂里的事情放一放，好好休息一下。老厂新厂都有那么多人管着，我看还是可以放心的。"

周志明就点点头，很认真地对她说："我想和你说件事，牵涉到你的，很敏感，我也考虑一段时间了，想征求你自己的意见。"

芳姐感到奇怪，是什么事呢，还牵涉到我？她看到周志明一脸的认真、诚恳，就说道："你说吧，如果我工作中有什么不到位的地方，你尽管批评。"

"不是工作中有什么问题，而是牵涉到你的职位。"

芳姐听明白了。

"新厂开工投产后，我们就有了两个各自独立的工厂。为了便于统一管理，在这两个工厂的行政管理之上，我们就不得不设立一个公司的管理层面。说白了，就是要成立一个公司，来统一协调管理它下面的两个工厂。关于这个公司机构，本着精简务实的原则，我是这样设想的。公司总部暂时就设在老厂，经理由我出任；副经理兼行政总监由陆总出任；下设一个办公室，就是公司办公室，由你出任办公室主任。公司办公室主任和下面两个厂的厂长级别相同，待遇一样。"

卢春芳听了，心里一惊！这可是厂里的最高机密了，牵涉到厂里的所有人事关系。看来，周志明还是相信自己的。

"还没有开会，你为什么要告诉我？"

"公司高层就我、陆总和你三个人，陆总的位置不需要商量，就剩下你了，恰好你今天来了，就和你谈谈。我认为以前要你做秘书是委屈你了。"

"何以见得？"

"秘书一职，有其职而无其实权，所以，处在这个位置上是有它的难处的。在公司设立后，不仅在公司，就是在下面的两个厂子，我也不再设立秘书职位。"

卢春芳鼻子一酸，她心里的苦楚，他竟然看得如此明了。秘书一职，的确是有它尴尬的一面。你说没有权吧，卢春芳又天天在周志明身边转，你说有权吧，她又不能直接发号施令给谁。

"另外，还有一个原因。对龙霞的提拔，在某些人心中可能还存在着某些看法，认为我偏袒了她。今后我还打算让她担任老厂的厂长一职。所以，我又不得不要考虑你们这些老资格的感受，怕你们面服心不服。正是这两个原因，所以，我才和你坦诚相谈，把话说穿，征询你的意见。"

卢春芳听了，心里又是感动、又是惭愧。先前自己在这件事情上也还有点看法，现在经周志明一点破，才觉得自己觉悟低。于时，她连忙表态道："我坚决服从安排。"

周志明觉得自己也有点累了，便让芳姐也到外面去休息。芳姐正要动身，又想起了一件事，她告诉他说，林晓丽的未婚夫昨天已来了。

周志明就"哦"了声，考虑了片刻，对她说："她的未婚夫是希望来这边发展，我已经答应了给他一个合适的位置。新厂那边还在筹建中，你就把他暂时放在人事部，让他先熟悉一下环境。"

"好的。那你休息吧，我去叫醒他们，你这里不能少人。"卢春芳说。


# 四十四


下雨了。细细的雨点，淅淅沥沥地，飘在空中。

城市里的人，和雨是没有任何关系的。不像乡下的庄稼人，他们和雨有感情。雨，牵动着他们的情绪，牵动着他们的喜怒哀乐。干旱时的一场透雨，让他们欢呼雀跃，他们会站在屋檐下，望着雨水哈哈大笑；庄稼成熟了，收割后放在田间地头，等着把谷粒或者油菜籽从秸秆上脱落下来，这个时候如果下一场雨或者是连续下雨，那靠天吃饭的庄稼人就会愁云密布。城市里的人，不仅和雨没有关系，和风也没有任何关系。在钢筋水泥构筑的鸽子笼似的所谓套房里，他们的很多感觉已经麻木了，器官也失去了相应的感觉功能和本来就应该享受到的来自大自然的乐趣。他们宁愿关心自己的宠物狗或猫，宁愿把本应该是关心同类的感情放在异类动物的身上，他们也不会关心雨啊风啊自然啊什么的。

竹林吸收着雨水，马尾松吸收着雨水，浪漫而疯长的芭茅草吸收着雨水，公园里的树木花卉、街道两旁的绿化树，还有好多好多的灌木、杂草，都吸收着雨水。它们在雨水里欢呼着，尽情地伸展着腰身和胳膊。

几天过去了，周志明感觉身体明显地恢复了许多。但是，他身体里却产生了一种奇怪的感觉。躺在病床上，他有时就莫名其妙地想到了生命的脆弱和无常。

生命如萍，飘在岁月的河里。

他仿佛看见一条河，好长好宽的一条河，由洪荒的远古而来，象征着自己生命的那棵小小的萍草，就在汹涌的浪涛里上下起伏着、跌宕着。他不明白自己怎么会有了这种与年龄极不相称的感觉和意识。

他想到了母亲。

他想到了父亲，妹妹。

他想到了才离开他不久的那个美丽姑娘。

是不是所有处于病中的人，抑或是经历了生死轮回的人，都会时时想到与生命有关的问题呢？都会想到自己的亲人或者是与自己关系密切的人呢？

护士又来例行检查和给他输液了。她是一个年轻漂亮而又很有气质的女性。在她条理分明地忙着的时候，他默默地看着她，就会联想到春天艳丽的桃花，但接着，他就会在心里叹一口气：春尽花谢，还有来春的希冀与守候；而红颜易老，青春易失，生命能重来吗？

生命啊，生命！你是何其短暂！而又是何其脆弱！

亮灯时分，周志明吃了一份广东人喜欢吃的青菜鱼肉粥，刚刚躺下，龙霞和唐芸芸就风风火火地过来了。

周志明两手撑着床铺，努力地挣扎着想坐起来，但还是力不从心，没有成功。杜方成见状，连忙上前把他搀扶住。唐芸芸也急忙上前，从另一边把他扶住，两个人齐心协力，让他的背完全靠在床背上。

周志明喘了几口气，方才平静下来。

龙霞看着杜方成，问吃饭没有？杜方成就说刚刚才吃了。龙霞就点点头。

"身体感觉怎么样？"她问周志明道。

"还行，体力恢复得也快。吃饭可以自己动手了，就是起身、下床还不行。"

"嗯，那我就放心了。刚才还有一些人要过来看你，我把他们都留在了厂里。如果大家都来了，厂里没人看着，我怕又闹出什么事情来。"说到这里，龙霞的脸上出现了明显的忧虑。

周志明就说："保安部我已经派人去了，应该是可以放心了。"

"我说的不是保安部，而是办公室。今天下午，公安局来人把房兵带走了。我过来就是告诉你这件事情。"

周志明一听，瞳孔就放大了，紧接着是一阵沉默。许一跑后，周志明就猜测到了这一事件的幕后肯定还另有其人。因为他和许一从没有结下过什么梁子。但房兵呢？他城府极深，为人阴险，什么时候什么地方得罪了他，自己可能都还不知道。周志明想到此，觉得既然事情已经发生了，再去想这些鸡毛蒜皮的事情也就毫无意义了，现在关键的是要考虑这个办公室主任的人选。

"你有合适的人选吗？"周志明问龙霞道。

"今后厂里不设秘书一职了，办公室主任可以兼任秘书的工作。"周志明接着说。

"说句实在话，在人事方面我还不是很熟悉，所以……"龙霞把话说了个半截，看着周志明。

　　"你是副厂长，办公室主任也就是你的助手，如果要你自己来挑选呢？"

　　说实在的，周志明此时自己也拿不定主意。他首先想到的是林晓丽的未婚夫，但他和他还没有见面，对他的具体情况还不是很了解。从另一个角度考虑，周志明打算今后把这个老厂交给龙霞管理，由于工出任副厂长，如果办公室主任又放个男同志，他担心龙霞太年轻了驾驭不了整个局面。所以，他把球踢给龙霞，想让她自己挑选一个合适的。

　　龙霞歪着头，沉思了一会儿，看了看身边的唐芸芸，小心而又大胆地说："挑个女孩子吧。我看芸芸就行，她原来就在办公室做过，有基础和经验，而且文笔又好，是我们厂的才女。"

　　周志明犹如醍醐灌顶，豁然醒悟！龙霞最后一句话，好比是电光火石，一下子点醒了他。唐芸芸会写文章，安排在办公室是最好不过了。周志明也一直想帮助唐芸芸，就是没有机会，现在机会突然来了，真的是水到渠成，顺理成章。

　　周志明舒了一口气，对唐芸芸道："你看你看，我们的才女，龙厂长亲自点将，你还不快点谢她。"

　　唐芸芸是毫无思想准备，她的目光在他们两个人的脸上转来转去："要我当办公室主任？"

　　周志明认真地点着头："我早就说过了，你是一个很优秀的女孩，命运之神会眷顾你的。"

　　唐芸芸的眼睛就湿润了。

　　周志明对龙霞说："人事部现在不缺人手，办公室是厂里的核心部门，你明天回去后就主持开个干部会，宣布对唐芸芸和李文彬的人事任命通知。"

　　唐芸芸沉浸在突然降临的激动和喜悦里。自己成了办公室主任，这就意味着自己可以住进干部楼，吃干部餐，加薪就更不用说了。唐芸芸心里像喝了蜜糖一样，全身都甜透了。

第二天上午，龙霞就按照周志明的意思召开了厂中、高层的干部会议，宣读了对唐芸芸和李文彬的任命通知。会议一散，她就带唐芸芸去了厂办公室。

对于这里，唐芸芸并不陌生。相反，她是太熟悉太熟悉了。还是那几张拼在一起的办公桌，还是那几张熟悉的面孔。

待大家打过招呼后，龙霞就很认真地对她们说："你们都是熟人了，就用不着我来介绍。但我现在要说的是，从今天起，唐芸芸就是厂办公室的新主任，你们的顶头上司，希望你们合作愉快。"

一听说唐芸芸就是新的办公室主任，几个人立即正色起身，拍起掌来："欢迎！欢迎！"

唐芸芸就笑着说，我们都是老同事了，如兄弟姐妹一般，从今天起，我们又要在一起"拌嘴"了。

"你现在是官了，我们哪还敢和你拌嘴？"有一个就开玩笑地说。

"是啊，是啊，你是官，我们是民，我们现在都得听你的。"

"好了，你们继续忙吧。"龙霞就带着唐芸芸推门走进主任的办公间。

房间里弥漫着一股很浓的香烟味。龙霞皱了皱眉，忙把后面窗户的玻璃格子敞开。

办公桌上很凌乱，烟灰缸里盛满了烟蒂。

龙霞环顾了一圈，对唐芸芸说："这里就交给你了，你慢慢来，先把卫生搞一下，房间里喷点空气清新剂。我有事就先走了。"

唐芸芸送走龙霞，先是收捡桌面，然后又是扫地，又是拖地，又是喷清洁剂，忙得不亦乐乎。一会儿后，办公室里已是干净、整洁、焕然一新。女孩子毕竟是女孩子，一双女性的手就这么折腾几下，同一个房间，可看上去的感觉就硬是不同，空气中的气味都不一样。

做完了这一切，她才缓缓地在办公椅上坐下来。她想歇口气，休息片刻。然而，她的心情却无法平静下来。几十天前，她就是从外间办公室里走出去的，那时，她还是一个微不足道的普通员工，而经历了一系列的波折后，今天，她却又神差鬼使般地再次回到了这里。一切都依旧，只是自己成了这里的主管。她轻轻地摇了摇头，感叹命运之神的安排竟然是如此的波谲云诡，让人无法预测。

晚饭后，她回宿舍去搬行李。同寝室的几个姐妹羡慕得要死。提的提，捎的捎，跑前跑后，都热心得不得了。到了干部楼的女工部宿舍，唐芸芸找到了自己的房间，门上都已经贴好了写有姓名的红纸条。几个伙伴又是一阵忙碌，打扫卫生，摆放行李，铺床吊帐，忙完后，大家拍掌洗手，就围坐在小桌旁笑嘻嘻地开始吃东西。升了官，不买点吃的东西犒劳犒劳姐妹们，那是说不过去的，所以，唐芸芸就水果、糖果、花生之类提了一大包，一起堆放在桌上，任她们选，任她们吃，任她们嘻嘻哈哈。

"芸芸姐，你怎么就走了这么好的运了呢？"一个小不点儿就问道。

"是啊，哪天也让我撞上个好运，那我就谢天谢地啰！"

"我看还是芸芸自己有本事，人又长得漂亮，又会写文章。"

几个女孩就坐在那里叽叽呱呱，而这其中的恩恩怨怨、酸甜苦辣，她们又何尝知道呢？


虽然新华塑胶厂这几天爆炸性的新闻接连不断，上上下下众说纷纭，各种猜测都有，但人心还是稳定的。经过陆总、于工、胡工的努力，新厂的各项筹备工作也都进展得相当顺利。设备、原材料基本到位，产品已经进入了最后的试制期。

陆总带着产品的设计图纸，抽时间专程来了一趟医院。一是看望周志明的病情；二是给他汇报新厂那边的进展情况；三是就这几天厂里连续发生的事情交换意见。

陆总说："你身体恢复得很快，我就彻底放心了。电子厂按时开工，应该不成问题。"

周志明说："只要新厂能够按时开工，我们的事情就好办了。"他仔细地看着图纸，又说："你们要尽快搞出样品，越早越好，样品一出来，就立即送过来。你和胡工一起来。"

陆总说："这段时间几个人都辛苦了，胡工晚上也是加班加点的。"

周志明说："等开工后，给你们几天假，让你们好好休息休息。"

陆总说："只要新厂能按时开工，我们就比什么都高兴。"

后来他们就谈到了老厂的事情，说到了房兵和许一。

陆总说："房兵那个人两面三刀，当面一套，背后一套。早知今天，不如一开始就把他开了。许一和他是一条心，是跟着他跑的。"

周志明说："人心难测，我们哪里能料到呢？况且明枪易躲，暗箭难防，我们在明处，他们在暗处，他们随时都可以对我们下手。"

"搞清楚是什么原因了吗？"

"目前还没有。公安只是把人带走了，还没有给我们一个回复。"

"哦。是这样。"陆总打住，想了一下，接着说："也好，害群之马，早点清理出去也是件好事。"他又停了一下，说："这次教训我们一定要吸取。我有个建议，等电子厂上马后，我们要对两个厂的所有干部、员工进行一次全面的清理整顿，思想、素质不合格者，坚决辞退。"

说这话时，陆总态度很坚决，很果断。

"另外，还有一件事我要和你说。你这次出事后，我考虑再三，没有向台湾那边上报。我主要是担心老板知道后，会不会有所考虑，影响到正在上马的新厂。"

周志明就点着头说："你考虑得很周到。做得很好。"

"但你今后出门，必须得有人陪同，我要给你立一个规定。"

周志明就笑了，说："我的命大，阎王爷暂时还不想见我。"

最后，他们就谈到了办公室以及新厂的人事安排。周志明就顺便把自己的整体人事安排计划都透露给了他，想看看他有什么意见和补充的。

陆总听得很认真。完了，他说："我说几点，第一，副经理一职我就免了，还是把位子留给年轻人。你也答应过我，电子厂开工了，让我好好休息的。第二，你想要田苗来当这个电子厂的厂长，我还是有看法的。龙霞出任塑胶厂的厂长，我举双手赞成，她是大学生，有高学历，有能力，为人又很谦和。而田苗只是个高中生，其他方面的能力我们暂时也还看不出来，我是担心他力不从心、难负重任，所以……"

周志明略做考虑，也说了两点：一，副经理的职位你还是先挂着，等有了合适的人选，我们再研究。多操心少操心都由你，你只要帮我罩着就行了。二，尊重你的意见，田苗的位置那就不变。如果要在大学生层面上考虑，现在刚好来了一个有大学学历的人，他就是林晓丽的未婚夫，他是教学生的，停薪留职到这边来发展，这几天在人事部帮着招工。我也还没有见过面，具体情况还不了解。

陆总就睁大眼睛，"哦"了声，说："还有这回事？那我们可要认真对待了。林晓丽是个很不错的丫头，无论是学历、能力、为人，都是很优秀的。况且，她与你的关系也不同一般，我是最清楚不过了。那个时候你还在东莞落难，为了帮助你，她跑到我那里求我出面。"

周志明都听感动了。他说他会认真考虑的，他还说他永远不会忘记有恩于他的人。

周志明又想了一下，扳着手指头准确地计算着新厂开工的日期，末了，他对陆总说："我看这样吧，时间也不等人，我这几天也还出不了院，你明天白天过去一趟，各处转转，重点是对林晓丽的未婚夫暗中考察一下，然后征求一下芳姐以及她们夫妇的意见，然后，你同卢春芳一起过来，我们研究一下。后天，新厂要开一个会，要把领导班子搭建起来，各部门负责人要各就各位，开始履行职责。"

陆总明白了周志明的意思："你的意思是让她的未婚夫来当这个厂的厂长？"

"于公于私，我是这样考虑的。当然，这也仅仅是我个人的意思，还要听听您和芳姐的意见，要搞民主嘛！"

陆总就咧嘴一笑，说："我知道了。"

# 四十五

陆总走后，周志明慢慢躺下去，想合上眼休息一会儿。不到半个时辰，林晓丽就和她的男朋友来了。一起来的还有龙霞、唐芸芸、张彩虹、王强、田苗、石高明。他们是一起租车过来的，还带来了几袋子东西，显然都是吃的。

病房里顿时热闹起来。周志明又不得不赶紧坐起来，背靠着床背。大家见周志明精神很好，都很高兴，有的坐在床边，有的就那么站着，有说有笑。

周志明把目光就聚中在了林晓丽身边的一位年轻人身上。他猜测着，这肯定就是林晓丽的男朋友了。

林晓丽嫣然一笑，对周志明说："他就是我的男朋友，沈健飞。"然后把头转向那个年轻人，对他说："这就是我们的厂长，周志明。"

两个人的手就握在了一起。

周志明见他们提了几袋子吃的东西，便连忙吩咐杜方成拿出来，让大家一起吃。

"没有什么好招待的，我就借花献佛，你们自己买的就自己处理吧。"周志明笑着说，看了看站在床边的张彩虹。

就在目光相碰的时候，张彩虹的心里就好像有一只兔子开始了蹦跳，脸上潮红。

周志明对她的赏识和提拔，使她的生命之树一下子开出了艳丽的花朵，就是在这些美丽的花朵下，她才开始用心审视自己一路走过来的风风雨雨、坎坎坷坷的脚印，她才开始重新评估自己生命的价值。可以说，她对自己生命的意义的思考，就是从那个时候开始的。在某种意义上可以说，周志明就是她人生中的一位启蒙老师，是他开启了她的新生活，新生命。所以，她很快就喜欢上了这位年轻人。看到他的时候，她开心；想他的时候，她甜蜜。但是，但是……当她得知他已经有了女朋友时，她失眠了、她痛苦了。她想爱，却又不能爱；她想放弃，却又放弃不了。只要一见到他，她心里的那一团火苗就会呼呼地燃烧起来。

　　此刻，她自己都能够听得到那颗心儿怦怦地跳。她看见周志明的身体强健多了，心里是又高兴又欣慰。她想说点什么，可又不知道从何说起，况且，这里又有这么多的同事，所以，她就只好站在那里，任由脸上红着，听着他们说话，有时也插上几句。幸好这时周志明把注意力放在了林晓丽的男朋友沈健飞身上。

　　"你的情况我都知道了。"

　　周志明看着他，很认真地说。

　　"那就先谢谢你了。"

　　周志明说："不是一家人，不进一家门，到了这里，我们就在一个锅子里吃饭，就是一家人了，不要言谢。"

　　他们两个说话时，唐芸芸悄悄地瞄了一眼神情迥异的张彩虹，她看出了一些端倪。

　　"难道她也暗中喜欢着周志明？那……"

　　她哪里知道，她们是一对同病相怜的人。

　　周志明又对乐哈哈的王强说："你要有个思想准备，我想从你的手下调员大将出来，到新厂去负责塑胶车间。"

　　王强一听，笑容就凝固在了脸上。

"你要调谁？"

"苏小东。"

"我的天啦！你这哪里是调人，简直就是挖我的墙角。"王强的口气是明显的不满。

"新厂开工，需要几个得力的干部。苏小东话不多，不做表面工作，不轻浮，做事沉稳，实在。他的班带得非常好。这都是我看中他的理由。你就给我个面子吧。"

"这个，这个……"

王强犹豫了，又开始习惯性地摸他的圆滚的大脑袋。

"舍不得？"

王强点着头说："真的是舍不得，他是我手下最得力的大将，我的左右手。"

周志明说："这个我清楚。正是因为他有带班的能力，所以我才看中他。如果你不同意，让他继续待在你手下，那也太委屈他了，有机会，我们还是要量才而用，给他一个好的平台和发展空间。"

王强说："这个也是，我服从厂里的安排。"

"这就对了。你回去后，和他通个气，让他有个思想准备，后天就要走人。另外，班长的人选你就要自己负责了。"

王强叹了口气，环顾众人，幽默地说："今天我的损失就太大了。"

周志明对他说："你的心情我可以理解，为了电子厂，就做出点牺牲吧，不仅我要感谢你，苏小东也会感谢你的。"

王强说："好吧。"

周志明又看着唐芸芸说："办公室的工作适应没有？"

唐芸芸眨着一双会说话的眼睛，点了点头。

周志明就把头转向众人，夸赞着说："唐芸芸是我们厂的又一员女将，原来是四员女将，现在变成了五员女将，五朵金花。大家在工作中要多配合她，多支持她。"

众人都笑着说那是那是。

唐芸芸漂亮的脸立时就羞红了，就像一朵刚刚绽放的粉桃。

大家在这里待了一阵后，就准备告辞回厂。

周志明就看着芳姐的眼睛说："陆总明天上午就会过去。"

芳姐说："有事？"

周志明就点了点头，说："到时候你就知道了。"


第二天上午，陆一鸣按照周志明的布置，匆匆回到老厂。厂门口保安部的门边上，并排摆放着几张办公桌。一些见工的人排成两队，在那里依次等着招工。陆一鸣从车窗里向那边扫了一眼，见办公桌的一边坐着田苗，还有一个女的和男的。陆一鸣就猜测着，那个男的可能就是林晓丽的男朋友了。他就把目光停留在了他的身上：高个，清秀，脸皮较白，像个读书人。他正在那里对一个见工的女孩子说着什么。

陆总下了车，在各处瞧了瞧，然后就到了卢春芳的办公室。他开门见山地说："下午你和我一起去医院，我们要开个会，确定新厂的人事安排。在人事中，最为关键的是新厂的厂长人选。周志明有个想法，就是想让林晓丽的未婚夫来挑这副担子，所以，现在就特地征询一下你的意见。"

卢春芳听了，愣了一下，她不知道该如何回答是好。她看着陆总，诚恳地说："他来这里也才几天，我也知道他现在在人事部帮着招人。如果仅从外表而言，形象倒是无可挑剔的，但肚子里有多少货，能否带好一个几百人的厂子，就只有他自己知道了。反过来讲，林晓丽不错，她看上的男朋友也应该差不了多少。"

"你这话说得有道理，我还没有想这么深呢。"陆一鸣说，"那你打个电话，让林晓丽到你这里来一趟。"

一会儿，林晓丽就到了。她看见陆总也在，感到吃惊，忙招呼道："陆总，您什么时候过来的？"

"我刚来一会儿。听说你男朋友过来了，想到这边发展，是个好事嘛，两个人在一起，比翼齐飞，很好很好！"

林晓丽倒是不好意思了，她看着陆总说："这是他自己的意思。南边开放发展得快，在内地人的眼里，南方到处都有机遇，到处是财富。他心动了，眼热了，想出来闯闯，我就依了他。"

"好男儿志在四方，男子汉大丈夫，出来闯荡是一件好事嘛！不知道你们俩有什么想法？对厂里有什么要求？"

林晓丽说："他也是大学毕业，来之前是教书的，他自己希望做管理一类的工作。"

陆一鸣就"哦"了声。想到周志明的意思，他干脆把话挑明："是这样的，我们有一个想法。因为他是你的未婚夫，又是受过高等教育的人，和别人相比，学历高、起点高。如果随便给他一个差事，既委屈了他，也失了你的面子。所以，我们公司就有那么一个大胆的考虑，现在新厂马上就要开工投产了，想让他去那里挂帅领军，当总指挥。你看呢？"

"您是说让他当厂长？"

林晓丽以为自己听错了。

"嗯，不错。"

林晓丽听得明明白白，她好高兴。她对陆总说："感谢公司对他的信任，我相信他一定不会让公司失望的。"

陆总打着哈哈说："主要的还是我们相信你，这才相信他。有你在他背后撑着，我们放心。"

陆总见事情已经稳妥了，便要林晓丽转告她的未婚夫，做好上任的思想准备。他和卢春芳就去了医院。

一到医院，陆一鸣就把今天的收获给周志明做了一个详细的汇报。周志明听后，表示满意。然后三个人就开了一个会。周志明把有关公司的组建、两个厂行管人员的安排做了一个细致的说明。

"公司就叫新华责任有限公司，公司经理由我出任；副经理兼行政总监由陆总出任；公司办公室主任由芳姐出任，公司财务部长由林晓丽出任。新厂命名为新华电子厂，厂长由林晓丽的未婚夫沈健飞出任，副厂长由胡工出任。原来的新华塑胶厂厂名不变，由龙霞出任厂长，于工出任副厂长。余下的名单我就不一个一个念了，都写在这张纸上。"

周志明把写有名单和职务的纸条递给陆总和芳姐。

对于公司及两个厂的主要人事安排，周志明早就分别给芳姐和陆总透了口气，所以，他们两个也没有什么别的意见，觉得还比较满意。

陆总提了一个问题：后勤部的石高明和房兵、许一关系非比寻常，走得很近，要不要借这个机会把他给挂了。前车之鉴，后事之师，我们要吸取教训。

芳姐也点头同意。

周志明倒是犹豫了。他一下子还下不了这个决心。他并不相信石高明就是第二个房兵。他考虑了一会儿，说："石高明的事，还是缓一缓，没有了房兵和许一，他一个人也就成不了什么气候了。这一次，他没有参与其中，说明他和他们还是有区别的。他好不容易做到部门主管级，我们还是得饶人处且饶人。不过，他的位置还是要挪一挪，我想把他调到新厂去。"

见周志明如此宽宏大量，他们两人也就做罢。

周志明继续说："29 日那天，两个厂的会议要同时举行，电子厂就由陆总主持，塑胶厂就由芳姐主持。公司的组建也要在会上同时宣布，公司的办公室就设在塑胶厂，要另外挂牌。在厂门口也要把公司的招牌挂出来。"

陆总和芳姐点头称是。

就在这时，唐芸芸出现在了房门口，她的身后，还跟着两个穿着制服的公安。

又出了什么事？三个人同时把疑惑的目光转向公安。

唐芸芸脸上轻轻地一笑，对他们说，公安的同志找你们有点事。

走在前面的公安态度很温和地说："我们是云太县公安局的，你们的案子是由我们经手承办的，现在案子已经彻底告破，我们今天来，一是向你们通报侦破的案情，二是征询你们对犯罪嫌疑人的处理意见。"

房子里的三个人这才松了一口气。周志明连忙叫唐芸芸去找几把椅子来。

公安继续说："这是一起典型的雇人行凶案。案子的主犯是你们厂的办公室主任房兵，他通过厂保安部的部长许一，出钱雇请社会上的闲散人员，假借交通纠纷故意行凶作案。据犯罪嫌疑人交代，作案的动机是两个，一个是厂长的位子被现在的厂长，也就是当事的受害人夺走了；第二个是他的女朋友，一个叫唐芸芸的女孩子也被当事的受害人抢走了。所以，他就怀恨在心，伺机请人报复。"

这话一出，屋子里的人，除了两位公安，几乎都把嘴巴张成了"O"形。

周志明真是莫名其妙，哭笑不得。站在公安旁边的唐芸芸，顿时花容失色，她把迷惑的目光转向周志明。

"难道是我害了他？"她心里问道。

陆总和卢春芳看看一脸疑惑的周志明，又看看同样一脸疑惑的唐芸芸，他们两人不相信这是真的。

周志明对公安说："我当了厂长是事实，但他所说的这两个理由都不存在。"

他看着陆总对公安说："这是我们厂的行政总监陆总，我是如何当上这个厂长的，他是最清楚不过了，他最有发言权。"

他又看着芳姐和唐芸芸对公安说："这位是我们厂的秘书芳姐，这位就是唐芸芸，她们两个人是好朋友，关系如同姐妹，芳姐又是我的秘书，所以，我和唐芸芸之间的关系，她是最清楚不过了，她最有发言权。"

周志明就这么两句话，陆总和卢春芳顿然醒悟！

陆总气愤地说："周志明接手厂长，是我一手安排的，与他房兵毫无关系，怎么说是周志明夺了他房兵厂长的位子呢？真是岂有此理！"

卢春芳也愤愤不平地说："房兵追求唐芸芸是事实，但唐芸芸从未答应过他；而唐芸芸和周志明根本就没有那一层关系，这一点我比谁都清楚。看来，房兵真是血口喷人！周志明这一刀的确是挨得冤枉。"

周志明说："证人都在这里，我是无话可说了。房兵那个人信口雌黄，胡说八道，真是丧心病狂，伤天害理。"

公安就说："第二个问题，就是征询你的意见。你是当事人，受害者。"

周志明想了一下，就对两位公安说："我相信政府和法律，法律自有公道。"

两位公安点着头，爽快地说那是。

陆一鸣还有点疑惑，便问公安道："你们是怎么怀疑上房兵的？那个保安许一抓到没有？"

"我们根据你们提供的情况，很快就抓到了凶犯，牵出了你们厂的那个保安。等我们派人过来时，他却早就溜了。我们就立即给他的户口所在地发了协查通报。他潜回老家后，并没有回家，而是悄悄地住进了县城里的一家较为偏僻小旅社。他闲得无聊，就去发廊里找小姐，恰好碰上当地扫黄，被逮了个正着。带回派出所一询问，民警发现他正是协查通报上的嫌疑人。经过审讯，就一切都清楚了。"

几个人听完，都嘘了一口气。

"真是法网恢恢，疏而不漏！"陆一鸣感慨地说。

办完了公事，两位公安就告辞走了。周志明要唐芸芸留下来，等会儿和芳姐一起回厂去。

此时的唐芸芸，心里又是愧疚，又是自责，又是委屈，面对坐在病床上的周志明，想到他无辜受到牵连，她竟然轻轻抽泣起来，语不成句地说："是我……害了你，是我……连累了你。"

周志明看到唐芸芸突然哭出了声，联想到她一直以来所受到的委屈，又想及自己的身世和坎坷命运，同病相怜，也是悲从心来，双眼潮湿，神情黯然。

他对她说:"你和我一样,都是清白无辜的,都是受害者。"

29日,两个厂的人事会议同时隆重举行。这标志着新华责任有限公司的正式成立。

30日,公司办公室主任卢春芳前往市工商局,注册登记公司及旗下两个厂的工商营业执照。

国庆节那天,上午8时过8分,新华电子厂在一阵鞭炮的响声中,隆重开机投产。

当日下午,第一任厂长沈健飞与投资方陈之琳、黄冬生分别签署合作协议,使他们正式成为新华电子厂的合法股东。

几天后,陆总和于工撤回塑胶厂,中途专门来到医院汇报工作。

周志明听完汇报,心下大慰,心里的一块石头也终于落到了地上。他感慨地对他们两人说:"新厂按期开工了,我们的一番心血也总算没有白费,要做好一件事情,真不容易啊!"看到很是疲倦的于工,周志明说:"这些天让你们辛苦了,回去后好好休息几天,把精神养好,你们也累了,我也累了。"

周志明的这句话,的的确确是肺腑之言。


# 四十六


一段时间后,周志明从医院出来,回到了塑胶厂干部楼宿舍。一时间,他的宿舍变得异常的热闹。白天还好一点儿,到了晚上,那是一满屋的人,除了管理层的干部外,还有一拨一拨的普通员工。有认识的,也有不认识但又似乎有点面熟的,还有的连面都甚至没有见过。他们带来了大包小包的水果。周志明也没有想到会有这么多的普通员工来看望他,他自己都感动了,一迭声地向他们道谢。

唐芸芸和芳姐忙着招呼这些员工，李文彬和张凯里就忙着出去找椅子和凳子。

张凯里现在是顶了石高明的位子，做后勤部的部长。

有一个员工极为诚恳地对周志明说："我到很多厂做过事，还没有见到过像你这样真正地关心员工，替员工说话和办事的厂长。员工辞工可以全部结清工资，不拖欠员工的一分钱；缩短工时；实行计件工资，多劳多得，就凭这几点，我就特别地佩服你，不仅我，车间里的员工对你的评价也都是非常的高。所以，今天我们来看你，那都是出自内心对你的敬佩。"

周志明看着他们，很动情地说："我自己也曾经是一名很普通的员工，我知道员工们在想什么，他们最需要什么。我不能因为做了厂长就忘记了自己的身份，我是农民的儿子，我从农村来，我和你们一样，就是一个打工者，只是分工不同而已。所以，我会永远与你们站在一起。"

周志明的确是这样想的，也是这样做的。不过，还有一句话，周志明没有说出来，那是最能碰触到他们最敏感的神经的，也是让人伤感的，不愿提及而又无法回避的，那就是他们的根都不在这里，他们都是来自五湖四海，他们都是南飞的候鸟，这里只是他们暂时栖身的驿站。

周志明从病床上醒过来的那一刻起，这个问题就开始在缠绕他。他一想到自己，就会想到浮萍。他认为浮萍之所以会成为浮萍，就是因为浮萍它没有根。而自己现在的生活状态就和无根的浮萍是一样的。

新厂开工投产后，周志明意识到，公司跟自己一样，已经元气大伤了。在今后一个时期之内，公司是不会有任何大的行动了，自己完全有时间和精力来做一点儿事情，来改变自己的处境。周志明已经有了这种最初的想法，就和猎人有了想出去打猎的想法一样，只是还没有出现目标，不知道手里的枪往哪里打，但有一点，他非常的明确：枪膛里的子弹迟早是要飞出去的！

因此，他很快做了两件事情。

第一件，在他回到厂里后的第二天，他就在他的宿舍里约见了塑胶厂的现任厂长龙霞。

刚刚上任厂长的龙霞，在周志明面前，还像小学生一样，恭谨而且有些矜持。周志明告诉她："公司安排你当这个厂的厂长，就是把这个厂全权交给你，让你来管理它、经营它、领导它，让它健康、茁壮地成长和壮大。所以，你必须大胆地管理，把自己的才能展示出来。你还记得我提拔你当副厂长时的情景吗？我当时就说过，你要让别人看到，你就是你，你就是龙霞，你就是行。我现在还是那句话。"

龙霞抬起头，碰到周志明信任、期待的目光，她的内心充满了无比的感激。她点着头，坚定地说："有你的信任和支持，那我就大胆地往前走吧。"随即，她又俏皮地一笑，说："如果出了什么差错，你可要替我兜着了！"

周志明爽朗地一笑，说："有我做你的后盾，你只管往前走就是了。"

龙霞随后就汇报了这几天的工作。第一，她派人重新打扫了一间房子，经过整理，作为自己的办公室。把周志明房门上的招牌挂在了自己的房门上。给他的房门上换上了经理办公室的招牌。芳姐的办公室就挂上了公司办公室的牌子。这样，公司和厂里的办公就分出了眉目。第二，她要求各生产部门和销售部每天都必须把前一天的报表交一份到厂办公室，非生产部门每十天交一份，以备咨询。第三，各部门负责人要责任到人，如有不认真工作、玩忽职守者，一经查实，厂方将严肃处理。

周志明听后，觉得这几条很是中肯，便点着头说："穆桂英挂帅，还很有几招呢！"

龙霞轻轻地笑着说："我好不容易想了这几条，也叫约法三章吧，新官上任三把火，不烧三把火，下面的人会小看你的。以后的事是以后的，再慢慢来。"

周志明赞许地说，这叫做立威。

第二件，一个月后，周志明明显地觉得自己身体好多了，便去了一趟电子厂。

在沈健飞的陪同下，周志明对各个车间，生产程序做了一次极为细致的深入的考察。电子厂是他的心血所在，也是他的希望所在。

周志明回到公司，原计划的回家之旅却泡汤了，因为北方冷空气的南下，长江一线有一次雨雪冰冻天气。加上再过二十多天，就要过年了。陆总告诉周志明，他要休假回台湾过春节。周志明考虑后，不得不推迟原计划，留了下来。只有等到年后陆总回厂之后，自己才能脱身了。

他便静下心来，花了几天时间，赶写了一份详细的述职报告，以便陆总回台湾时可以带回去转交给老板。

他又写了三封信，一封给父亲；一封给妹妹；一封给亚琴。他祝福他们春节愉快！

在随后的一段日子里，周志明度过了一段平静而又内心矛盾纠结的时光，一直到春节过后，陆一鸣从台湾回来，他才带着这个日夜困扰着他的结，急切地踏上自己的回乡之旅。

他万万没有想到，就是这次与故乡分别近两年后的回乡之旅，却又一次改变了他的命运，使他的生命之舟彻底地改变了航行。

郁结于心的结，也悄然化解了。

他首先是去了省城，看望了日夜挂牵的妹妹。然后是直奔家乡柳城。

在县城的郊区，有一栋依山傍水的青砖青瓦房。庭院不大，周边随意地栽种着一些常见的花花草草，如美人蕉、紫花茉莉、夜来香、仙人掌、刺玫瑰、鸡冠花等，这些花草的存在，使小小的庭院显得色彩缤纷，玲珑而有生气。

周志明的一个铁杆哥儿就住在这里。他叫李海阳，原来也是县机械厂的职工，是周志明车间锯料班的班长，但他的工龄要比周志明长，是厂里的老员工。下岗分流的时候，他和周志明是同样的命运。厂里还有一个叫刘向平的，是个大学生，在厂办公室当文员，当时，他们三个人是玩得最好的，几乎是形影不离。现在，周志明一下车，就在小街上买了一些水果和糕点，租了一辆摩托，直奔这里。

李海阳的母亲是认识周志明的。看到儿子的好朋友突然出现在自家的院子里，她高兴得不得了。她把周志明引进客厅，又是递烟，又是倒茶，口里还乐呵呵地笑个不停。

"海阳不在家？"

周志明没有看到海阳露面，便问婶婶道。

"他今年有事搞，在菜市场旁边的那条廊子里开了一家早餐店，天天就守在那里。不过呢，大钱没有弄到，日子也还是过得去。"

海阳的母亲就念叨道。

"哦，原来是这样。他还算是有志气、有能耐的了。"周志明就夸赞着说。

海阳的母亲一听，就眉飞色舞起来："你们原来还有一个玩得好的，叫刘向平的，他前不久考取了研究生，我家海阳还去喝了酒。那才叫有志气、有本事呢！"

她细细地对周志明打量了一番，笑笑地说道："看你的气色和打扮，在外面好像还混得蛮好啊？"

周志明听说刘向平考取了研究生，心里着实大吃了一惊。他怔在那里，在为朋友感到高兴的同时，忽然间觉得自己的身体里就产生了一种巨大的失落感。听到婶婶的问话，周志明幡然醒转，他腼腆地笑了笑，说："还不就是混个日子。"

海阳的母亲打着哈哈，招呼周志明自己歇息喝茶。她连忙跑到附近的地里，把海阳他爹喊了回来。她吩咐他骑单车快去叫儿子，顺便带些菜回来。

一个多小时后，海阳就骑着单车风风火火地赶回了家。两个好伙伴一见面，别提有多么高兴了。

海阳瞧着精神抖擞身体结实的周志明，在他的胸脯上擂了一拳，关心地说："在外面怎么样？还混得可以吧？"

周志明和他在客厅坐定，然后便把自己的事情简单地对他说了一个大概。

海阳听完，睁着一对大眼睛，嘘唏不已！

他用佩服的口气对周志明说："不简单！真不简单！两年的时间就做到了公司经理的位置，你也太有才了。"

周志明靠在皮沙发上，回想起自己这两年来坎坎坷坷的历程，也是百感交集，心潮澎湃。他对海阳说："你是知道的，我从来就不相信迷信，不相信命。但这两年左右时间的人生经历，却使我真正地领悟了什么叫作山重水复疑无路，什么叫作柳暗花明又一村。有时候，我还真的相信命。其实，哪里有什么命呢？路，都是自己一步一步走出来的，是生活逼出来的。"

海阳说："古人说，人挪活，树挪死，我看就是这个道理。你看你，一挪动，事也搞好了，媳妇也有了。"

周志明摇了摇头。

"那你还想咋地？"

"刘向平的事情我听你妈妈说了，那才叫作把事情搞好了。看不出来，他还有这个志向，他才是个角色。"

提到刘向平，海阳那是连连点头。他说："那小子一开始还不是心情差得很，天天骑了个破单车来邀我去河里钓鱼。后来，他的父亲就和他吵了一架，再后来，他钓着钓着就突然不钓了，他对我说，他要换个活法，他要去考研究生。"

周志明就插话道："他怎么就想到了要考研呢？他是哪根筋开了窍？"

海阳笑着说："我哪里知道他是哪根筋开了窍？不是和那次吵架有关，就是和钓鱼有关。后来，他告诉我，他与他父亲本来也没有什么矛盾，就是下岗后一阵子，没了工作，他父亲见他天天钓鱼，认为是游手好闲，不务正业，不思进取，才和他起了冲突。"

周志明感叹地说："那是他的父亲不理解他，不理解我们这一辈人的苦衰。你想想，我们十年寒窗苦读，为的是什么？不就是为了走出大山跳出农门有一个固定的工作有一个铁饭碗吗？一下子突然什么都没有了，那是我们的错吗？我们心里好受吗？就因此铤而走险，去抢劫、偷盗的下岗年轻人还少吗？向平也就是钓钓鱼而已，他有什么过错？当然，我们身后的亲人们面朝黄土背朝天，没日没夜地辛辛苦苦干活，一分一厘地攒钱供我们读书，最终得到的是那样一个结果，他们的心里也不好受啊。"

周志明停了停，歇了口气，喝了一大口茶水。他忽然改变了语气，神秘地说道："你刚才讲到钓鱼，我还真发现一个很奇怪的现象，那就是历史上有很多的名人都喜欢钓鱼，都和钓鱼有关。"

海阳张大了嘴巴："你说的是真的？"

周志明就肯定地点点头，说："《封神榜》你是知道的？大名鼎鼎的姜子牙下了昆仑山，辅佐文王之前在干什么？天天在渭水里钓鱼啊！"

海阳就点着头，连声附和着："这个我知道，那是真的。"

"还有啊，还有……"周志明记不起来了，他忽然想起了辛亥革命，想起了近代历史上的湖南人宋教仁。

"我还想到了一个人，那可也是在历史上赫赫有名的，他就是湖南桃源人宋教仁，他可是国民党的领袖啊。他的屋门前有一条河，好大好大的，就是有名的沅水。据说年轻的时候他就特别喜欢钓鱼，还自己称自己是'桃源渔父'。"

海阳就张着嘴，重重地"哦"了声。

周志明又想到了一个人，历史上有名的大汉奸吴三桂。他说吴三桂屯兵云南，在反叛大清之前，他就是天天在昆明的洱海里钓鱼，不吃饭也不睡觉。

海阳听得入神，猛地一拍沙发的护手，恍然大悟说："我明白了，向平也是这样的。难怪他后来一考就中了。"

他好像想起了什么似的，停了下来，摸了摸自己的脑袋。他看着周志明说："好像有点不对啊？向平钓鱼的时候，我也在旁边钓鱼啊，我怎么就没有钓出一个名堂来。"

周志明就哈哈一笑："如果人人都能开窍，都能钓出一个名堂来，那天下岂不是人人都成了名人，大人物？"

海阳认为周志明说的有道理，讪笑着说，那也是。随即又开玩笑道："不过，我还是怀疑是钓竿的问题，他的钓竿可能比我的要好，哪天有时间，我要去他家里，把他的那根背来，我来钓钓试试。"

周志明听后，开心得哈哈大笑，他看着半是认真半是幽默的海阳，不置可否地摇了摇头。

晚餐之后，他们两人余兴未尽，顶着寒冷，漫步在附近的小河边。

两年了，这里的山，这里的水，这里的树林子，还是那么温馨依旧。那个时候，夕阳西下，在这条路上常常是晃悠着他们三个人的身影，而现在，就只剩下了他们两个。况且，经历了这不平凡的两年，他们的心境也与往日大不相同了。

河风起了，寒意料峭。

一群小鸟从河面上迅疾掠过。

"自己辛辛苦苦，两年的奋斗，还差点赔进了自己的身家性命，我究竟得到了什么？经理，一个公司的经理，可那又算得了什么？私人企业，老板说你是，你就是；老板说你不是，你就啥也不是。向平考上了研究生，终于修成了正果，那才叫事业啊！他将从此离开这里的山沟沟，他将会有一个属于自己的天空和美好的未来。而我呢？"

周志明望着蜿蜒而去的小河，小河上狭窄的灰蒙蒙的天空，他思考着。

刘向平考上研究生的事，一直萦绕在他的脑海里，让他兴奋、神往！

他一边散步，一边在脑海里把自己和向平比较，他忽然开窍了。

他停下来，神情庄重、深有感触地对海阳说："海阳，我明白了，我想明白了。"

海阳看着他，迷惑地说："什么事你想明白了？"

周志明长长地叹了一口气，然后带着无比沧桑的语气说："刘向平才是个聪明人，我不如他。下岗之后，他并没有急于去找事做，而是天天去钓鱼，是有他的道理的。因为他还没有看准人生的方向，他还在思考之中。后来，他看到了自己的优势，找到了适合自己发展的方向，他就没有时间钓鱼了。而我呢？说实在的，感情的原因加上家庭的经济压力，使我来不及有更多的思考，我只能仓促远离你们和家人，去找一份工作。现在，我才是真正地想明白了，我在这两年的时间里，只是埋头做事，而没有抬头去看方向。所以，我输给了向平。不过，我得感谢他，他的成功提醒了我，他让我现在明确地意识到了这一点。我刚才就在心里闷想了好一会儿，我也可以走这条路，因为我和他一样，都是书生出身，从本质上说，也还是个书生，一个文化人，有文化这个基础，只要自己把准方向，再去努力，我想，我也会做到的。"

"成功的路有千万条，也不一定得人人都去考研啊？"

海阳道。

"我了解自己，比较擅长于理性的东西，这几年的经历使我有了很多的实践经验，如果说要选择发展方向，就选择企业管理这个专业吧，或许，这是一片更适合我的天空。"

一想到自己现在有了一份稳定的工作，又有了一份较好的工资，而公司在未来一年内又不会有大的行动，时间上又有充分的保证，周志明对自己突然冒出的这个计划充满了无比的惊喜和相当的自信。

"就是卧薪尝胆，又有何妨？"

他的犟脾气又来了，他在心里暗暗发誓。

一股血性男儿的万丈豪气从他的心底里陡然升起，本来是自然张开的右手，现在却用力攥成了拳头。

海阳看着神情庄重，脸色坚毅的周志明，一拳擂在他结实的胸脯上，豪爽地说："有种！那我就提前祝贺你！"

自己人生的大事情考虑停当，周志明终于得以释怀，心下大慰，转而又关心起海阳来。

"听你妈妈说，你的生意还做的蛮不错，看来，你也还是个当老板的料。"

"我？个体户，小本生意而已，就是混个日子吧。"

"有什么长远的计划？"

"想法还是有，但不知是否成熟，况且还要资金投入。"

"说说看，我来帮你参考参考。"

海阳就告诉周志明，他有一个计划，想把自己的生意扩大，在县城里开几家早餐连锁店，统一装修门面，设立一个中心厨房，有部分货可以集中做，再配送到各个门面。他考虑过了，因为做的是吃的生意，所以，生意长远，只要用心经营好，在这一块还是有钱赚的。

周志明一听，觉得这的确还是个好主意，便有了一个想法。

周志明看着海阳说："你有那么多资金吗？"

海阳说："这正是我的困难所在。"

周志明就说："你是想单干呢还是想找人合伙？"

海阳认真地说："单干有单干的好处，合伙有合伙的优势。那要看合作的对象了，万一没有找对人，弄不好还会把生意搞砸，又还伤了彼此的和气。"

周志明一听，知道他说的也是实情，心里刚刚燃起的一团希望之火便迅速熄灭了。因为听他的口气，他是想单干。他把目光重又投向小河的远处，那里是一弯灰白。其实，周志明刚才动了一个小脑筋，他考虑到明年自己有幸考上研的话，他必需提前妥善地安排好自己的经济来源。他看到海阳的这个点子不错，投资不大，也无风险，虽是小本生意，但它持久，只要稳打稳扎，还是可以赚到钱的，所以，他就立即产生了想入股合伙的想法。现在，想法像肥皂泡一样瞬间就破灭了。他只好打消这个念头，但他还是想帮帮海阳。

"如果你确实想干，你就先自己筹措一部分资金，到时，我给你帮点。"

海阳看着周志明说："你要照顾家里，又要供给你妹妹读书，你还哪来的钱来支援我？算了吧，你的心意我还是领了。"

"我可不是信口开河啊！难怪人们说，找上门的生意不是生意，我只问你一句，你要还是不要？"

海阳见周志明是诚心诚意，心里甚是感动，当即便下定了决心，对周志明说："既然你也认可这个项目，还帮助我，那我就是掉一身肉，也要把它搞好。"

周志明看着信心十足的伙伴，高兴地点了点头，鼓励他说："这才像个男子汉。明天早上，我就到你的店里去吃早餐，看看你的店面，帮你参谋参谋。"

"好哇，到底是哥们儿，够义气！"

海阳痛快地说，脸上露出了无比得意的神情。

第二天早上，周志明来到海阳的门面，正是早餐高峰时候。他一边就餐，一边用心地观察了店里的饮食品种，一边在心里数着在厅内就餐的人数。就餐完毕后，他又在门面的周围转了一圈，心里已经对这家店子有了一个大致轮廓。待海阳忙完后，他告诉他，他还要考虑几天，才能提出一个完整的成熟的建议，他只能先回家了，回来时，他们再碰头。


周志明告别海阳，匆匆赶往车站。

莽莽翠山，逶迤蜿蜒。

一个难得的好天气，春阳高悬，春光明媚。班车在时隐时现的环山公路上缓慢盘旋着。周志明的心开始忐忑不安起来，离家越近，越是觉得心跳得厉害。

当周志明出现在院子里时，他父亲的眼睛立即就湿润了。他盯着神采奕奕、精神抖擞的儿子，竟然一时语塞，说不出话！

周志明这次回家，足足在家里待了整整一个礼拜。

他陪父亲说话聊天，他帮着父亲做家务，收捡屋子，打扫卫生。他和父亲去了母亲的坟地，在坟前为母亲烧香磕头。他还给了父亲一些钱，用作田地里庄稼生产的成本和家里的日常开支。他告诉父亲，他现在已经是一个管理着两个工厂的公司经理了，当然，让父亲担惊受怕的一些事情他就只能留在了心里。

父亲看着有志气、有出息的儿子，心里是乐颠颠的。想着自己一生一世，累死累活，就抚养了这一对儿女，长大了，都有出息了，他就觉得他这一生的辛苦努力和村子里的大多数人相比都值得，都划算。

他真的知足了，他的布满皱纹的脸上漾着幸福的笑。

最后，儿子告诉他，儿媳妇也有了，下次回来，他就可以看到了。父亲高兴得合不拢嘴，但片刻之后，就忧心忡忡地说："这房子，这家什……"

周志明明白了父亲的意思，房子太老太旧，家什也是不成样子。而他心里却有着自己的算盘，他不是林子里叽叽喳喳的小麻雀，他是高飞于蓝天上的雄鹰，他的天空不在这里，而是在繁华的远方。


他又一次站到屋外的高墚上，面对着空荡的山谷和起伏的山梁。

山风从谷底沿着山坡徐徐吹来，带着沟底溪涧泉水的湿润和满山满坡各种树木花草的混合的青草味儿和香甜味儿。在不远处的山垭上，一片古松，郁郁葱葱。一只雄鹰在上面悠闲地盘旋着，时而急速俯冲，时而悠然滑行，时而静悬高空。

周志明欣赏地远眺着这大山的精灵，他觉得那雄鹰就像是自己，或者说，自己就是那高空中俯瞰大地的雄鹰。

两年前，也就是差不多这个时节，比现在要晚一点点，周志明也就是站在这里，他面对群山暗暗发誓，不混出个模样，绝不回家。今天，他又重新站在了这里，站在了这个初春的季节。他从家乡、从大山、从父亲那里又获得了足以让他扬帆远航的力量。

明天，他将再一次从这里出发，再一次踏上新的人生征程。这时，从他身后不远处的树林子里，传来了几声清脆的鸟鸣：

"行得也，哥哥！"

"行得也，哥哥……"

周志明回过头来，向绿意盎然的树林望了望，他想找到那只叫唤的小精灵，看看它可爱的模样，但树林子太大了，除了满眼的葱绿，他什么也看不到。但清脆的声音分明又撩逗人般的传来：

"行得也，哥哥！"

"行得也，哥哥！"

周志明用心地听了一会儿，望着峡谷上面灰蒙蒙扶摇直上的天空，他在心里惬意地笑了！他听懂了它的语言，他明白了这个家乡小精灵的心意，它是在给他送行，在给他祝福：

"行得也，哥哥！"

"行得也，哥哥！"